Christhoff Tomba

Kangaroo

Für Ursula „Ursel“ Stautmeister

Viel Spaß beim Lesen und spannende Unterhaltung im Land der Känguruhs wünschen die Autoren

[illegible] und [illegible]

Originalausgabe – Erstdruck

Christhoff Tomba

Kangaroo

Abenteuerroman

Schardt Verlag Oldenburg

Die Deutsche Bibliothek – CIP-Einheitsaufnahme

Tomba, Christhoff:
Kangaroo : Abenteuerroman / Christhoff Tomba – 1. Aufl. – Oldenburg:
Schardt Verl. 1999
ISBN 3-933584-30-2

1. Auflage 1999

Rauhehorst 77
D-26127 Oldenburg
Tel.: 0441-6640262
Fax: 0441-6640263
Umschlagsillustration: Christhoff Tomba
Herstellung: Schardt Verlag

ISBN 3-933584-30-2

FÜR RENATE UND SUSANNE

„Wehe denen, die glauben,
unter dem Vorwand humanitärer oder
ökologischer Gesichtspunkte
in die Schöpfungsgeschichte eingreifen zu dürfen
und mit ignoranter, menschenverachtender
Inkompetenz von sich behaupten,
es auch zu können."

Christhoff Tomba

Kapitel 1

„Auf was für ein Scheißspiel habe ich mich da bloß eingelassen“, murmelte Thomas Beck mürrisch vor sich hin.

Das Jahr war noch jung. Man schrieb heute den 9. Januar, und Thomas blickte ein wenig unzufrieden über die Berge von Papier, die sich auf seinem Schreibtisch stapelten, nach draußen.

Hatte er sich doch von seiner Frau Marleen dazu überreden lassen, einmal Urlaub vom Alltag zu machen und eines dieser (verdammten) Last-Minute-Angebote in Anspruch zu nehmen. Unterstützung hatte Marleen von den befreundeten Peter und Nicole Langmann erhalten. Alle drei hatten kräftig in die Kerbe gehauen und so lange mit, wie Thomas später kleinlaut zugeben mußte, guten Argumenten auf ihn eingeredet, bis er dem schließlich nichts mehr entgegenzuhalten hatte und in dieses Abenteuer einwilligte.

Er, gerade er, der absolute und eingeschworene Reisemuffel. Er, der den Urlaub immer nach dem Motto verlebte: Laß die anderen doch fahren, ich gönne es ihnen, ich fühle mich am wohlsten auf meiner Terrasse.

Er, gerade er, der seinen Urlaub lieber damit verbrachte, den ganzen Tag in seinem Garten zu liegen (oder auch in der Wohnung, wenn es mal regnete, das machte ihm absolut nichts aus) und ein Buch zu lesen und vor sich hin zu dösen, als etwa neue Welten und Kulturen zu entdecken oder in schönen Gassen anderer Städte zu flanieren oder an schönen weißen Palmenstränden zu liegen, sich Getränke servieren und die Sonne auf den Bauch scheinen zu lassen. Nein, das war nichts für Thomas. Er liebte die Entspannung zu Hause, in bekannter Atmosphäre, allein oder zusammen mit Freunden. Alles Neue bereitete ihm ein flaues Gefühl in der Magengegend.

Gut, er war schon einmal im Ausland gewesen, schon viele Male, wie er immer sagte. Schließlich war er, als seine Kinder klein waren, mit ihnen und seiner Marleen viermal in Dänemark gewesen und hatte es da auch jeweils ganze 14 Tage ausgehalten. Und er war sogar, zur großen Überraschung aller, im vorletzten Jahr ganze zwei Wochen mit dem Auto in Griechenland gewesen (jeder Ort, wo man hinwollte, ließ sich schließlich mit dem Auto erreichen; fliegen war nicht drin!). Sicher, es hatte ihm viel Spaß gemacht, und er war auch jedesmal erholt wieder zurückgekehrt. Aber, wie er immer zu sagen pflegte: Zu Hause war es doch am schönsten.

Tja, seine beiden Jungs waren nun schon groß geworden. Florian, der in diesem Jahr volljährig würde, ging mittlerweile seine eigenen Wege. Der sechzehnjährige Patrick, sein Kleiner, wie er ihn immer nannte, nabelte sich auch immer mehr von der Familie ab und hatte, weiß Gott, keine Lust mehr, mit Mama und Papa in den Urlaub zu fahren.

Da sich Marleen und Thomas zu Hause zwar darüber einig waren, daß man einmal gemeinsam (allerdings ohne Kinder!) ausspannen und Urlaub vom Alltag machen sollte, aber doch nicht so recht wußten, wo dieses Abenteuer stattfinden sollte, hatten beide, dummerweise, wie Thomas nachher fand, während eines Besuches bei Peter und Nicole Langmann darüber gesprochen.

Überflüssigerweise, wie Thomas dachte, hatten diese beiden, die im vergangenen Sommer ihr Gartengrundstück durchgewühlt und völlig umgebaut und bis vor ein paar Tagen an ihrer neuen Küche herummontiert hatten, sich bereits mit ähnlichen Gedanken getragen.

Das Ende vom Lied und das Ergebnis des Abends war also schnell klar. Gemeinsam wollte man vom Flughafen Hannover aus eine der angepriesenen (und billigen) Last-Minute-Touren, weitab vom Alltag, starten.

Thomas war natürlich zuerst absolut dagegen gewesen. Nicht, daß er etwas dagegen hätte, mit seiner Frau und den Freunden etwas gemeinsam zu unternehmen, aber gleich verreisen... ins Ausland... für zwei Wochen...

Allerdings gingen ihm nach der dritten Flasche DORNFELDER TROCKEN schließlich die Gegenargumente aus, und er ließ sich breitschlagen, bei dieser Adventure-Tour, wie er das Unternehmen seitdem nannte, mitzumachen.

„Naja, was soll's", brummte er leise vor sich hin. Die Uhr zeigte 17.52, es war Freitag, und somit hatte er noch einen ganzen Tag unbeschwert vor sich, bevor es am Sonntag losgehen sollte.

Er und Peter arbeiteten in der gleichen Firma, allerdings in unterschiedlichen Abteilungen. Für heute abend hatten sie sich verabredet, um nochmals mit den Frauen die letzten Details der Reise durchzugehen. Eigentlich freute sich Thomas auf den gemeinsamen Abend, denn die beiden Paare verstanden sich sehr gut.

Befriedigt über das, was er tagsüber in der Firma geschafft hatte, sortierte Thomas die auf seinem Schreibtisch verteilten Schriftstücke, packte sie ordentlich in die dafür vorgesehenen Mappen und verschloß diese in der obersten Schublade seines Schreibtisches. Anschließend schaltete er seinen PC aus und ließ seinen Blick vor dem Feierabend nochmals zufrieden durch sein Büro streifen.

Doch, er konnte mit dem, was er beruflich bisher erreicht hatte, recht zufrieden sein. Er hatte seinen Arbeitsplatz gemütlich und individuell eingerichtet. Von seinen Kollegen wurde er geschätzt, und überhaupt gefiel ihm das Betriebsklima, das in der Firma herrschte, recht gut.

Mit seinen 40 Lebensjahren war er sicherlich kein Karrieretyp. Er besaß aber in gesundem Maße Ehrgeiz und hatte es deshalb zu einem angesehenen Posten in der Firma gebracht.

Zufrieden kam er hinter seinem Schreibtisch hervor und blickte gedankenverloren an sich hinunter, während er seinen Trenchcoat anzog. Mit seinen 180 cm Körperlänge und seinen 82 Kilogramm (na gut, über die Weihnachtsfeiertage waren verdammte drei Kilo dazugekommen...), seinem markanten Gesicht, das, wie seine Frau und seine Freunde häufig feststellten, immer recht düster in die Gegend schaute und das unter der Nase ein kleines Bärtchen zierte, war er nicht nur mit der Welt, sondern auch mit sich ziemlich zufrieden.

Sicherlich, die Kopfhaut begann teilweise langsam durch die Haare zu wachsen, aber er wußte, Marleen liebte eigentlich alles an ihm, auch das, was manchmal zuviel war, bzw. das, was schon fehlte.

Thomas verschloß seine Bürotür und verließ, die Kollegen grüßend, das Firmengebäude. Die nächsten Wochen würde er sie und sie ihn nicht zu Gesicht bekommen, er hatte Urlaub!

Draußen war es natürlich schon dunkel und für die Jahreszeit, es war ja immerhin noch Winter, viel zu mild. Trotz Januar hatte er diesen Winter noch nicht einmal durch den Schnee stapfen können. Eigentlich sah für ihn zu dieser Zeit alles wahnsinnig trostlos aus. Schmutziges Grün zeigte der Rasen, dreckiges Braun die schon teilweise verwesten Blätter des vorigen Herbstes darauf und häßliches Grau die Rinde der Bäume, die seinen Heimweg säumten.

Thomas ging den Weg von der Firma zu Fuß nach Hause. Es würde sich nicht lohnen, für die 500 Meter, die er von seinem Arbeitsplatz entfernt wohnte, extra mit dem Wagen zu fahren.

Er genoß auch jedesmal den Gang. Es war zwar ein relativ kurzer Weg, aber ein Weg, auf dem er täglich mit dem Beruflichen abschließen und sich auf sein Zuhause freuen konnte. Besonders glücklich war er immer, wenn er auf dem Heimweg auf seine Frau und seinen kleinen Pudel traf, die ihm manchmal entgegenkamen.

Daheim angekommen schloß Thomas, wie immer neugierig, die Wohnungstür auf. Was würde ihn heute erwarten? Was gab es Neues? Hatte jemand Interessantes angerufen? Natürlich hatte niemand Interessantes angerufen. Welcher interessante Mensch sollte, warum auch immer, bei ihm anrufen und jemanden aus seiner Familie zu sprechen wünschen?

Aber sicherlich gab es wieder einiges zu berichten. Was hatten die Kinder angestellt, oder diesmal etwa nichts? Egal, er freute sich auf den Feierabend.

„Hallo mein Schatz“, kam ihm Marleen entgegen, „übermorgen geht's los, freust du dich schon?“

„Ja, und wie“, gab Thomas zwar mit einem Lächeln, aber wenig überzeugend zurück.

„Nicole hat sich übrigens vorhin gemeldet“, erzählte Marleen. „Wir sollen nicht zu spät kommen. Ich habe uns schon Tee gemacht. Du kannst dich ausziehen und ins Wohnzimmer setzen.“

Das war eine Prozedur, die Thomas und Marleen für kein Geld der Welt missen wollten: das gemeinsame Teetrinken am Feierabend. Thomas hatte sich vor ein paar Jahren das Kaffeetrinken völlig abgewöhnt, und auch Marleen, die sich selbst eigentlich immer als Kaffeetante bezeichnete, war zunächst ihm zuliebe, aber dann auch aus Überzeugung immer mehr zum Tee übergewechselt. Auf jeden Fall machte es beiden unheimlich Spaß, gemeinsam jeden Nachmittag bzw. Abend einfach dazusitzen, eine schöne Tasse Tee zu schlürfen und über die Geschehnisse des Tages zu reden oder auch einfach nur zu träumen.

Selbst Maxi, wie der kleine Hund der Familie Beck hieß, genoß immer sichtlich die Teestunde und holte sich ausgiebig sowohl von Herrchen als auch von Frauchen seine kuscheligen Streicheleinheiten.

„Sag mal...“, Thomas fiel nach der dritten Tasse Tee wieder die bevorstehende Adventure-Tour ein, „wie machen wir das eigentlich mit dem Geld? Ich meine, wir wissen ja nicht einmal, wohin wir fliegen, in welches Land, oder so. Wir können doch nicht einfach irgendwo hinfliegen und haben nicht einen Pfennig Geld in der Landeswährung in der Tasche.“

„Mensch Schatz“, belehrte Marleen ihn, „mach dir doch nicht solche Gedanken über Kleinigkeiten. Auf jedem Flughafen gibt es Banken. Die werden mit Sicherheit nicht alle geschlossen sein, wenn wir kommen. Überall kann man Geld in die Landeswährung eintauschen. Außerdem haben wir ja noch die Euro-Card und Schecks. Verhungern werden wir schon nicht, und zu unserer Unterkunft werden wir sicherlich auch kommen.“

„Oh Gott, an diese vielen Wenns und Abers darf ich noch gar nicht denken... und übermorgen geht's ja auch schon los...“, meinte Thomas ängstlich und mit sehr nachdenklichem Unterton.

„Warum mußt du denn alles immer so eng sehen und so perfekt planen wollen?“ fragte Marleen. Sie kannte ihren Mann ganz genau. Sie wußte, wie penibel er war, daß er versuchte, jede Situation vorauszusehen, um sich nicht von Unvorhergesehenem überraschen zu lassen. Sie wußte auch, daß es besonders schlimm für ihn war, ungeplant irgendein Unternehmen anzufangen, aber irgendwie ergänzten sich beide sehr gut. Während Thomas sich bemühte, für alles einen genauen Plan zu entwickeln, war Marleen schon ein wenig spontaner. Obwohl sie beide vom Sternkreiszeichen her Widder waren und sich auch die Grundzüge dieses Tierkreiszeichens verinnerlicht hatten, unterschieden sie sich doch in der einen oder anderen Angelegenheit. Die Spontaneität und Unbefangenheit, Neues anzugehen, lag bei weitem mehr bei Marleen als bei Thomas.

„Ich weiß gar nicht, was du willst“, versuchte sie ihn zu beruhigen. „Schau doch mal, Florian und Patrick sind alt genug und können für sich alleine sorgen. Außerdem haben Oma und Opa zugesagt, daß sie ab und zu mal nach den beiden schauen, und Oma will sogar für sie kochen. Über Maxi brauchen wir uns keine Gedanken zu machen, die Fische im Aquarium werden versorgt und Patrick wird auch sicherlich nicht vergessen, Tarzan (das war der Beck'sche Wellensittich) zu füttern. Mein Schatz, die Kinder sind alt genug, was soll denn schon passieren? Die freuen sich bestimmt auch, daß sie mal alleine sind! Hab' doch einmal ein bißchen Vertrauen zu ihnen.“

„Hab' ich ja“, erwiderte Thomas, „aber du weißt doch, wie ich bin, ich meine doch nur...“

„So'n Quatsch“, unterbrach ihn Marleen. „Wir trinken jetzt noch eine schöne Tasse Tee, und dann bereden wir heute abend mit Nicki und Peter alles, was noch offen ist. Du wirst sehen, es wird ein Superurlaub.“

Sie stand auf, gab ihm einen flüchtigen, aber liebevollen Kuß auf die Stirn und ging in die Küche, um eine neue Kanne Tee zu bereiten. Auf dem Weg dorthin mußte sie in sich hineinschmunzeln. Eigentlich war es doch immer dasselbe mit ihm. Jedesmal stellte er sich irgendwie komisch an, wenn etwas Unvorhergesehenes mit ihm passierte oder er etwas machen sollte, was für ihn überraschend kam. Aber trotzdem, sie liebte ihn und wußte, daß ihre Liebe ohne Wenn und Aber von ihm erwidert wurde.

Während Marleen in der Küche vor dem Boiler stand und darauf wartete, daß das Wasser für die zweite Kanne Tee zu kochen begann, flogen ihr wahllos Gedanken durch den Kopf, über sie selbst, ihr Leben und ihre Beziehung zu Thomas.

Sie war zwar acht Jahre älter als er, was sie ab und zu störte, aber Thomas versicherte ihr desöfteren, daß er verdammt stolz auf sie und ihren Body sei. Sie wußte auch, daß er es ernst damit meinte.

›Kann er auch‹ dachte sie zufrieden. Sie war 1,63 cm groß, wog ganze dreiundfünfzig Kilo und war durch häufiges und regelmäßiges Sporttreiben, genau wie Thomas, gut durchtrainiert. Sie hatte eine blonde, leicht gewellte Kurzhaarfrisur und ein hübsches Gesicht. Ihre Figur entsprach nicht der einer Frau in ihrem Alter, sondern konnte ohne Bedenken mit der jeder zwanzigjährigen Frau mithalten.

Marleen hatte zwei hübsche Brüste, einen flachen Bauch mit einem lustigen Nabel und, wie Thomas immer meinte, den knackigsten Po (er nannte ihn bewundernd Knackarsch) der Welt.

Doch, ja, sie wußte, daß sie sich ehrlich liebten. Das konnte sie mit Gewißheit auch nach mehr als bereits 18 gemeinsamen Ehejahren überzeugt behaupten. Sie wußte, daß es in der gemeinsamen Zeit mit ihm für Thomas keine anderen Frauen gegeben hatte und, wie sie meinte, in Zukunft auch nicht geben würde. Offenbar erhielt er von ihr alles, was er sich wünschte.

Auch für sie gab es, seit der Heirat mit ihm, keinen anderen Mann. Er bot ihr Wärme und Geborgenheit, das Gefühl, sich auch einmal anlehnen und ausheulen zu können, aber auch einen Gesprächspartner, der ehrlich immer seine Meinung sagte und dazu stand.

Sicher, es hatte in den letzten achtzehn Jahren nicht nur Sonnenschein gegeben. Sicherlich hatten sie sich auch häufiger gestritten und über das eine oder andere geärgert. Sicherlich war es in den gemeinsamen Jahren auch ab und zu mal ziemlich stürmisch zugegangen, und sicherlich war auch die eine oder andere Träne bereits von jedem der beiden einmal vergossen worden, aber das, so meinte Marleen, gehörte wohl dazu und kam bestimmt in jeder Ehe einmal vor.

„He, mußt du den Tee erst pflücken, oder was..."

Marleen erschrak. Sie hatte in ihren Träumereien gar nicht bemerkt, daß das Wasser bereits aufgehört hatte zu kochen, weil sich der Boiler ausgestellt hatte, und daß Thomas in die Küche gekommen war. Er lachte über ihren Schreck, nahm ihren rechten Busen liebevoll in die eine und ihre linke Pobakke kräftig in die andere Hand und drückte sie sanft, aber bestimmt, an sich. Sie gaben sich einen langen Kuß.

„Meinst du wirklich, daß wir das mit dem Urlaub hinkriegen und daß es schön wird? Irgendwie freue ich mich ja auch schon ein bißchen, wenn ich nur wüßte, wohin und wie..."

„Hör auf mit deinem Geunke. Laß mich jetzt in Ruhe, ich muß den Tee machen", versuchte Marleen, sich zu befreien.

„Wir trinken jetzt noch eine schöne Tasse, und dann fahren wir zu Nicole und Peter, okay?!"

„Hast du eigentlich in deiner Firma Bescheid gesagt, daß sie die nächsten Wochen ohne dich auskommen müssen?" fragte Thomas.

„Klar, ich habe angerufen, und ich muß erst Ende Februar wieder nach Berlin", antwortete Marleen.

Sie war wieder berufstätig und arbeitete als Technische Zeichnerin sechs Stunden täglich zu Hause. Die lange Zugehörigkeit zu ihrer Firma machten es möglich, daß man ihr eine Zeichenmaschine und neuerdings sogar eine modernste Computeranlage aufgestellt hatte. Auch sie war ehrgeizig und in ihrem Fach sehr erfolgreich, gut und gefragt. Es war schon häufiger vorgekommen, daß sie als eine Art Feuerwehrfrau bei kniffligen Angelegenheiten in ganz

Deutschland für ihr Büro eingesetzt worden war. Sicher waren diese Einsätze jeweils mit viel Streß und Arbeit verbunden, aber sie gaben ihr jedesmal die innere Befriedigung und Anerkennung, die sie manchmal bei ihrer Tätigkeit alleine zu Hause vor ihrer Zeichenmaschine etwas vermißte. Sie liebte ihren Beruf, aber jetzt war die Zeit reif dafür, ein paar Wochen mal richtig abzuschalten.

Mit ihrem Arbeitgeber und daheim war alles geregelt, es konnte also losgehen.

›Unbekanntes Land, wir kommen‹, dachte sie voller Vorfreude.

Gemeinsam hatten sie auch noch die zweite Kanne Tee geleert, und so war es mittlerweile schon halb acht geworden, als Marleen ins Schlafzimmer ging.

„Was soll ich denn gleich zu Peter und Nicole anziehen?“ fragte sie.

„Das ist doch völlig egal“, antwortete Thomas. „Mensch, wir gehen zu keiner Modenschau, sondern zu Freunden. Du weißt, daß ich dich in allen Sachen gut finde. Und besonders gut ohne alle Sachen“, fügte er hintergründig grinsend hinzu.

Marleens Kleidung war stets eine Mischung aus Sportlichkeit und Eleganz, und er liebte diese Art an ihr. Er liebte ihre engen Jeans genauso wie ihre schönen Röcke, die zum Teil Schlitze mit für ihn tollen Einblicken auf ihre herrlichen makellosen Beine zuließen. Er liebte ihre Bodys, die sie besonders gern trug und die ihren Körper phantastisch zur Geltung brachten, aber auch ihre Pullover und Blusen, und er mochte ihre Art, sich darin zu bewegen.

Thomas selbst war in der Wahl seiner Kleidung meistens eher langweiliger, ja, gar altmodisch und manchmal sogar hinterwäldlerisch, wie Marleen oft bemerkte. Selbstverständlich zog er sich jedem Anlaß entsprechend passend an, versuchte aber viele Anlässe zu finden, an denen Jeans und Lederweste angebracht schienen.

So trug er auch heute seine blaue Jeans, seine schwarze Lederweste und darunter das gelb karierte CAMEL-Hemd und fühlte sich darin sichtlich wohl.

Nach etwa zehn Minuten kam Marleen aus dem Schlafzimmer heraus. Sie hatte sich ebenfalls für ihre blaue Jeans entschieden und trug darüber den dazu passenden weißblauen Rollkragenpulli, den ihr Thomas zu Weihnachten geschenkt hatte und der, wie er fand, ihren Busen unheimlich hübsch betonte.

„So, ich gehe jetzt noch ins Bad und schminke mich ein wenig, dann können wir los.“ Damit huschte sie an ihm vorbei.

„Schreib’ den Kindern noch mal kurz einen Zettel, damit sie wissen, wo wir zu erreichen sind“, rief sie noch und schloß die Badezimmertür hinter sich.

Nachdem Thomas die Telefonnummer der Freunde auf einem Zettel notiert und diesen gut sichtbar auf dem Küchentisch hinterlegt hatte, zog er seinen

Trenchcoat an und begann, schon etwas ungeduldig, im Flur auf und ab zu gehen.

›Immer diese Schminkerei‹, dachte er, *›das braucht sie doch gar nicht, sie sieht doch auch so hübsch aus... Frauen... immer noch mal kurz ins Bad...‹*

Nie würde er den Tag vergessen, an dem Florian geboren wurde und er seine Frau ins Krankenhaus fahren wollte, nachdem am Ende der Schwangerschaft, allerdings viel zu früh, die Fruchtblase geplatzt war und der kleine Mensch raus wollte. Mußte sie doch, während er bereits in panischer Ungeduld des Vaterwerdens, den Koffer mit den Krankenhausutensilien in der Hand, auf sie wartend im Flur stand, unbedingt noch ihre Zähne putzen und zu allem Überfluß auch noch die verdammte Zahnpastatube zuschrauben, was natürlich nicht sofort gelang und, wie er fand, deshalb eine Ewigkeit dauerte. Ein Ablauf, den er nie vergessen würde und der ihm häufig dann einfiel, wenn er im Flur auf Marleen wartete, während sie sich nur noch einmal kurz im Bad aufhielt.

›Tja, lang, lang ist's her...‹, sinnierte Thomas so vor sich hin. Siebzehneinhalb Jahre waren mittlerweile vergangen, und nach Florian war auch noch Patrick, sein Kleiner, zur Welt gekommen. Beide waren heute abend nicht da. Florian war bei Freunden, weil er mit ihnen versuchen wollte, ein paar Musikstücke aufzunehmen. Patrick hielt sich, wie so oft, bei seinem Kumpel auf.

„So, ich bin fertig, gefall' ich dir?" Marleen öffnete die Badezimmertür und drehte sich einmal lächelnd aufreizend vor Thomas.

„Natürlich, mein Schatz, du weiß doch, daß du mir immer gefällst", musterte Thomas sie wieder einmal zufrieden. „Jetzt aber los, sonst wird es zu spät."

Marleen zog sich ihre graue Lederjacke an. Unterdessen inspizierte er nochmals sämtliche Zimmer der gemütlich eingerichteten Wohnung, ob auch tatsächlich alle Kerzen ausgelöscht waren, ob auch tatsächlich alle Fenster geschlossen waren, auch tatsächlich alle Elektrogeräte ausgeschaltet waren (natürlich waren alle Kerzen ausgelöscht, natürlich waren auch alle Fenster geschlossen und natürlich waren auch die Stecker aller Elektrogeräte, die nicht benötigt wurden, herausgezogen).

Während Thomas schon aus der Garage den grünen Renault holte, der sein hämmerndes Dieseln in den Abend stieß, nahm Marleen den Wohnungsschlüssel und ging noch mal kurz zu dem Hundekörbchen. Ein Gang, der sich rituell bei jedem Verlassen der Wohnung ohne den Hund wiederholte.

„Sei schön lieb und paß schön auf, Frauchen und Herrchen sind bald wieder da." Sie streichelte das kleine Tier, das eingemummelt darin lag und sie verstehend mit großen dunklen Augen ansah.

Danach schloß sie die Wohnungstür ab, ging aus dem Haus und setzte sich zu Thomas ins Auto.

Peter und Nicole Langmann wohnten ein paar Orte weiter. Während der etwa zwanzigminütigen Fahrt zu ihnen sprachen Thomas und Marleen nur wenig. Er mochte es ohnehin, während der Dunkelheit mit Marleen an seiner Seite und dem Auto unterwegs zu sein, und Marleen träumte während der Fahrt in die vorbeihuschende Lichterwelt der Leuchtreklamen und sie passierenden Autolichter hinein. Im Kassettenteil des Autoradios steckte ERIC CLAPTON UNPLUGGED, eine Musikkassette, die Thomas zu Weihnachten von seiner Frau erhalten hatte, mit einer Musik, die sie beide unheimlich liebten und während der Fahrt in sich aufsogen.

Und so, ehe sie sich versahen, hatten sie ihr Ziel erreicht.

Peter Langmann kam zwei Tage, bevor sein Freund Thomas die gemeinsame Firma verließ, nicht so glimpflich in den Genuß seines, seiner Meinung nach langverdienten, Urlaubs.

Zunächst einmal war er gar nicht so zufrieden mit seinem Schreibtisch, auf dem sich noch allerlei Papiere befanden, unter anderem drei noch ungeöffnete Akten, die eigentlich schon lange hätten abgearbeitet sein müssen. Doch durch zusätzliche Aufgaben, die ihm sein über alles geliebter Abteilungsleiter Kurt Höhne noch Anfang der Woche aufgedrückt hatte, kam er in Verzug und schaffte es einfach nicht, bis zu seinem Urlaubsantritt seine „normale“ Arbeit, wie er es bezeichnete, zu erledigen.

›Ach, der kann mich mal‹, dachte Peter, strich sich durch die dunkelblonden Haare und warf einen widerwilligen Blick auf das Chaos seiner Schreibtischoberfläche. *›Soll er seinen Scheiß doch alleine machen.‹* Damit meinte er natürlich seinen erklärten Lieblingsfeind, den Chef, der nach Peters Meinung sowieso mehr als flüssig, nämlich überflüssig war. *›Statt mir seinen Mist zu geben, kann er ja mal meinen übernehmen‹*, und er war gleich wieder bei der Vorstellung, daß Kurt Höhne schwitzend und fluchend über den Akten saß, mit seinem harten Schicksal versöhnt.

Er zog seine Jeansjacke an, die er über alles liebte, weil sie so schön ausgewaschen und gebraucht aussah, riß die Bürotür auf und trat auf den langen Flur hinaus, wo er natürlich genau auf den Menschen traf, den er gerade jetzt, zehn Minuten vor Feierabend und damit auch zehn Minuten vor seinen dreieinhalb Wochen Urlaub, am allerwenigsten sehen wollte.

„Na, Herr Langmann“, brummte Kurt Höhne, „Sie haben es aber eilig, nach Hause zu kommen. Ich wollte eigentlich noch fragen, ob Sie die Brandt-

Akte schon bearbeitet haben. Die sollte doch schon vorgestern rausgegangen sein."

Peter fiel ein mittelgroßer Stein vom Herzen, er ließ sich das aber nicht anmerken. „Na klar, ist schon lange erledigt." Lange war in diesem Fall genau zwanzig Minuten, denn das war Peters letzte Amtshandlung vor dem Urlaub gewesen. Die Akte hatte er eigentlich einem Kollegen übergeben wollen, sich dann jedoch anders entschieden. *›Manche Sachen hat man halt im Ei‹*, dachte er. „Die müßte gestern schon bei der Poststelle gelegen haben", log er, wohlwissend, daß dies nicht überprüft werden würde. Es wunderte ihn jedoch einmal mehr, daß Höhne doch gewisse Sachen im Auge behielt und dann auch schon mal nachhakte.

„Gut, dann wäre das auch erledigt. Wo soll es denn hingehen im Urlaub?" fragte der Chef.

„Ach, das wissen wir noch nicht. Wir wollen Last-Minute buchen. Die Becks fliegen auch mit; wir lassen uns überraschen. Los geht's jedenfalls in Hannover."

„Na dann viel Spaß, Herr Lech", wünschte Höhne bereits im Weitergehen.

„Jau, danke." Peter ersparte es sich, auf seinen richtigen Namen hinzuweisen. In den fast zehn Jahren Firmenzugehörigkeit hatte Höhne es noch nicht geschafft, sich die Namen seiner Mitarbeiter zu merken. Das war schon bewundernswert, denn schließlich arbeiteten in der kleinen Nebenstelle der Krankenkasse nur dreißig Leute. Die Belegschaft war ausquartiert worden, als im letzten Jahr die Gesundheitsreform anlief und die Krankenkassen andere Gebäude anmieteten, um ihrerseits Geld zu sparen. Die dreißig Mitarbeiter und Mitarbeiterinnen von Peter hatten das Glück, in einem unmittelbaren Nachbarort von Helmstedt in einem hübschen Neubau unterzukommen, den die Kasse angemietet hatte, während der Hauptteil in ein ziemlich schäbiges Bürohaus im Industriegebiet Helmstedts umziehen mußte. Der ehemalige Standort hatte in der Innenstadt gelegen, war aber, nach Meinung ganz wichtiger Leute, finanziell nicht mehr haltbar gewesen.

Jedenfalls war Peter froh, nicht im Industriegebiet gelandet zu sein. Er hatte, allerdings selten, in diesem Altbau zu tun, und er gefiel ihm überhaupt nicht. Wie schön und vor allen Dingen modern war dagegen „sein" Dienstgebäude. Er liebte seinen Beruf wirklich, bis, ja bis ihnen Kurt Höhne vorgesetzt wurde. Seitdem, und das wurde immer schlimmer, hatte er immer weniger Lust, zur Arbeit zu gehen. Seiner Meinung nach war der Abteilungsleiter ungerecht und faul. Und das schlimmste war, daß er seine eigene Arbeit immer den anderen aufdrückte, hauptsächlich der Chefsekretärin Sandra Rutsch, die er, Peter, sehr mochte. Und wenn Höhne dann tatsächlich einmal etwas selbst erledigte, wie zum Beispiel den Notplan für die Samstage, war diese Arbeit noch fehlerhaft.

Froh war Peter auch darüber, daß Thomas Beck mit in dieses Gebäude umgezogen war. Er beneidete den Freund ein wenig, daß dieser jetzt jeden Tag zu Fuß nach Hause gehen konnte, gönnte es ihm natürlich andererseits von Herzen. Er selbst konnte wenigstens mit seinem geliebten Audi heimwärts fahren, wobei er sich regelmäßig von teilweise extrem lauter Musik zudröhnen ließ.

So sollte es auch heute sein. Peter sah der kleinen dicklichen Gestalt seines Chefs nach, der, mit wie immer hochrotem Kopf, in ein anderes Büro eintrat, um dort Unruhe zu stiften. Dieser rote Kopf, keiner wußte, wieso der immer so farbenprächtig war, da Höhne immer behauptete, kerngesund zu sein, hatte schon bei manchem Getuschel auf den Gängen oder auch bei Betriebsfesten Anlaß zu manchem, oft gehässigem, Gelächter gegeben.

›Das dürfte die letzte Hürde gewesen sein.‹ Mit diesem Gedanken drehte sich der geplagte Urlauber in spe um und lief direkt in die Arme von Kurt Renner, den er sich auch nicht unbedingt vor Ablauf der nächsten dreieinhalb Wochen hatte antun wollen.

Renner, 45 Jahre alt, war ein mittelgroßer Mann mit ca. 120 Kilo Lebendgewicht, dem man im Dunkeln nicht begegnen wollte. Seine wenigen schwarzen, strähnigen Haare waren wie immer nach hinten gekämmt und mit Hilfe von Unmengen Gel an der Kopfhaut festgeklebt. Seine riesige Nase ragte aus einem Urwald von Vollbart heraus und seine kleinen Schweinsäuglein funkelten boshaft.

„Ach, der Herr Langmann, wie immer sehr pünktlich“, fing er an, sein Gift zu versprühen, „spät kommen, früh gehen. Die Kollegen sagen schon, Sie würden mit dieser Methode jedes Jahr mehrere Urlaubstage dazuschinden.“

Peter, der die Angewohnheit Renners, oft und gerne die Kollegen vorzuschicken, wie jeder Mitarbeiter der Kasse zur Genüge kannte, ging gar nicht darauf ein.

Jeder wußte, daß der „Schwarze Kurt“ beim Einstecken jemand war, der gleich wie ein verwundetes Tier aufheulte, wenn man es einmal wagen sollte, ihm einen kleinen Stich zu versetzen, der aber beim Austeilen weit weniger zimperlich vorging, wobei er auch vor Halbwahrheiten und geradezu erstaunlichen Über- oder Untertreibungen, je nachdem, wie er gerade mehr Unfrieden stiften konnte, nicht halt machte. Noch größer als seine enorme Empfindlichkeit war seine Angst vor allem, was „dienstgradmäßig“ über ihm stand.

„Nach unten treten, nach oben kriechen“, hatte Thomas Beck vor einiger Zeit einmal treffend von sich gegeben und damit den Spitznamen „Kriechtier“ geprägt, den man, freilich nur in Abwesenheit des so Betitelten, gerne verwandte.

„Das ist gut, daß ich Sie treffe. Der Chef hat schon mehrmals nach Ihnen gefragt. Er schien mir ziemlich aufgebracht zu sein wegen einer Brandt-Akte, die schon lange abgegeben sein muß und die Sie vorrangig bearbeiten sollten."

Peter genoß es, den Farbwechsel rot–weiß–rot im Gesicht des Kriechtieres aus dieser geringen Entfernung beobachten zu dürfen.

„Was für eine Brandt-Akte denn, die kenne ich doch gar nicht, hat er sonst noch was gesagt, hat er wirklich mich gemeint?" legte Renner aufschreiend los und ließ mit erstaunlicher Geschwindigkeit mehrere Schweißtropfen auf der inzwischen wieder weißen Stirn entstehen.

„Wenn Sie noch Renner heißen, dann hat er eindeutig Sie gemeint, er hat es ja laut genug gesagt in seiner miesen Stimmung, die er gerade draufhatte", legte Peter noch ein bißchen Zündstoff nach.

„Aber ich hatte die Akte nicht!" Das Rennersche Gesicht hatte inzwischen eine beunruhigende purpurne Farbe angenommen, und gerade als Peter ernsthaft überlegte, was er denn tun würde, wenn sich das Kriechtier japsend und nach Luft schnappend vor ihm auf dem Boden winden würde, stürzte sich dieses mit geradezu unglaublicher Geschwindigkeit in sein Büro und begann den Schreibtisch zu durchwühlen.

Gemütlich strebte Peter dem Treppenhaus zu und kam dabei an der geöffneten Tür von Renners Büro vorbei. Drinnen konnte er eine füllige Gestalt sehen, die, kniend und bis zu den Schultern in einer der Schreibtischklappen steckend, dort fürchterlich herumrumorte und leise wimmernde Töne, die jedem Eunuchen zur Ehre gereicht hätten, von sich gab.

Der Verursacher dieser Situation kniff sich ins linke Ohrläppchen, um nicht laut loszulachen, machte zwei schnelle Schritte, riß ohne anzuklopfen die nächste Tür auf und schlüpfte in den dahinterliegenden Raum, während im Flur mehrere neugierige Gesichter in den Türrahmen erschienen und nach der Ursache des Lärms, der aus Kriechtiers Zimmer drang, suchten.

Peter war im penetrant aufgeräumten Refugium von Thomas Beck gelandet, der, da der Feierabend immer noch fast zehn Minuten entfernt lag, hinter seinem Schreibtisch saß und mehrere Blätter lochte. So pünktlich, wie Thomas morgens stempelte, so arbeitete er auch bis zur letzten Minute, was Peter überhaupt nicht verstehen konnte.

„Was ist denn da draußen los?" Thomas blickte seinen Freund fragend an.

„Du, ich bin sicher, das werden dir die Kollegen gleich brühwarm erzählen", antwortete Peter, immer noch kichernd. „Wie sieht's aus, wann treffen wir uns zur letzten Urlaubsbesprechung?"

„Ich sage Marleen, sie soll mal mit Nicki telefonieren, dann können die beiden einen Termin ausmachen. Mir wäre übermorgen ganz recht, dann fängt mein Urlaub an und ich hätte gleich einen Grund zum Feiern."

„Ich weiß, ich weiß. Was ist, soll ich dich zu Hause vorbeifahren?“ Das war mehr eine Gewohnheitsfrage, denn Peter wußte genau, daß Thomas sowieso zu Fuß ging.

„Nein, laß man“, lautete dann auch die erwartete Antwort. „Ich will noch ein bißchen frische Luft schnappen.“

„Gut, dann grüß deine wesentlich bessere Hälfte und gib ihr einen dicken Kuß von mir.“

„Mach du das gleiche bei Nicki, verstanden?“

„Klar, Mann.“ Peter öffnete vorsichtig die Tür. Nebenan hörte man ein Fluchen. Schnell trat er in den Flur hinaus, schloß leise die Tür und flitzte zum Treppenhaus. Dabei winkte er den Kollegen, die sich immer noch die Hälse verrenkten, zu und legte gleichzeitig den Zeigefinger auf die Lippen. So erreichte er das Treppenhaus. Zwei Stufen auf einmal nehmend sprang er ins Erdgeschoß, wo genau neben der Eingangstür das Sekretariat von Sandra Rutsch lag.

Das Gebäude zu verlassen, ohne sich von Sandra verabschiedet zu haben, war unmöglich für Peter. Er trat durch die ständig geöffnete Tür und freute sich über den Anblick, der sich ihm bot.

Die Sekretärin, die, wie es sich für diesen Berufsstand gehörte, gerade ihre Fingernägel lackierte, war das, was der Volksmund, in diesem Fall hauptsächlich der Mund des Männervolkes, als „echt heißes Gerät“ bezeichnete.

170 Zentimeter gutgebauter Körper, ein hübsches Gesicht mit großen braunen Augen, unheimlich weißen, aber echten Zähne, langem, alle drei bis vier Wochen in der Farbe wechselndem, glattem Haar und einem geradezu unverschämtem Lächeln, das war Sandra.

Im Gegensatz zum sicher ungerechtfertigten Klischee der fingernägellakkierenden Sekretärin war sie auch noch intelligent, fleißig und (fast) immer freundlich. Kurt Renner hatte mal in Anspielung auf ihr ständig fröhliches Lächeln behauptet, sie litte an Gesichtslähmung. Diese Äußerung hatte ihm aber auch nicht mehr Freunde gebracht, was er wohl aber auch gar nicht erwartet hatte.

„Na, Peter, hast du’s endlich geschafft, mal ein paar Wochen dem Laden zu entkommen?“ wurde er diesmal von einer brünetten Sandra empfangen.

„Du weißt doch, wie das ist mit Urlaub. Die erste Woche zieht sich schön hin, die zweite läuft schon wesentlich schneller, die dritte merkst du gar nicht und ehe du dich versiehst, hängst du wieder hinterm Schreibtisch und mußt dich mit Leuten wie Chefchen und dem Kriechtier rumärgern. Von dem wirst du dir heute sicher noch Gejammere anhören müssen, wenn er hier vorbei kommt. Deshalb muß ich auch ganz schnell weg von hier, die ersten kommen schon die Treppe runter.“ Er warf ihr, schon im Weggehen, eine Kußhand zu, die sofort erwidert wurde, stempelte seine Karte am Automaten (gerade mal eine Minute zu früh...verdammt...) und verließ das Gebäude, vor dem direkt der Parkplatz angelegt war.

Der Audi glänzte ihm wie eine Speckschwarte, soweit dies bei einem silbernen Wagen möglich war, entgegen. Peter öffnete die Tür und ließ seine 1,81 cm auf den schon von leichten Rissen durchzogenen, schwarzen Ledersitz fallen. Noch bevor er richtig saß, ging sein rechter Zeigefinger schon in Richtung Radio, um zunächst einmal seinen Dauersender „Antenne“ mittels der Tipptasten anzuschalten. Dann erst setzte er sich gemütlich zurecht, schloß die Tür und schnallte sich an.

Diese Handgriffe erfolgten automatisch, da sie sich bei jeder Benutzung des Wagens fast detailgetreu wiederholten.

Peter ließ den Wagen an, parkte aus, fädelte sich an der Parkplatzausfahrt in den fließenden Verkehr ein und fuhr, den satten Klang des PS-starken 8-Zylinders genießend, Richtung Heimat.

Nicole Langmann, die bereits die ganze Woche durch den Abbau ihrer zahlreichen Überstunden frei hatte, warf den nassen Lappen, den sie gerade in der Hand hielt, zielsicher in den drei Meter entfernt stehenden Eimer. Der Lappen tauchte mit einem satten Platschen ins Wasser, wobei auch eine ordentliche Pfütze über die neuen Küchenfliesen gespritzt wurde. Doch das war Nicole egal, den Boden hatte sie sowieso noch nicht gewischt.

Seit die Langmanns die neue Küche hatten, war Nicole nur noch am Putzen. Und wenn sie putzte, war sie mehr als gründlich. Da wurde nicht nur jedes einzelne Teil, was irgendwo in irgendwelchen Schränken stand, angehoben, abgewaschen, abgetrocknet und, wenn möglich, auch noch poliert. Da wurden auch Fußleisten abgeschraubt und darunter geputzt, jede Gardine gewaschen und jedes Möbelstück, soweit dies in ihrer Macht stand, herumgerückt und von hinten gereinigt.

Wenn sie doch nur die Möglichkeit hätte, öfter mal zwischendurch saubermachen. Aber das war nicht drin. Sie hatte im letzten Jahr ihren Arbeitsplatz gewechselt und dabei eigentlich nur einen Halbtagsjob ausgehandelt. Doch die Kunden, die den Kosmetiksalon aufsuchten, bescherten ihr durch Mundpropaganda einen derart großen Kundenstamm, daß sie zwei- bis dreimal die Woche von morgens bis abends, unterbrochen von einer kurzen Mittagspause, ran mußte.

Nicole war 1,64 cm groß und hatte schulterlange, dauergewellte blonde Haare, die sie zum Leidwesen ihres Ehemannes Peter, den sie, seit sie sich vor zwölf Jahren kennengelernt hatten, immer nur Pitti nannte, so wie sie bei ihm ausschließlich Nicki hieß, meistens zu einem Pferdeschwanz band, obwohl ihm ihr offenes Haar wesentlich besser gefiel.

Sie war eigentlich sportlich, kämpfte jedoch ständig mit der für sie fast schon „magischen" Sechzig-Kilo-Marke. Was nach Peters Meinung eigentlich überflüssig war, schließlich hatte er sie so geheiratet wie sie war, und davon, als „dick" bezeichnet zu werden, war sie meilenweit entfernt. So sah sie es selbst eigentlich auch, machte aber immer mal wieder die eine oder andere Diät mit, die „Wunder bewirken" sollte und letztendlich nur auf wundersame Weise die Portemonnaies gewisser Leute füllte.

Heute jedenfalls war mal wieder, wie so oft in letzter Zeit, Großkampftag an der Putzlappenfront, und Nicole stand unmittelbar vor einem Sieg gegen den Gegner Staub-in-allen-Ecken. Er war ein wirklich hartnäckiger Gegenspieler gewesen, da durch den Kücheneinbau die gesamte Wohnung wie eine Baustelle ausgesehen hatte, obwohl die Küchentüröffnung mit nassen Bettlaken verhängt worden war und überall zusätzlich Teppichreste „verlegt" wurden, um das Gröbste abzuhalten. Genutzt hatte es eigentlich wenig, denn es war noch um einiges schlimmer geworden, als die Langmanns befürchtet hatten.

Wie dem auch sei, mit vereinten Kräften hatten sie es geschafft, alles wieder wohnlich zu machen, und Nicoles letzte Amtshandlung bestand jetzt nur noch darin, zum schätzungsweise vierundachtzigsten Mal die Küchenfliesen zu wischen.

Gerade, als sie das beendet hatte und den Eimer mit Wischlappen in den Schrank zurückstellte, hörte sie den Wagen ihres Mannes, begleitet von wummernden Bässen, auf den Hof fahren. Nicole lächelte, war seine Musik doch eins der wenigen Hobbies von Peter, für das er hin und wieder ein paar Mark investierte. Zwar hatte sie geschimpft bei der Anschaffung der Musikanlage, da diese nun doch mehr als die eben genannten paar Mark gekostet hatte, jedoch betrachtete sie dies jetzt im Nachhinein als das vielzitierte Ende mit Schrecken, da Peter wochenlang Prospekte gewälzt und Berechnungen angestellt hatte, um das Beste fürs Geld zu bekommen. Sie ging sogar noch einen Schritt weiter und hatte ihm eigenhändig ein hochwertiges Steuergerät gekauft, damit er den von ihm neuerworbenen CD-Wechsler im Kofferraum auch anständig mit Leistung füttern konnte. Daß das klug von ihr gewesen war, merkte sie daran, daß Peter jetzt nur gelegentlich, eigentlich eher selten, eine neue CD kaufte und voll und ganz mit sich und der Welt zufrieden war. Die bei weitem nicht so teure Musikanlage im Wohnzimmer, für die Peter sicher noch viel mehr Geld hätte ausgeben können, wenn er sie hätte ersetzen wollen, interessierte ihn nicht mehr, und beide waren zufrieden.

Kurze Zeit später ging die Haustür auf. Nach kurzem Rumoren im Flur trat Peter durch die Zwischentür in die Wohndiele, wo er von Nicole empfangen wurde, die ihn umtanzte wie ein kleines Kind.

„Urlaub, Urlaub“, sang sie dabei, schnappte Peter und drehte sich mit ihm bis ins Wohnzimmer, wo sie ihn aufs Sofa schubste und sich auf ihn fallen ließ.

„Los, erzähle“, forderte sie ihn auf. „Was war los am letzten Tag in der Firma?“

„Bis auf die letzte halbe Stunde war es relativ ruhig“, antwortete Peter und berichtete ausführlich von seinen Zusammenstößen mit dem Abteilungsleiter und Renner.

Die beiden freuten sich gemeinsam über den Erfolg der Aktion und gönnten sich dann ausnahmsweise eine Piccolo-Flasche Sekt, um auf den Urlaub anzustoßen.

Nachdem die Gläser geleert waren, was ungefähr ein Stündchen in Anspruch nahm, da dazugehörige Formalitäten erledigt werden mußten, richtete sich Peter auf.

„Du müßtest dich mal mit Marleen in Verbindung setzen und einen Termin ausmachen für die Urlaubsbesprechung.“

„Mach ich gleich.“ Nicki sprang auf, zog sich wieder an und ging zur Anrichte, wo das Telefon stand.

„Alles klar“, sagte sie kurze Zeit später. „Wir haben den Freitagabend festgelegt, weil Thomas dann auch Urlaub hat und gleich ein bißchen feiern kann“, teilte sie mit, ohne zu wissen, daß Thomas Beck im Büro fast die gleichen Worte benutzt hatte.

Diese Mitteilung hätte sie sich jedoch sparen können. Peter lag splitternackt auf dem Wohnzimmersofa, hatte sich mit seiner Jeans zugedeckt und schlief den Schlaf der Gerechten.

Als die Becks zwei Tage später auf den Hof fuhren, stand Peter schon vor der Haustür und erwartete sie.

Dabei ging er trotz des naßkalten Wetters kein Erkältungsrisiko ein, da er wußte, daß eines der Dinge, die Thomas haßte, Unpünktlichkeit war.

Er war also eine Minute vor neunzehn Uhr vor die Tür getreten und richtig, ca. 45 Sekunden später bog ein Renault in die Sackgasse ein und wurde in die Langmannsche Einfahrt gelenkt.

„Hallo, ihr beiden“, wurden die Becks begrüßt, als sich die Autotüren öffneten. „Thomas, du solltest dir mal einen vernünftigen Wagen zulegen. Deinen hört man schon, wenn du noch drei Kilometer weg bist.“

„Du kennst doch meine Devise: Laut und deutlich, wie beim Bund“, bekam Peter zur Antwort. „Außerdem kenne ich große silberne Autos, die das Doppelte an Sprit verbrauchen“, setzte er nach.

Nach dem Begrüßungsküßchen für die Dame und einem festen Händedruck für den Herrn betraten sie das Haus, legten die Jacken ab und wurden ins Wohnzimmer geführt, wo Nicole gerade dabei war, einen kleinen Imbiß in Form von gebackenem Schafskäse mit Paprika, Staudensellerie, Zwiebeln, Tomaten und natürlich reichlich Knoblauch auf die Teller zu verteilen.

Auch hier wurden die obligatorischen Küßchen verteilt und dann zunächst einmal ordentlich zugelangt, bis kein Krümelchen mehr auf den Tellern und in der Auflaufform war. Dabei wurde reichlich über dies und das erzählt, bis die beiden Frauen begannen, den Tisch abzuräumen.

Die beiden Männer blieben zurück, nachdem ihre Hilfe, die sie angeboten hatten, dankend abgelehnt wurde.

„Bleibt ihr mal ruhig hier“, sagte Nicole, „dann kann ich wenigstens mal ein paar vernünftige Sätze mit Marleen reden. Bei euren Unterhaltungen kommt eh nur Mist raus.“

So konnten sich Thomas und Peter, die Nicoles Bemerkung geflissentlich überhörten, einer weiteren Flasche DORNFELDER widmen, die Nicole zuvor aus den unendlichen Weiten der neuen Vorratsschränke hervorgezaubert hatte.

Als Nicole die Küche betrat, stand Marleen mit vor der Brust verschränkten Armen an die Spüle gelehnt und blickte die Freundin erwartungsvoll an.

„Was hast du denn?“ fragte Nicole, Marleens Blick auffangend, unschuldig, aber mit einem Glitzern in den Augen.

„Weißt du, wir kennen uns ja nun schon schätzungsweise seit der Steinzeit, und ich weiß genau, wann du etwas Schlaues ausgebrütet hast. Und im Moment platzt du fast, weil du mir etwas erzählen willst, das die Männer nicht hören sollen. Also schieß endlich los.“

„Okay, du hast es so gewollt.“ Nicole fing aufgeregt an zu erzählen.

Als die Frauen nach einer halben Stunde noch nicht wieder erschienen waren, wurden die Männer unruhig.

„Wenn Frauen so lange zu palavern haben, dann planen sie etwas“, sagte Thomas weise mit der ganzen Erfahrung seiner vierzig Lenze.

„Richtig“, stimmte Peter sofort zu. „Die hecken was aus.“ Und lauter rief er in Richtung Küche: „He, was ist jetzt mit unserem Urlaub? Wir haben schließlich noch einiges zu besprechen.“

Prompt erschienen die Frauen und grinsten wie die Honigkuchenpferde.

„Es ist schon alles besprochen“, behauptete Marleen.

„Und ihr habt keine Möglichkeit, daran etwas zu ändern“, fügte Nicole keck hinzu.

Die Männer sahen sich an.

„Na, verstehen wir was von Frauen oder nicht?“ fragte Thomas, und ohne eine Antwort abzuwarten, wandte er sich Marleen und Nicole zu. „Los, setzt euch endlich hin und erzählt.“

Die beiden nahmen Platz.

„Fang du an“, forderte Nicole auf und schaute Marleen an.

„Nee, nee“, antwortete diese. „Du hast das jetzt ausgebrütet, also sieh zu, wie du es unseren Göttergatten beibringst.“ Sie stupste die Freundin an. „Los, fang einfach an, ich helfe dir.“

„Also gut.“ Nicole räusperte sich. „Wir wollten uns doch heute zusammensetzen, um mögliche Urlaubsziele auszusuchen, damit wir dann am Flughafen zumindest eine grobe Richtung haben und zumindest etwas gezielt Angebote sondieren können“, begann sie.

Die anderen drei nickten.

„Gut“, fuhr sie fort. „Ihr kennt doch alle die Kruses aus Marienthal.“

Erneutes Nicken. Mit Christine Kruse arbeitete Nicole zusammen im Kosmetiksalon, und die anderen hatten sich auf diversen Geburtstagsparties bei den Langmanns schon gesehen.

„Wie ihr wißt, haben die beiden zwei Kinder, Tim und Anika, und mit denen wollten sie zur gleichen Zeit, in der wir Urlaub genommen haben, verreisen. Nun ist es aber so, daß in Marienthal die Windpocken umgehen und es auch Anika und Timmi erwischt hat.“

„Laß mich raten“, wurde sie von Thomas unterbrochen. „Die vier müssen den Urlaub absagen, und wir sollen statt dessen die Reise übernehmen“, folgerte er messerscharf.

„Damit kommst du der Sache schon verdammt nahe“, antwortete Nicki, während Marleen anfing, unruhig im Sessel herumzurutschen.

„Da sie also kurzfristig absagen müssen und dadurch trotz Reiserücktrittsversicherung ein Heidengeld Abstand bezahlen müßten, hat Christine heute nachmittag angerufen und uns die Reise zu einem Superpreis angeboten. Dadurch würden Kruses zwar immer noch Miese machen, aber längst nicht so viel, als wenn sie ganz absagen müßten. Und im übrigen war der Urlaub schon für Christine ein sehr günstiges Angebot, so daß wir eigentlich gar keine andere Wahl haben und das Angebot annehmen müssen. Wir würden zwar immer noch 2500,- DM pro Kopf für zwei Wochen investieren müssen, aber das wäre das Ganze wert."

„Einen Moment, bleib mal ganz ruhig", wurde sie erneut, diesmal von Peter, unterbrochen. „Wenn ich jetzt auch mal den Detektiv spielen darf: Wenn es so ein Superangebot ist, wie du gerade gesagt hast, und wenn es schon für Christine so ein günstiges Schnäppchen war und wenn es dann trotzdem noch fünftausend Mark pro Pärchen kosten soll, dann würde es mich und bestimmt auch Thomas so ganz am Rande interessieren, wo es denn hingehen soll. Ich behaupte mal so, daß das mindestens zehn Stunden Flug sein werden, und da sage ich von vornherein schon mal nein."

„Und ich schließe mich den Ausführungen meines Vorredners an", ließ sich Thomas vernehmen.

„Nun laßt Nicki doch mal ausreden", mischte sich jetzt auch Marleen ein und nickte der Freundin aufmunternd zu. Sie war im Laufe des Gesprächs immer unruhiger geworden und hatte bei Peters Ausführungen sehr genau Thomas' Gesicht beobachtet, das schlagartig blaß geworden war, als die zehn Flugstunden erwähnt wurden. Da sie logischerweise ihren Mann nach all den Ehejahren genauestens kannte, ahnte sie schon, was auf sie und Nicole an Überredungskunst zukommen würde. Und wie es aussah, konnten sie wohl auch keine Schützenhilfe von Peter erwarten.

„Jedenfalls hat sich Christine schon beim Reisebüro erkundigt und die Leute dort würden uns bei der Abwicklung behilflich sein", fuhr Nicole fort, die nicht genau wußte, wie sie ihre Neuigkeit an den Mann bzw. an die Männer bringen sollte.

„Nun rede doch nicht um den heißen Brei herum und sag endlich, wo es hingeht", rief Thomas nervös, was ihm ein zustimmendes Kopfnicken von Peter einbrachte.

„Mensch, Leute, Australien", platzte Marleen heraus und ließ damit die Katze aus dem Sack.

Nicole fiel ein Stein vom Herzen, daß ihr die Hiobsbotschaft abgenommen wurde, Peter stöhnte laut auf, und Thomas verlor auch den Rest Farbe in seinem Gesicht und biß sich auf die Lippen. Eine halbe Minute sagte keiner ein Wort.

„Ohne mich", unterbrach schließlich Peter das Schweigen. Thomas schüttelte nur den Kopf.

Marleen wechselte den Platz und setzte sich neben Thomas, um ihn in den Arm zu nehmen.

„Bitte, bitte", flüsterte sie ihm ins Ohr. „Du weißt doch, wie gern ich da schon immer mal hinwollte."

Natürlich wußte er das. Marleen hatte ihm schon oft genug von dem fernen Kontinent vorgeschwärmt, von der einzigartigen Tierwelt, der einmaligen Landschaft und der „Waltzing Mathilda". Eigentlich wollte er ihr diesen Wunsch von Herzen gerne erfüllen, fürchtete sich aber gleichzeitig vor dem endlosen Flug.

Auch Nicole hatte sich zu ihrem Peter gesetzt und sprach leise auf ihn ein. Dieser machte nur ein trotziges Gesicht und schüttelte immer wieder den Kopf.

Im Langmannschen Wohnzimmer herrschte Krisenstimmung...

Um es kurz zu machen: Schon eine halbe Stunde später war Thomas von seiner Marleen überredet worden. Überredet, aber nicht überzeugt. Als sie dann schließlich zu dritt auf Peter einredeten, mußte auch dieser sich angesichts der Übermacht und der wohlangebrachten Argumente geschlagen geben. Es stand fest: Das Reiseziel unserer vier Freunde in diesem Jahr würde Australien werden, trotz eines über zwanzigstündigen Fluges, trotz zweier nicht gerade begeisterter Männer, trotz der Unannehmlichkeiten, die sie vorher noch auf sich nehmen mußten.

So wurde z. B. abgesprochen, daß am Montag Visa besorgt werden müßten. Christine hatte in ihrem Telefonat bereits erwähnt, daß das keine größeren Schwierigkeiten machen würde, wenn man denn bereit war, nach Bonn, wo sich die australische Botschaft befand, zu fahren und die Visa persönlich abzuholen. Beantragt würden sie dann bereits durch das Reisebüro sein, das sich um eine schnelle Abwicklung kümmern würde.

Um Impfungen brauchte man sich nicht kümmern, da diese nicht erforderlich waren.

Es wurde dann doch, trotz der etwas gedrückten Stimmung, noch ein schöner Abend. Letztlich freuten sich die beiden Männer, durch ihre Zusage ihren Frauen eine solche Freude machen zu können, und sie beobachteten dann doch vergnügt, trotz des flauen Gefühls im Magen, wie Marleen und Nicole begeistert auf sich einredeten und Pläne schmiedeten. Thomas und Peter waren der Meinung, daß man solch leuchtende, erwartungsvolle Augen einfach nicht enttäuschen durfte. Letztlich ließen sie sich dann doch von der Vorfreude ihrer Frauen anstecken, und am Abschluß des Abends lachten sie schon wieder alle vier gemeinsam.

Und in der darauffolgenden Nacht, als alle vier wieder in ihren Betten lagen, wurden die Männer für ihre Entscheidung, sich den immensen Gefahren eines stundenlang währenden Fluges todesmutig zu stellen, mehr als belohnt...

Kapitel 2

Claude Maugis saß in dem kleinen gemütlichen Lokal „Le Bateau Lavoir" in der Rue Garreau 8 in Paris. Es war Freitag, der 9. Januar, und das fade Licht des Abends hielt bereits Einzug in den Straßen von Montmatre.

Eigentlich wollte Claude in dem Hotel bleiben, in dem er abgestiegen war und in dem ihm auch der elegante Aktenkoffer übergeben worden war. Ein Koffer, von dessen Inhalt er nur wußte, daß es sich um eine beträchtliche, nein eine unheimlich beträchtliche Summe Bargeld handelte. Gebrauchte Dollarnoten und DM-Scheine, ein mehrstelliger Millionenbetrag.

Er hatte bewußt das kleine Mittelklassehotel CARLTON'S auf dem Boul Sandrard Rochechouart 55 im Herzen von Montmatre gewählt. Hier begann das Rotlichtviertel, ein Bereich, in dem er sich gut auskannte und in dem er sich zu Hause fühlte. Da aber, vom Hotel nur etwa 300 m Luftlinie entfernt, eine der Attraktionen von Paris ihre Tore öffnete, das Moulin Rouge, wimmelte es hier bereits von Touristen und Menschen aller Nationalitäten und Hautfarben. Ein Ort, der zur Abwicklung von Geschäften jeglicher Art mehr als geeignet schien.

In der marmorierten Bar des Hotels hatte er dann auch auf seine Kontaktperson in dem dunklen, aber unauffälligen Straßenanzug gewartet. Den Mann, den er nicht kannte, von dem er nur wußte, daß er kommen, ihn auf ein vereinbartes Codewort ansprechen und ihm danach einen Koffer übergeben werde. Er wußte nichts über ihn, weder woher er kam, noch für wen er arbeitete. Er wußte lediglich, daß der Mann genau wie er bereit war, einen erteilten Auftrag auszuführen, zur Zufriedenheit seines Auftraggebers und mit allen sich ergebenden Konsequenzen.

Bereits mittags hatte sich Claude Maugis in die Hotelbar begeben. Er war gründlich. Er wollte stets der sein, der empfängt, nicht der, der empfangen wird.

›Sei da, bevor du erwartet wirst‹, war seine Devise. Nach dieser lebte er bereits seit mehreren Jahren, und durch sie hatte er auch bisher überlebt. Er hatte sich von dem vietnamesischen Kellner, der hinter der Bar lautlos seinen Gästen die Wünsche aus den Gesichtern las, ein Glas Bordeaux einschenken lassen und bereits mehrere Marlboros in dem gläsernen Aschenbecher, der vom Barkeeper jedesmal sofort wieder gereinigt worden war, ausgedrückt.

Er mußte, während er wartete, mehrere ziemlich betrunkene Touristen ertragen, die in dem Hotel abgestiegen waren und sich an der Bar Drinks genehmigten. Mit teilweise schon schweren Zungen prahlten sie von ihren Ausflügen der vergangenen Nacht.

Betrunkensein verabscheute er, besonders betrunkene Frauen waren ihm zuwider.

Pünktlich um 15 Uhr war der unauffällige Mann erschienen. In diesem Genre erkannte man sich gleich. Zielstrebig war er auf Claude zugekommen, hatte das vereinbarte Codewort von sich gegeben und die dazu passende Antwort erhalten. Wortlos wurde der Aktenkoffer, den der Mann mit sich führte, überreicht. Wortlos hatte Claude Maugis ihn an sich genommen, so, als wenn ein Foto seinen Besitzer wechselt. So unauffällig wie er gekommen war, verließ der Mann auch wieder die Hotelbar und verschwand vor der Tür im brodelnden, lärmenden Schlund der schönen und aufregenden Stadt.

Das ganze Treffen hatte genau fünfundzwanzig Sekunden gedauert, präzise Arbeit. Quittungen gab es bei derlei Geschäften nicht. Das Nichteinhalten von Vereinbarungen wurde mit dem Leben bezahlt. Man wußte das, man akzeptierte das und man lebte, solange man sich daran hielt, meistens gut, lange und zufrieden.

Entspannt hatte Claude Maugis den Koffer an der Rezeption zur Aufbewahrung abgegeben. Unauffällig, wie hinderliche Gepäckstücke abgegeben werden, um sich nicht mit ihnen herumplagen zu müssen. Wäre der Frau hinter der Rezeption, die so dürr war und aussah, als sei sie einem schottischen Gespenstergeschlecht entsprungen, klar gewesen, daß sie mit diesem Koffer ein Vermögen in ihre Obhut nahm, dessen Größe sie zu erahnen nicht in der Lage war, hätte sie bestimmt mehr Charme ausgestrahlt, als sie es im Moment tat. Aber sicherlich hatte sie Claudes auffälligen Akzent bemerkt, mit dem er sie um diesen Gefallen gebeten hatte und der ihn von den Trinkgeld gebenden Touristen unterschied.

Ein Akzent, den er zu seinem Ärgernis nicht verleugnen konnte und der jedem Eingeweihten klar machte, daß er genau hier, als Kind von Montmatre, aufgewachsen war.

Claude war fünfunddreißig Jahre alt und von der Figur her der typische Franzose, nicht auffällig groß, nicht besonders klein. Er war drahtig, hatte eine eher blasse Gesichtsfarbe und eine unauffällige Allerweltsfrisur. Claude trug weder Bart noch Brille, hatte sich allerdings vor Jahren einen, wie es jetzt in den europäischen Metropolen üblich war, kleinen Brillanten ins linke Ohr stecken lassen. Seine Kleidung war sportlich und zweckmäßig. Seine Vorliebe galt schnellen Autos und schönen Frauen.

Lange hatte er auf derartigen Luxus, wie er ihn jetzt oft sein eigen nennen konnte, verzichten müssen. Mit seinen Eltern war er in einem kleinen Pariser Familienzirkus aufgewachsen und durch die Provinz getingelt. Seine Mutter hatte ihn Lesen und Schreiben gelehrt, und von seinem Vater waren ihm die restlichen Dinge, die das Leben lebenswert machten, beigebracht worden.

Im Zirkus trat er als Magier und Jongleur auf. Er war sehr talentiert und fingerfertig und träumte als Kind häufig davon, einmal in einer der großen Shows im Moulin Rouge auftreten zu können. Aus diesem Traum wurde nichts. Der Zirkus steuerte in die Pleite, seine Eltern starben, und mit sechzehn Jahren war er plötzlich auf sich allein gestellt.

Die Mädchen von Montmatre hatten ihn aufgenommen. Hier war sein Zuhause geworden, hier kannte er sich aus, hier fühlte er sich wohl.

Mit Gelegenheitsjobs hatte er sich Jahre hinweg über Wasser gehalten. Jobs, die auch nicht immer, eher selten, legal waren. Er hatte gelernt, auch in Unterweltskreisen seinen Mann zu stehen. Er wußte seinen Kopf dort zu nutzen, wo es angebracht war, und sein Stilett da einzusetzen, wo es nötig erschien.

Das Stilett war die einzige Waffe, die Claude Maugis brauchte und die er immer bei sich trug. Es gab wohl in ganz Paris niemanden, der auch nur annähernd so unauffällig, aber präzise mit diesem skalpellscharfen Instrument umzugehen wußte wie er.

Im Alter von 28 Jahren war er zufällig auf einen älteren, aber finanziell äußerst potenten Herren gestoßen, Anastassios Xanthopoulidis, den Griechen, wie er von allen ehrfurchtsvoll genannt wurde.

Der hatte Claude um einen kleinen Gefallen gebeten und war von dessen sorgfältiger Ausführung so angetan, daß er weitere lukrative Jobs auf Claude übertrug und ihn schließlich regelrecht einstellte.

Claude hatte gleich bei der ersten Begegnung gemerkt, daß es hier nicht auf seinen Pariser Charme ankam, sondern daß er hier seinen Geist gebrauchen mußte. Diese Chance hatte er genutzt.

Seitdem brauchte er keine verräucherten Kneipen mehr auszufegen, mußte sich nicht mehr mit betrunkenen Nutten oder Zuhältern herumschlagen und hatte es auch nicht mehr nötig, den Bodyguard für ein paar Möchtegernkünstler zu spielen.

Seitdem hatte er Geld, mehr als er sich je erträumt hatte. Er fuhr die neuesten und schnellsten Wagen und konnte teure Kleidung tragen. Die Auswahl und das Niveau der Frauen, die ihm bereitwillig zur Verfügung standen, war ebenfalls wesentlich gestiegen.

Er hatte es im Laufe der Jahre geschafft, das Vertrauen, soweit man in diesen Kreisen davon sprechen konnte, des Griechen zu gewinnen, und war für ihn so eine Art rechte Hand, Feuerwehrmann oder jemand geworden, auf den er sich verlassen konnte und der, ohne viele Fragen zu stellen, stets seine Aufträge zur vollsten Zufriedenheit ausführte.

Claude wußte, daß das, was er für seinen Gönner zu erledigen hatte, ungesetzlich war. Er hatte aber im Laufe der Jahre gelernt, damit umzugehen. Er hatte weiterhin gelernt, daß mit Geld alles zu erreichen war und daß das geheimnisvolle Knistern der bedruckten Banknoten sämtliche, aber auch wirklich sämtliche Türen öffnete. Alles und jeder war käuflich, es war nur eine Frage des Preises.

Das Schicksal, ja sogar das Leben einzelner Menschen interessierte nicht mehr, wenn man über genügend finanzielle Mittel und damit verbundenen Einfluß verfügte. Probleme, Hindernisse, diese Worte gab es im Wortschatz der oberen Zehntausend nicht mehr.

Früher hatte er über dieses geflügelte Wort nur lächeln können. Heute wußte er, daß es sie gab, die oberen Zehntausend. Und sein Arbeitgeber, der seriöse ältere Herr, war im oberen Viertel zu finden.

Claude Maugis war, nachdem er den Aktenkoffer abgegeben hatte, nach oben in sein Zimmer gegangen, hatte sich frisch gemacht und seine Sachen zusammengepackt. Um 22 Uhr ging sein Flieger vom Flugplatz Charles De Gaulle und brachte ihn mit dem Geld zu seinem Auftraggeber.

Dieser hatte seine Zelte vor ein paar Jahren in Europa abgebrochen und sein Domizil in Australien errichtet.

Da Claude keine Lust hatte, die letzten Stunden vor dem Abflug auf dem großen und mit Touristen zum Bersten gefüllten Flughafen zu verbringen, gönnte er sich einen kurzen Besuch im „Le Bateau Lavoir“.

Dieses kleine Lokal, das sich auf Montmatre nicht zuletzt wegen seiner einfachen, aber ausgezeichneten Küche einen Namen gemacht hatte, lag nur wenige Gehminuten vom CARLTON'S entfernt.

Obwohl der Wind eisiger wurde und es leicht zu regnen begann, ging Claude Maugis diese kurze Strecke zu Fuß. Er hatte für 21 Uhr ein Taxi vors Hotel bestellt. Das sollte ihn zum Flughafen bringen.

Es war also noch genügend Zeit, sich die herrliche Gascogner Tomatensuppe, die Pierre, der Wirt des Lokals, stets frisch zubereitete, schmecken zu lassen. Auf dem nassen Kopfsteinpflaster der schmalen Fußwege bildeten sich schnell Pfützen. Sie sahen alles und zeigten es ohne Gnade, die grellen Leuchtreklamen der Bars und Restaurants genauso wie die teilweise heruntergekommenen Fassaden und Eingänge der alten Häuser, die geheimnisvoll über das schwiegen, was sich hinter ihnen verbarg.

Nach ein paar Minuten hatte er die einladende rote Fassade von Pierres Gaststube erreicht. Früher, weit vor seiner Zeit, hatte hier einmal ein Waschhaus gestanden, wo sich die alten Pariserinnen trafen, über das Tagesgeschehen tratschten und ihre Kleidung wuschen. So kam auch der Name des Restaurants zustande.

Innen war es auch nicht viel größer als in einer der Pariser Waschküchen, die Claude noch aus den alten Büchern kannte, die ihm seine Mutter oft gezeigt hatte. Es war Platz für genau achtundzwanzig Gäste, die sich entweder an der kleinen Bar oder an einem der ordentlich gedeckten Tische niederlassen konnten.

Von allen Plätzen hatte man freie Sicht sowohl auf die Straße als auch in die Küche, in der Pierre behende herumhantierte. Es gab keinen Kellner. Pierre war alles, Koch, Kellner, Barkeeper, Putzfrau, Beichtvater, eben alles in einer Person. Daß es dafür etwas länger dauerte, bis man sein Menü bekam, verstand sich von selbst.

Es war also kein Lokal für Touristen, die zwischen einer Stadtrundfahrt und dem Besuch von Sacré Cœr mal eben schnell ein Essen einwerfen wollten. Nein, wer zu Pierre kam, mußte nicht unbedingt Geld, aber viel Zeit mitbringen. Pierre schrieb an. Er kannte alle seine Kunden mit Namen und ersetzte auf Montmatre jede Tageszeitung. Es gab nichts, was hier passierte, von dem Pierre nicht zu erzählen wußte, und es passierte viel.

Wer Glück hatte, konnte hier sogar ab und zu einen alten Mann in der Ecke sitzen sehen, der stumm vor seinem Glas saß und alten, schillernden Zeiten gedachte, Jean Marrais. Er wohnte gleich um die Ecke und schaute häufiger mal auf ein Glas oder zwei bei Pierre vorbei.

„Bonjour, Pierre“, betrat Claude fröstelnd den gemütlichen Raum.

„Salut, Claude.“ Pierre war gerade damit beschäftigt, in einem der riesigen Töpfe seiner Küche herumzurühren. Das Waschhaus war fast bis auf den letzten Platz gefüllt. Claude setzte sich gleich links an die Theke und bekam wortlos ein Glas Cidre von Pierre vorgesetzt.

„Den mußt du mal probieren, der ist in diesem Jahr phantastisch“, empfahl er das Getränk.

„Wenn du es sagst...“

„Hast du viel Zeit?“

„Nein, ich muß gleich wieder zum Flughafen, aber mein Magen sehnt sich so nach deiner Suppe. Hast du welche für mich?“ fragte Claude.

Es gab in ganz Paris kein Lokal, in dem eine bessere Gascogner Tomatensuppe serviert wurde als hier. Und er versuchte immer, auf einen Sprung vorbeizuschauen, wenn er in Paris war, um sich diese göttliche Speise von Pierre vorsetzen zu lassen.

„Kriegst gleich welche...“ Pierre war wieder in seiner Küche verschwunden. Eigentlich war es kein richtiger Raum, den er Küche nannte. Es war mehr ein Schlauch mit einem Ofen und einer Spüle, und Claude wunderte sich jedesmal aufs neue, wie Pierre, der einen beachtlichen Bauch vor sich herschob, so flink und offenbar ohne Mühe in dieser Enge zurecht kam.

Pierre bediente noch ein paar Gäste und kam kurz darauf mit einer Schale dampfender Suppe an die Theke zurück.

„Geschäftlich unterwegs...?“ wollte er wissen.

„Mhm...“, brummte Claude. Er sprach grundsätzlich nicht über seine Arbeit.

„Wo geht's denn nachher noch hin mit dem Flieger? Rom, London, Johannesburg, New York...?“ nervte Pierre weiter.

„Sydney“, antwortete Claude ehrlich, aber knapp.

Pierre merkte, daß Claude nicht reden wollte. Er pfiff bei Claudes Antwort leise durch die Zähne, wischte mit einem Tuch, das auch bereits sauberere Tage gesehen hatte, routinemäßig über die Theke und wandte sich wieder den brodelnden Innereien seiner Küche zu.

Nachdem Claude genüßlich seine Suppe gegessen hatte, saß er noch eine Weile wortlos da und dachte an die 19000 Flugkilometer, die Paris von Sydney trennten. Und er dachte auch an Axél Chhong, die am Flughafen auf ihn warten würde und die hoffentlich schon alle Formalitäten erledigt hatte.

Axél, sie arbeitete ebenfalls für den Griechen. Sie und Claude hatten sich so kennengelernt. Sie arbeiteten gern zusammen. Besonders gerne arbeitete sie jedoch unter ihm, wie sie ihm immer wieder lachend zu verstehen gab. Meistens zog sie ihn danach in eines der vielen Hotelbetten, die sie schon gemeinsam belegt hatten, und begann mit ihrer *Arbeit.*

Liebe, nein, sie empfanden dieses Gefühl füreinander nicht. Sie arbeiteten und akzeptierten sich und hatten viel Spaß beim Sex. Aber sie waren im Laufe der Jahre zu sehr Profis geworden, die wußten, daß in diesem Geschäft Gefühle nur störten.

„Gefühle habe ich mir abgewöhnt“, hatte Axél einmal in einem kurzen Augenblick einsamer Sentimentalität gesagt. „Gefühle sind für Leute, die nicht genug davon bekommen können, ständig auf die Schnauze zu fallen.“ Das war ihr Motto und danach lebte sie.

Die Zeiger standen auf 19 Uhr, als Claude seine Gedanken beiseite schob. Er legte einen Schein neben die Suppenschale und verließ wortlos das Waschhaus. Natürlich war der Schein viel zu groß, aber Claude konnte es sich leisten und spielte gerne den Big Spender.

Der Regen hatte zugenommen und es war windiger geworden. Trotzdem stieg er die unzähligen schmalen Stufen, die sich ihren Weg durch die alten Häuserfronten suchten, empor und machte, bevor er zurück ging, noch einen Abstecher bei Sacré Cœr.

Auf den Treppen der alten Kirche tummelten sich wie immer viele Studenten und Touristen trotz des schlechten Wetters. Claude blieb unter einer Laterne an dem eisernen Geländer stehen und blickte auf das erleuchtete und das Nachtleben erwartende Paris, das ihm von hier aus zu Füßen lag...seine Stadt.

›Bisher habe ich noch niemanden töten müssen‹ fuhr es ihm plötzlich durch den Kopf. Aber er wußte, der Grieche würde es irgendwann einmal von ihm verlangen. Und er wußte, daß er auch diesen Auftrag zu dessen Zufriedenheit ausführen würde.

Claude schüttelte sich. Die Kälte fraß sich langsam durch die Kleidung und überzog seinen Körper mit eisigem Schauer. Er steckte die Hände noch tiefer in die Hosentaschen und ging auf direktem Weg zum CARLTON'S zurück.

Dort zahlte er seine Rechnung, gab auch hier ein viel zu großes Trinkgeld, nahm den Aktenkoffer und seine Reisetasche in Empfang und ging durch die Halle nach draußen.

Es dauerte nur ein paar Minuten, bis sein Taxi erschien. Claude stieg ein, nannte sein Ziel und überließ alles weitere dem Chauffeur.

Es war ein Kunststück, zu dieser Zeit und bei dem Verkehr durch die brodelnden Straßen von Paris zu fahren, die nicht den Anschein machten, sich zur Nachtruhe begeben zu wollen. Aber, wie wohl in jeder Stadt, gab es gute und schlechte Taxifahrer. Claude hatte die bessere Sorte erwischt.

Der Mann hatte schnell bemerkt, daß Claude nicht zum Reden aufgelegt war, und hatte sich darauf eingestellt. Wortlos kutschierte er seinen Fahrgast durch ein Gewühl von Autos und Menschen, vorbei an feinen und schäbigen Vierteln von Paris, zum Flughafen.

Claude zahlte, stieg aus und ging auf die Halle zu. Es hatte aufgehört zu regnen.

Axél stand vor einer der gläsernen Türen der Eingangshalle und erwartete ihn bereits.

Auch sie war Französin. Ihr Name und ihr Aussehen verrieten jedoch, daß sie nicht irgendeine Französin, sondern vielmehr eine fernöstliche Kostbarkeit war. Ihr Vater, ein Koreaner, hatte ihre Mutter mit zurück in seine Heimat genommen und sie zunächst in ein Internat gesteckt und später Sprachwissenschaften studieren lassen. Obwohl sie das Studium nach ein paar Semestern abgebrochen hatte, beherrschte sie mehrere Sprachen perfekt.

Nach dem Abbruch des Studiums hatte sie sich mit ihren Eltern entzweit, und der letzte Kontakt mit ihnen lag viele Jahre zurück. Die erste Zeit hatte sie darunter gelitten, und als die elterlichen Geldmittel nicht mehr, wie zuvor, flossen, war sie geneigt gewesen, klein beizugeben.

Sie hatte sich dann jedoch anders entschieden und als Reiseführerin über Wasser halten können. Mehrere Jahre lang hatte sie internationale Touristengruppen durch Paris geführt und dabei eine Menge über fremde Kulturen und Eigenarten, aber auch über sich selbst erfahren.

Sie verstand es wie kaum eine andere, sich sofort jeder Situation entsprechend anpassen zu können.

Auf diesem Wege hatte sie auch Xanthopoulidis kennengelernt, zunächst als Touristen, dann als zahlenden Auftraggeber für abendliche Begleitungen internationaler Geschäftspartner.

Xanthopoulidis zahlte gut, und so verwarf sie auch bald alle Skrupel darüber, mit dem einen oder anderen seiner Geschäftspartner etwas mehr unternehmen zu müssen, als ihn nur abendlich zu begleiten. Sie profitierte davon und lebte nicht schlecht.

Einmal, ein einziges Mal, hatte sie sich in ihren zugeteilten Ausführer verliebt. Dieser und auch Xanthopoulidis hatten ihr aber schnell und unmißverständlich zu verstehen gegeben, daß sie nur ein kleines Rädchen, wenn auch das hübscheste, in einem großen Getriebe war. Sie hatten ihr deutlich erklärt, daß kleine Rädchen schnell einmal zerbrechen können und es keine Mühe macht, sie aus einer Vielzahl anderer sofort zu ersetzen. Axél hatte sofort begriffen und seitdem alles, was auch nur annähernd mit Gefühlen in Verbindung gebracht werden konnte, aus ihrem Kopf verbannt. Sie war lange genug unten gewesen und wollte um nichts auf der Welt mehr dahin zurück.

Mit ihren siebenundzwanzig Jahren hatte sie sich zu einer intelligenten Frau gemausert, die, wenn sie einmal ein Ziel vor Augen hatte, genau wußte, wie sie ihren Geist und Körper richtig einzusetzen hatte, um dieses Ziel auch zu erreichen. Was sie wollte, bekam sie, auch wenn sie dafür Dinge tun mußte, die andere abgelehnt oder für die sich andere geschämt hätten.

Sie konnte es sich erlauben, teure Kleidung zu tragen, und mußte sich ihren Schmuck und ihr Parfüm nicht in billigen Kaufhäusern erwerben. Sie liebte Luxus. Irgendwie liebte sie auch Xanthopoulidis, aber es war nicht die Art Liebe, wie sie eigentlich verstanden wird. Er war der, der ihr erlaubte, so zu sein, wie sie war, so lange sie das tat, was er von ihr wollte. Und das tat sie ohne wenn und aber, damit sie so bleiben konnte, wie sie sein wollte. Unverständlich schien ihr bloß der Umstand, daß er bisher nie versucht hatte, sie ins Bett zu kriegen. Aber offenbar gab es für ihn nur Geld und Macht und alles andere auf dem Weg dorthin waren Werkzeuge mit Köpfen, Armen und Beinen oder mit Rädern, Abzügen, Trommeln und Patronen. Und mit Werkzeugen schläft man nicht!

Ob ihre Aufgaben, die sie für den Griechen zu erledigen hatte, ungesetzlich waren oder nicht, war ihr total egal. Sie hatte gelernt, daß Geld zu Macht verhalf, und sie hatte miterlebt, daß der, der Macht besaß, immer Recht hatte. Sie wäre nicht Axél Chhong gewesen, wenn sie sich nicht auf der Seite der Macht wohlgefühlt hätte.

„Salut, Chérie", begrüßte sie Claude mit einem flüchtigen Kuß auf die Wange.

„Salut, du siehst mal wieder hinreißend aus. Hast du alles erledigt?"

Eigentlich eine dumme Frage, dachte Claude. Er wußte, daß auf sie Verlaß war , und daß natürlich alles erledigt war.

Er wußte, daß sie mit ihrer Erscheinung und dem zufällig vor der richtigen Person, an der richtigen Stelle etwas, aber wirklich nur etwas hochrutschenden Rock, der ohnehin bereits schon bedenklich kurz war, das Flughafenpersonal sowohl am Schalter als auch an der Abfertigung beeindruckt und alles für das reibungslose Auschecken erreicht hatte.

Er wußte auch, daß sie unter diskreter Zurücklassung eines für Polizei- und Zollverhältnisse nicht unbeträchtlichen Betrages, über den sie beide aber nur lachen konnten, auch eine bevorzugte Behandlung in diesem Bereich erreicht hatte.

Selbstverständlich konnten beide und auch ihr Gepäck geröntgt werden. Geld konnte so verstaut werden, daß es nicht auffiel, besonders dann, wenn der Inhalt eines Koffers nur aus Geld bestand, und ein Stilett konnte im Koffer so deponiert werden, daß es aussah wie die Schere des Öffnungsmechanismus' eines Koffers. Also hatten auch Polizei und Zoll keine Bedenken, die beiden Herrschaften an dem grölenden und stinkenden Mob der anderen, hauptsächlich aus Touristen bestehenden Fluggäste vorbei direkt zu dem bereits bereitgestellten Flugzeug zu begleiten und sich danach höflich von ihnen zu verabschieden.

Lächelnd saßen beide eine Weile schweigend in den komfortablen Sesseln der 1. Klasse ihres Flugzeuges, in dem sie die nächsten Stunden verbringen sollten und das sie ans andere Ende der Welt brachte.

Axél räkelte sich wohlig neben Claude in ihrem Sitz. Die Jacke ihres Kostüms hatte sie bereits abgelegt, und so konnte Claude einen ungenierten Blick auf ihren makellosen, ab und zu ein wenig knabenhaft wirkenden Körper werfen.

Ihre Bluse war so weit geöffnet, daß sie zwar alles erahnen ließ, aber keine Einblicke zuließ. Unter dem Stoff zeichneten sich zwei kleine Brüste ab. Zwischen ihnen und der Bluse lag ein Hauch von Seide. Sie liebte Seidenunterwäsche. Sie liebte es, wie sich der Stoff um ihre braune Haut schmeichelte.

Die langen dunklen und glatten Haare fielen ihr auf die Schultern. Einige Augenblicke lang schloß sie die braunen, mandelförmigen Augen, die, wenn sie jemanden ansahen, eine eigene Sprache zu sprechen schienen, und genoß den Augenblick der Stille.

Der Auftrag war fast erledigt, auch wenn noch mehrere Stunden über der Erde vor ihnen lagen. Eine leichte Sache für sie beide. Sie wußte von dem Geld in dem Koffer. Sie wußte nicht, woher es kam und wofür es war. Sie wollte es auch nicht wissen. Aber sie wußte, daß der Grieche mit ihrer Arbeit zufrieden sein würde.

Mit dieser Gewißheit sah sie die Begrenzungslichter der Startbahn immer schneller an ihrem Fenster vorbeifliegen, um schließlich nach einem leichten, kaum merkbaren Ruck, unter ihnen zu verschwinden.

Sie waren in der Luft, auf dem Weg ans andere Ende der Welt.

„Sie sind gestartet, Sir." Vorsichtig, beinahe ängstlich, überbrachte ein Hausdiener die Meldung dem älteren Herren, der in einem klobigen Ledersessel altenglischen Stils saß und mit gedankenversunkenem Blick aus einem der riesigen Fenster des weißen Hauses sah.

„Danke, du kannst jetzt gehen", wandte sich Anastassios Xanthopoulidis dem immer noch furchtsam und in gebührendem Abstand auf weitere Befehle wartenden Angestellten freundlich zu. Er sprach wie immer freundlich und leise. Niemand hatte ihn je laut werden oder gar schreien hören. Das war nicht sein Stil.

Trotz seiner bereits achtundsechzig Jahre war er nicht nur ein stattlicher Mann, sondern verkörperte mit jedem Zoll das, was man sich unter einer „Persönlichkeit" vorstellte. Er war die personifizierte Autorität, obwohl er nach außen hin stets versuchte, sich so natürlich wie möglich zu geben.

Er ließ niemanden, selbst das Hauspersonal nicht, spüren, wie klein das momentane Gegenüber gegen ihn, den Griechen, war. Und sie waren alle klein gegen ihn, körperlich, geistig und finanziell...sehr klein.

Mit seiner Körpergröße, den dunklen, jetzt langsam silbern werdenden Haaren, dem dunklen Teint und der für Griechen markanten Nase, wäre er sicherlich noch der begehrenswerte Schwarm so mancher, auch oder gerade junger, Frau gewesen, aber er lebte allein und zurückgezogen, weitab der Zivilisation.

Im Süden Australiens, etwa sechshundert Kilometer nördlich von Adelaide, zwischen Coober Pedy und William Creek, an einem namenlosen See, hatte er sein Haus.

Es war eher eine Festung. Das riesige Grundstück, auf dem sein Wohnhaus neben Wirtschaftsgebäuden, Stallungen und den Unterkünften seiner Angestellten stand, war von einer hohen Mauer umgeben. Auf der Mauer befanden sich, jeweils mit Sichtkontakt zur nächsten, kleinere Plattformen, auf denen ständig Posten patrouillierten. Es gab ein ausgeklügeltes elektronisches Überwachungssystem, Videokameras, Wachhunde und nur einen offenen Zugang, der neben der Technik von mehreren bewaffneten Posten bewacht wurde.

Das riesige, stilvoll geschmiedete Tor wurde ständig verschlossen gehalten und nur nach gründlicher Kontrolle des Einlaßbegehrenden geöffnet, um gleich danach wieder mit einem leisen Klicken verriegelt zu werden.

Eine kleine, kaum erkennbare Straße führte durch die Wildnis bis vor das Tor. Um das Grundstück herum war Sumpf und fast undurchdringlicher Busch. Der hauseigene kleine Flugplatz lag im Herzen des Anwesens.

Die statistische Bevölkerungsdichte von einem Menschen pro Quadratkilometer in dieser Region ließ jeden Besucher, ob Freund oder Eindringling, schon lange vorher erkennen.

›Geld schafft nicht nur Freunde‹, hatte Xanthopoulidis vor vielen Jahren erfahren müssen, als er sich noch in den lärmenden Metropolen Europas und Amerikas zu Hause fühlte.

Mehr Geld war im Laufe der vergangenen Jahre dazugekommen, viel mehr Geld. Wieviel er besaß, wußte er nicht, aber er wußte, daß er es beliebig einsetzen konnte. Und das tat er auch.

Hätten die europäischen Behörden geahnt, wieviel echte und auf sämtlichen internationalen Fahndungslisten stehende Kunstwerke in den weißen Mauern verborgen waren, hätten sie bestimmt keine Minute mehr ruhig schlafen können. Alles zusammen bedeutete sicherlich eine ernsthafte Konkurrenz vieler weltweiter Kunsttempel.

Er bekam, was er wollte und er wollte alles, was ihm gefiel. Und ihm gefiel viel.

Hätte die amerikanische Regierung gewußt, wieviel Gold in den unterirdischen Katakomben des Anwesens gelagert war, wäre man sicher sehr daran interessiert gewesen, den Griechen zum Freund der Nation zu erheben. Aber es wußte niemand.

Schon immer verschwanden Dinge aus Tresoren, Diamantenminen, Museen und Auktionshäusern, und immer tauchten sie wieder auf und immer häufiger bei dem Griechen.

Anastassios Xanthopoulidis machte mit und aus allem Geld. Ganz gleich, ob es Waffen waren, die er an die meistbietenden Länder verkaufte, Ölvorräte, die er im Nahen Osten natürlich nicht unter seinem Namen besaß, egal, ob er Kunstwerke „besorgen“ ließ oder äußerst erfolgreich an den Aktienmärkten der Welt spekulierte, er war auf jedem Gebiet erfolgreich. Gesetzlosigkeit gab es für ihn nicht. Er war das Gesetz. Er hatte Macht, Geld und dadurch Einfluß.

Lediglich eine Ware verschmähte er: Rauschgift. Sicher war damit immer und überall schnell und viel Geld zu machen. Aber vor vielen Jahren hatte er das Liebste, was er je besaß, seine Tochter, an einen Dealer in New York verloren und sie erst zwei Jahre darauf, im städtischen Leichenschauhaus, wiedergesehen, nachdem sie sich eine Überdosis gesetzt hatte und daran jämmerlich zugrunde gegangen war.

Er haßte Rauschgift und er haßte Leute, die damit umgingen und Geld verdienten. Es waren einige, die die Tatsache, daß sie nicht mehr unter den Lebenden weilten, ihm zu verdanken hatten. Wer versuchte, mit dem Griechen über Drogen ins Geschäft zu kommen, hatte sein Todesurteil ausgesprochen, und davon gab es kein Zurück.

Vor ein paar Wochen hatte Anastassios Xanthopoulidis mehrere, wie er fand, äußerst interessante Artikel in der Weltpresse gelesen, und seitdem ließ ihn ein bestimmter Gedanke nicht mehr los. Seitdem ging ihm der Inhalt dieser Artikel nicht mehr aus dem Kopf.

Er hatte auf einmal ein neues Ziel. Und dieses Ziel wollte er erreichen, koste es, was es wolle.

Kapitel 3

„Alles klar, Alter?“ Peter war mit seinem Wagen auf den Hof vor dem Beckschen Haus gefahren. Es war Montag, der 12. Januar, und bereits jetzt um 10 Uhr windig, naß und kalt.

Thomas hatte gerade die Haustür leise hinter sich geschlossen und öffnete die Tür der Beifahrerseite. Im Inneren röhrte das Radio aus vermeintlich Hunderten von Lautsprechern. Er warf seine Reisetasche auf den Rücksitz.

„Meinetwegen kann's losgehen. Hast du auch die Anschrift von der Botschaft?“ fragte er Peter.

„Australische Botschaft in Bonn, Godesberger Allee 105-107, Öffnungszeiten montags bis freitags 9 bis 12 Uhr“, leierte Peter die Angaben von dem kleinen Zettel herunter, der auf dem Armaturenbrett lag.

„Australien..., glaubst du, ich konnte das Wochenende an nichts anderes mehr denken. Weil ich nicht einschlafen konnte, habe ich schon Känguruhs gezählt... oh Mann...“, murmelte Thomas vor sich hin, als er sich schließlich auf dem Beifahrersitz niederließ.

„Spinn nicht rum, das wird ganz toll“, beruhigte Peter seinen Beifahrer. „Übrigens kommt Nicki nachher bei Marleen vorbei. Die beiden wollten doch noch zusammen in die Stadt gehen, um sich ein paar Klamotten zu kaufen. Bin ja gespannt, was sie finden, hoffentlich ist auch was Neckisches für die Nacht dabei“, grinste er.

„Ich hab Marleen gesagt, daß wir uns kurz melden, wenn wir in Bonn sind. Du weißt ja, sie machen sich sonst Sorgen“, sagte Thomas.

„Und du bist sicher, daß sie dann schon aus der Stadt zurück sind? Weißt du, wie lange das dauert, bis Frauen gefunden haben, was ihnen gefällt? Ich bin froh, daß wir da nicht mit müssen.“

Peter fuhr den Wagen langsam aus der Einfahrt, bog nach rechts in eine Seitenstraße und rutschte hinter seinem Steuer richtig in den ledernen Sitz. Sie hatten eine lange Autofahrt vor sich. Draußen war es grau. Was sie in Bonn erwartete, war ungewiß, und übermorgen sollte es losgehen.

Peter ließ die neue CD von den Scorpions anlaufen, drehte den Lautstärkeregler noch etwas lauter und fing sich deshalb von Thomas einen mürrischen Seitenblick ein. Grinsend ignorierte er ihn.

Gedankenversunken fuhren die beiden Männer schweigend bis zur Autobahn. Jeder war in sich selbst vertieft; Gedanken, die zwischen den Frauen auf der Suche nach passender Kleidung, riesigen grinsenden Känguruhs, zu erwartenden Idioten auf der Autobahn und mürrischen, sie abzuwimmeln versuchenden Botschaftsbeamten hin und her wanderten.

„Haste denn auch die ganzen Unterlagen dabei, die wir für die Visa brauchen? Die Vollmachten, die Paßbilder und so?“ fragte Thomas nach einer Weile. Zwischenzeitlich hatte er sich an das Gedröhne aus den Autolautsprechern gewöhnt.

„Na wat'n denn!“ antwortete Peter. Das war so eine Art Bestätigung, die ein gemeinsamer Kollege von ihnen, Roland Putzker, einmal in seiner unnachahmlichen Art geprägt hatte. „Ich brauch nur noch ein Paßfoto von mir. Aber es gibt auf dem Bonner Bahnhof bestimmt so einen Fotoautomaten, da können wir eins machen.“

„Ich bin ja so froh, daß die im Reisebüro bei der Botschaft angerufen und das klargemacht hat, daß wir so kurzfristig unsere Visa kriegen. Gott sei Dank, haben die neuerdings montags auch am Nachmittag auf, sonst hätten wir ja schon um 4 Uhr losfahren müssen. Der Mensch, bei dem wir uns melden müssen, heißt übrigens Biber“, grinste Peter.

„Ist das der mit dem breiten Schwanz?“ ulkte Thomas zurück.

„Nee, der, der jede Woche einen neuen Schreibtisch kriegt, weil er in den Pausen immer die Tischbeine abnagt“, gackerte Peter los. Beide lachten jetzt. Sie hatten ihre Fröhlichkeit zurück, und der Schalk saß ihnen schon wieder im Nacken. Für Unsinn waren sie immer sofort zu haben.

„Hirnloses Kamelogram“, maulte Peter plötzlich einen Autofahrer hinterher, der zu dicht aufgefahren war und nun mit einem bösen Blick zu ihnen überholte. „Dich kriegen die Bullen auch noch mal.“

„Gibt's da auch ein paar schöne Strände?“ kam Thomas nach einer Weile wieder auf den Urlaub zurück. „Oder gibt's da nur Busch, Krokodile und diese grinsenden Buschmänner, wie heißen die doch gleich?“

„Aborigines“, antwortete Peter.

„Streber, hast wohl das ganze Wochenende Reiselektüre gelesen, wa?“ wunderte sich Thomas.

„Nein, aber es kam zufällig Crocodile Dundee im Fernsehen“, erklärte Peter.

„Ja, zum hundertsten Mal“, bestätigte Thomas. „Übrigens habe ich gelesen, daß Paul Hogan und die Frau, die die weibliche Hauptrolle gespielt hat, nicht mehr zusammen sind. Die waren doch verheiratet...“, zitierte Thomas die Fernsehzeitung auswendig.

„Ja, die hatten sich bei den Dreharbeiten zu dem Film kennengelernt...mein Gott, die werden eine Zeitlang abartig tierischen Sex miteinander gehabt haben, und das war's dann“, grinste Peter hintergründig. „Das ist so in dieser Branche, jeder braucht irgendwo seinen Kick...“

„Ich weiß, und wir finden unseren in Australien...“, philosophierte Thomas zu Ende.

Mittlerweile hatten die Scorpions ausgesungen. *›Endlich‹*, hatte Thomas gedacht und zur Abwechslung Eric Clapton einprogrammiert. Peter und er hatten viele Gemeinsamkeiten, unter anderem auch den - fast immer - gleichen Musikgeschmack. Bereits häufiger hatten sie zusammen musiziert und ihre Gitarren gemartert, aber leider fehlte beiden die nötige Zeit dazu, solche Gemeinsamkeiten regelmäßiger zu pflegen.

Thomas lehnte sich wohlig in dem bequemen Ledersitz des Autos zurück. Mit keinem anderen hätte er dieses wahnwitzige Unternehmen gemacht, diesen Trip auf Gutglück nach Australien. Bei anderen hätte er sofort konsequent (höflich, aber bestimmt, wie sein Chef immer zu sagen pflegte) abgesagt. Aber irgendwie war das mit Peter und Nicki anders. Auch wenn ihm ständig erhebliche Bedenken in jeder Richtung in den Sinn kamen, auch wenn eine innere Stimme ihm ständig laut und deutlich sagte, daß er nicht alle Nadeln an der Tanne habe, bei so einem Unternehmen mitzumachen, da gab es noch eine Stimme. Die war zwar sehr leise und unaufdringlich, aber sie säuselte stetig, daß es ja doch irgendwie schön werden könnte. Und je öfter er an die gemeinsame Zeit mit Marleen und den beiden Freunden dachte, desto häufiger gelang es ihm, zu der lauteren Stimme „Halt's Maul“ zu sagen.

›Ach, und außerdem war ja noch soviel Zeit bis dahin...übermorgen...und vielleicht bekämen sie ja auch nicht rechtzeitig die erforderlichen Visa...‹

„Guck dir bloß mal diesen Hohlkopf an.“

Thomas schrak aus seinen Gedanken hoch. Offenbar hatte wieder einmal jemand versucht, Peters Fahrstil zu stören.

Punkt 11 Uhr klingelte Nicki an der Tür. Nachdem Marleen geöffnet hatte, gaben sich die beiden Frauen einen freundschaftlichen Kuß auf die Wange.

„Na, die Macker sind wir ja erst mal eine Weile los“, stellte Nicki zufrieden fest. Sie zog ihre warme Jacke aus und hängte sie an die Garderobe.

„Und jetzt machen wir es uns so richtig gemütlich“, meinte Marleen. Beide Frauen gingen ins Eßzimmer.

„Schließlich haben wir Urlaub. Es ist zwar ein Schietwetter draußen, aber für uns fängt der Urlaub heute und hier an, stimmt's?“ richtete sie die Frage an ihre Freundin. „Soll ich uns erst mal einen schönen Kaffee machen, bevor wir uns in den Kaufrausch stürzen?“

„Keine schlechte Idee, laß es uns richtig ruhig angehen. Hast du's eigentlich schwer gehabt am Wochenende?“ wollte Nicki wissen.

„Wieso?“ fragte Marleen.

„Na, ich meine mit Thomas. Als am Freitag die Sache mit Australien auf den Tisch kam, schien er ja nicht gleich restlos begeistert zu sein", schmunzelte Nicki.

„Hör auf, das war ein ganz schönes Stück Arbeit, kann ich dir sagen", antwortete Marleen. „Ich mußte meine ganzen fraulichen Fähigkeiten und meine Überzeugungskraft einsetzen." Die Frauen kicherten.

„Wir haben uns halb schlapp gelacht im Bett, als Peter noch mal das Gesicht von Thomas nachmachte, als dieser hörte, wohin die Reise gehen soll", lachte Nicki. „Dagegen sind die Grimassen von Jerry Lewis Leichenträgerfratzen."

„Ich glaube aber, jetzt freut er sich auch schon. Er braucht halt immer ein bißchen länger... Ich könnte dir viele Dinge sagen, wo er zuerst einen Riesenterz machte und ich mit Engelszungen reden mußte, um ihn zu überzeugen", führte Marleen weiter aus.

Die Unterhaltung der beiden Frauen plätscherte weiter, bis Marleen mit dem frisch gebrühten Kaffee ins Zimmer kam.

„Hier, schau mal." Sie hatte diverse Kataloge in der Hand. „Wir können uns ja schon mal für den Bummel leckerig machen."

„Was trägt eigentlich die modebewußte Australierin in diesem Jahr?" überlegte Nicki. „Also mit Blusen oder Tops brauchen die mir nicht zu kommen. Sowas ziehe ich nicht an, das steht mir nicht", stellte sie fest.

„Du spinnst, Mensch", entgegnete Marleen, „wenn du und ich nicht alles tragen könnten, was die Mode so hergibt, wer denn dann?" versuchte sie ihre Freundin zu überzeugen. „Du wirst sehen, was die flotten Australier für Augen machen werden, wenn wir da auftauchen. Wir werden denen erst mal zeigen, was so 'ne richtige Europäerin ist, nicht wahr", prahlte sie keß weiter und gab Nicki einen leichten Klaps auf die Schulter.

„Auf jeden Fall lassen wir uns gleich ganz viel Zeit und werden viel anprobieren. Ich habe heute so richtig Lust dazu", stellte Marleen abschließend fest. „Die nervenden Männer sind nicht da, und wir beide werden was ganz Tolles finden."

„Das glaube ich auch", bestätigte Nicki, „was Schönes für den Tag und was Tolles für die Nacht, denn die soll in Australien ja unheimlich heiß werden..."

„Weißt du was?" fragte Peter. „Wir sind jetzt schon ziemlich lange unterwegs, bei der nächsten Raststätte halten wir an und genehmigen uns erst mal eine Pause. Schließlich wollen wir den ersten Urlaubstag, wenn auch noch in Good

Old Germany, nicht gleich mit Streß beginnen. Außerdem muß ich mal für kleine Jungs."

„Gute Idee", antwortete Thomas. „Ich hätte auch nichts gegen ein richtig matschiges Sandwich. Die sind auf Raststätten immer am schönsten."

Sie waren bereits einige Zeit gefahren. Die meiste Zeit hatten sie wortlos nebeneinander verbracht und dem Radio bzw. der CD-Musik gelauscht, deren Lautstärke zwischenzeitlich auf ein erträgliches Maß heruntergeregelt worden war. Sie mußten nicht ständig reden, sie verstanden sich auch so. In der letzten Zeit war ihnen sogar häufiger aufgefallen, daß der eine etwas sagte oder tat, was der andere gerade dachte. Ein Phänomen, über das beide ziemlich erstaunt waren, für das sie aber keine Erklärung fanden.

Thomas war sowieso eher maulfaul und blickte während der Fahrt auf die trostlose, kalte Januarlandschaft. Und er ließ seine Gedanken fliegen. Eigentlich lenkte er die Autos, in denen er fuhr, lieber selbst, aber es gab zwei Menschen, die er als Fahrer neben sich akzeptierte, Marleen und Peter. So konnte er ungehindert seinen Tagträumen nachgehen, die ihm während der Fahrt plan- und wahllos durch den Kopf schossen.

Peter redete auch nicht viel, wenn es nicht unbedingt sein mußte. Er malte sich im Stillen schon einsame Sandstrände aus, an denen er sich mit Thomas aalen würde, und stellte sich vor, wie Nicki und Marleen sie beide, leicht beschürzt, mit kalten Getränken versorgen würden.

›Bücher‹, dachte er auf einmal, *›welche Bücher soll ich mitnehmen?‹* Er war das, was man landläufig als Leseratte bezeichnete. Von Uderzo/Goscinny bis King, von Grass bis Holbein, er las alles, was er in die Finger und vor die Augen bekommen konnte.

„Sag mal, wieviel Kilo Handgepäck darf man eigentlich in so ein Flugzeug mitnehmen?" fiel es ihm ein.

„Diese Frage stellst du doch nicht ausgerechnet mir, dem im Fliegen und Reisen up-to-daten Businesstypen?" fragte Thomas ungläubig. „Kommt drauf an, wieviel man wiegt, ich glaube, die rechnen pro Person mit 150 Kilo", versuchte er überzeugend von sich zu geben.

„Naja, dann darf ich ja noch einen Fotoapparat und du eine elektrische Zahnbürste mitnehmen", versuchte Peter ebenso überzeugend zu erwidern. „Wenn du dir natürlich gleich ein Sandwich reinziehst, dann mußt du die Zahnbürste zu Hause lassen und darfst nur deine leichten Schlappen anziehen..."

Beide lachten. Sie waren wieder da, wo sie eigentlich immer am liebsten waren. Manchmal fiel es wirklich schwer zu glauben, daß sich hinter diesen ulkenden und ständig zu Unsinn aufgelegten Typen zwei Männer verbargen, die mitten im Leben standen und verantwortungsvoll mit sich und anderen umzugehen wußten.

Es dauerte nur noch wenige Fahrminuten, bis ein großes blaues Schild am rechten Straßenrand eine Raststätte ankündigte.

„Wie heißt das Ding hier eigentlich?“ fragte Thomas, als Peter den Wagen von der Autobahn auf das Gelände der Raststätte lenkte.

„Keine Ahnung, habe nur irgendetwas mit ‚Berg‘ oder so gelesen“, war die präzise Auskunft.

Es war Mittagszeit. Nicht nur die Tankstelle der Anlage, auch die Parkplätze waren restlos voll.

Betrachtete man die Szenerie aus der Vogelperspektive, dann hatte das Gelände Parallelen zu einem Ameisenhaufen. Es war ein stetes Kommen aus der einen Richtung. Türen wurden geöffnet und wieder geschlossen, Menschen strömten in das eine oder andere Servicegebäude, kehrten zurück. Türen wurden geöffnet und wieder geschlossen, und es ging in die andere Richtung weiter.

›Haltet die Anlage sauber‹, las Thomas auf dem Schild, an dessen Pfahl er sich festhielt, während er den Hundedreck, in den er gerade getreten war, unter seinem Schuh abzumachen versuchte.

›Idioten‹, dachte er weiter, *›fahren mit ihren Kötern solange, bis denen alles zu den Ohren rauskommt...dann raus aus'm Auto, ja nicht zu weit, und irgendwo hinscheißen lassen, am besten neben die Zapfsäule beim Tanken...‹*

„Oh, der Herr wird heute noch Glück haben?“ Peter kam sichtlich erleichtert aus dem Toilettenhaus zurück. „Da drin ist es sauberer als hier, naja, da scheißen ja auch keine Hunde rein...“

„So, Herr Beck, wie wär's mit einem Sandwich? Ich fühle mich eingeladen“, unterbreitete er dann sein überraschendes Angebot.

Beide Männer gingen ins Restaurant. Es war überheizt und roch nach kaltem Zigarettenrauch, Schweiß und billigem Deo.

Thomas kaufte zwei in Klarsichtfolie verpackte und offenbar noch relativ frische Sandwiches, die mit Mayonnaise bestrichen und mit mehr Grünzeug als allem anderen belegt waren.

Als sie wieder am Wagen ankamen und sich in das Fahrzeug setzten, hatten sie die kleine Mahlzeit schon verzehrt.

„Guck mal, die da hinten, die geiern schon auf unseren Parkplatz. Wenn wir weg sind, gibt's hier bestimmt 'ne Schlägerei. Ich wette zehn Mark auf den blauen Audi. Der da drin sieht so herrlich brutal aus“, grinste Peter mit einem

Blick in den Rückspiegel. Er startete den Motor, fuhr langsam aus der Parklücke heraus und fädelte sich danach in den Ameisenstrom, der die Anlage in die eine Richtung verließ, wieder ein.

Einen kurzen Moment lang hatte das Schicksal sie mit Hunderten anderer Menschen zur gleichen Zeit am gleichen Ort sein lassen. Ein nie wiederholbarer Augenblick.

Sie waren schon wieder eine ganze Zeit gefahren. Das ruhige und monotone Summen des Achtzylinders begann allmählich, sich mit einer wohlig ermüdenden Mattigkeit auf die beiden Männer auszubreiten. Die im regelmäßigen Abstand vorbeihuschenden weißen Begrenzungsstreifen der Autobahn und das mittlerweile die Wolken aufreißende grelle Licht der tiefstehenden Wintersonne, die erbarmungslos gegen die Windschutzscheibe strahlte, tat das übrige.

Rechts und links zogen wenig beeindruckende Landschaften vorbei. Mal leicht hügelig, mit unbebauten grauen Feldern. Mal städteähnlich und wenig einladend, mal bewaldet, mit grauen, blattlosen und nach dem Frühling lechzenden Bäumen.

„Was bin ich froh, wenn wir endlich da sind", gähnte Peter „Irgendwie ist das eine blöde Fahrerei heute."

„Das kannst du laut sagen", pflichtete ihm Thomas bei. „Seit unserer Rast liegt mir dieses verdammte Sandwich unheimlich schwer im Magen. Immer dasselbe. Erst hast du einen wahnsinnigen Japp auf so ein Ding, und dann läßt es sich stundenlang fühlen und rumschleppen", beklagte er sich.

Die beiden Männer waren inzwischen von der CD-Musik auf das regionale Radioprogramm umgestiegen. Sie wollten in der für sie fremden Umgebung die Verkehrshinweise nicht verpassen. Die Musik, die von dem Sender gespielt wurde, riß sie allerdings auch nicht gerade aus den bequemen Ledersitzen hoch, und so hatten sie seit ihrer letzten kurzen Rast nicht viel miteinander gesprochen.

„Wenn ich das Schild eben richtig gelesen habe, dann müßten wir in ein paar Minuten endlich da sein", meinte Thomas nach einiger Zeit.

„Jo", antwortete Peter knapp.

„Ich würde vorschlagen, wir suchen dann erst mal den Bahnhof, damit du Gelegenheit bekommst, dein edles Haupt für die Ewigkeit ablichten zu lassen", schlug Thomas vor.

›Was bin ich froh‹, dachte er im gleichen Moment, *›daß ich in dieser Stadt hier nicht rumfahren und den Bahnhof suchen muß.‹* Es gab für ihn wesentlich

schönere und angenehmere Dinge, als in einer fremden Stadt ein unbekanntes Ziel zu suchen.

„Hast du eine Vorstellung, in was für einem Hotel wir heute Nacht absteigen wollen?“ fragte er Peter.

„Nein, noch nicht“, antwortete dieser, „aber ich gehe mal davon aus, daß uns die in der Botschaft weiterhelfen werden und zumindest einen Tip geben können.“

Peter konzentrierte sich nun immer mehr auf die Straße und den darauf merklich dichter werdenden Verkehr.

Die Männer verließen die Autobahn an der Anschlußstelle Bonn-Endenich. So, als wäre er nie woanders langgefahren, lenkte Peter das Auto über die Endenicher Straße in Richtung Stadtkern und fand auch sofort, so, als wenn er speziell für ihn reserviert gewesen wäre, einen Parkplatz direkt vor dem Gebäude des Bonner Hauptbahnhofes.

Im Inneren des Gebäudes herrschte ein reges Kommen und Gehen. Ständig gab es Durchsagen über abfahrende, ankommende oder sich verspätende Züge aus unsichtbaren Lautsprechern. Es herrschte ein geschäftiges Treiben sowohl in der Bahnhofshalle als auch in den eingegliederten kleinen Geschäften und Boutiquen.

Schnell hatten die beiden den Fotoautomaten gefunden, der für lumpige zehn Mark vier Paßfotos anbot. Während Peter in der nur mit einem Vorhang abgetrennten Kabine versuchte, sich ins rechte Blitzlicht zu setzen, lehnte Thomas ein paar Meter davon entfernt gelangweilt an der kahlen Gebäudewand und schaute uninteressiert in das Bahnhofstreiben hinein.

„Hallöchen...na, so alleine hier?“ flötete ihn ein aufgedonnerter Stricher an, der offenbar auf der Suche nach einem Freier war.

Peter, der die Anmache zufällig mitbekommen hatte, als er aus der Kabine nach draußen kam, um auf seine Fotos zu warten, grinste und kam tänzelnden Schrittes Thomas zur Hilfe. Er legte seinen Arm um die Schultern seines Freundes, der mittlerweile ziemlich blöde aus der Wäsche schaute, und gab ihm einen Schmatz auf die Wange.

„Dieser süße Arsch gehört für heute Nacht mir“, säuselte er im gleichen Tonfall zum Stricher gewandt. „Hau bloß ab hier, du Warmduscher.“

Mit einem heftigen Ruck machte der Stricher kehrt und watschelte von dannen. Thomas glotze ihm hinterher. Seinen Gesichtsausdruck zu beschreiben, wäre in diesem Moment wirklich eine Herausforderung an jeden Schriftsteller gewesen und mit „dämlich“ bezeichnet weit untertrieben.

„Verpiß dich, du blöde Schwuchtel“, zischte er der Schönheit hinterher.

Peter, der sich vor Lachen kaum halten konnte, tänzelte zurück zum Fotoautomaten, um seine Bilder abzuholen.

„Daß du mir aber nicht gleich wieder fremdgehst", rief er vorwurfsvoll und, wie Thomas fand, viel zu laut, seinem Freund zu. Ärgerlich stellte dieser fest, daß die kleine Szene offenbar von einigen Reisenden nicht unbeobachtet geblieben war, die sich aber jetzt schmunzelnd und wissend entfernten.

Peter kicherte immer noch, als sie schon wieder im Auto saßen und auf ihrem Stadtplan die Godesberger Allee suchten.

Etwa gegen Mittag hatten Nicki und Marleen das erste Geschäft betreten. Jetzt war es drei Stunden später, und die beiden Frauen trugen schon mehrere Tüten bei sich. Zuerst hatten sie ihren Männern Badeshorts gekauft, Bermudas, die passenderweise an der bestimmten Stelle mit einem kleinen niedlichen Känguruh versehen waren.

„Das ist Pflicht, daß wir unseren beiden anderen Hälften diese Dinger kaufen", hatte Nicki gelacht, und beide hatten sich eine ganze Zeitlang amüsiert ausgemalt, wie ihre Männer darin, den Bauch einziehend, an imaginären Promenaden auf- und abflanierten.

Marleen hatte dann in einem anderen Geschäft lange vor einem weißen Strandkleid gestanden. Dieses aus weichem feinen Gewebe hergestellte Nichts, wie sie es bezeichnete, das ihrer Meinung nach mehr zeigte als es verbarg, hatte es ihr angetan. Einerseits gefiel sie sich darin wahnsinnig gut (und das wollte bei ihr etwas heißen), andererseits fand sie es viel zu gewagt. Es hatte Nicki eine halbe Stunde ehrliche Überzeugungsarbeit und die Hilfe dreier weiterer Verkäuferinnen gekostet, bis sich Marleen endlich überreden ließ, das Stück zu kaufen.

Nachdem die beiden Frauen einen Happen gegessen hatten, stand Nicki in einer der engen Kabinen und nestelte an einer khakifarbenen Shorts herum. Es war ein unempfindlicher Baumwollstoff, dessen Beine unten leicht ausgefranst waren.

„Ich weiß nicht so recht...", trat sie aus der Kabine heraus und stellte sich Marleen vor, „irgendwie..."

„Weißt du, was dir hier fehlt?" fragte Marleen begeistert, „eine tolle lockere Bluse und ein Tuch." Damit war sie auch schon verschwunden, um nach dem Passenden zu suchen. Kurze Zeit später kam sie mit einigen Oberteilen zurück und hielt sie Nicki zur Anprobe hin.

„Ich ziehe keine Blusen an", sagte diese und hatte ihre Stirn bereits in leichte Falten gelegt. „Du weißt doch, ich hasse diese Dinger."

„Mensch, sei kein Frosch und probier's doch mal", meinte Marleen aufmunternd. „Ich kann mir das an dir unheimlich gut vorstellen." Sie drückte ihrer Freundin die ausgesuchten Teile in die Hand und schob sie sanft in die Kabine zurück.

Nicki sondierte zunächst einmal das Angebot und streifte sich schließlich ein hemdartiges Etwas über, das auf der rechten Brustseite mit einem kleinen Koalabären bestickt war. Etwas widerwillig stopfte sie die Bluse in die Hose und begab sich skeptisch nach draußen, wo Marleen schon gespannt wartete.

Ablehnend fragend sah Nicki die Freundin an.

„Nein, so darfst du das nicht tragen", korrigierte Marleen, ging hin und zog ihr die Bluse kurzerhand wieder aus den Shorts heraus. Flink hatte sie die Spitzen unter der Brust zusammengeknotet und einen Knopf mehr geöffnet. Zufrieden mit ihrem Werk zupfte sie noch die Schultern etwas zurecht und drehte triumphierend Nicki wieder dem Spiegel zu.

„Mann, das sieht stark aus, das steht dir echt toll", munterte Marleen ihre Freundin auf, die sich, nicht mehr ganz so skeptisch schauend, vor dem Spiegel hin und her bewegte.

„Paß mal auf..." Marleen war schon wieder verschwunden, kam aber sofort mit einem leichten Tuch zurück, das sie ihr anstelle eines Gürtels um die Hüfte band und das unter dem durch den Knoten in der Bluse sichtbaren Nabel einen lustigen Farbmittelpunkt der Kleidung markierte.

„Echt stark", musterte sie Marleen zufrieden. „Das wird Peter umhauen, damit wirst du nicht nur am Strand die Blicke der Männer auf dich lenken", kommentierte sie weiter.

„Ich weiß nicht...", es war schon fast keine Falte mehr auf der Stirn von Nicki zu sehen „meinst du nicht, daß ich für sowas zuviel Oberweite habe?" versuchte sie noch einmal gegenzusteuern.

„Du spinnst", reagierte Marleen ehrlich empört. „Guck dich doch mal um, siehst du hier auch nur eine, die das so tragen könnte wie du? Mensch, wir sind keine zwanzig mehr, aber mit unseren Körpern können wir ja wohl mit ziemlich vielen mithalten, oder? Wir haben keinen schlaffen Busen und können auch unsere anderen Schokoladenseiten zeigen. Du merkst doch, daß uns nicht nur unsere Männer gerne ansehen. Erst wenn das nicht mehr der Fall sein sollte, müssen wir uns Gedanken machen. Mann, sei stolz auf das, was du hast. Du bist eine attraktive Frau, genau wie ich."

Die Gardinenpredigt hatte Wirkung gezeigt. Nicki drehte sich sichtlich zufriedener vor dem Spiegel und meinte schließlich: „Du hast recht. Irgendwie finde ich mich gut. Wenn wir erst mal aussehen wie die da draußen", sie zeigte auf ein weibliches Wesen, aus dem man hätte zwei machen können und die auch dann noch als mittlere Wirtschaftswunder zu bezeichnen gewesen wären, „dann sollten wir aufhören, zu Hause in Negligés rumzulaufen."

Die Frauen lachten. Als sie das Geschäft mit einer Tüte mehr verließen, meinte Nicki: „Weißt du was? Wir werden jetzt irgendwo hingehen und mit einem Glas Sekt auf unser berechtigtes, frauliches Selbstbewußtsein und unsere tollen Einkäufe anstoßen. Irgendwie tun mir auch langsam die Füße weh."

„Du hast recht, das machen wir jetzt", willigte Marleen ein. „Ich bin ja gespannt, was unsere Göttergatten schon alles erreicht haben." Fröhlich hakte sie sich bei ihrer Freundin ein, und gemeinsam begaben sie sich auf die Suche nach einer passenden Stätte für ihre kleine Feierstunde.

„Excuse me, Madame, we have a date with Mr. Biber, can you tell me where we'll find him?" flötete Peter in bestem Schulenglisch der Dame hinter dem Informationsschalter der australischen Botschaft entgegen.

Sie hatten sich schnell durch ein Gewirr von Straßen durchgefragt und waren ohne größere Schwierigkeiten auf dem Parkplatz des imposanten Gebäudes angekommen.

„In einer australischen Botschaft spricht man bestimmt Englisch", hatte Peter behauptet und Thomas' Bedenken in dieser Richtung nicht geteilt.

„Wie kommt man denn dann in der chinesischen Botschaft weiter", hatte der gefragt.

„Wie bitte?" Die junge Frau hinter dem Informationsschalter sah Peter etwas verständnislos an.

„Wir würden gerne Herrn Biber sprechen. Wir sind angemeldet und haben heute einen Termin mit ihm", mischte sich Thomas ein.

Peter verstand die Welt nicht mehr. Wieso sprach man in einer australischen Botschaft nicht Englisch? Sie waren bestimmt verkehrt...

„Da müssen sie in den zweiten Stock, Zimmer 215", nannte die junge Frau freundlich den Weg.

Thomas bedankte sich und schob seinen Kumpel vor sich her. *›Wieso wird in einer australischen Botschaft nicht Englisch gesprochen...haben die keinen Nationalstolz?...‹* Peter war noch nicht darüber hinweg.

Der Fahrstuhl hatte sie sanft in das zweite Stockwerk befördert. Von einem Flur zweigten die einzelnen Büros der Botschaftsangestellten ab. Ein Schild an der Wand neben einer Tür verriet, daß in dem dahinter befindlichen Büro tatsächlich jemand sitzen sollte, der auf den Namen Biber zu hören pflegte.

Peter klopfte. Er hatte seine Fassung wiedergewonnen. Ohne das „Herein" abzuwarten, waren die beiden Männer auch schon eingetreten.

Hinter dem sauberen Schreibtisch des ordentlich eingerichteten und freundlich gestalteten Büros saß ein kleiner Mann, dessen gehörige Sammlung von Lachfältchen um die Augen davon zeugte, daß er offenbar viel Spaß am Leben hatte.

„Was kann ich für Sie tun, meine Herren?" fragte er freundlich, stand auf, kam auf die beiden zu und gab ihnen die Hand.

Die Männer erklärten kurz, weshalb sie gekommen waren, und verwiesen auf den Anruf des Reisebüros.

„Ja, ich erinnere mich", sagte der freundliche Mann. „Haben Sie die Unterlagen mit?"

Thomas überreichte ihm einen Briefumschlag, in dem sich sämtliche Unterlagen, die für die Ausstellung von Visa benötigt wurden, befanden. Der Mann schaute sie schnell und mit geübtem Blick durch.

„Prima, alles da. Sie können dann morgen Ihre Visa abholen", erklärte er. „Ich muß sie noch zur Unterschrift in verschiedenen Abteilungen vorlegen. Sagen wir morgen, gegen 11 Uhr, haben Sie ihre Eintrittskarte für den 5. Kontinent, einverstanden?" Immer noch freundlich blickte er auf Peter und Thomas, die offensichtlich mit erheblichen Komplikationen gerechnet hatten, jetzt aber sichtlich erleichtert schienen.

„Ja, prima, dann sind wir morgen um 11 Uhr wieder hier", bedankte sich Thomas und war auf dem Weg, das Biber-Büro wieder zu verlassen. Peter verabschiedete sich ebenfalls und folgte seinem Vordermann. Die Bürotür in der Hand, drehte er sich nochmals um.

„Warum sprechen Sie hier eigentlich nicht Englisch?" fragte er nachdenklich. Ohne eine Antwort abzuwarten, schloß er die Tür und verließ kurz darauf mit Thomas das Gebäude.

„Hey Alter", diesmal war es Thomas, der sich freute und seinen Freund in die Rippen boxte, „das ging ja prima. Ich hatte befürchtet, daß es jetzt noch irgendwelche Schwierigkeiten gibt..."

„Mist, wir haben nicht nach einem Hotel gefragt", fiel Peter ein. „Ach, egal. Wir fahren einfach drauflos und mieten uns irgendwo ein. Wenn wir nicht gerade in Richtung Bahnhof zurückfahren, werden wir wohl eins finden, das nächteweise und nicht stundenweise vermietet", fügte er hinzu.

Es dauerte nicht lange, bis sie sich in einer kleinen Pension einige Straßen weiter eingemietet hatten. Mittlerweile nahte der Abend, und sie hatten keine große Lust mehr, noch irgend etwas zu unternehmen. Von dem Mann hinter der Rezeption hatten sie sich die Adresse eines guten Italieners geben lassen und da ein gemütliches Essen und einige Gläser Chianti einverleibt.

Von dort aus hatte Peter zu Hause angerufen und dabei nicht vergessen, die kleine Begebenheit vom Bonner Bahnhof zu erzählen. Schon wieder gackernd fügte er hinzu, daß sie sich in der Pension ein Doppelzimmer genommen hatten, er aber nicht beabsichtige, über Thomas herzufallen.

Auch Thomas hatte sich kurz daheim gemeldet und von dem erfolgreichen Einkauf der beiden Frauen erfahren.

Zufrieden und müde waren die Männer schließlich in ihre Pension gegangen und hatten sich auch gleich zur Nachtruhe begeben.

Pünktlich um 11 Uhr standen Peter und Thomas am nächsten Tag wieder im Biber-Büro und hielten glücklich ihre Visa in der Hand. Ohne die Antwort auf die Frage zu bekommen, warum man in einer australischen Botschaft nicht Englisch sprach, hatten sie das Gebäude wieder verlassen und sich auf den Heimweg gemacht.

Es war Dienstag, der 13. Januar, und es waren nur noch etwas mehr als vierundzwanzig Stunden, bis ihr Trip ans andere Ende der Welt beginnen sollte.

Der große Tag war da.

Am Mittwoch, dem Abreisetag, zwei Tage nach dem gelungenen Einkaufsfeldzug von Nicole und Marleen und einen Tag nach Rückkehr von Peter und Thomas aus Bonn, spielte sich in den Wohnungen der Becks und der Langmanns die in jeder Familie vorkommende Hektik vor dem großen Start in die Ferien ab.

Die in Nicoles Augen unverschämte Frechheit der Gepäckbeschränkung, die ihr von der Fluggesellschaft oder dem Flughafen oder von wem auch immer – das war ihr im Grunde ganz egal – aufgezwungen wurde, nötigten ihr größten Erfindungsreichtum ab bei dem Problem, einen normalen Koffer möglichst so zu packen, daß man mindestens zwei Drittel eines Drei-Meter-Kleiderschrankes komplett darin verstauen konnte. Dieses Ziel verfehlte sie allerdings nur knapp.

Mit gierigen Augen beobachtete sie Peter, der vor seinem fast leeren Koffer hin- und herlief und sich partout nicht mehr erinnern konnte, was in so ein Behältnis eigentlich hineingehörte.

Als er fertig war mit dieser ungeliebten Arbeit, stürzte sich Nicole auf den immer noch reichlich Platz bietenden Koffer und füllte ihn problemlos mit einer Unmenge von ihrer eigenen Kleidung auf, bei der es sich aber nach ihrer Meinung nur um das absolut Nötigste handelte.

Nur etwas ruhiger ging es bei den Becks zu.

Marleen hatte ihr Gepäck bereits am Dienstagabend fix und fertig vorbereitet und konnte so ihrem Thomas bei dessen Versuchen zusehen. Wie alles, was ihr Mann anfaßte, erledigte er auch dies sehr gewissenhaft und hakte jeden bereits eingepackten Posten von einer von ihm vorbereiteten Liste ab.

Lediglich als die fünfte Weste ordentlich gefaltet – wie auch sonst – obenauf gelegt worden war, griff Marleen ein und tat zwei wieder zurück in den Kleiderschrank, als Thomas gerade im Badezimmer nach einer Ersatzzahnbürste suchte.

Gegen 13.00 Uhr fuhr in einem Ortsteil einer mittelgroßen niedersächsischen Stadt eine schwarze Limousine auf den Hof eines Hauses. Aus dem Hause kamen vier Menschen, die sich zu den beiden aus dem Auto Steigenden gesellten...

Nach der Begrüßung öffnete Peter die Heckklappe, und die beiden Koffer der Becks wurden verstaut. Thomas hatte noch eine mittelgroße Sporttasche als Handgepäck dabei, Marleen eine Umhängetasche, die mit einem Reißverschluß versehen war. Auch diese wanderten in den Kofferraum, wo sich bereits die beiden Koffer und ebenfalls eine Sport- und eine Umhängetasche der Langmanns befanden. Als die Heckklappe wieder geschlossen war, wandten sich die Becks Florian und Patrick zu.

„Also, macht's gut, ihr beiden“, sagte Marleen mit Tränen in den Augen und nahm nacheinander ihre Söhne in die Arme. „Sobald wir angekommen sind, melden wir uns.“

„Alles klar, Mama. Macht euch bloß keine Sorgen. Die zwei Wochen pakken wir schon.“ Die Jungen, die ihre Tränen natürlich nicht zeigen wollten, da sie ja schließlich harte Burschen waren, wandten sich ihrem Vater zu, der mit ebenfalls feuchten Augen ihre Abschiedsküßchen entgegennahm.

„Bleibt sauber, Männer, und macht mir keine Schande“, sagte Thomas mit belegter Stimme. Er wußte zwar, daß er sich auf seine „Kinder“ verlassen konnte, konnte aber nicht aus seiner Haut. Schließlich war es das erste Mal, daß sie „alleingelassen“ wurden.

Auch die Langmanns wurden noch gedrückt, dann stiegen die vier Australier in spe in den Audi. Peter lenkte den Wagen rückwärts vom Hof und fuhr dann langsam los, um seinen Freunden die Gelegenheit zu bieten, den Söhnen noch mal ausgiebig zuzuwinken. Als diese dann an der nächsten Einmündung, an der Peter rechts abbiegen mußte, außer Sicht waren, fuhr er etwas schneller.

Die nächsten paar Minuten verlief die Fahrt schweigsam, da die Langmanns sensibel genug waren, die Becks, die augenscheinlich noch mit ihren Gedanken zu Hause bei ihren Kindern waren, nicht zu stören.

Nach zwanzig Kilometern, nach Erreichen der Gemeindegrenze, fuhr Peter rechts an den Straßenrand in eine Feldwegeinmündung und sah seine Mitreisenden an.

„Okay“, sagte er, „wer noch etwas vergessen hat, sollte es jetzt sagen. Noch kann ich umdrehen.“

Nicole schüttelte nach kurzem Nachdenken als erste den Kopf. „Also, ich habe alles. Die Reisepässe und unsere Visa sind in der Umhängetasche, das Geld hast du“, dabei sah sie Peter an, „und alles andere, was man vergessen könnte, kann man auch in Australien kaufen.“

„Bei uns ist auch alles klar“, sagte Marleen. Auch Thomas nickte.

„Na dann los.“ Peter fuhr wieder an in Richtung Autobahn, die sie nach zehn Minuten erreichten.

„Halt“, schrie Thomas nach weiteren fünf Minuten, und um ein Haar wäre Peter auch voll in die Bremsen gestiegen, was angesichts des ziemlich hohen Verkehrsaufkommens fatal hätte ausgehen können. Er ließ die Luft zischend zwischen den Zähnen entweichen.

„Ich habe die Kofferschlüssel vergessen“, jammerte Thomas. „Entweder brechen wir später die Schlösser auf oder du fährst noch mal schnell zurück.“

„Schnell zurück ist gut“, maulte Peter, dem der eben erlittene Schreck noch in den Knochen steckte, mit zitternder Stimme und rief sich schon die nächste Ausfahrt ins Gedächtnis.

„Liebling, faß doch mal in deine linke Hosentasche“, schaltete Marleen sich, an ihren Mann gewandt, ein, „und sage mir, was du da findest.“

Thomas wühlte unter seiner Jacke herum. „Da ist nichts.“ Verzweifelt blickte er Marleen an.

„Wo ist denn links?“ fragte diese geduldig, als sie sah, daß Thomas' Hand in der rechten Hosentasche eingeklemmt war.

Nachdem die eine Hand unter einiger Mühe wieder befreit worden war und die andere in der diesmal richtigen Hosentasche auf die Suche geschickt wurde, ging ein Leuchten über Thomas' Gesicht.

„Gott sei Dank, da sind sie ja.“

„Das nächste Mal fragst du lieber gleich mich.“ Marleen lächelte. „Ich habe schließlich gesehen, wie du sie eingesteckt hast.“

Der kleine Zwischenfall führte zumindest dazu, daß jetzt die Abschiedsstimmung endgültig vorbei war und die Frauen anfingen, sich zu unterhalten. Da die Becks im Fond des Wagens Platz genommen hatten, fuhr Peter auf den nächsten Parkplatz, wo Nicole mit Thomas die Plätze tauschte.

„Wenn wir in Frankfurt sind, werden wir uns als allererstes ein schönes Café suchen. Ich habe jetzt schon Kaffeedurst“, sagte Nicole.

„Und ein Stück Torte gönnen wir uns auch zur Feier des Tages.“ Marleen stand die Vorfreude auf den Urlaub ins Gesicht geschrieben.

„Ich werde mich auf dem Flughafen fürchterlich betrinken“, ließ sich Thomas von vorne vernehmen. „Dann kriege ich wenigstens vom Flug nichts mit.“

„Ich helfe dir natürlich.“ Peter war, wie so oft, der gleichen Meinung wie Thomas. „Wenn wir schon fliegen müssen, dann wenigstens bewußtlos.“

„Soviel könnt ihr gar nicht trinken, daß ihr zweiundzwanzig Stunden im Koma liegt“, zerstörte Nicole die Hoffnungen der Männer.

„Außerdem ist Thomas viel zu geizig für so etwas“, stichelte Marleen. „Was meint ihr, was auf dem Flughafen ein Bier kostet.“

In dieser Form verliefen die Gespräche weiter. Als man sich Frankfurt näherte, wurden die Männer allerdings immer ruhiger, während die Frauen zur Höchstform aufliefen und schließlich zu singen anfingen.

„Waltzing Mathilda, Waltzing Mathilda...“, ertönte es zweistimmig von den Rücksitzen.

Thomas und Peter sahen sich nur an.

„Wird dir auch langsam mulmig?“ fragte Peter leise.

„Mir ist schon richtig schlecht.“ Thomas schüttelte sich. „Ich darf gar nicht daran denken, wenn wir in dieses Mistding einsteigen müssen. Bei meinem Glück erwischen wir bestimmt eine Propellermaschine.“

„Hör bloß auf, sonst bleibe ich noch hier. Übrigens müssen wir bald abfahren.“ Peter konzentrierte sich wieder auf den Verkehr.

Der Flug sollte um 20.00 Uhr starten, aber Thomas hatte darauf bestanden, bereits so früh loszufahren. „Wenn ich schon solche Angst ausstehen muß, will ich die wenigstens nicht umsonst haben und pünktlich am Flughafen sein“, hatte er verkündet. „Schließlich gibt es auch Staus und sowas.“ So hatte man sich gefügt, was zur Folge hatte, daß man um 16.00 Uhr, nach einer gemütlichen Fahrt ohne Probleme, auf das Flughafengelände auffuhr.

Peter wäre es lieber gewesen, wenn der Flug, wie die vier es ja ursprünglich auch beabsichtigt hatten, vom Hannoveraner Flughafen gestartet wäre, weil er sich dort einigermaßen auskannte, aber so mußten sie ja die Planungen der Kruses übernehmen.

Das Ganze lief dann aber doch besser ab, als er es sich vorgestellt hatte. Der Weg zum Flughafen war sehr gut ausgeschildert, und er hatte auch keine

Probleme, einen Parkplatz auf einer der riesigen Anlagen, auf denen schon Hunderte von Fahrzeugen standen, zu finden.

„So, das wär's“, sagte er dann auch zufrieden, als er den Motor abstellen konnte.

Die Frauen und Peter stiegen aus und streckten sich. Man hatte zwar eine Pause auf einem Rastplatz hinter Kassel eingelegt, aber bei dem leichten Nieselregen und der klammen Kälte, die herrschte, war diese sehr kurz ausgefallen.

„Wie geht's nun weiter?“ fragte Marleen, öffnete den Kofferraum und nahm ihre Jacke heraus, um sie sich anzuziehen. Anschließend reichte sie Nicole und Peter deren Jacken, die diese dankbar ergriffen und auch sofort überwarfen.

„Ich gehe erst mal zu dem Wartehäuschen da vorne“, antwortete Nicole. „Wenn es so wie in Hannover ist, kann man da diese komischen Wagen rufen, die einen mit den Koffern zum Eingang fahren. Zum Schleppen ist es ja zu weit, irgendwas werden die sich schon eingefallen lassen haben, um ihre Fluggäste zu verwöhnen.“ Sagte es und marschierte los in Richtung Parkplatzausgang.

„Gut. Dann lade ich schon mal den Kofferraum aus.“ Peter ging zum Fahrzeugheck, stutzte dann, ging zurück zur vorderen Beifahrertür und öffnete diese. „Was ist denn mit dir los?“

Thomas, der zusammengesunken auf dem Sitz saß, nein, eigentlich mehr hing, antwortete nicht und rührte sich nicht. Mit weit aufgerissenen Augen stierte er aus der Windschutzscheibe, wo er beobachten konnte, wie gerade ein riesiges Flugzeug seinen Start hinter sich gebracht hatte und langsam und träge in die Luft aufstieg.

„Alter, träume nicht. In so einem Ding sitzen wir auch bald. Gewöhn dich schon mal dran.“ Peter stupste Thomas an der Schulter an.

Marleen, die inzwischen auch dazugekommen war, schob Peter sanft, aber bestimmt zur Seite. „Laß mich mal ran“, sagte sie und fügte leicht vorwurfsvoll hinzu, „und ärgere ihn nicht noch, er ist schon fertig genug.“

Als Marleen ihrem Mann kurz und zärtlich im Nacken die Haare kraulte, erwachte Thomas aus seiner Erstarrung. „Mein Gott, wenn ich nur verstehen könnte, wie diese Dinger fliegen können“, brachte er mal wieder seine Flugangst auf den Punkt und seufzte tief. Er stieg mit langsamen Bewegungen aus dem Audi, immer mal wieder dem entschwindenden Flugzeug nachblickend und jedesmal erneut seufzend.

„Jetzt helft mir doch endlich mal“, rief Peter, der zwischenzeitlich begonnen hatte, die Koffer aus dem Fahrzeug zu hieven.

Das taten die Becks dann auch. Thomas hatte das Pech, Nicoles Koffer zu erwischen; er quälte sich jedoch ohne ein Murren oder einen seiner üblichen Sprüche ab, weil er in seinen Gedanken bereits in einem alten, klapprigen Flugzeug saß, dessen Motoren oder Turbinen oder was auch immer deutliche Fehlzündungen von sich gaben, während der Pilot vorne im Cockpit offensichtlich volltrunken irgendeine Mitteilung an die Passagiere in sein Mikrophon lallte.

„Oje, oje“, gab er mit zittriger Stimme von sich und schleppte die beiden schwersten Koffer in Richtung Wartehäuschen.

„Na, der kennt sich doch ganz gut aus“, wunderte sich Peter, hängte sich die Umhängetaschen der Frauen um den Hals, schnappte sich die zwei übriggebliebenen Koffer und folgte seinem Freund.

Marleen wiederum nahm die beiden Sporttaschen und folgte den Männern, glücklich einem im Landeanflug befindlichen Jumbo zusehend.

Der Transfer zum Flughafengebäude klappte vorzüglich. Alle fünfzehn Minuten kam ein Kleinbus zu den diversen Haltestellen, nahm die Fluggäste auf, um sie zum Haupteingang zu bringen beziehungsweise setzte diejenigen, die sich schon wieder auf dem Heimweg befanden, an den Wartehäuschen an den Parkplätzen ab.

Vor dem riesigen Gebäude angekommen, ließen sich die Freunde zunächst ihr Gepäck vom Busfahrer aushändigen, marschierten dann geradewegs durch den Eingang in die Mitte der großen Halle, stellten die Koffer ab und ließen zunächst einmal die typische Flughafenatmosphäre auf sich wirken.

Thomas war zwischenzeitlich auch wieder ansprechbar und blickte sich staunend um. „Ein Bahnhof ist ja ein Schiß dagegen, wenn ich das mal so kraß formulieren darf“, ließ er mit ehrfürchtiger Stimme vernehmen.

Es war auch beeindruckend, wie sich scheinbar Tausende von Menschen in der Halle und den Gängen mehr oder weniger zielstrebig auf- und abbewegten. Aus den Lautsprechern drangen ständig entfernt weibliche Stimmen, die man allerdings anfangs nicht verstehen konnte, bis man sich an den elektronischen Robotersound gewöhnt hatte. Thomas blickte teils bewundernd, teils neidisch auf die beanzugten Geschäftsleute, die ruhig in einigen der zahlreichen Sitze saßen und irgendwelche Zeitungen oder Unterlagen lasen und sich dabei anscheinend gar nicht bewußt waren, in welche Gefahr sie sich begaben. *›Ach, wenn die ein paarmal in einer Woche irgendwo hinfliegen und immer noch hier sitzen, warum soll dann ausgerechnet bei uns was passieren‹*, dachte er und wurde noch munterer.

Kapitel 4

„Ich hol' mal schnell so'n Kofferkuli", sagte Thomas und verschwand in dem brodelnden Getümmel von Reisenden, Pennern, Nutten und Flughafenpersonal.

Irgendwo am Eingang hatte er die ineinandergestellten Metallwagen gesehen, die tagein, tagaus die Lasten der Reisenden auf ihren Ladeflächen im wahrsten Sinne des Wortes ertragen mußten.

›*Pfand 1,- DM... Scheiße...wo soll ich denn jetzt eine Mark hernehmen. Die ganze Tasche voller australischer Dollar und die wollen 'ne Mark...*‹ Thomas hatte die Bedienungsanleitung gelesen, die unmißverständlich und kompromißlos das Einwerfen einer deutschen Münze forderte. Er wühlte seine Taschen durch. Nicht eine einzige Mark war zu finden. Klar hatte er noch deutsches Geld bei sich, aber nur Scheine und Groschen.

›*Verdammt*‹, fluchte er in sich hinein, ›*das geht ja gut los*‹, und eilte zu den anderen zurück.

„Also, entweder gebt ihr mir jetzt ein Markstück oder ihr schleppt eure Koffer alleine", erklärte er den drei Wartenden.

„Nicht mal das kann der Kerl...", flachste Peter, knuffte seinen Kumpel in die Seite und schob mit ihm davon.

Alle vier hatten nicht bemerkt, daß sie, seit sie den Flughafen betreten hatten, auf Schritt und Tritt beobachtet wurden. Wie sollten sie auch bei dem Gewühle. Außerdem hatten zwei von ihnen ohnehin genug mit sich selbst zu tun und nicht die geringste Lust, ihre Mitmenschen zu erkunden.

Sie hatten weder den älteren Herren gesehen, der mit seiner Zeitung in der Hand und dem Koffer neben sich am Nachbarschalter stand und ständig zu ihnen hinüberschaute. Sie hatten auch nicht den gutaussehenden Flughafenangestellten bemerkt, der sich zwar offenbar zufällig, aber immer dicht in der Nähe der kleinen Gruppe aufhielt und sich dort zu schaffen machte.

Ihnen war auch bisher nicht die unauffällig wirkende Frau mit ihrem grauen Mantel und ihrer altmodischen Handtasche aufgefallen, die Peter und Thomas jetzt verfolgte und die, als ihr das Ziel der beiden bekannt schien, einer weiteren Frau ein Zeichen gab.

Diese Frau, die gut und gerne an jedem Double-Wettbewerb für Pamela Anderson hätte teilnehmen können und so gekleidet war, als wäre sie bereits an einem der sonnigen Strände, die von allen Anzeigetafeln der Fluggesellschaften herunterleuchteten, begab sich ebenfalls zu der Schlange der Kofferkulis. Scheinbar zufällig erreichte sie kurz vor den beiden Männern die Wagenreihe.

Thomas und Peter sahen zunächst die Frau, dann sich und dann wieder die Frau an. Es war herzzerreißend, wie umständlich dieses Geschöpf versuchte, eine Münze in den dafür vorgesehenen Schlitz zu stecken, und es war nicht verwunderlich, daß diese Münze nicht in dem Schlitz, sondern mit einem leisen Klicken unter der Wagenreihe landete. Hilfesuchend schaute sich die kurvenreiche Verursacherin in ihrem engen Sommerkleidchen um.

„Einen Moment, ich mache das schon", beeilte sich Thomas, bückte sich und versuchte, mehr oder weniger elegant (eher weniger) die verdammte Münze unter dem Wagen hervorzuangeln. Lächelnd wandte sich das Wesen Peter zu, der selbstverständlich zurücklächelte und für einen Moment nicht mehr mitzubekommen schien, was um ihn herum geschah.

Unsanft und schmerzvoll wurde er aus diesem Augenblick gerissen. Eine unscheinbar wirkende Frau in grauem Mantel und mit einer alten Handtasche hatte ihn angerempelt.

Entrüstet sah er zu der Frau, die sich entschuldigend von ihm entfernte und im Gedränge verschwand. Mit voller Wucht war sie gegen ihn gerannt und hatte einen der spitzen Absätze ihrer altmodischen Schuhe auf seinem rechten Fuß kurzfristig, aber schmerzhaft geparkt.

Was er nicht bemerkt hatte, war ein kleiner Metallknopf, der seinen Besitzer gewechselt hatte und aus der Hand der unscheinbaren Frau in die Tasche von Peters Jacke gewandert war. Ein Metallknopf, der so unscheinbar war wie die Frau in ihrem grauen Mantel und der altmodischen Handtasche.

Als der Schmerz etwas nachließ, stand auf einmal Thomas vor ihm.

„Du, ich kriege die Münze nicht hervor", schaute er hilflos in das noch immer etwas grimassenhafte Gesicht seines Freundes, „wo ist denn eigentlich die...?"

Peter und Thomas schauten sich um, die ungeschickte Schönheit war wie vom Erdboden verschluckt. Mit ihr auch die unscheinbare Frau im grauen Mantel. Ebenso wie der ältere Herr mit der Zeitung und dem Koffer neben sich. Und auch der Flughafenangestellte war plötzlich nicht mehr auffindbar.

Peter griff in die Hosentasche, holte ein Markstück hervor und gab es Thomas.

„Hier, du siehst zwar nicht annähernd so gut aus wie die Lady eben, aber ich nehme an, du wirst einen Wagen damit loseisen können", grinste er.

Dies gelang auch auf Anhieb, und sie fuhren in die Halle zurück. Thomas schob und Peter nahm auf dem Wägelchen Platz. „Schließlich habe ich euch lange genug rumkutschiert", meinte er.

Am Ziel angekommen, wurde zunächst einmal die Karre beladen. Bis auf die beiden Umhängetaschen landete alles darauf.

„Wollen wir erst auf die Aussichtsplattform, erst was trinken oder erst einen kleinen Flughafenbummel machen?“ fragte Marleen.

„Zuallererst suchen wir mal unseren Schalter, oder wie so ein Ding auf Flughäfen heißt“, antwortete Thomas, schon wieder in praktischen Richtungen denkend. „Wenn wir den gefunden haben, können wir beschließen, was wir mit dem angebrochenen Tag anfangen.“

Da kein Widerspruch zu hören war, machte er sich schon mal auf die Suche, die anderen folgten. Peter hatte jetzt den Wagen übernommen, bei dem das linke Vorderrädchen in unregelmäßigen Abständen blockierte und damit den „Fahrzeugführer“ an den Rand der Verzweiflung und, in ebenfalls unregelmäßigen Abständen, dem Rädchen angepaßt, zum Fluchen brachte.

Die Frauen, die sich der Umhängetaschen mit „den wertvollen Dingen“ angenommen hatten, schlossen zu Thomas auf.

Zu dritt stellten sie sich vor einen in einer halbgeöffneten Glaskugel stehenden Monitor, wo die Abflüge angezeigt wurden. Der Flug nach Australien war noch nicht angezeigt, die unterste Eintragung endete bei 18.45 Uhr.

„Da haben wir noch ein bißchen Zeit.“ Nicole sah sich um. „Laßt uns gleich was trinken gehen. Ich habe immer noch Kaffeedurst.“

Da im Moment sowieso nichts zu machen war, waren alle, auch Thomas, einverstanden.

„Aber was machen wir solange mit dem Gepäck?“ Marleen blickte fragend ihren Mann an.

Der zuckte mit den Schultern. „ Wir stellen den Kofferwagen einfach vor die Restauranttür. Das machen doch alle so“, antwortete er und zeigte auf einige Karren, die mit Gepäck beladen am Rande der Halle herumstanden. „Das Wichtigste haben wir ja am Mann.“

„He, so leichtsinnig kennt man dich ja gar nicht. Das macht wohl die Vorfreude auf ein schönes Straußensteak. Oder gibt’s das da nicht?“

„Mir doch egal. Ich will nur was trinken, am besten ein Fläschchen Strohrum.“

„Das wollen wir uns dann nicht entgehen lassen.“ Peter ließ den Wagen stehen, wo er gerade stand, und ging auf ein Mövenpick-Restaurant zu, dessen Werbeschild er im Vorbeigehen in einem Gang gesehen hatte. Notgedrungen mußte Thomas sich wieder des Wagens annehmen, und jetzt war es an ihm, ab und zu einen kleinen, leisen Fluch zu zischen.

Im Restaurant war es recht gemütlich, da die Freunde einen Tisch mit Blick aufs Rollfeld erhaschen konnten.

Es war aber, wie Marleen es angekündigt hatte. Thomas blieb bei seinem einen Bier, da er nach einem Blick auf die Getränkekarte fast einen Hustenanfall bekam.

Stocknüchtern verließ er später mit Marleen, Nicole und Peter das Lokal wieder, in dem er sich gleich den Platz mit dem Rücken zu den Fenstern ausgesucht hatte, um wenigstens den Anblick der startenden und landenden Maschinen nicht ertragen zu müssen. Der Krach, den diese veranstalteten, reichte ihm völlig.

Die anderen dagegen, auch Peter, genossen diese Aussicht, und zu jeder Maschine, die eine der Rollbahnen befuhr, wurde ein Kommentar abgegeben.

Irgendwann war dann auch ein riesiger Jumbo gelandet.

„Das ist unsere", schrie Nicole auf und hielt sich gleich darauf erschrocken die Hand vor den Mund, als sie sah, daß die anderen Gäste teils amüsiert, teils ärgerlich zu ihr hinübersahen.

„Richtig, *‚Singapore-Airlines'*, das muß sie sein." Marleens Gesicht drückte sich gegen die Scheibe. „Na, die sieht doch echt klasse aus", machte sie ihrem Ehemann Mut, der keine Anstalten machte, sich umzudrehen.

„Mir doch egal", antwortete er betont gelassen, doch sein Gesicht strafte seine Worte Lügen.

Als sie später wieder mit ihrem Kofferwagen durch die Halle zogen, Richtung Gangway 8, wie man inzwischen auf den Monitoren und den Anzeigetafeln, die über den einzelnen Terminals hingen, gelesen hatte, waren alle, jetzt auch die Frauen, die vorher mit ihren Männern noch einen Zug durch die Flughafengeschäfte gemacht hatten, kribbelig.

Noch zweieinhalb Stunden, dann würden sie in der Luft sein.

Als der Schalter von Terminal 8 für den Australienflug öffnete, standen die Becks und die Langmanns ganz vorne in der immer länger werdenden Menschenschlange.

Nachdem sie von einer jungen, rothaarigen Frau die Platzkarten erhalten hatten, stellten sie nacheinander die Koffer auf die neben dem Schalter befindliche Waage. Die Rothaarige runzelte zwar die Stirn, als sie das Gewicht von Nicoles Koffer von der elektronischen Anzeige ablas, sagte aber nichts.

Sie gingen, wie sie es vorher abgesprochen hatten, gleich durch den Zoll, weil sie noch in Ruhe im Duty-Free-Shop die Preise vergleichen wollten.

Der Bedienstete am Zoll war ein sehr gutaussehender Mann.

Dieser gutaussehende Mann hätte den vier Freunden bekannt vorkommen müssen, wenn sie seit ihrer Ankunft am Flughafen den Personen um sich herum mehr Aufmerksamkeit geschenkt hätten. Da sie dies nicht getan hatten, denn wer macht das schon, gingen sie völlig unbefangen durch den schmalen Gang auf den Schönling zu.

Es fiel ihnen auch nicht auf, daß dieser, als Peter mit dem elektronischen Minensuchgerät, wie er den Metalldetektor zuvor scherzhaft genannt hatte, an der Reihe war, beim Abtasten die rechte Jackentasche ausließ. Aber selbst wenn es ihnen aufgefallen wäre, hätten sie sich nichts dabei gedacht. So passierten sie den Zoll ohne besondere Vorkommnisse und strebten dem Duty-Free-Shop entgegen.

Als die Passagiere in dem Saal per Lautsprecher gebeten wurden, sich durch die sich jetzt öffnende Tür zur Gangway ins Flugzeug zu begeben, war Thomas verschwunden. Nach kurzem Suchen entdeckten Marleen und Nicole ihn in der äußersten Ecke des Raumes an der Wand lehnend.

„Mach du das mal alleine“, nickte Nicole Marleen zu und ging zu Peter, der bereits neben der Gangwaytür wartete.

Kurze Zeit später kamen die Becks dann auch, und sie betraten nach einem für Thomas endlos währenden Gang den geräumigen Bauch des Jumbos. Dieser war im Inneren so groß, daß es einem gar nicht wie das Innere eines Flugzeugs vorkam, eher wie ein langes schmales Kino, wenn man die Sitzreihen ansah.

Sie zogen ihre Jacken aus, verstauten die Sport- und Umhängetaschen in den Fächern über den Sitzen und ließen sich auf den Plätzen nieder. Daß man unmittelbar neben einem der mittleren Notausgänge saß, war diesmal Peter zu verdanken, der dort, und nur dort, sitzen wollte. Was er sich davon versprach, blieb sein Geheimnis.

Die Eingangstür wurde von einer Stewardeß geschlossen, und Marleen und Nicole, die nebeneinander auf den beiden äußeren Sesseln einer Vierersitzreihe am Fenster saßen, beobachteten interessiert, wie die Gangway weggefahren wurde.

Die Männer, inzwischen beide mucksmäuschenstill, sahen nach vorne, als wenn etwas Fürchterliches passieren würde, wenn sie den Kopf in Richtung Fenster drehten. Angeschnallt – das hatten beide erledigt, bevor sie noch richtig gesessen hatten – saßen sie nebeneinander und sahen sich in diesem Augenblick unheimlich ähnlich, wie sie sich nicht rührten und beide Hände in die Polster der Armlehnen krallten.

Als sich das Flugzeug dann langsam in Bewegung setzte und über Umwege durch ein merkwürdig aussehendes Fahrzeug in Richtung Rollbahn geschoben wurde, hörte man von rechts außen, wo Peter Platz genommen hatte, nur ein „Oh, oh.“ „Oh, oh“, tönte es von seinem Nachbarsitz wie ein Echo zurück.

Das merkwürdige Fahrzeug koppelte ab, das Flugzeug ließ die riesigen Triebwerke aufheulen und setzte sich dann aus eigener Kraft in Bewegung.

Als es nach einer 180-Grad-Kurve am Ende der Rollbahn stand und auf die Startfreigabe durch den Tower wartete, bewegten die Männer zum ersten Mal, seitdem sie eingestiegen waren und saßen, den Kopf und sahen sich an. „Oh, oh“, ertönte es wieder, diesmal im Chor.

Die Turbinen heulten womöglich noch lauter auf, und der Jumbo bewegte sich erneut, wobei das ganze Flugzeug zu beben anfing. Es wurde langsam immer schneller. Nach kurzer Zeit gab es einen erneuten Ruck, und die Passagiere wurden mit Macht in ihre Sessel gedrückt, als eine wahnsinnige Beschleunigung einsetzte, die in den Mägen kitzelte.

„Oooooooooooh...“, ertönte es von Thomas, und Peter atmete tief durch die zusammengebissenen Zähne ein.

Der Jumbo hob sich vorne an, was einen Vokalwechsel bei Thomas zur Folge hatte. „Iiiiiiiiiiiiih...“, ließ er jetzt vernehmen. Peter hielt die Luft an.

Als das Flugzeug sich zunächst noch weiter anhob und schließlich den Bodenkontakt verlor und gleich darauf noch einmal leicht durchsackte, sahen sich die Männer gar nicht mehr ähnlich. Thomas hatte ein puterrotes Gesicht, während es diesmal an Peter war, weiß wie ein Gespenst aus der Wäsche zu schauen.

Die beiden Frauen dagegen, die davon nichts mitbekommen hatten, genossen den Start und sahen begeistert die kleiner werdende Welt aus dem Fenster an.

Sie waren in der Luft. Die Reise hatte begonnen!

Kapitel 5

Als sich ein großes Flugzeug der Gesellschaft *Singapore-Airlines* im Landeanflug auf Sydney befand, wurde einer der männlichen Passagiere immer munterer, und man konnte seinem gutgeschnittenen Gesicht ansehen, daß er mehr als froh war, seine Füße in Kürze auf festen Boden setzen zu dürfen.

Bei dem Gesicht handelte es sich natürlich um das eines netten Herrn aus Deutschland, genauer gesagt, aus einem Vorort von Helmstedt, der den Namen Thomas Beck trug.

Als die Stimme des Kapitäns die baldige Landung ankündigte und kurz darauf die „Fasten-Your-Seatbelts"–Lichter über den Sitzen und im Gang aufleuchteten, war ein Ruck durch seinen Körper gegangen, und er schöpfte langsam Hoffnung, dieses Flugzeug wider Erwarten lebend verlassen zu können.

Der Flug war eigentlich völlig ruhig und komplikationslos verlaufen; wenn man jedoch wie Thomas ständig mit seinem Ableben rechnete, wurde auch das Rumpeln des Fahrwerks, das eingezogen wurde und im Bauch des Fliegers verschwand, zur mittleren Katastrophe. Man konnte ja schließlich nicht wissen, was diese Geräusche verursachte, und Thomas glaubte, in den Gesichtern der Bordbesatzung unterdrückte Panik zu erkennen.

Unerwartete Beruhigung fand er in den Worten von Peter Langmann, dem ebenfalls überhaupt nicht wohl war und der ständig jede Veränderung der Lautstärke der Motoren oder irgendwelcher Geräusche mehr sich selbst erklärte, um seine eigene Angst zu unterdrücken.

„Solange die Stewardessen noch herumlaufen, ist alles in Ordnung", hatte Peter einige Zeit nach dem Start vom Frankfurter Flughafen von sich gegeben, als die Triebwerke plötzlich wesentlich ruhiger liefen, da die Schubphase beendet und die Reisegeschwindigkeit erreicht war. Die Worte wurden dankbar von seinem Nachbarn gehört und aufgesogen.

Auf den zahlreichen Monitoren, die in regelmäßigen Abständen in den Gängen hingen, wurde als Laufband ständig angezeigt, wieviele Kilometer man bereits in welcher Zeit zurückgelegt hatte und wieviele man noch vor sich hatte. Diesem Laufband wurde vermutlich wie nie Aufmerksamkeit gezollt, zumindest von Peter und Thomas, die es fast ständig im Blick hatten.

Als fünfundvierzig Minuten nach dem Start von einer der Stewardessen erklärt wurde, wie man sich im Notfall zu verhalten habe und wie die Gasmasken aufgesetzt und die Schwimmwesten angelegt werden müßten, hatte diese nette Dame zwei wirkliche Fans gewonnen, die förmlich mit den Augen an ihren Lippen hingen und jedes ihrer Worte an bevorzugter Stelle ihres Gehirns geradezu einbrannten. Nach diesen Erklärungen wurde das soeben Gehörte von Peter und Thomas nochmals ausgiebig besprochen und in Gedanken mehrfach durchgespielt. Gut vorbereitet fiel man anschließend wieder in seine Verkrampfung und konnte sich auf das Laufband am Monitor konzentrieren.

Als eine andere Stewardeß anschließend mit einem Wägelchen durch die Sitzreihen ging und nach Getränkewünschen fragte, gelangte sie auch an den Sitz von Thomas, der gerade das erste Mal seit Abflug aus dem Fenster geschaut und mit Entsetzen festgestellt hatte, daß sich der Flügel zur Linken leicht von oben nach unten und wieder zurück bewegt hatte.

„Darf ich Ihnen etwas zu trinken anbieten?" fragte die Stewardeß freundlich und sah Thomas an, der wiederum diese nette Person keines Blickes würdigte, da er die Augen starr auf den Monitor gerichtet hatte.

„Verschwinde", knurrte er leise mit drohender Stimme.

„Entschuldigen Sie, ich habe Sie nicht verstanden." Die Stewardeß beugte sich lächelnd zu Thomas herunter.

Bevor dieser wieder etwas sagen konnte, erwachte Peter aus einer ähnlichen Erstarrung wie Thomas und mischte sich ein, um die drohende Eskalation zu vermeiden.

„Er sagte, er hätte gerne einen Whisky. Und mir können Sie auch einen eingießen."

„Gerne." Das Gewünschte wurde ihnen gereicht bzw. Peter nahm beide Gläser entgegen, da Thomas sich immer noch nicht rührte. Die Stewardeß reichte Nicole und Marleen die gewünschten Tassen Kaffee und ging zur nächsten Sitzreihe.

Peter sah seinen Freund mit einer Mischung aus Neugier, Erstaunen und Vorwurf im Blick an. Seit er Thomas kannte, und das war schon eine lange Zeit, war dieser immer korrekt im Umgang mit seinen Mitmenschen gewesen. Er war sogar einer der ganz wenigen, die mit dem Abteilungsleiter und Kurt Renner zumindest einigermaßen auskamen. Wie mußte es also in seinem Inneren aussehen, wenn er sich einer fremden Person gegenüber, die zudem noch höflich und freundlich war, eine solche Entgleisung erlaubte. Es hätte Peter vermutlich nicht mehr verwundert, wenn Thomas sich ausgezogen und im Gang schlafen gelegt hätte.

„Komm, Brriederrchen, trink!" sagte er aufmunternd und drückte seinem Freund das Getränk in die Hand. „Danach geht's dir besser." Ohne Peter anzusehen, setzte Thomas an und leerte das Glas in einem Zug. Kurz entschlossen gab Peter ihm auch noch seinen eigenen Drink, den Thomas wieder mit atemberaubender Geschwindigkeit in sich hineinschüttete. „Aah", machte er, „das tat gut."

Peter wußte jetzt, was zu tun war.

Im Laufe der nächsten Stunde schenkte die Bedienung noch einige Gläser Whisky ein, und Thomas und Peter vernichteten diesen ebenso schnell, wie sie ihn erhielten. Die Stewardeß lächelte immer noch, und es lag Verständnis in ihrem Blick, als sie die beiden Helden der Lüfte ansah und den Grund dieses kleinen Besäufnisses erkannte.

Peter hatte zwischendurch, als er schon kräftig dabei war, Thomas abzufüllen, einen kurzen, fragenden Blick zu Marleen und Nicole geworfen. Die beiden verstanden ihn ohne viele Worte und nickten nur. Dermaßen unterstützt ging er dann auch in die Vollen, und beide Männer, die den Alkohol in solchen Maßen nicht kannten, nickten schließlich ein. Aus diesem Einnicken wurde ein tiefer Schlaf, der viel später nur von der Zwischenlandung in Singapur kurz unterbrochen wurde. Diese wurde erneut zwischen beiden begossen, und nach kurzer Zeit verbrachten sie dieselbe wieder im Reich der Träume.

So bekamen sie auch nicht mit, daß es schließlich doch ein paar kleinere Luftlöcher gab und das Flugzeug das eine oder andere Mal einige Meter absackte.

Nicole und Marleen, die den Flug bis zur Zwischenlandung genossen hatten und sich praktisch keinen Blick aus dem Fenster, der sich lohnte, versagten, die gereichten Mahlzeiten mit großem Appetit verzehrt und mit einem Gläschen Sekt angestoßen hatten, saßen jetzt selbst mit gemischten Gefühlen in ihren Sitzen und beneideten ihre Ehemänner ein wenig, die aneinandergelehnt leise um die Wette schnarchten, wobei sie selbstverständlich angeschnallt blieben.

Als das einzige im Grunde genommen erwähnenswerte Luftloch sein Bestes gab, die Mägen der Passagiere zu heben, gelang ihm das vor allem bei Marleen so gut, daß bei ihr letztendlich von der hervorragenden Urlaubsstimmung der ersten Flugstunden nichts mehr übrigblieb. Auch Nicole ging es nicht halb so gut wie zu Beginn des Fluges, als sie mit ansehen mußte, daß sich der Inhalt ihres Wasserglases plötzlich fünf Zentimeter oberhalb eben dieses Glases befand, um anschließend zielsicher und ohne einen Tropfen zu verlieren wieder dort zu landen, wo es herkam.

Als man sich schließlich frühmorgens bereits über Australien befand und der Flugkapitän den baldigen Landeanflug auf Sydney ankündigte, tauschten Thomas und Peter mit ihren Angetrauten sogar die Sitzplätze, um das Ende dieses Fluges genau zu begutachten. Sie strahlten beide um die Wette, von einem Kater war nichts zu spüren, sie fühlten sich ausgeruht und unternehmungslustig, und vor allem waren sie fast wieder auf der Erde, was trotz der jetzt entspannteren Stimmung eine Riesenerleichterung für die beiden war.

Bewundernd blickten sie später auf die riesige Stadt hinunter, und da jetzt fast das Ende des Fluges in Sicht war, begannen sie sogar, die letzten Kilometer, als sich das Flugzeug bereits im Sinkflug befand, zu genießen.

Als schließlich die Räder des Jumbos sanft auf der Landebahn aufsetzten, klatschten sie immer noch begeistert, als die anderen Passagiere damit längst aufgehört hatten und die beiden verwundert ansahen.

„Geschafft, Alter, geschafft", schrie Thomas begeistert und schlug dem Freund mehrmals schmerzhaft auf die Schulter. „Fliegen ist nicht halb so schlimm wie ich dachte!" behauptete er und drückte seine Marleen und Nicole fest an sich.

„Du bist schon so ein Fliegeras", murmelte Marleen gequält und blickte Nicole an, die genauso gequält zurückschaute.

„So, mein Freund", sagte Peter munter zu Thomas, als sie das Flughafengebäude verließen, „jetzt befindest du dich im Ausland."

„Wieso, ich war doch schon in Dänemark und in...", setzte Thomas zu einer Antwort an, wurde jedoch sofort unterbrochen.

„Dänemark, Dänemark, ich habe von Ausland gesprochen. Das ist ja wie Mallorca. Und Mallorca ist wie eine Hure."

Thomas sah Peter fragend an.

„Na, da war jeder schon mal drauf. So, komm, jetzt wollen wir erst mal sehen, daß wir ein Taxi kriegen, damit wir ins Hotel kommen."

Die vier Freunde gingen, einen ähnlichen Gepäckwagen wie in Frankfurt vor sich herschiebend, auf die Straße zu, wo es ein ständiges Kommen und Gehen der gewünschten Fortbewegungsmittel gab.

Thomas steuerte, seine Jacke über dem Arm hängend, den Gepäckwagen auf das erste in der Reihe stehende Taxi zu, das jedoch vor seiner Nase fortfuhr. Peter war, als er sah, daß das erste Taxi besetzt war, gleich zum zweiten gegangen und hielt Thomas die Beifahrertür auf. „Hey, Fremder, probier's mal hiermit", lud er ihn mit betont lässiger Stimme ein.

„Sei vorsichtig, Quigley, sonst schluckst du den Straßenstaub", gab Thomas in gleicher Tonlage zurück.

Die Männer sahen ihre Frauen an, die jetzt auch herangekommen waren und sich hinten, eine rechts, eine links, ohne ein Wort in den Wagen fallen ließen.

„Ich glaube, denen geht's gar nicht gut, vielleicht sollten wir uns wirklich ein bißchen beeilen, damit sie sich hinlegen und erholen können", sagte Thomas mitleidig, fügte dann jedoch nach kurzem Nachdenken etwas schadenfroh hinzu: „Manch einer verträgt halt das Fliegen nicht so gut."

Peter lachte und half dem braungebrannten, kleinen Taxifahrer, der zwischenzeitlich ausgestiegen war, das Gepäck in den Kofferraum zu laden, woran sich auch Thomas sofort beteiligte. Als alles, bis auf die Jacken, die in Frankfurt so nötig, hier jedoch nur Ballast waren, verstaut war, stieg Peter hinten bei den Frauen ein, stopfte seine Jacke zwischen sich und Nicole und nahm diese in den Arm, was sie gerne mit sich geschehen ließ. Thomas, der neben dem Fahrer Platz genommen hatte, warf Marleen eine Kußhand zu und las dann dem Taxifahrer einen von ihm bereits zu Hause (man war ja gründlich und vorausschauend) vorbereiteten Zettel vor, auf dem die Anschrift des Hotels stand.

Das Taxi fuhr mit quietschenden Reifen an und mischte sich in den regen Verkehr.

Thomas warf einen verärgerten Blick auf den Taxifahrer, der sich ihm, offenbar amüsiert, kurz zuwandte und dann wieder dem Verkehr widmete.

Die Dimensionen, die sie die nächste Zeit durchfuhren, erinnerten nicht im geringsten an das Bekannte aus dem Landkreis Helmstedt.

Der Taxifahrer hatte die Türscheibe heruntergelassen. Thomas tat es ihm gleich und sie erlebten, wie eine Stadt erwachte. Nein, es war keine Stadt. Man konnte das, in dessen Innerstem sie sich befanden, nicht als Stadt bezeichnen. Städte hatten einen Anfang und ein Ende, ein Oben und ein Unten und vier Himmelsrichtungen. Das hier war keine Stadt. Wären die Häuser mit Himmelskörpern vergleichbar, so waren sie, dachte Thomas, inmitten des Universums. Dieses Ding (das nur Gott in die Landschaft gesetzt haben konnte, denn Menschen, so meinte zumindest Thomas, waren nicht in der Lage, derartige städtebaulichen Pläne zu entwerfen und in die Realität umzusetzen), in dessen Bauch sie sich befanden, schüttelte gerade den Schlaf der vergangenen Nacht von sich.

Es war eine Mischung aus Angst, Erstaunen, Ehrfurcht und Bewunderung, die Thomas in sich spürte, während der Wagen durch die Straßen fuhr. Ihm fielen alte Filme ein, bei denen in diesem Moment immer melancholische Jazzmusik einsetzte. Offenbar schien der kleine Taxifahrer Gedanken lesen zu können, denn er schaltete wie auf einen lautlosen Befehl hin das Autoradio ein. Es war aber nicht Stan Getz, der gekonnt sein Saxophon liebkoste, sondern Elvis trällerte ihnen sein *Return to Sender* entgegen.

Die Luft roch nach Abenteuer, ja anders wäre Thomas nicht in der Lage gewesen, das zu beschreiben, was seine Nase empfand und seinem Gehirn suggerierte. Im Laufe seines Lebens hatte er bereits häufiger festgestellt, daß jeder Ort, jede Stadt, jede Landschaft nicht nur ihr eigenes Aussehen, nein, auch ihren ganz besonderen Geruch hatte. Häufig war es schon vorgekommen, daß er Gerüche wahrnahm und mit bestimmten Landstrichen assoziierte, aber einen Geruch wie hier hatte er noch nie erlebt (nicht einmal in Dänemark oder Griechenland!). Es war eine Mischung aus dem nahegelegenen Salzwasser des

Meeres, Auspuffgasen, Parfüm und gärendem Unrat, immer unterschiedlich in der Nuance, mal von dem einen mehr, mal von dem anderen – eben abenteuerlich.

Die Häuser schienen in den Himmel zu wachsen, die Leuchtreklamen der Kaufhäuser erloschen teilweise, die Männer der Müllabfuhr hatten alle Hände voll damit zu tun, die kümmerlichen Überreste der vergangenen Nacht zu beseitigen, und ständig traf man auf Fahrzeuge, die durch das Versprühen von Wasser versuchten, dem Staub und beginnenden Smog Herr zu werden.

Thomas' Augen hatten Mühe, die Vielzahl der visuellen Reize aufzunehmen, von verarbeiten konnte gar nicht die Rede sein. Geschäftsleute, Männer, Frauen, Bettler, in moderne Kleidung gezwängte Eingeborene, gut gekleidete Menschen, schlecht gekleidete Menschen waren offenbar zielstrebig auf dem Weg, irgendwo anzukommen.

„Biste verrückt...guck mal...das gibt's doch gar nicht...haste das gesehen?" – andere Äußerungen hatte Thomas in den letzten dreißig Minuten nicht von sich gegeben. Aber das war auch egal, denn der Taxifahrer verstand ihn offenbar sowieso nicht, die beiden Frauen waren mittlerweile (unverständlicherweise, wie er fand) eingeschlafen und Peter hatte genug damit zu tun, ebenfalls alles, was sich ihm optisch und akustisch bot, aufzunehmen.

Keiner der Taxiinsassen, selbst nicht der Chauffeur, bekam mit, daß ihnen ein Landrover folgte, und daß die beiden Männer darin das Taxi nicht aus den Augen ließen. Mehrere Ampeln hatten sie deswegen schon bei „rot" überfahren müssen, aber das schien hier häufiger zu geschehen. Man nahm es wahr, erschrak sich kurz, aber heftig, hupte dreimal bösartig, grüßte mit Herrn Effenberg und fuhr weiter, bis man selbst einmal der „Behupte" war. Niemand nahm Notiz von dem Geländefahrzeug. Nun gut, es schien hier auch von derartigen Gefährten nur so zu wimmeln, aber irgendwie paßten sie sich in das Bild von Beton, Asphalt, Nobelkarossen und Palmen ein.

Plötzlich und ziemlich rüde kutschierte der Taxifahrer sein Fahrzeug auf einmal gegen den fließenden Verkehr quer über eine der Geschäftsstraßen und zog sich deswegen mehrere Huptiraden zu, die er lässig mit dem besagten Mittelfinger seiner linken Hand entgegennahm.

Kurz nachdem das Taxi dieses Manöver vollzogen hatte, fuhr ein großer Landrover auf ähnliche Weise quer über die Straße, und die Prozedur der anderen Verkehrsteilnehmer und des Fahrers im Landrover wiederholte sich. Thomas und Peter schauten sich um und sahen den großen Geländewagen, der offenbar mit seinen beiden Insassen den gleichen Weg zu haben schien.

„Die spinnen, die Australier...", tippte sich Peter an den Kopf.

Über eine kleine gepflegte Rasenfläche schlängelte sich eine Auffahrt zu einem Gebäude, dessen Eingang Thomas stark an das Weiße Haus in Washington erinnerte. Er hatte das Weiße Haus zwar noch nie gesehen, aber dessen Eingang mußte so aussehen wie der, auf den sie jetzt zufuhren. *Coala Inn* stand auf einem überdimensionalen Schild neben dem Eingang und erklärte dem verdutzten Besucher, daß es sich hier um ein Hotel der guten Mittelklasse handelte.

Das Taxi hielt an. Thomas stieg aus, richtete seinen Blick nach oben und versuchte auf die Schnelle, die Anzahl der Stockwerke zu erraten.

„Nee!" Kopfschüttelnd sah er Peter an, der jetzt ebenfalls ausgestiegen war. „Müssen wir hier wohnen...vielleicht da ganz oben? Das geht doch nicht, ich meine..."

„Nun zahl erst mal die Tour. Die erste Fahrt übernimmst du, habe ich mir gedacht", versuchte Peter etwas beruhigend einzuwirken, aber so richtig gelang ihm das offenbar auch nicht.

Thomas drehte sich zu dem Fahrzeug um und bezahlte den Chauffeur etwas umständlich, da er währenddessen versuchte, umzurechnen, wieviel ihn das kostete. Aber er gab es schnell auf.

Jetzt erst fiel ihm die riesige Beule in der Beifahrertür auf, die das Taxi deutlich von den anderen seiner Art unterschied.

Peter und die beiden Frauen hatten in der Zwischenzeit die Koffer und Taschen ausgeladen und schauten sich erst mal staunend um.

„Hier sollen wir nun die erste australische Nacht verbringen...", stellte Marleen offensichtlich mit diversen Hintergedanken fest.

„Ich glaube, das wird richtig aufregend", pflichtete ihr Nicki anscheinend mit den gleichen merkwürdigen Gedanken bei. Die Frauen zwinkerten sich vielsagend zu, und die beiden Männer sahen erst ihre Frauen und dann sich selbst fragend an.

Irgendwie war Thomas etwas mulmig zumute. Er hatte den Gedanken, jetzt tatsächlich mutterseelenallein in dieser riesigen Stadt zu sein, nun auch ohne schützendes Auto um ihn herum, noch nicht ganz verarbeitet.

Durch das große Portal betraten die vier eine riesige Eingangshalle, die an alles andere erinnerte als an ein Hotel. Zielstrebig ging Peter auf einen Tresen zu, hinter dem uniformierte Männer und Frauen geschäftig irgendwelchen Tätigkeiten nachgingen.

„Sorry, my name is Peter Langmann (dieses Längmän hörte sich ein wenig dämlich an), we want to..." Weiter kam er nicht.

„Sie sind also die beiden Ehepaare aus good old Germany, Beck und Langmann", stellte die Dame hinter der Rezeption in akzentfreiem Deutsch freundlich fest, nachdem sie sofort einen prüfenden Blick auf einen der vielen Monitore hinter dem Tresen geworfen hatte. „Ich hoffe, Sie hatten einen guten Flug. Ihr Zimmer ist reserviert, ein Page wird Sie hinaufbegleiten."

Sie überreichte Peter den Schlüssel und gab einem Pagen ein Zeichen, der daraufhin sofort herangeeilt kam und den neuen Gästen beim Tragen der Gepäckstücke behilflich war.

„Sag mal, warum lernt man in der Schule heutzutage eigentlich Fremdsprachen? Ich glaube, wenn ich hier mit dem tiefsten ostfriesischen Platt anfange, verstehen die mich auch noch...“, wunderte sich Peter auf dem Weg zum Fahrstuhl.

Zwei Männer hatten in einer der Sitzgruppen der Eingangshalle Platz genommen und verfolgten die kleine Gruppe mit ihren Augen. Ihr Fahrzeug, ein großer Landrover, stand etwas abseits vor dem Hotel geparkt. Als die vier Deutschen am Fahrstuhl angekommen waren, stand der größere der beiden Männer auf und ging in Richtung Rezeption.

Nicole, die die Zimmertür mit dem Schild 219 als erste erreicht hatte, schloß auf und betrat den Raum. Den Schlüssel, an dem eine Art Pumpenkegel aus Messing hing, zog sie gleich wieder ab und steckte ihn von innen ins Schloß.

„So“, sagte sie erschöpft, „hier werden wir jetzt zwei Tage wohnen, und den ersten davon werde ich im Bett verbringen.“

Auch die anderen betraten den etwa fünfundzwanzig Quadratmeter großen Raum. Marleen als letzte schloß die Tür wieder.

Das Zimmer selbst war so eingerichtet, wie man es in einem europäischen Hotel als „normal“ bezeichnen würde.

Es gab an der langen Wand ein abgesessenes Sofa, das mit seinen Goldfransen etwas altmodisch wirkte. Davor stand ein flacher Tisch mit einer braungetönten Rauchglasscheibe. Rechts und links standen zwei zum Sofa passende Sessel, ebenfalls mit Goldfransen, die aber nagelneu aussahen.

Gegenüber der Sitzecke befand sich ein breites Sideboard, auf dem ein Fernsehgerät und ein Telefon standen. Unter dem Telefon lag ein Deckchen, das ebenfalls mit Goldfransen an den Rändern verziert war.

Neben dem Sideboard führte ein Durchgang, der mit einem schweren, bordeauxfarbenen Vorhang versehen war, in das Schlafzimmer, in dem sich Ehebett und ein Klappbett befanden. In einer Ecke stand ein Doppelschrank, in dem, wie sich später herausstellte, nur ein einziger Kleiderbügel hing.

Neben dem Schrank war ein Kinderbett offensichtlich nachträglich hingestellt worden. Sämtliche Betten waren mit sauberen, schneeweißen Bezügen ausgestattet worden.

„Na bravo, da wird wohl einer von uns auf dem Sofa nächtigen dürfen“, maulte Peter mit Blick auf das Kinderbett. „Oder du schläfst hier, schließlich bist du viel kleiner als ich“, sagte er zu Thomas gewandt, auf den einen Zentimeter Größenunterschied anspielend.

„Das kriegen wir schon hin. Laß uns erst mal das Nötigste ausräumen.“ Thomas warf einen Blick auf Nicole und Marleen, die beim Anblick des Ehebetts ihre Schuhe ausgezogen und sich sofort auf die Matratzen geworfen hatten.

„Mit den beiden wird wohl heute nichts mehr anzufangen sein, also bleibt es an uns hängen.“

„Das wäre lieb von euch.“ Nicole sah die beiden Männer, ohne sich aufzusetzen, an. „Uns könnt ihr wirklich erst mal vergessen. Wir sind total groggy.“

„Macht euch keine Gedanken. Wir schaffen das, schließlich sind wir schon groß.“ Peter ergatterte den einzigen Bügel und hängte umständlich seine Jacke auf.

Auch Thomas begann, die wichtigsten Sachen aus den Beckschen Koffern in die Regalfächer umzuräumen.

„Was machen wir jetzt“, fragte Peter, als sie anschließend auf den beiden Sesseln Platz genommen hatten, „legen wir uns auch einen Augenblick hin oder schauen wir uns mal die nähere Umgebung an?“

„Ich bin topfit. Laß uns erst mal in die Hotelbar gehen und ein Riesenglas Cola trinken. Ich habe einen fürchterlichen Nachdurst.“ Thomas stand auf und ging in das kleine Badezimmer, das ebenfalls vom Wohnzimmer abzweigte, durch eine schmale Tür getrennt.

„Ich will mich nur noch waschen und frische Klamotten anziehen, ich bin total durchgeschwitzt, und die Klimaanlage scheint auch nicht so richtig hinzuhauen.“

„Die springt erst um 12 Uhr an“, erklärte ihm Peter, der sich den Hausprospekt, den er unter der Tischplatte auf der Ablage gefunden hatte, durchlas. „Mach dich fertig, ich hole mir auch schon mal leichtere Klamotten.“ Er stand auf, legte den Prospekt wieder an seinen Platz und ging leise ins Schlafzimmer, wo die beiden Frauen bereits tief und fest schliefen.

Der Mann, der den Abgang der Männer unbemerkt beobachtet hatte und ihnen auch noch in die Hotelbar gefolgt war, bis er sicher war, daß sie sich etwas länger dort aufhalten würden, näherte sich der Tür Nr. 219, legte sein Ohr daran und lauschte. Er sah fragend seinen Begleiter an, der jetzt hinzukam.

Dieser war bei der „Observation“ der beiden Deutschen nicht in der Nähe gewesen, was im Hinblick auf sein Äußeres auch nicht zu erwarten gewesen wäre.

Der Mann fiel auf!

Und zwar in zweierlei Hinsicht: Erstens durch sein Aussehen und zweitens durch seine Kleidung.

Der erste Gedanke, wenn man ihn sah, ging zwangsläufig in Richtung Steinzeit. Wenn es zwei Meter große Neandertaler gab, dann hatte man jetzt ein Prachtexemplar vor sich. Wenn man dann noch eine Prise Gorilla dazunahm, ohne diesen intelligenten Tieren nahetreten zu wollen, dann hatte man Festus Klein vor sich.

Klein, der, wie sich unschwer erraten ließ, deutsche Vorfahren hatte, litt keineswegs unter diesem völlig unpassenden Namen. Kein Mensch, der sich in seiner Nähe aufhielt, wagte es, sich über sein Äußeres oder eben seinen Namen lustig zu machen. Ein höhnisches Lächeln wäre so gewesen, als wenn man ein Streichholz in die Nähe einer gewaltigen Dynamitladung hielt, ein Lachen wäre mit dem Anbrennen der Zündschnur zu vergleichen gewesen. Und die folgende Explosion könnte einem gewaltigen Schaden zufügen! Es gab ein paar Leute, die über ihn gelacht hatten. Sie hatten es bitter bereut, und zwei von ihnen waren nicht einmal mehr dazu gekommen. Klein war ein Menschenhasser, und ein Menschenleben war nicht mehr für ihn als eine Mücke, die man, wenn sie sich auf seinen Arm setzen und stechen wollte, mit der flachen Hand zerquetschen und wegwischen konnte. Er kannte keinerlei Skrupel, und ein Gewissen gab es nicht.

Wer ihn kannte, wußte, daß man sich nicht durch sein Gesicht, das man ganz einfach als dümmlich bezeichnen mußte, täuschen lassen durfte. Denn Festus Klein war hochintelligent. Seine Allgemeinbildung war herausragend und auf seinem Spezialgebiet war er geradezu unschlagbar. Klein war Waffenexperte, kannte alles, was auf dem Markt war und konnte es auch benutzen. Er hatte sich seine eigenen Waffen aus mehreren anderen so zusammengesetzt, daß sie für seine riesigen Hände passend waren, und hatte an Visiereinrichtungen, anderen mechanischen Teilen und der Munition so lange herumgefeilt und getüftelt, bis er mit seiner Pistole fast doppelt so weit gezielt schießen und natürlich treffen konnte wie vom Hersteller angegeben. Ebenfalls hatte er selbst passende Schalldämpfer entwickelt, die zwar nicht effektiver waren als herkömmliche, aber wesentlich kleiner. Er sammelte Waffen jeder Art und hatte es zu einer Sammlung gebracht, auf die so manches Waffenmuseum neidisch gewesen wäre. Er verdiente mehr als gut und wäre als reich zu bezeichnen gewesen, wenn er nicht jeden Pfennig in seine Sammlung, in teure, maßgeschneiderte Anzüge (Normalgrößen konnte er natürlich nicht tragen) und im Rotlichtmilieu anlegen würde.

Er mußte sich Frauen kaufen, denn freiwillig kam keine zu ihm. Das machte ihm aber nichts aus, auch nicht, daß er mehr bezahlen mußte als „normale“ Freier, da die Frauen Angst vor ihm hatten. Er war wie gesagt so intelligent, daß er gar nicht erst versuchte, sich Liebe zu erkaufen, sondern lediglich reinen, körperlichen Sex. Und den gab es bekanntlich für Geld in jeder Stadt.

Die Aufträge, die er erledigte, waren schwierig, und er erledigte sie stets zur vollsten Zufriedenheit; deshalb wurde gar nicht erst versucht, ihn mit Kleingeld abzuspeisen.

Er nahm Aufträge aller Art von jedem entgegen, der ihm die entsprechende Geldsumme bot, und irgendwann einmal war er an den Griechen geraten, als dieser noch in Amerika „tätig“ war. Das war Anastassios Xanthopoulidis zwar immer noch, aber er tätigte seine Geschäfte jetzt von Australien aus. Seinerzeit war Festus Klein von dem Griechen in seiner Villa empfangen worden, und die Angestellten und Männer mit den finsteren Blicken hatten ihm gegenüber den von ihm gewohnten halb ängstlichen, halb amüsierten Ausdruck in den Gesichtern gehabt.

Nicht so der Grieche. Er ließ sich bei Kleins Anblick keinerlei Gefühlsregung anmerken, sondern kam ihm lächelnd entgegen und drückte ihm freundlich und fest die Hand.

Klein hatte es sich zur Gewohnheit gemacht, die Leute, auf die er das erste Mal traf, genauestens zu beobachten. Die Gesichtsausdrücke der Bediensteten des Griechen waren ihm hinlänglich bekannt. Mindestens fünfundneunzig Prozent der Leute, mit denen er zu tun hatte, sahen ihn beim ersten Zusammentreffen mit eben dieser Mischung von Gefühlen an. Sie versuchten dann mehr oder weniger, ihre Gedankengänge hinter einem Pokerface zu verstecken, doch Klein ließ sich davon nicht täuschen.

Der Grieche jedoch verfügte entweder über eine absolut undurchschaubare Miene, als er seinerzeit das erste Mal auf ihn zukam, oder er stand wirklich über diesen Dingen und gab nichts auf den ersten Eindruck. Das Lächeln schien ehrlich zu sein, ebenso wirkte die Freundlichkeit keineswegs aufgesetzt, sondern vielmehr herzlich und aufrichtig.

Klein jedenfalls kam zu dem Schluß, daß der Grieche es möglicherweise ehrlich meinen könnte.

Im Laufe der Zeit gab es immer mehr Aufträge von ihm. Klein wurde für die gewohnt zuverlässige Ausführung dieser Aufgaben noch großzügiger entlohnt, als er es ohnehin gewohnt war, und, was Klein in diesem Falle noch wichtiger war, Xanthopoulidis schien ihn wirklich zu mögen. Das führte letztendlich dazu, daß er fast ausschließlich für den Griechen arbeitete und, als dieser nach dem Tod seiner Tochter nach Australien übersiedelte, von ihm gefragt wurde, ob er nicht mitkommen wolle. Nach kurzer Überlegung stimmte er zu, und so kam es, daß er das, was Claude Maugis für den Griechen in der ganzen Welt war, nämlich seine rechte Hand, in Australien wurde.

Klein sah seinen Begleiter an und nickte stumm.

Langsam wurde die Tür geöffnet.

Es gab nichts einfacheres als das Öffnen von Hoteltüren. Wenn man deren Prinzip einmal verstanden hatte, gab es keine Tür dieser Art, die nicht aufzubekommen war. Es handelte sich durchweg um stumpfe Türblätter, die ohne Pfalz gegen die Zargen schlugen. In unverschlossenem Zustand reichte eine einfache Kreditkarte oder ein ähnlich simples Werkzeug. In verschlossenem Zustand benötigte man einen kleinen Haken, mit dem der Zylinderkern unter Spannung gehalten wurde, und ein weiteres kleines Werkzeug, mit dem die Zuhaltungsstifte des Schließzylinders abwechselnd und versuchsweise nach unten gedrückt wurden, bis sie schließlich den drehbaren Kern freigaben.

„Nicht mal abgeschlossen...“, zischte Klein seinem Begleiter zu, nachdem er die Telefonkarte wieder eingesteckt hatte.

Er trat vorsichtig in die Suite ein. Ruhig, aber bestimmt verwies er seinen Begleiter, an der Tür Stellung zu nehmen. Dieser schaute nochmals sichernd in den Etagengang und schloß danach ebenso sanft, wie sie geöffnet worden war, die Tür.

Vorsichtig, was seiner Erscheinung überhaupt nicht zuzutrauen war, schlich Klein zielsicher durch die Räume. Seine Waffe brauchte er nicht. Hier erwarteten ihn höchstens zwei Frauen. Lächerlich, deswegen eine Waffe in die Hand zu nehmen.

Er wußte, was er suchte und er wußte auch, daß der eine Deutsche die Jakke, in der sich das Gesuchte befinden sollte, in der Hand bzw. über dem Arm getragen hatte. Das Durchsuchen von Koffern war also überflüssig. Die Jacke mußte offen in einem der Zimmer oder einem der Schränke liegen oder hängen. Klein hatte genau beobachtet, daß die beiden Deutschen ohne Jacke die Bar betreten hatten.

Er öffnete die Tür, in der sich das Ehebett befand. Kurz nachdem die Männer das Appartement verlassen hatten, waren die beiden Frauen noch einmal wachgeworden und hatten sich ihrer engen Hosen entledigt. Nur mit Oberteilen bekleidet boten sie, nicht weiter zugedeckt, einen hilflosen Eindruck.

Klein musterte automatisch die beiden Geschöpfe. Ein merkwürdiges Gefühl überkam ihn plötzlich. Er hatte bereits viele Frauen gehabt und auch bereits einige vom Leben zum Tode befördern müssen oder es einfach getan, weil es besser so war, aber die beiden, die vor ihm lagen, hilflos, wie kleine Kinder zusammengerollt und aneinandergeschmiegt, waren irgendwie anders. Europäischer? Nein, er hatte einen kurzen Moment, den andere wohl als Gefühl bezeichnet hätten.

Klein schüttelte den Kopf und verwarf diese unsinnigen Regungen. Sein geübter Blick verriet ihm sofort, daß das gesuchte Kleidungsstück nur in dem alten Schrank hängen konnte, denn in den anderen Räumen hatte er eine Ablagemöglichkeit nicht festgestellt.

Leise ging er an den Schlafenden vorbei und versuchte, die Schranktür zu öffnen. Ein lautes, knarrendes Geräusch bewirkte, daß Klein blitzartig seine Hand zur Faust ballte und dicht über den Köpfen der beiden Frauen hielt, bereit, auch nur bei dem kleinsten Augenzwinkern erbarmungslos zuzuschlagen.

Aber kein Auge zwinkerte und die deutliche Schweißtropfenbildung auf Kleins Stirn versiegte. Immer noch mit geballter Faust versuchte er, die Tür einen weiteren Spalt zu öffnen, was diesmal ohne störende Nebengeräusche gelang.

Tatsächlich, da hing die Jacke an dem einzigen Bügel. Gekonnt und sicher griff Klein in die beiden Außentaschen der Jacke und stutzte. Er fand nicht, was er suchte.

„Mann, Schatz, laß mich in Ruhe weiterschlafen...“, maulte auf einmal Marleen im süßesten Traum vor sich hin. Sie drehte sich zur Seite, nahm Nicole in den Arm und schlief sofort, ohne wach geworden zu sein, weiter. Ihre Bluse war bei dieser Drehung noch etwas weiter nach oben gerutscht und gab so einen Blick auf ihr herrliches Hinterteil frei, das nur durch einen kleinen Spitzenslip von der Außenwelt abgeschnitten war.

Klein hatte keine Ruhe, sich dieses optischen Genusses zu erfreuen. Alle Muskeln und Sehnen in seinem Körper waren angespannt. Am liebsten hätte er sofort zugeschlagen, um in Ruhe weitersuchen zu können, aber irgend etwas hielt ihn davon ab.

Verärgert darüber wandte er sich wieder dem Schrank und der Jacke zu. Er tastete abermals die Taschen ab. Alle waren leer. Mißmutig verließ er das Zimmer. Auch in den anderen Kleidungsstücken, die draußen lose über Stühle gelegt waren oder auf den Koffern lagen, war kein Knopf zu finden.

Man hatte ihm gesagt, daß er einen metallenen Knopf in der Jackentasche des einen Deutschen – er und die Jacke waren ihm genauestens beschrieben worden – finden würde. Das war nun nicht der Fall. Andere Order hatte er nicht bekommen, also galt es, die Situation zu melden und sich neue Befehle abzuholen.

„Wird aber auch Zeit, daß du kommst“, maulte der Begleiter, der immer noch an der Tür stand.

„Halt's Maul und komm mit“, zischte ihn Klein an. Vorsichtig schlossen sie die Tür und begaben sich nach unten. Auf dem Weg dorthin berichtete Klein von seinem Mißerfolg.

„Nehmen wir uns die Kerle in der Bar gleich mal vor. Diese Weicheier werden schnell singen“, wußte Kleins Begleiter von sich zu geben.

„Paß mal gut auf.“ Kleins Stimme wurde merklich härter. „Du machst das, was ich dir sage und nichts, aber auch gar nichts anderes. Das Denken überläßt du mir, das haut bei deinem Verstand sowieso nicht hin, ist das klar?“ fragte er und verlieh mit einem kräftigen Händedruck um den Hals des Angesprochenen seinen Worten Nachdruck.

„Klar, Festus, war ja nur so 'ne Idee, du machst das schon...“, antwortete dieser schnell, solange das aufgrund seines zugeschnürten Halses noch möglich war. Stumm schlich er hinter Klein her.

„Weißt du noch...Sydney...?“ erinnerte Thomas an eine Fernsehwerbung und ließ sich genüßlich das dritte Glas Bier schmecken.

„Eigentlich war das mit dem Flug eine Kleinigkeit. Hab' ich mir ja gleich gedacht, aber man weiß ja nie. Hast du unsere Frauen gesehen, hehehe...können nichts mehr ab, die Mädels von heute, nicht mal so popelige Luftlöcher...naja, wofür ist man halt Mann...“ Peter hatte sich nach der gleichen Anzahl Getränke auch schnell wieder an das Leben auf der Erde gewöhnt.

„Aber denk dran, wir wollen ja nicht nur saufen. Ich habe da draußen den Laden gesehen, wo wir unser Wohnmobil in Empfang nehmen werden. Laß uns mal sehen, was da so los ist“, schlug Thomas vor.

Peter zahlte, nachdem Thomas keinerlei Anstalten machte, sein Portemonnaie zu zücken, und beide gingen nach draußen.

Von der Hotelhalle aus zweigten verschiedene Gänge ab und von diesen wiederum führten einladende Türen in die unterschiedlichsten Geschäfte und Einrichtungen. Als die Männer an dem Fahrstuhl vorbeikamen, öffnete sich dessen Tür, und unweigerlich rammte Thomas seine etwas über achtzig Kilo in den Berg von Fleisch und Muskeln, der, von einem kleineren Mann gefolgt, gerade im Begriff war, den Fahrstuhl zu verlassen.

„Idiot, kannst du nicht aufpassen?“ maulte Thomas leise mit bösem Blick auf den Riesen. Der verschwand mit seinem Freund in einem der Geschäftsgänge.

Schaufenster reihte sich an Schaufenster. Hier gab es alles, vom tiefgefrorenen Hähnchenschenkel bis zur Bergsteigerausrüstung.

„Guck mal, hier isses.“ Peter zeigte auf die riesige Schaufensterfront einer Fahrzeugverleihfirma. Die unterschiedlichsten Prospekte über Wohnmobile aller Größen waren da ausgehängt und in vielen Sprachen erklärt. Thomas kam dazu, und beide Männer überlegten, welches dieser wundervollen Fahrzeuge für sie vorgesehen war.

„Bin ja gespannt, welchen wir morgen nehmen werden", freute sich Peter und rief mit weit aufgerissenen Augen: „Mensch, Alter, guck mal hier, 'ne Harley! Mann, eine richtige Fatboy! Die haben sie hier auch und du kannst sie gleich mitmieten, sieh mal, steht hier..." Er war schier aus dem Häuschen.

„Sieht ja nicht schlecht aus, das Gerät, hat aber zwei Räder zu wenig. Da kippste ja um, wenn du stehen bleibst", sinnierte Thomas, seine Stirn in weiser Vorahnung in Falten legend.

„Mann, das ist geil auf so einem Bock. Du wirst sehen: Beck lernt in Australien das Motorradfahren", prophezeite Peter euphorisch.

„Du bist ja nicht ganz dicht in der Rübe. Ich auf so 'nem Ding! Aber nur, wenn die Straße zwanzig Kilometer geradeaus geht", gab Thomas in der Hoffnung zurück, daß es selbst hier so lange Geraden nicht geben konnte.

„Wart's ab", freute sich Peter. „Aber jetzt laß uns mal nach unseren Mädchen sehen. Nicht, daß die mit so einem Äboridschinie, oder wie die hier heißen, schon auf und davon sind. Außerdem erschleicht mich so eine Art Müdigkeit. Naja, man ist ja auch nicht mehr der Jüngste..."

Gut gelaunt, aber einen langen Flug, etliche Whiskys und ein paar Biere in den Knochen, gingen beide durch die Halle zum Fahrstuhl und fuhren nach oben.

„Na, ihr beiden Helden, wo wart ihr denn so lange?" Nicki kam ihnen entgegengehuscht. Die beiden Frauen hatten es noch nicht für nötig befunden, sich wieder richtig anzuziehen, was die Männer wohlwollend feststellten und nun ihrerseits mit gegenseitigem tiefen Blick in die Augen hintergründige Gedanken hegten.

„Ich weiß auch nicht", gab Marleen auf einmal von sich, „irgendwie habe ich blöde geträumt. Irgend so ein Riese wollte was von uns...hm...hab' ihn direkt vor mir gesehen...richtiger Widerling", erzählte sie weiter. „Ach egal, komm her, mein Schatz, gib mir erst mal einen Kuß, und dann möchte ich eine riesengroße Tasse Kaffee", hüpfte sie in Richtung Thomas und drückte ihm einen ordentlichen Schmatz auf.

„Was hältst du davon, mit mir hier gleich mal die Gegend zu erkunden?" wandte sie sich dann wieder Nicole zu. „Hier soll's ja auch Geschäfte geben..."

Kapitel 6

Thomas und Peter hatten auf ihren geplanten Schlaf verzichtet, nachdem sie von ihren geliebten Gattinnen freundlich darauf hingewiesen wurden, daß sie schließlich den ganzen Flug geschlafen hätten. Allerdings fiel dabei auch das nicht so freundliche Wort „verpennt“.

Man zog gemeinsam los, wühlte sich durch die Geschäfte und kaufte sich auch dies und das.

So erstand Nicole einen Strohhut, den sie in „der glühenden Hitze der Savanne“, wie sie es nannte, tragen wollte.

Thomas kaufte sich einen kleinen, dicken Schreibblock in schwarzer Lederhülle mit dazugehörigem Kugelschreiber, da er Tagebuch führen wollte, um „seinen Enkeln später alles genau erzählen zu können.“

„Da mußt du ja nicht mehr lange warten bei deinem stattlichen Alter“, unkte Peter, der gleich danach zur Seite sprang, um Thomas’ Schlag in Richtung Hinterkopf auszuweichen.

„Du Hahn, krieg du erst mal eigene Kinder“, gab Thomas gespielt böse zurück.

„Brauch’ ich nicht, ich habe doch dich“, wurde sofort erwidert, was einen erneuten Sidestep zur Folge hatte.

Weiterhin hatte sich Thomas mit von Marleen geschätzten hundertfünfundsiebzig Ansichtskarten eingedeckt, die er nach und nach an sämtliche Verwandte, Freunde und Bekannte schicken wollte.

Peter hatte sich lediglich eine Karte gekauft, da er wußte, daß Nicole sich um das „Postalische“ kümmern würde. „Die ist für das Kriechtier. Der ärgert sich nämlich schwarz, wenn er in seinen eigenen Wohnwagenurlaub nach Bautzen fährt, womit ich ausdrücklich bekanntgebe, daß ich gegen Bautzen an sich nichts habe, nur gegen gewisse Feriengäste, die dort verkehren. Und wenn er sich dann schwarz geärgert hat, wird er grün vor Neid, ich kenne den schließlich. Ach“, seufzte er, „diesen Farbwechsel würde ich zu gerne sehen.“ Er dachte dabei an Renners Gesicht am letzten Arbeitstag. *›Der nimmt seine Pommes bestimmt auch immer rot-weiß‹*, überlegte er.

Außerdem hatte Peter sich ein Survival-Knife gekauft, um in der Wildnis überleben zu können. „Ihr ahnt ja nicht mal, was da auf uns zukommt. Tränen der Dankbarkeit werdet ihr vergießen, wenn ich euer Leben so zwei- bis dreimal gerettet habe“, behauptete er.

„Wer soll uns denn angreifen, die Känguruhs etwa?“ lachte Nicole ihn aus.

Marleen stichelte ebenfalls. „Känguruhs sollen ja ungefährlich sein, aber mit diesen Koalabären soll überhaupt nicht zu spaßen sein!“

„Genau“, machte auch Thomas mit. „Außerdem gibt’s in Australien die berüchtigten tasmanischen Beutelteufel. Und die kommen nur nachts...“, behauptete er und machte ein übertrieben ängstliches Gesicht.

„Ja, ja, lästert nur“, maulte Peter. „Irgendwann kommt ihr schon angejammert.“ Er ging demonstrativ ein paar Schritte vor den anderen, die sich jetzt einhakten und lachend weiterzogen.

Marleen, die sich reichlich mit Leerfilmen für den Fotoapparat eingedeckt hatte, sagte nach drei Stunden schließlich: „So, Feierabend. Wir bringen jetzt unsere Sachen ins Hotel, essen dann ordentlich zu Mittag, legen uns noch ein Stündchen aufs Ohr und machen dann eine Stadtrundfahrt. Was haltet ihr davon?“ Sie blickte fragend in die Runde.

„So und nicht anders“, antwortete Nicole für alle. „Ich habe im Hotelprospekt gelesen, daß ein paar Blöcke vom Hotel entfernt zweistündlich ein Sight-Seeing-Bus abfährt. Laß uns die Abfahrtszeiten holen und dann ab ins Hotel.“

Pärchenweise untergehakt marschierten sie los.

Als die vier Deutschen gegen 15.30 Uhr das Hotel wieder verließen, nickte Festus Klein seinem Partner stumm zu und ging mit ihm ins „Coala Inn“.

Kurze Zeit später standen sie erneut vor der verschlossenen Tür.

„Wer hat da vorhin gesagt, daß diese komische Busstation nur *ein paar Blöcke* von unserem Hotel entfernt ist? Wieviel Stunden laufen wir schon? Ich dachte, die Stadtrundfahrten werden in einem Bus durchgeführt.“ Peter maulte vor sich hin, aber tatsächlich waren sie erst zwanzig Minuten unterwegs.

Klar mußte man hier in anderen Dimensionen denken. Es waren nicht die Blöcke, die sie von zu Hause gewohnt waren, also drei Eingänge mit je sechs Parteien pro Flur, um die man in genau 4,75 Minuten langsam herumgehen konnte. Ein Block konnte in dieser denkwürdigen Stadt einen ganzen Straßenzug füllen.

„Du, sag mal, sind das rote Busse, wo Windows 95 oder Explorer oder so ähnlich draufsteht?“ fragte Thomas auf einmal.

„Ja, warum?“ fragte Marleen schnell, denn sie hatte zusammen mit Nicole den Prospekt durchgeschaut, in dem auch die Busse abgebildet waren.

„Ich hab’ die ganze Zeit da hinten einen stehen sehen, und gerade ist er losgefahren...da sind wir wohl ein bißchen spät gekommen“, diagnostizierte Thomas.

„Scheiße, das geht ja gut los", schimpfte Peter „Ich hab' schon Mauken so groß wie Känguruhlatschen. Und Durst habe ich auch schon wie so ein Hoppelvieh. Wenn das so weitergeht, hoffe ich, daß auch meine anderen Organe Formen annehmen wie die des australischen Wahrzeichens", spielte er auf das Stützorgan der possierlichen Tiere an und warf Nicole einen verschmitzten Blick zu. „Kein Wunder, daß die Aborigines barfuß rumlaufen. In Schuhen hält das ja hier kein Schwein aus..."

„Mann, das paßt doch gut. Es ist kurz nach vier und damit Zeit für 'ne schöne Kaffeepause. Guck mal, da bei der Station ist eine kleine Bar. Da machen wir es uns bis zur nächsten Fahrt gemütlich, okay?" schlug Nicki vor und hatte in Marleen sofort eine exponierte Fürsprecherin.

„Pause ist gut, aber kein Kaffä...", sahen sich Peter und Thomas übereinstimmend an und hatten damit auch die Frage ihres Getränkes geklärt.

Direkt an der Busstation war im altkolonianischen Stil eine kleine Bar gemütlich eingerichtet. An den textilbespannten Wänden hingen Gemälde, die von der Besiedlung des Kontinents durch die ersten Sträflinge zeugten, die ihre kargen Hütten auf felsigem Untergrund errichteten. Es gab nicht mehr zu identifizierende Urkunden, das unumgängliche Familienfoto des britischen Königshauses sowie eine Vielzahl von anderen Skulpturen, Schnörkeleien und alten Kaminuhren, von denen sich Thomas ohne weiteres mehrere hätte einstecken können, denn Kaminuhren waren ein alter Tick von ihm, je kitschiger, desto besser.

„Ich hab zwar noch nie Guinness getrunken, aber ich glaube, ich könnte mich daran gewöhnen...so ab und zu...zur Feier des Tages...", stellte Thomas das urige Glas mit der schwarzen Flüssigkeit zurück auf den Tisch und leckte sich mit der Zunge genüßlich den Schaum von den Lippen.

„Ja, nicht schlecht, das Zeug", pflichtete ihm Peter bei. „Seht bloß mal, ich glaube, das, was man über die japanischen Touristen sagt, stimmt. Guckt euch bloß mal die Leute da draußen an. Ich möchte nur das Geld haben, das alleine die vielen Fotoapparate kosten, die sie um den Hals tragen."

Tatsächlich hatte sich draußen am Ticketstand für die Sightseeing-Tour eine größere Menschenansammlung gebildet, die zum überwiegenden Teil aus der asiatischen Bevölkerung stammte.

„Ich glaube, wir gesellen uns mal langsam dazu, sonst kriegen wir keinen Platz mehr im Bus", meinte Marleen und stand auf.

„Aber pack nur deine komische Kamera weg", empfahl ihr Thomas.

„Warum denn?" wollte Nicki wissen „Die brauchen wir doch gleich."

„Mensch, entweder lachen uns die Leute da draußen aus, wenn sie das Ding sehen, oder sie geht kaputt vor lauter Komplexen, die sie beim Anblick der anderen Fotoapparate kriegt...eben eine reine Vorsichtsmaßnahme", hieb Peter in die Kerbe.

Nach kurzer Zeit kam auch tatsächlich der rote Bus mit der *Sydney-Explorer*-Aufschrift. Die vier Europäer hatten Glück. Beide Frauen hatten einen Sitz direkt vor ihren (besseren?) zumindest anderen Hälften bekommen.

Die Führung war in englischer Sprache, aber man mußte nicht unbedingt der Sprache mächtig sein, um aus dem Staunen über das Gebotene nicht wieder herauszukommen.

Wie lange die Tour durch die 3,7 Millionen Einwohner zählende Metropole gedauert hatte, wußten weder die Frauen noch ihre offenbar tatsächlich beeindruckten Männer zu sagen, als sie gegen Abend aus dem Fahrzeug wieder ausstiegen.

Man hatte dazugelernt, daß Sydney neben dem Opera-House ein weiteres Wahrzeichen hatte, die 1932 fertiggestellte Harbour-Bridge, und man war sogar über dieses monströse Bauwerk mit seinen vier fast neunzig Meter hohen Pylonen, acht Autospuren, zwei Eisenbahnsträngen und zwei Fußwegen in das historische Viertel *The Rocks* gefahren, hatte dabei Blicke auf den Naturhafen *Port Jackson*, der von der Brücke überspannt wurde, werfen können und sich auf dem Rückweg, vorbei an *Royal Botanic Gardens,* die von 350 Kilometern Stahlkabel getragene, 30.000 Tonnen wiegende Dachkonstruktion der weltberühmten Oper bei einem Zwischenstop aus der Nähe anschauen können, eine Konstruktion, die an aufgeblähte Segel erinnerte und damit sicherlich auch eine Anspielung auf die ersten Gefangenenschiffe darstellen sollte.

Vorbei war es gegangen an unzähligen alten, viktorianischen Bauten, die, eingekeilt von modernen Bürokomplexen, die Landschaft verzierten, durch eine Vielzahl von gepflegten Grünanlagen, deren Bezeichnung *Park* bei weitem untertrieben wäre und eher an etliche nebeneinandergereihte Golfplätze erinnerte.

Auch waren die vielen Anspielungen auf die im Jahr 2000 dort stattfindenden Olympischen Spiele nicht zu übersehen gewesen.

„Ich bin zwar wie erschlagen, aber allein diese Fahrt war schon die Reise wert", erklärte Thomas feierlich, nachdem er als letzter (man ist ja höflich und läßt andere vor, auch wenn das die restlichen anderen ausnutzen...das ist halt so...) aus dem Bus stieg.

Die anderen schauten ihn verdutzt an.

„He, dir ist doch wohl klar, daß du im Ausland bist...ganz weit weg von zu Hause...und trotzdem ist es schön hier? Das gibt's doch gar nicht", wunderte sich Peter.

„Ich hatte nie was gegen das Ausland, außerdem lernt man dazu und erweitert seinen Horizont“, gab Thomas überzeugend zurück und heimste sich dadurch nur noch verdutztere Blicke ein.

Staunend über das eben Gesagte und noch die Eindrücke in den Köpfen verarbeitend schlenderten die vier in Richtung Hotel zurück.

Die Männer gingen hinterher, und es hatte den Anschein, als wenn sie den Blick für das Wesentliche verloren hätten und noch immer dabei wären, ihren Geist dazu zu überreden, das Gesehene so zu verarbeiten, daß es noch lange gespeichert bliebe.

„Du, sag mal“, flüsterte Nicki in Richtung Marleen, so daß es die Männer nicht mitbekamen, „wir hatten doch unseren Helden eine aufregende erste *australische Nacht* versprochen, du weißt schon, was ich meine...“, und verdrehte dabei die Augen vielsagend.

„Wir haben dabei jetzt nur ein Problem: wir sind zu viert, und die Möglichkeiten sind auf ganze fünfundzwanzig Quadratmeter beschränkt...ich meine aber, versprochen ist versprochen und irgendwie...naja, ich meine...“

„Du hast recht“, bestätigte Marleen und überlegte. „Aber weißt du was, wir haben doch noch das Bad. Und da ist eine ziemlich große Duschkabine drin...und es kann ja schon mal vorkommen, daß man eine halbe Stunde lang duscht...übrigens, Thomas und ich duschen gerne zusammen...wenn du jetzt verstehst, was ich meine...und eine halbe Stunde kann das schon dauern...“, überlegte sie halblaut weiter.

„Ja, das ist gut, das machen wir so, prima Einfall. Wie heißt der blöde Spruch der Männer immer: Wo ein Wille ist, ist auch...“

„...eine Dusche im Hotelzimmer...“, fiel ihr Marleen lachend ins Wort.

Beide Frauen drehten sich zu ihren Männern um und hatten ein Lächeln aufgesetzt, was wiederum bei denen das *Was-haben-die-bloß-schon-wieder-vor*-Gesicht zur Folge hatte.

Mit dieser Mimik betraten sie die Hotelhalle, ließen sich den Zimmerschlüssel aushändigen und bestiegen den Fahrstuhl nach oben.

Festus Klein telefonierte.

„Nein, ich habe alles genau durchsucht. Das Ding ist nicht da!“

„...“

„Wenn ich durchsuche, suche ich genau. Ich habe nichts übersehen. Die Deutschen müssen den Knopf bei sich haben. Ob durch Zufall oder ob sie Verdacht geschöpft haben, weiß ich nicht.“

„...“

„Nein, das schließe ich eigentlich aus. Das Teil sieht aus wie ein Knopf, es hat sogar zwei Löcher drin."

„..."

„Gut, dann sprechen wir sie an, wenn wir die Männer mal alleine erwischen. Soll ich das übernehmen?"

„..."

„Dann würde ich es erst mal im Guten versuchen. Wenn das nicht klappt, können wir immer noch andere Mittel anwenden."

„..."

„Nein, heute nicht mehr, die schlafen bestimmt schon. Morgen ist auch noch ein Tag."

„..."

„Habe ich bis jetzt nicht alle Aufträge zu Ihrer Zufriedenheit erledigt? Sie wissen, Sie können sich auf mich verlassen."

„..."

„Ja, alles wie besprochen. Auf Wiederhören."

Klein verließ die Telefonzelle mit einem nachdenklichen Gesicht.

Marleen, die die Schlüsselgewalt hatte, öffnete das Hotelzimmer.

„Ich glaube, ich werde alt", seufzte sie. „Ich dachte, ich hätte abgeschlossen."

„Von uns wird nur einer alt", wurde sie von Peter getröstet, der dabei einen herausfordernden Blick auf Thomas warf. „Du hast es ganz einfach vergessen, und das kann schließlich jedem passieren." Er schob Marleen ins Zimmer, ging hinterher und warf sich aufs Sofa. „Pause!" verkündete er und schloß demonstrativ die Augen.

Thomas setzte sich auf einen der Sessel und begutachtete sein neuerworbenes Tagebuch.

Marleen ging ins Badezimmer, um sich ein wenig frisch zu machen, und Nicole verschwand im Schlafzimmer, um ihren neuen Hut zu anderer Kleidung anzuprobieren.

„Komisch", sagte sie kurze Zeit später zu Marleen, die sich jetzt dazugesellt hatte, um der Modenschau beizuwohnen. „Ich bin mir sicher, daß ich meinen Koffer abgeschlossen hatte. Jetzt sind die Schlösser offen."

Marleen runzelte die Stirn. „Das ist aber wirklich komisch. Erst die Zimmertür, jetzt die Kofferschlösser. Ob hier jemand drin war?"

Sie sahen sich aufmerksam um, konnten aber nichts weiter entdecken, was auf Eindringlinge hingewiesen hätte.

Sie gingen trotzdem nach nebenan, um den beiden Männern zu berichten.

„Dafür gibt es sicher eine ganz einfache Erklärung“, beruhigte Thomas die beiden. „Die Zimmertür hast du vergessen zu verschließen“, meinte er zu Marleen gewandt, die jedoch den Kopf schüttelte, „und Kofferschlösser funktionieren sowieso nur jedes zweite Mal, weil diese kleinen, flachen Schlüssel nichts taugen. Oder hast du nach dem Abschließen ausprobiert, ob sie wirklich zu sind?“ fragte er Nicole.

„Nein, habe ich nicht. Aber es ließ sich ganz rumschließen, also müßten sie auch zu gewesen sein.“

Peter, der aus dem Schlafzimmer kam, teilte mit, daß die Schlösser in Ordnung seien. „Kein Kratzer dran. Und sie lassen sich auch einwandfrei auf- und abschließen. Wenn sie jemand aufgebrochen hätte, müßte man das ja eigentlich sehen. Außerdem dürften sie dann nicht mehr schließen."

Er ging zur Anrichte und zog die mittlere der drei Schubladen auf. „Seht ihr, die Papiere sind noch da und die dreihundert Dollar Reserve auch“, sagte er und wedelte mit den Scheinen.

„Bist du verrückt“, fuhr Nicole ihn an. „Das sollte doch in den Hotelsafe.“

„Hab’ ich vergessen“, antwortete Peter zerknirscht. „Schließlich wollten Thomas und ich vorhin auf dem Zimmer bleiben, und dann wäre ja immer wer hier gewesen.“

„Wie dem auch sei“, versuchte Thomas den sich anbahnenden Streit schon im Vorfeld zu schlichten, „das Geld ist noch da, also war auch keiner hier.“

Marleen und Nicole sahen sich kurz an und zuckten dann beide mit den Schultern.

„Wahrscheinlich hast du recht“, sagte Marleen. „Dann laß uns weiter Anprobe machen.“ Mit Nicole ging sie wieder ins Schlafzimmer. Peter nickte ein und Thomas widmete sich wieder seinem Tagebuch, um die erste Eintragung zu tätigen.

Auszug aus Thomas Becks Tagebuch (14.01.97)

...Es wird wohl doch ein Abenteuerurlaub. Die Frauen meinen, daß jemand im Hotelzimmer war. Die Zimmertür und Nicoles Koffer waren unverschlossen, obwohl die beiden sicher sind, ordentlich abgeschlossen zu haben. Und die beiden haben recht! Es war jemand hier drin. Was nämlich keiner gesehen hat: Ich hatte meine Brille in die linke Schublade der Anrichte gelegt, weil ich sie zum Einkaufen nicht mitgenommen habe. Ich weiß das deshalb genau, weil die Schublade gehakt hat und ich mir beim Zuschieben die Finger geklemmt hatte. Als wir vorhin ins Zimmer kamen, lag sie auf der Anrichte über der Schublade. Ich habe das für mich behalten, um die anderen nicht nervös zu machen...

Es war schon relativ spät geworden, und jeder war noch irgendwie in seine Gedanken vertieft: Konnte es sein, wenn ja, aber warum, also konnte es doch nicht sein, aber warum dann..., denn es war ja alles da...

Schließlich gab es nur eine Erklärung: Es konnte nicht sein (...aber warum dann... ach was!...).

„Schatz, ich gehe vor dem Schlafengehen noch unter die Dusche, kommst du mit und schubberst mir den Rücken?“ stand Marleen plötzlich unvermittelt auf, warf Nicki einen Blick zu, den nur Frauen verstehen, und tänzelte ins Bad.

„Ich komme...“, flötete Thomas ihr hinterher „ich suche nur noch eben mal schnell meine Schlafhose.“ Das Wort *Suchen* war jedoch völlig fehl am Platz. Er öffnete seinen Koffer, griff gezielt in den linken Stapel Wäsche, hob die oberen fünf Teile an und erfaßte das, von dem er genau wußte, wo es lag: seine Schlafhose.

Erstaunt beobachtete Peter die Szene.

›Wenn's in einem Heuhaufen eine Stecknadel zu verstecken gäbe, würde Thomas das machen, und der Kerl würde sie hinterher auch sofort wiederfinden...‹, dachte Peter und überlegte kurz, wo eigentlich seine Schlafhose war. Im Koffer, nein, in der Tasche, auch nicht, also müßte sie doch im Koffer...

›Ach, was brauche ich eine Schlafhose...‹, gab er die gedankliche Sucherei schnell auf.

„Na, du, mein kleiner Koalabär.“ Nicki hatte, nachdem Marleen und Thomas im Bad verschwunden waren, ihre Kleidung schon leicht gelockert und schmiegte sich auffordernd an Peter.

„Ich hätte mal Lust auf ein bißchen Lust, so das erste Mal in Australien...macht man ja auch nicht alle Tage...“, gurrte sie eindeutig zweideutig.

„Ich ja auch, ich kann's schon gar nicht mehr abwarten, aber wenn die beiden aus dem Bad rauskommen und wir hier...so viele Versteckmöglichkeiten gibt's ja hier auch nicht. Ich hab mir ja auch schon mein Hirn zermartert, aber...“

„Oooch, laß mal jetzt dein Hirnchen...ich schätze mal, vor einer halben Stunde kommen die da nicht raus...oder glaubst du, die waschen sich dort nur ordentlich?“ Nicole rückte wissend noch etwas dichter an Peter heran und zog ihn langsam, aber ziemlich sicher in Richtung Ehebett.

„Außerdem ist ja hier noch dieser schwere Vorhang.“ Sie nahm Peter in den Arm und küßte ihn. Diesem leuchteten die ausgesprochenen Argumente sofort ein, und er hatte einige Mühe, bei Nicoles leidenschaftlichem Kuß den blöden Gürtel seiner Hose aufzukriegen.

„Liebling“, säuselte zwischenzeitlich Marleen unter der Brause, „reichst du mir mal das Duschzeug und kommst endlich her? Es ist so einsaaaaam ohne dich hier.“ Auch diese Worte waren als eine eindeutige Aufforderung zu verstehen und wurden von Thomas auch unmißverständlich als solche gedeutet.

Nur mit dem Ehering und seiner Halskette bekleidet hüpfte er in die Duschkabine zu Marleen, rutschte dabei mit dem linken Fuß aus, stieß mit dem Kopf gegen die Stange des Brausehalters und konnte sich gerade noch an Marleens Körper festhalten, ehe es zur sonst zwangsläufigen Bruchlandung gekommen wäre.

„Blödes Mistding“, zischte er und hatte für einen Augenblick sichtbar die Lust an dem Bevorstehenden verloren.

„Aber, aber, mein kleiner Tolpatsch...“ Marleen schmiegte ihren Körper gegen Thomas und küßte und streichelte ihn. „Willkommen in Australien, mein Schätzchen...ich habe Sehnsucht...hier so ganz ohne dich...“

Thomas hatte bereits die Augen geschlossen und den kleinen Ausrutscher vergessen. Er genoß es, wenn er Marleens nassen Körper an seinem spürte. Das Wasser plätscherte auf ihre straffe Haut und perlte in ungleichmäßigen Bahnen ab.

Wortlos nahm Marleen das Duschgel in die Hand und kippte etwas davon auf Thomas’ Hände. Anschließend drehte sie sich langsam um und rieb sanft ihr knackigstes Körperteil genau an der bei ihm für solche Momente vorgesehenen Stelle. Als die erwartete Wirkung fühlbar wurde, schloß Marleen die Augen und ließ Thomas’ Hände und das Duschgel auf ihrem Körper spüren...

„Wenn ihr mal duscht, dann paßt auf, diese Kabinen sind unheimlich glitschig.“ Mit diesen Worten kam Thomas nach exakt 39,5 Minuten aus dem Bad. Er hatte seine Schlafhose an und ein lustiges Summen auf den Lippen.

Peter lag mit verklärtem Blick auf dem Ehebett und hatte ein engelsgleiches Lächeln aufgelegt.

„Ich denke, wir haben Urlaub. Was soll ich mich da duschen?“ scherzte er. „Was hältst du davon, wenn wir jetzt schlafen gehen?“ schlug er vor. Nicole neben ihm schien bereits süß zu träumen, und Marleen kam ebenfalls mit einer wohligen Mattigkeit überzogen aus dem Bad. Sie ging zielstrebig auf das Doppelbett zu, krabbelte unter die Bettdecke und schien auch sofort eingeschlafen zu sein.

„...womit die Schlaffrage bereits geklärt wäre.“ Peter stand auf und deckte Nicole, deren flacher Bauch sich ebenfalls auffällig gleichmäßig hob und senkte, vorsichtig zu.

„Da ich der größere von uns beiden bin, nehme ich das Klappbett, klar?!" kommandierte er in flapsigem Tonfall weiter und setzte das Ausgesprochene sofort in die Tat um.

„Na toll...", schaute sich Thomas etwas hilflos im Zimmer um.

„Ich würd's mal mit zwei aneinandergeschobenen Sesseln versuchen...", murmelte Peter, schon auf dem Weg ins Traumland, vor sich hin „...hat Renner übrigens in der Teeküche bei uns auch schon mal mühelos geschafft", fügte er noch hinzu und schloß die Augen. „Aber bitte leise, man will schließlich schlafen..." Dann war von ihm in den nächsten Stunden nichts mehr zu hören.

Thomas kam dem Vorschlag nach, denn er stellte sich vor, daß er ziemlich dämlich ausgesehen hätte, zusammengerollt in dem kleinen Kinderbett. Die Sessel erwiesen sich zu seiner Freude sogar als ziemlich bequem und er bekam, als er lag, schnell den Eindruck, daß er nicht der erste Mensch war, der in dieser Position in diesen beiden Sitzmöbeln nächtigte. Schnell hatten die Polster die Form seines Körpers angenommen und boten ihm einen angenehmen Untergrund für bevorstehende Träume.

Es war Punkt sieben Uhr morgens, als Marleen die anderen weckte.

„Wachet auf, wachet auf, es krähet der Hahn...", sang sie gutgelaunt. Sie war bereits um 6.30 Uhr aufgestanden und hatte sich im Bad fertiggemacht, da sie sich sehr gut das Gedrängel vorstellen konnte, wenn alle auf einmal hineinwollten.

Wie erwartet stand, nein, sprang zunächst Nicole auf, ebenso tatendurstig wie ihre Freundin, und flitzte ins Badezimmer, wo sie die nächste halbe Stunde verbrachte.

Als sie wieder rauskam, strahlte sie Marleen an. „Na, sind alle Erwartungen bezüglich der ersten Nacht erfüllt worden?"

„Die australische Luft scheint sich wirklich ausnehmend günstig auf den Hormonhaushalt männlicher Wesen auszuwirken. Sie ist wesentlich härter als in deutschen Landen, wenn du verstehst, was ich meine."

„Die Luft scheint aber auch sehr müde zu machen." Nicole blickte auf die Männer, die sich seit dem freundlichen Wecken noch nicht einmal gerührt hatten. „Aufstehen, unser Flugzeug geht gleich!" rief sie.

Dieser kurze Satz hatte zur Folge, daß die beiden Schlafmützen von einer Sekunde zur anderen hellwach waren, sich mit einem Ruck aufsetzten und sich erschreckt im Zimmer umsahen. Als sich schließlich langsam, aber deutlich sichtbar ihr Gehirn erhellte, sanken sie synchron wieder aufs Kopfkissen zurück.

„Oh Mann, wenn ich noch einmal so geweckt werden sollte, miete ich mir ein eigenes Auto und fahre in die entgegengesetzte Richtung wie ihr!" behauptete Thomas stöhnend und quälte sich dann doch aus seinen Sesseln hoch.

„Dusch du zuerst", nuschelte Peter, trotz des Schrecks schon wieder im Halbschlaf. „Ich muß mich erst mal von dem Schock erholen."

Während dieser Erholungsphase fingen Marleen und Nicole an, die Koffer wieder einzupacken.

Als auch die Männer fertig mit Duschen, Zähneputzen und Anziehen waren, wurden die Waschutensilien verstaut und die Koffer verschlossen.

Thomas wurde dazu auserkoren, sich noch einmal in den Zimmern umzusehen, damit nichts vergessen wurde. Als das erledigt war, fuhren sie mit dem Fahrstuhl zur Rezeption, gaben kurzfristig das Gepäck ab und gingen in den Speisesaal, wo sie ausgiebig frühstückten.

„Wer weiß, wann wir wieder normal essen können", meinte Peter mit vollem Mund. „Eßt, eßt, bald müssen wir selber unser Essen jagen."

„So ein Quatsch." Marleen verdrehte die Augen. „Während du mit Thomas zum Reisebüro gehst und den Wagen besorgst, gehen Nicole und ich in den Supermarkt nebenan und kaufen Vorräte ein."

So wurde es auch gemacht. In der Hotelhalle trennten sich die vier. Marleen und Nicole gingen nach links, Peter und Thomas nach rechts in einen der abgehenden Gänge. Es war verabredet worden, sich in einer Stunde wieder dort zu treffen.

Als die Frauen wieder, jeweils mit einem Karton voller Lebensmittel beladen, nach genau sechzig Minuten in der Halle erschienen, erhoben sich die Männer aus den Sesseln der Sitzgruppen, die überall herumstanden, und gingen den beiden entgegen, um ihnen tragen zu helfen.

„Na, wo steht die Kiste?" fragte Nicole neugierig und sah die Männer an.

„Das läuft ganz anders, als wir gedacht haben", antwortete Thomas. „Wenn wir hier fertig sind mit allem, melden wir uns in der Autovermietung, und die stecken uns dann in einen Kleinbus und fahren uns in die Richtung, in die wir wollen, zu einer der Zweigstellen, wo auch die Fahrzeuge stehen. Hier gibt's nämlich gar keine Autos."

„Das ist deshalb praktisch", ergänzte Peter, „weil wir uns nicht durch die ganze fremde Stadt quälen müssen und uns außerhalb des dichten Verkehrs mit dem Wagen vertraut machen können."

„Gott sei Dank", sagte Marleen, „ich hatte schon Angst, daß wir vier Stunden in Sydney herumirren und uns mit Hilfe eines Stadtplans durchkämpfen müssen." Sie sah die anderen an. „Wollen wir gleich los?"

„Klar, laß uns starten." Thomas drückte Marleen ein Küßchen auf. „Peter und ich holen das Gepäck und dann geht's los."

Alles klappte vorzüglich.

Mit einem VW Bulli wurden die vier ans Südende Sydneys gefahren, und so konnten sie in Ruhe, ohne auf den Verkehr und die Straßen zu achten, entspannt die Atmosphäre der Metropole auf sich wirken lassen.

„Was kriegen wir denn genau für einen Wagen?" fragte Nicole. „Ich weiß nur, daß Kruses wegen der Kinder einen etwas größeren als nötig gebucht hatten."

Peter übernahm die Erklärung. „Es sind zwei Doppelbetten unter dem Dach vorhanden, die Sitzbänke unten könnte man noch in zwei Einzelbetten umbauen. Es gibt eine chemische Toilette und eine Dusche, außerdem einen Gasherd mit zwei Platten, einen Kühlschrank und ordentlich Stauraum in den Schränken. Wir haben fließend Warmwasser durch einen Gasboiler, und das beste ist, daß der Wagen vollklimatisiert ist. Dann gibt es noch Kofferfächer, einen Feuerlöscher sowie einen 100-Liter-Frischwassertank, den wir bei Zwischenstops auffüllen müssen. Die ganze Kiste ist sechseinhalb Meter lang, davon knapp fünf Meter Innenraum. Wir dürften also reichlich Platz haben."

Thomas fuhr an dieser Stelle fort. „Wir mußten Besteck und Geschirr zusätzlich bestellen, weil das nicht im Preis enthalten ist. Bettwäsche, Kopfkissen und Schlafsäcke mußten wir auch extra dazunehmen. Das wird alles gerade eingeräumt. Außerdem haben wir ein Schlauchboot, einen Kohlegrill und ein Vorzelt genommen. Ach ja, eine Ersatzgasflasche haben wir uns auch noch einpacken lassen. Ihr seht, wir haben an alles gedacht."

„Das hört sich ja wirklich gut an. Ich habe mich zwar mehr auf den Badeurlaub gefreut, aber jetzt kriege ich Lust, mit ein bißchen Luxus durch die Gegend zu fahren." Marleen sah Nicki an. „Willst du auch mal Fahrer sein?"

„Das weiß ich noch nicht, warten wir erst mal ab. Vielleicht, wenn wir allein auf den Straßen sind."

„Wir werden auf Wegen unterwegs sein, wo wir stundenlang kein anderes Auto sehen", behauptete Peter. „Schließlich wollen wir ins Outback, und das heißt nicht umsonst so. Mit so einem Wagen müssen wir auch ein bißchen auf Abenteuer machen und dürfen nicht nur Hauptstraßen fahren."

Der Bulli bog jetzt auf einen unbefestigten Hof ein, auf dem zahlreiche Caravans, Jeeps und andere Fahrzeuge standen, fuhr bis vor ein langgezogenes Flachdachgebäude und parkte davor ein.

„That's it", rief der Fahrer, sprang aus dem Wagen und lief ins Gebäude.

Die Freunde sahen sich an. „Na, das ist ja ein Herzchen", meinte Thomas und stieg ebenfalls aus. Die anderen folgten seinem Beispiel.

Als sie vor dem VW-Bus standen, kam der Fahrer wieder aus der Tür, rief etwas Unverständliches und rannte los in Richtung Wohnmobile. Dabei gestikulierte er wild, daß man ihm folgen möge und schwenkte wie eine Trophäe einen Schlüsselbund.

„Ich gehe ins Büro oder was immer das hier ist", bestimmte Peter. „Du" – dabei blickte er Thomas an – „gehst mit den Frauen unserem nervösen Freund hinterher, nimmst den Wagen in Empfang und überprüfst ihn. Nachher treffen wir uns hier wieder."

Nicole bekam einen Klaps auf den Po und Peter verschwand im Gebäude.

„Da haben wir ja keine andere Wahl mehr", sagte Marleen und versuchte mit Thomas und Nicole, den Fahrer einzuholen.

Nach fünfundvierzig Minuten kam der Caravan über den Hof zum Bulli geholpert. Thomas saß mit etwas verkniffenem Gesicht hinterm Steuer und schimpfte über die Schlaglöcher.

„Du, guck mal da vorne", wurde Nicole von Marleen angestoßen, die ebenfalls auf dem Doppelsitz im Führerhaus saß.

Neben dem Bulli stand, auf den Seitenständer gekippt, ein großes Motorrad, und lässig daran gelehnt stand, ganz in schwarzes Leder gekleidet, mit einem ebenfalls schwarzen Pilothelm auf dem Kopf und Spiegelsonnenbrille im Gesicht, ein Rocker, oder...konnte es sein?

„Das gibt's doch nicht...", sagte Nicole.

„Ich werd verrückt", sagte Thomas.

„Der spinnt doch", sagte Marleen.

Dermaßen geeint stiegen sie aus dem Caravan und liefen auf Peter zu.

„Das ist doch wohl nicht dein Ernst?" Nicole baute sich vor ihrem Mann auf und blitzte ihn an.

„Das ist nicht mein Ernst, das ist mein Motorrad", antwortete Peter, „zumindest für eine Woche. Es sei denn, du bist absolut dagegen."

„Wer soll denn das bezahlen? Du sprengst ja jetzt schon unsere Urlaubskasse, bevor es überhaupt richtig losgeht."

„Das bezahle ich selber von meinem Ersparten." Peter nahm Nicole in den Arm. „Ich wollte mir doch schon immer mal übers Wochenende so ein Ding ausleihen, das weißt du doch. Und hier ist es viel ungefährlicher als in Deutschland, weil im Outback kaum Verkehr ist. Und kosten tut es auch nicht mehr als bei uns. Och komm, bitte, wir sind doch trotzdem zusammen, ich fahre auch immer beim Wohnmobil", verlegte er sich aufs Betteln.

„Na gut, mach was du willst, schließlich bist du alt genug." Nicole sah ihn an. „Aber nur, wenn ich auch mal fahren darf!"

„Das ist zwar Erpressung", freute sich Peter, „aber ich beuge mich deinem Willen." Zur Belohnung gab es einen langen, stürmischen Kuß.

„He, macht das die Lederkluft?" schnappte Nicole nach Luft, als Peter sie freigab.

„Die macht noch was ganz anderes, Baby", gab der unglaublich coole Typ in Leder zurück. „Warte mal ab, wenn wir erst unter freiem Himmel schlafen."

Er wandte sich Thomas zu, der auf der Maschine Platz genommen hatte. „Das ist eine Harley Davidson Fat Boy, mein Gutster", teilte er mit und blickte den Freund beifallheischend an. „Ein Traum in Lack und Chrom!"

„Hut ab", sagte Thomas und stieg ebenso vorsichtig ab, wie er aufgestiegen war. „Das hätte ich nicht gedacht, daß du das wirklich durchziehst."

„Wenn schon Urlaub, denn schon Urlaub." Peter blickte Marleen an. „Und was sagst du?"

„Du spinnst, aber das wußte ich schon immer." Doch selbst Marleen, der schon Thomas' kleiner Motorroller zu Hause etwas unheimlich war und den sie anfangs erst nach langer Überredung ihres Mannes bestiegen hatte, blickte bewundernd auf die große Maschine.

Die sah auch wirklich beeindruckend aus mit den beiden glänzenden Auspuffrohren, dem hohen Lenker und der schwarzen Ledersitzbank, deren hinterer Sitz mindestens zwanzig Zentimeter höher war als der Fahrersitz. An den Seiten hingen mit Nieten beschlagene Packtaschen, und an den Griffen waren schwarze Lederbänder angebracht worden. Die Maschine sah noch neuwertig aus, es war noch kein Kratzer im schwarzroten Lack zu sehen.

Nachdem man ausgiebig das Prachtmotorrad bewundert hatte, wandte man sich wieder dem Caravan zu.

„Es ist alles drin, was wir haben wollten", teilte Thomas Peter mit. „Und der hat auch erst 20.000 Meilen auf dem Buckel. Da dürfte eigentlich nichts schiefgehen."

Peter nahm Helm und Sonnenbrille ab und stieg ins Fahrzeuginnere, das wirklich gepflegt und gemütlich aussah. „Ja, ich glaube, hier können wir es eine Woche aushalten", meinte er und sah sich die Küche und die kleine Naßzelle an. Anschließend kletterte er unters Dach, besah sich die große Liegeflche und bestätigte dann seine Worte mit einem Nicken. „Jawoll, sehr schön. Sogar noch besser, als ich dachte. Da haben wir Glück gehabt“, urteilte er mit Blick auf die älteren, herumstehenden Wohnmobile.

„Dann laß uns mal umpacken“, sagte Thomas und ging zum Bulli.

„Ja, fang schon mal an. Ich muß noch den Vertrag für die Harley und die Klamotten unterschreiben. Das konnte ich ja nicht machen, ohne wenigstens gefragt zu haben.“ Er warf Nicole eine Kußhand zu und verschwand erneut im Büro.

Nach zwanzig Minuten waren die Freunde abfahrbereit.

Die beiden Frauen setzten sich auf die Doppelsitzbank im Caravan. Thomas nahm wieder auf dem Fahrersitz Platz und ließ den Motor an.

Dieser wurde unmittelbar darauf von dem lauten Blubbern der Harley übertönt. Peter winkte Thomas, er möge vorfahren, woraufhin sich der Wagen auch in Bewegung setzte. Peter folgte ihm, und beide Fahrzeuge verließen den Hof.

Nach einem Beinah-Zusammenstoß mit dem Gegenverkehr hatte sich Thomas auch schnell daran gewöhnt, daß hier Linksverkehr herrschte, und nach zwanzig Minuten konnte man das Ortsschild von Sydney hinter sich lassen.

Kapitel 7

Der Grieche stand gegen seinen Jeep gelehnt unter einem wenig Schatten spendenden Baum. Es war Mittagszeit, und die Sonne brannte unerbittlich auf alles, was sich zu bewegen wagte oder auch nur versuchte, ihr die Stirn zu bieten. Der ständige Wind brachte keinerlei Linderung in dieser Gluthitze, sondern verteilte die Partikel der staubigen Steppenlandschaft gleichmäßig auf Flora und Fauna.

Regungslos hatte Xanthopoulidis bereits etwa dreißig Minuten an dieser Stelle verbracht, bis er endlich meinte, das leise Brummen der kleinen, zweimotorigen Maschine in der Luft zu vernehmen. Er richtete seinen Blick gen Südosten und konnte tatsächlich einen silbrigen Punkt im gleißenden Mittagslicht am Himmel erkennen. Normalerweise hatte er für den Transfer von geladenen Gästen seine Chauffeure, aber in diesem Fall wollte er es sich nicht nehmen lassen, seinen Besucher selbst abzuholen. Zuviel hing für ihn von der Mission ab, zuviel hatte er bereits investiert, an Geld, Zeit und Träumen.

Eine Landebahn war nicht zu erkennen, aber der geübte Pilot hatte schnell die schmale Schneise erkannt, die ihm ein relativ ungefährdetes Landen und Starten der kleinen Maschine erlaubte. Hier, in der absoluten Wildnis, durfte man sich nicht nur auf die Instrumente des einzig sinnvollen Fortbewegungsmittels, dem Flugzeug, verlassen. Hier war tatsächlich noch Mut und Improvisationsvermögen gefragt.

Es gab keinen Tower, der Lande- und Startpositionen per Funk durchgab. Es gab keine Landebahnen, die staub- und rückstandsfrei auf das sanfte Aufsetzen hochmodernster Technik warteten. Und es gab keine Sicherheitszone, die ausgenutzt werden konnte, wenn es nicht rechtzeitig gelang, das Flugzeug zu starten oder zu landen.

Es gab nur Wildnis, in der man sich eine Landemöglichkeit suchen mußte, und entweder gelang es oder nicht.

Es kam nicht selten vor, daß gerade kleinere Flugzeuge in den Ebenen, Wäldern und Gebirgen dieses unendlich weiten Landes, in dem Straßen, Städte und Eisenbahnen bis auf den östlichen Teil des Kontinents Mangelware waren, als vermißt gemeldet wurden. Sicher wurden jeweils von den zuständigen Behörden Suchtrupps entsandt, aber das war, und das wußte jeder, nur eine Alibifunktion. Wer nicht innerhalb von vierundzwanzig Stunden unverletzt aufgefunden wurde, war von der Menschheit aufge- und der Unbarmherzigkeit der Wildnis übergeben.

Überleben hieß hier nicht nur ausreichend Wasser und einen gut funktionierenden Kompaß zu besitzen. Überleben hieß auch, im Umgang mit Waffen geübt und gegenüber der Tierwelt skrupellos zu sein. Überleben hieß, sich mit

Schlangen und Echsen genauso einzulassen wie mit kleinem Getier umgehen zu können, das von seiner Verletzungsart bei weitem nicht so gefährlich war wie die größeren Gattungen, deren Bisse und Stiche aber in dieser unwirtlichen Gegend schnell zu infektiösen Entzündungen führten. Diese hatten dann zwangsläufig wiederum eine Schwächung des Organismus' zufolge, was bedeutete, daß der Mensch letztlich wieder einmal der Verlierer in der unbeugsamen Natur blieb.

Die kleine Propellermaschine hatte den Jeep und die schmale Schneise bereits geortet, drehte einen weiten Bogen und setzte kühn zur Landung an. Unsanft berührten die beiden Räder die rote Erde. Wallend ließen die Propeller den heißen Staub in ihrer Bahn aufwirbeln und wie Sandpapier über alles sich Entgegenstellende schleifen.

Der Grieche stieg in sein Fahrzeug und fuhr der staubigen Spur des Flugzeuges hinterher. Als er es erreichte, hatte der Pilot die Maschine bereits wieder gewendet und ließ die Motoren mit gedrosselter Kraft laufen.

Gegen den aufwirbelnden Staub, die Hitze und den Wind ankämpfend stapfte Xanthopoulidis dem Flugzeug entgegen. Sein weißer Leinenanzug war staubbedeckt, und sein Hut stellte nur einen kleinen Schutz dar.

Die Tür des Fliegers wurde von innen geöffnet, und etwas unbeholfen stieg ein kleiner Mann mit weißem Haar heraus.

„Guten Tag, Professor Samthsten", begrüßte ihn der Grieche, indem er ihm die rechte Hand reichte und gleichzeitig mit der anderen einen großen Koffer, den ihm der Pilot herausreichte, entgegennahm. „Ich freue mich, Sie in meiner Welt begrüßen zu können."

„Ich bedanke mich für die Einladung", erwiderte Samthsten höflich. „Es ist ja nicht leicht, Sie in dieser Einöde zu finden."

„Das ist ja auch so gewollt", lachte Xanthopoulidis, drückte dem Piloten einen großen Schein in die Hand und schob seinen Gast in Richtung Jeep. „Ich hoffe, Sie haben am Flughafen ein kleines Gepäckstück in Empfang nehmen können und sind mit der Auswahl des Inhaltes zufrieden."

„Keine Frage, es ist mir eine Ehre, unter diesen Umständen für Sie arbeiten zu dürfen", beeilte sich Samthsten zu antworten.

„Na, dann sind ja die Formalitäten geklärt", freute sich der Grieche. Er hielt seinem Gast die Beifahrertür auf, und nachdem dieser eingestiegen war, lud er die Gepäckstücke hinten auf die Ladefläche.

Hinter ihm ließ der Pilot die beiden Motoren aufheulen und hatte bereits wieder zum Start angesetzt. In einer riesigen Staubwolke entfernte sich das Flugzeug von den beiden Männern und verschwand am Horizont aus ihren Augen.

Es war wieder still, beziehungsweise die Musik der Steppe hatte wieder zu spielen begonnen, eine Musik, die aus Tausenden von unsichtbaren Instrumenten zu kommen schien, deren imaginärer Dirigent im Zentrum der Sonne immer neue Stücke zu erproben versuchte, tagaus, tagein, jahraus, jahrein...

„Es ist alles für Sie vorbereitet", erklärte Xanthopoulidis. „Es fehlen nur noch die beiden wichtigsten Dinge, aber die sind schon im Land bzw. werden in Kürze hier eintreffen", versicherte er dem Professor.

„Wie ist es Ihnen in der letzten Zeit ergangen?" fragte er weiter.

„Nun, der Prophet gilt im eigenen Land nicht viel. Man hat manchmal das Gefühl, es gibt auf der Welt nichts als lausige Duckmäuser, Ignoranten und Spießer", beschwerte sich Samthsten sichtlich verärgert.

„Ja, ich habe Ihre Arbeiten genauestens verfolgt und auch die Reaktionen, die für mich ebenso unverständlich sind wie für Sie", pflichtete der Grieche seinem Gast bei. „Aber ich gebe Ihnen hier Gelegenheit, es der gesamten Menschheit zu beweisen und diese moralischen, gottesfürchtigen Besserwisser ein für alle Mal ins zeitgeschichtliche Abseits zu stellen. Bei mir werden Sie Gegebenheiten vorfinden, an die in den Staaten noch niemand zu denken vermag. Sie werden arbeiten können, wie Sie wollen, und am Ende wird nicht nur für Sie ein Traum in Erfüllung gehen", prophezeite er. „Jetzt aber genug. Sie werden müde von der langen Reise sein. Ich bringe Sie in Ihre neue Schaffenswelt, und wenn Sie sich ein wenig ausgeruht haben, werde ich Sie mit dem Wichtigsten vertraut machen und Ihnen alles zeigen." Xanthopoulidis stellte fest, daß Samthsten, wohlwollend nickend, kurz davor war, einzuschlafen.

Sie waren mit dem Jeep etwa eine Stunde gefahren, einen Weg, der als solcher nicht zu erkennen war und den nur Eingeweihte oder aber die hier vereinzelt jagenden Aborigines gefunden hätten.

Samthsten, der durch die häufigen Unebenheiten der Landschaft, die das Gefährt unbarmherzig auf seine Insassen übertrug, immer wieder wachgerüttelt worden war, stellte verschlafen und müde fest, daß sie an einem riesigen See angekommen waren.

Xanthopoulidis bat seinen Gast höflich, auszusteigen. Er fuhr das Fahrzeug weiter und lenkte es unter die Gabelung von zwei alten Bäumen, die es aufgrund ihrer Laubpracht unmöglich machten, sowohl aus der Luft als auch unmittelbar davor stehend, einem Fremden ein Fahrzeug unter ihrem Haupt auch nur vermuten zu lassen.

Mit dem Gepäck seines Gastes kam der Grieche aus dem Fahrzeugversteck hervor. Samthsten wischte sich über die müden Augen und vernahm auf einmal das markige Röhren eines Propellerbootes, das sich ihnen aus dem Dikkicht der Uferpflanzen langsam entgegenschob und auf das Festland fraß.

„Ich darf Sie mit einer meiner besten Mitarbeiterinnen bekannt machen. Professor Samthsten, darf ich vorstellen, Axél Chhong“, stellte Xanthopoulidis die Führerin des Amphibiengefährtes seinem Gast vor.

„Ich muß Sie nun um eine kleine Gefälligkeit bitten, für die Männer Ihrer Autorität und Ihres Verstandes sicherlich Verständnis aufbringen werden, lediglich eine kleine Vorsichtsmaßnahme“, erklärte er.

Samthsten hatte für alles Verständnis, nur nicht dafür, daß ihm in dieser Wildnis diese koreanische Schönheit vorgestellt wurde. Das optische Vergnügen war allerdings für ihn nur von kurzer Dauer. Axél, die außer ihrer Jeans und dem weißen T-Shirt offenbar nichts am Leibe zu tragen schien, sprang mit katzenhaften Bewegungen auf ihn zu, reichte ihm kurz die Hand und verband ihm daraufhin mit geübter Hand die Augen mit einem schwarzen Seidenschal.

„Ich will ganz sicher gehen, daß ich auch weiterhin nicht so schnell zu besuchen sein werde, Sie verstehen...“, erklärte Xanthopoulidis lächelnd und führte den Professor gemeinsam mit Axél auf das Propellerboot.

Nachdem Samthsten mitsamt Gepäck auf dem eigentümlichen Fahrzeug Platz genommen hatte und angeschnallt worden war, setzte sich auch Xanthopoulidis zufrieden neben Axél. Diese startete den Motor und brachte das Boot mit leichter Vibration vom Lande zu Wasser.

Mühelos glitt es zwischen Schilf und Schlingpflanzen zunächst am Ufer entlang und wurde dann aufs offene Wasser manövriert. Zielsicher und selbstbewußt chauffierte Axél ihre beiden Passagiere über die offenbar nie enden wollende Wasserfläche des Sees. Es dauerte eine Dreiviertelstunde, bis sie auf eine kleine, leicht zu übersehende Bucht zusteuerte.

Auch hier bahnte sich das Amphibienfahrzeug seinen Weg durch die Pflanzen der sumpfigen Uferregion und legte kurze Zeit später an einem festen Steg an. Gekonnt vertäute Xanthopoulidis das Boot am Steg.

„Herzlich willkommen in Ihrem neuen Zuhause.“ Der Grieche nahm seinem Gast die Augenbinde ab.

Dieser schaute sich bewundernd um, als seine Augen sich an die ihn umgebende, gleißende Helligkeit gewöhnt hatten. Verschwunden war die Einöde der Steppe mit ihrer Kargheit und unbarmherzigen Dürre. Der Steg mündete in einem sauberen Kiesweg, der sich schwungvoll durch die üppig angelegte und außerordentlich gepflegte Parkanlage schlängelte.

Ein paar kleine Känguruhs hüpften unbefangen auf die Ankömmlinge zu.

„Keine Angst, die sind zahm“, erklärte Axél schnell.

„Es sind praktisch Waisen, deren Eltern und Familien der Unbarmherzigkeit der Natur unterlegen waren oder aber von Wilderern erschossen wurden. Ab und zu lesen wir diese armen Geschöpfe hier in der Gegend auf und geben ihnen ein neues Zuhause, das ja jetzt auch das Ihre sein wird“, ergänzte

Xanthopoulidis. „Sie sollten allerdings vermeiden, dichter als unbedingt nötig an die vielen Wasserstellen dieser Anlage zu gehen.“ Als er den fragenden Blick seines neuen Gastes sah, gab er Axél mit einem leichten Kopfnicken ein Zeichen.

„Passen Sie gut auf.“ Mit seinem Gast ging der Grieche Axél hinterher, die behende auf einen weiteren kleinen Steg zuging, von dem es viele gab, wie Samthsten plötzlich feststellte. Sie ragten in künstlich angelegte kleine Flüsse und Seen hinein, die offenbar das ganze Anwesen durchzogen.

Axél griff in einen Kunststoffbehälter, der an einem Steg festgemacht war. Als sie die Hand wieder herauszog, hielt sie ein Stück blutendes, rohes Fleisch darin, das die Größe eines Kohlkopfes hatte. Merkwürdigerweise bereitete ihr diese blutige Masse in ihrer Hand immer wieder ein innerliches Wohlbehagen, das sie sich nicht erklären konnte, dessen Schauer, die ihren gesamten Körper durchfuhren, sie aber zutiefst und äußerst bewußt genoß. Sie hielt das blutige Etwas den Männern entgegen und warf es dann mit einem kurzen Ruck in das Wasser.

Das eben noch still und friedlich daherplätschernde Naß verwandelte sich schlagartig in einen brodelnden Hexenkessel. Krokodile von immenser Größe zerschlugen mit ihren Körpern die Wasseroberfläche und versuchten, diese für sie leckere Zwischenmahlzeit zwischen die furchteinflößenden Zähne zu bekommen. Das ganze Spektakel dauerte nur wenige Sekunden, dann lag die Wasseroberfläche wieder still und ruhig in der Landschaft, und nichts ließ den ungeübten Betrachter die Anwesenheit dieser Urreptilien erahnen.

Samthsten war erschrocken ein paar Schritte zurückgewichen und sah seinen Gastgeber mit großen Augen an.

„Sie brauchen sich nicht zu fürchten“, versicherte dieser schnell. „Sie halten sich nur im oder in unmittelbarer Nähe des Wassers auf. Um ihre Territorien sind unterirdische Induktionsschleifen eingelassen, die ständig kleinere, für Menschen unfühlbare und ungefährliche Stromstöße abgeben. Diese Stromstöße halten die Menschenfresser davon ab, woanders als in ihrem Refugium nach Nahrung zu suchen, und die restlichen Tiere“, Xanthopoulidis zeigte auf die kleinen Känguruhs, die ihnen gefolgt waren, „werden durch diese nützliche Einrichtung nicht doch noch zum Futter dieser Bestien.“

„Außerdem“, gab der Grieche hintergründig lächelnd von sich, „muß man sich nicht um jeden Eindringling kümmern, der es doch einmal schaffen sollte, bis hierher zu kommen...aber vergessen Sie das schnell.“

Xanthopoulidis umfaßte die Schulter des Professors und schob ihn durch die Parkanlage dem Haupthaus, das im viktorianischen Stil erbaut war, entgegen.

„Mein und jetzt auch Ihr Zuhause, Herr Professor.“ Einladend breitete er den rechten Arm in Richtung Haupteingang aus, vor dem zwei Angestellte erschienen waren, die sich bemühten, den beiden Männern entgegenzueilen. Sie nahmen ihnen das Gepäck ab und begaben sich in gebührendem Abstand hinter Xanthopoulidis und Samthsten in das Gebäude.

Axél hatte den Männern nachgeschaut, als sie ins Haus gingen. Danach betrachtete sie fast liebevoll ihre blutverschmierte Hand, die vor wenigen Augenblicken noch die nasse, leblose Masse toten Fleisches gehalten hatte. Von einer innerlichen Erregung getrieben schloß sie die Augen und wischte das Blut langsam und genußvoll an ihrem T-Shirt ab. Als sie dabei sanft ihre Brust streifte, überkamen sie derart wonnige Schauer, wie sie ihr nicht einmal Claude während der gelegentlichen gemeinsamen Nächte im beiderseitigen höchsten Glücksgefühl zu geben in der Lage war. Weltverloren gab sie sich diesem Lustgefühl hin, verweilte einen Augenblick und ging dann langsam, noch immer die langsam abflauende Erregung im Körper spürend, in das kleine Gartenhaus, das sie hier auf dem Anwesen bewohnte, um sich umzuziehen.

Die Großzügigkeit, die das Haus des Griechen von außen versprach, hielt es im Inneren bei weitem. Hohe, helle Räume waren geschmackvoll und stilgerecht möbliert. Dezent an den Wänden hängende oder hinter Vitrinen ausgestellte Kunstwerke erfreuten jeden Betrachter, und gepflegt arrangierte Grünpflanzen lockerten das angenehme Ambiente auf.

Von der großen Eingangshalle aus führten unzählige massive Türen in Arbeits- und Privaträume des Griechen sowie in Gästezimmer. Bis auf den Hausbutler, der im Obergeschoß seine Zimmer hatte, wohnten die Angestellten in separaten kleinen Häusern, die, in die Landschaft eingepaßt, um das Herrenhaus herum gruppiert waren.

„Bevor Sie sich frisch machen und etwas ausruhen, sind Sie doch sicher auf Ihre neuen Arbeitsräume gespannt, oder?“ fragte Xanthopoulidis erwartungsvoll.

„Ich brenne darauf, zu sehen, was Sie mir anzubieten haben“, ereiferte sich Samthsten ehrlich. „Wenn es auch nur annähernd so ist, wie das, was ich bisher zu Gesicht bekommen habe, dann...“

„Lassen Sie sich überraschen“, lächelte Xanthopoulidis und zeigte auf eine der vielen Türen, die von der Eingangshalle abzweigten. Die Tür war auf Anhieb gar nicht zu erkennen, sondern lag etwas versteckt hinter einer der großen Palmen, die in der Halle aufgestellt waren.

„Bitte folgen Sie mir.“ Der Grieche ging langsam voraus.

Samthsten ging ihm erwartungsvoll hinterher. Xanthopoulidis öffnete die Tür und trat in einen kleinen Raum, der an einen Aufzug erinnerte. Und tatsächlich, der schwere Teppichboden, die Spiegel an der Wand und die Schalterleiste seitlich der Tür... Samthsten stellte fest, daß sie in einen Aufzug gestiegen waren.

Xanthopoulidis drückte auf einen Kopf, der verriet, daß der Aufzug sie ins Obergeschoß bringen sollte. Jedoch das Gegenteil trat ein. Samthsten schaute Xanthopoulidis irritiert an.

„Eine kleine Spielerei, die ich mir erlaubt habe, einbauen zu lassen“, lachte der Grieche leise. „Im Obergeschoß wären solche Räume doch nicht nur Wind und Wetter ausgesetzt...“, ließ er das Ende des Satzes offen.

Sanft, fast unmerklich, hatte der Aufzug seine Fahrt in die Erde begonnen.

„Ich habe mein Haus auf einer alten Opalmiene erbaut“, führte Xanthopoulidis stolz aus. „Fünfzig Fuß unter der Erde, wo früher einfache Leute nach ein bißchen Glück gebuddelt haben, werden Sie einen Arbeitsbereich vorfinden, auf den selbst die Wissenschaftler der CIA neidisch wären, wenn sie wüßten, daß es ihn gäbe. Ein paar Meter Beton drumherum, eine gute Klimaanlage, und Sie könnten hier unten eine mittlere Atomkatastrophe überstehen. Selbst modernste Radaranlagen werden nichts als lausige Gänge der hier in diesem Gebiet unzähligen alten Mienen und Stollen anzeigen.“

Der Fahrstuhl hielt, und die Tür öffnete sich automatisch. Samthsten trat hinter dem Griechen in einen langen Gang. Der Boden war gefliest, und an der Decke befanden sich in regelmäßigen Abständen moderne Leuchtstoffröhren. Decke und Wände waren so geblieben, wie sie seinerzeit von den letzten Bergarbeitern verlassen worden waren. Allerdings war der Gang mit modernen und vertrauenswürdigeren Stützelementen versehen. Der Stollen bot ein gespenstisches Bild.

„Sehen Sie, selbst hier haben wir versucht, Natur und Technik wohl vereint nebeneinander zu stellen, jedes in seiner Schönheit und Urkraft für sich, jeweils darauf bedacht, den anderen nicht zu stören“, philosophierte der Grieche, während er mit Samthsten den Gang entlangschritt.

Nach mehreren Windungen endete das Gewölbe an einer stählernen Tür. Rechts neben der Tür war ein kleiner Kasten in den Fels eingelassen. Xanthopoulidis steckte seine linke Hand hinein.

„Sesam öffne dich“, sagte er langsam. „Es ist sicherlich ein bißchen kitschig und sentimental, aber ich habe das Öffnungssystem so aufgebaut, daß es die Fingerabdrücke sämtlicher Finger meiner linken Hand liest und nur funktioniert, wenn das Spracherkennungssystem gleichzeitig meine Stimme identifiziert. Wir werden das System nun auch auf Sie codieren müssen.“

„Jedes System für sich ist anfällig“, fuhr Xanthopoulidis zu erklären fort. „Die Papillarleisten eines Fingers sind schnell kopiert, nötigenfalls besorgt man sich das Original. Bei fünf Fingern mit all ihren individuellen Merkmalen ist das schon schwieriger, und hinzu kommt, daß das System jede synthetische

Stimme sofort erkennen und den Öffnungsmechanismus sperren würde. Sie sehen also, nur beides gemeinsam öffnet die Tür. Es ist ein Bereich nur für Sie und für mich."

Die Tür hatte sich lautlos geöffnet, und ein mehrere hundert Quadratmeter großes Laboratorium strahlte den Eintretenden sein antiseptisches Licht entgegen.

„Übrigens, es funktioniert genauso, wenn Sie wieder rauswollen, nur diesmal braucht das System neben Ihrer Stimme Ihre rechte Hand", ergänzte Xanthopoulidis und sah befriedigt Samthsten an, der vor lauter Staunen offenbar den Mund nicht mehr zubekam.

„Wo haben Sie bloß die ganzen Computer, Maschinen und all das her?" wollte dieser wissen. Begeistert hastete er zu den einzelnen Tischen, Labor- und Forschungsräumen. Fachmännisch drückte er verschiedene Knöpfe, ohne die Reaktion zu erwarten, da er sie bereits kannte. Aufgeregt schüttelte er Reagenzgläser, schloß Schränke auf und bestaunte deren Einrichtung.

„Das ist ja phantastisch, das gibt es ja gar nicht, so etwas habe ich noch nie gesehen, das übertrifft ja alle..." Er sprach nicht weiter, da er offenbar ständig neue Dinge fand, über deren Vorhandensein oder Funktion er immer wieder in Erstaunen geriet.

Xanthopoulidis besah die Szenerie von der Tür aus mit selbstgefälliger Miene.

„Ich sehe also, es ist alles zu Ihrer Zufriedenheit?" stellte er mehr fest, als er fragte.

„Ja, ich kann es kaum erwarten, hier arbeiten zu können", gab Samthsten immer noch staunend zurück.

„Ach ja", fügte Xanthopoulidis hinzu und schickte sich an, den Raum wieder zu verlassen. „Sehen Sie den roten Knopf hinter dem Glaskasten?" fragte er in Richtung des Professors, der sich schweren Herzens wieder dem Griechen zuwandte.

„Dieser Knopf wird verhindern, daß die Menschheit je von diesem Raum und dem, was hier geschieht, Kenntnis erhalten wird. Wenn Sie ihn drücken – ich habe übrigens von draußen auch die Möglichkeit dazu – wird der gesamte Bereich hermetisch abgeriegelt und die komplette Einrichtung gesprengt. Außen wird es niemand merken, und zurück bleibt nur ein leerer Raum mit zerstörtem, nicht mehr zu identifizierendem Inneren. Ein Mechanismus wird mehrere Tonnen Geröll und Fels vor die Tür befördern, so daß niemand erahnen kann, was sich hier einmal abgespielt hat."

„Aber schauen Sie nicht so erschrocken, Professor", lachte Xanthopoulidis. „Dieser Umstand wird doch nie eintreten. Sie merken halt nur, wie gründlich ich bin, und daß ich an alles denke..."

Das System hatte die Tür wieder öffnen lassen, und die beiden Männer traten in den unterirdischen Stollen zurück.

„So, ein Angestellter wird Sie jetzt zu Ihren Privaträumen führen. Ich hoffe, Sie sind damit einverstanden, daß ich Sie hier in meinem bescheidenen Heim einquartiert habe?! Dann sollten Sie sich ein wenig ausruhen, und ich würde mich freuen, wenn wir um 19 Uhr zu Abend essen könnten“, sagte Xanthopoulidis, als die Männer den Aufzug wieder betreten hatten.

Schweigend fuhren sie nach oben. Nachdem sie den Fahrstuhl verlassen hatten, verschwand Xanthopoulidis wortlos hinter einer der vielen Türen der Eingangshalle. Samthsten wurde von einem Hausangestellten empfangen und ins Obergeschoß geführt. Nachdem er in Räumen, die der Präsidentensuite eines Hotels ähnelten, alleingelassen worden war, setzte er sich langsam auf das große Bett. Ihn überkam eine plötzliche Müdigkeit, und in Sekundenschnelle war er im Sitzen eingeschlafen.

Wie von einer inneren Uhr getrieben, wachte er gegen 18 Uhr, noch immer an der gleichen Stelle sitzend, wieder auf. Ihm taten sämtliche Glieder weh. Samthsten erinnerte sich an die Einladung zum Abendessen und beeilte sich deshalb, seine Habseligkeiten in den Schränken seines neuen Zuhauses zu verteilen.

Pünktlich um 18.55 Uhr trat er vor die Tür. Über die offene Galerie des Obergeschosses sah er, wie ein weiterer Hausangestellter, von denen es eine Vielzahl geben mußte, wild gestikulierend versuchte, dem Griechen etwas klarzumachen. Der stand mit ernster Miene da und gab nur eine kurze Order am Ende des Vortrages seines Angestellten. Dieser verschwand daraufhin wortlos nach draußen.

Wenige Augenblicke später hörte Samthsten die Todesschreie eines Mannes und ein kurzes heftiges Plätschern, wie er es meinte, von den Krokodilen in Erinnerung zu haben. Dann war wieder Ruhe.

Xanthopoulidis hatte bemerkt, daß sein Gast die kleine Szene beobachtet zu haben schien. Er kam ihm auf der Treppe entgegen und begrüßte ihn freundlich.

„Ich bitte Sie, den kleinen Zwischenfall soeben zu entschuldigten.“ Mit diesen Worten führte er den Professor in den Speiseraum. „Einer meiner Angestellten ist beim Diebstahl erwischt worden. Ja, wir hier draußen sind eine kleine Familie mit eigenen Gesetzen, und die verkörpere ich. Wenn Sie wollen, daß die Menschen auf Sie hören und Sie respektieren, müssen Sie entweder über sehr viel Geld und damit Macht verfügen, oder aber die Menschen haben Angst vor Ihnen. Ich weiß nicht warum, aber irgendwie scheine ich hier beides zu verkörpern. Leider sind Sie dann auch ab und zu einmal gezwungen, Exempel zu statuieren...naja, was geht der dumme Kerl so spät abends auch noch so dicht ans Wasser. Er wußte doch, was alles passieren kann. Auf jeden Fall haben wir keinen Dieb mehr unter uns."

Im Speiseraum angekommen, empfing Axél die beiden Männer. Sie war in ein elegantes Seidenkleid getaucht, und Samthsten fiel auf, daß sie offenbar immer nur ein, höchstens zwei Kleidungsstücke gleichzeitig an ihrem Körper zuließ.

Die drei Personen nahmen an dem großen, gedeckten Tisch Platz. Sofort erschienen Kellner und bedienten stumm das Trio.

„Sollten Sie irgend etwas benötigen, haben Sie Fragen oder dergleichen, wenden Sie sich bitte an Axél. Sie wird Ihnen über alles Auskunft geben, kann Ihnen alles besorgen und wird Ihnen bei allem behilflich sein", versprach Xanthopoulidis seinem Gast mit einem Lächeln in Richtung Axél. „Es kann durchaus einmal sein, daß Sie mich hier nicht antreffen, aber dann haben Sie ja Axél. Ich nehme aber an, daß Sie mich ohnehin nicht so oft brauchen werden. Lassen Sie es mich aber wissen, wie Sie mit Ihrer Arbeit vorankommen und wie Sie mit dem Vorhandenen zufrieden sind", begehrte der Grieche.

Er hob sein Glas in Richtung des Professors.

„Lassen Sie mich einen Toast aussprechen", erhob er sich. „Wie schon Humphrey Bogart in Casablanca zum Schluß von sich gab, glaube auch ich, daß dies der Beginn einer wunderbaren Freundschaft sein wird, einer Freundschaft, die, sagen wir einmal, von den Mitteln und dem Wissen geprägt sein wird und an deren Ende ein Werk steht, von dem die Menschheit und die Wissenschaft, also Sie, mein lieber Professor, und vor allem aber auch ich, noch lange zehren und Freude haben werden." Er führte das Glas an die Lippen und trank einen kleinen Schluck.

„Übrigens ein ausgezeichneter Cabernet Sauvignon", erklärte er. „Ich habe hier ein paar kleinere Weingärten in der Gegend und baue die Rebsorte selbst an."

Nach einer kurzen Pause sah er fragend den Professor an. „Und Sie sind sicher, daß schon ein Haar ausreicht?"

„Theoretisch schon", antwortete dieser. „Und die Praxis wird mich bestätigen."

Kapitel 8

Peter überholte das Wohnmobil, kurz nachdem sie Sydney verlassen hatten, und deutete Thomas mit der Hand, daß er an den Fahrbahnrand fahren sollte. Langsam kam das schwere Gefährt zum Stehen, und Thomas kurbelte die Seitenscheibe herunter.

„Was'n los", rief er Peter entgegen, und auch die beiden Frauen schauten den Biker fragend an.

„Paßt mal auf", begann Peter „hier sind doch alle paar Meilen so Haltebuchten an der Straße. Ich schlage vor, da halten wir mal an und machen eine Rast. Wäre doch 'ne gute Idee, den Grill auszuprobieren. Ich fahre dann bloß noch mal ein Stückchen voraus und komme gleich wieder".

„Warum das denn", fragte Thomas mit einer merkwürdigen Vorahnung im Bauch.

„Wirste schon sehen." Peter machte kehrt, stieg auf die Fat Boy und gab Gas.

Etwa zwanzig Minuten später waren sie an einer der beschriebenen Haltestellen angekommen. Thomas lenkte das Fahrzeug von der Straße herunter und fuhr auf den etwa fünfzig Meter daneben liegenden freien Platz.

Eingefriedet war die Raststelle von einer Vielzahl Büsche und bizarrer Bäume. Es war ein malerischer Platz, denn hinter dem Grünstreifen türmten sich riesige rötliche Felsbrocken auf, die jeden, auch Unerfahrenen, zwangsläufig zum Besteigen aufforderten, allein nur um zu sehen, was sich hinter ihnen verbarg. Man konnte an dieser Stelle die Landschaft hinter den Felstürmen tatsächlich nicht sehen, sondern ahnte hinter jedem einzelnen der Steinkolosse und erst recht hinter dem gesamten Monument irgend etwas Geheimnisvolles.

„Auf einem Sofa sitzen und dabei Auto fahren, das ist ja irre", beschrieb Thomas das Fahrgefühl der letzten zwei Stunden. „Soll ich euch helfen, das Vorzelt zu montieren?" fragte er in Richtung der beiden Frauen, die bereits fachmännisch dabei waren, die Inneneinrichtung nach draußen zu verlagern.

„Nee nee, laß mal, es soll ja auch funktionieren", sagte Marleen schnell und lachte in Nickis Richtung. Sie wußte, daß ihr Mann handwerklich nicht unbedingt ungeschickt war, es aber für jede Sache, die er begann, zwei Möglichkeiten gab, eine richtige und eine falsche. In neunundneunzig Prozent aller Fälle begann er mit der letzteren. Trotzdem konnte er sich an die ständigen Frotzeleien noch nicht so richtig gewöhnen.

„Na gut, dann klettere ich mal auf diese Felsen und sehe nach, wo der Easy Rider bleibt", murrte er.

Nachdem er sich durch etwa zwanzig Meter dorniger Büsche gezwängt und sich dabei zwangsläufig diverse Kratzer auf seinen Handaußenflächen und

Unterarmen zugezogen hatte, kam er an der Felswand an und stellte überrascht fest, daß etwa drei Meter neben ihm ein kleiner Pfad ebenfalls hier endete, der aus Richtung Parkplatz zu kommen schien. Nachdem sich der Pfad einen bösen Blick von Thomas gefallen lassen mußte, kletterte dieser mit einer ihm nicht zuzutrauenden Geschicklichkeit ein paar Meter empor und hatte einen phantastischen Blick in die Gegend.

Trotz seiner guten Carrera-Sonnenbrille mußten sich seine Augen erst einmal an das grelle Licht der frühen Nachmittagssonne gewöhnen. Die Küstenstraße zog sich wie ein Band meilenweit durch die Landschaft. Bis auf ein paar Trucks schien sie nur von wenigen Fahrzeugen befahren zu sein. So fiel Thomas auch ein Landrover auf, der wie sie aus Richtung Norden kam und zuerst den Anschein erweckte, auch auf dem Parkplatz rasten zu wollen. Aber er fuhr dann nur langsam daran vorbei in Richtung Süden.

Aus dieser Richtung meinte Thomas etwas zu erkennen, was wesentlich kleiner war als Trucks und Campingfahrzeuge und was mit vielen Chromteilen versehen sein mußte, da sich ständig das Licht darin brach.

›Das kann nur Peter sein‹, dachte er, setzte sich auf einen der rötlichbraunen Felsen und stützte seine Hände auf dem felsigen Untergrund ab. Mit zusammengekniffenen Augen konnte er im Osten sogar den Südpazifik erkennen. Gedankenverloren hielt er sein Gesicht für einen kurzen Moment in die Sonne.

„Wäääh!“ Mit einem Riesensatz, den ihm nun wirklich niemand zugetraut hätte, war er auf- und zur Seite gesprungen. Erschrocken blickte er an die Stelle zurück, wo er noch vor einer hundertstel Sekunde gelehnt hatte. Ein kleiner, etwa fünfundzwanzig Zentimeter langer Gecko, der ein mittägliches Sonnenbad nehmen wollte, war aus einer der vielen Felsritzen hervorgeklettert und sah den Menschen, der mit seinen aufgerissenen Augen dastand, nicht verstehend, aber freundlich an. Schließlich war er doch nur kurz über die Hand des Zweibeiners gehuscht und hatte wirklich nichts Böses im Sinn gehabt.

Thomas blickte sich um, nach rechts, links, vorne, hinten, unten, oben (warum oben?) und inspizierte genauestens den Platz, auf dem er stand.

›Wenn's hier schon solche Riesenviecher gibt, dann sind auch Klapperschlangen nicht weit oder anderes gefährliches Gewürm! Ich muß mir gleich die Boots anziehen...‹, stellte er fest und begann mit dem Abstieg.

„Wieso bist du denn so zerkratzt und blaß?“ wunderte sich Nicki, als Thomas zum Lager zurückkehrte „Hast wohl mit ‘nem Aborigine gerungen...“

„...und verloren“, flüsterte ihr Marleen verschmitzt zu. Die beiden hatten es sich in ihren Klappstühlen gemütlich gemacht und relaxten in der Sonne.

„Ich glaube, Peter kommt zurück.“ Ohne die Frauen auch nur eines Blickes zu würdigen, was unheimlich schade war, denn die beiden Sonnenanbeterinnen wirkten im Licht der Nachmittagssonne unheimlich exotisch, bestieg Thomas das Wohnmobil und kam kurz darauf wieder heraus.

„Pfrrhmmm..." Marleen kriegte sich nicht mehr ein, und auch Nicole konnte sich vor Lachen nicht mehr halten.

Thomas allerdings sah die beiden verständnislos an und dann zufrieden an sich hinunter. Er trug die Bermudas mit dem Känguruh, die ihm Marleen kurz vor der Abreise gekauft hatte, und sonst, außer weißen Socken, in denen seine Füße steckten und diese wiederum in hohen, fest verschnürten Lederboots, nichts.

„Ich weiß gar nicht, was ihr habt", erklärte er vorwurfsvoll, „es ist doch durchaus möglich, daß es hier Schlangen und Echsen und so'n Zeug gibt...außerdem kann jeder rumlaufen, wie er will, ist ja schließlich Urlaub."

Er nahm sich einen Klappstuhl, untersuchte zunächst den Stuhl und dann die Stelle, an der er ihn aufstellte, genauestens und ließ sich im Schatten eines der riesigen Bäume nieder.

Die Frauen gackerten immer noch, als ein paar Augenblicke später ein sattes Brummen zu hören war und immer lauter wurde. Peter bog auf den Parkplatz ein.

„Mensch, sieht ja richtig gemütlich aus." Er besah sich das Lager. „Was ist denn mit dir los?" staunte er über Thomas' Outfit.

„Du mußt wissen, hier gibt's giftiges Gewürm und so...", stichelte Marleen.

„Nein, aber ich will nachher nicht der sein, dem du mit deinem Rambomesser das Gift der australischen Untiere aus den Beinen schneiden mußt, während ich mit einer halben Flasche Whisky intus auf ein Holzstück beiße", beschrieb Thomas entsprechende Szenen aus Abenteuerfilmen.

„Ach so...", gab Peter wenig beeindruckt von sich.

„Übrigens, meine Herrschaften", sprach er mit ausholender Geste weiter, „werden sie gleich Zeuge eines noch nie dagewesenen Ereignisses...Trommelwirbel...Thomas fährt Harley!"

„Du hast ja wohl einen Knall!" Alle schienen heute etwas gegen ihn zu haben, fand Thomas.

„Hast du mir gesagt, du machst das nur, wenn's mindestens zwanzig Kilometer geradeaus geht, oder hast du das nicht gesagt?" trieb Peter seinen Freund in die Enge.

„...na ja..." Thomas ahnte Schlimmes.

„Siehste, hier kannst du hundert Kilometer geradeaus fahren und mußt nicht einmal um die Kurve, also einmal hochschalten und los geht's. Mann, das ist ein Gefühl...", schwärmte Peter und drückte Thomas die Zündschlüssel in die Hand.

„So, jetzt hab ich aber einen Mordshunger.“ Er verschwand im Campingwagen. Mit zwei Dosen Bier und ebenfalls nur mit der Känguruhhose bekleidet trat er bald darauf wieder heraus. Er warf Thomas eine Dose zu.

„Los, laß uns anfangen, die Steaks zu grillen, wer weiß, ab wann wir uns nur noch von Leguanen und Schlangenfleisch ernähren müssen.“ Er nahm einen kräftigen Schluck aus der Dose. Thomas folgte seinem Freund zum Grill, hatte aber irgendwie keinen Appetit mehr.

„Ungefähr fünf Minuten von hier führt eine kleine Straße direkt zum Pazifik. Da müßten wir auch mal hin“, berichtete Peter weiter.

Nachdem der Hunger gestillt war, standen Nicole und Marleen auf und verschwanden kurz im Fahrzeug. Zielsicher ging Nicole, als sie draußen wieder erschienen waren, auf den Tisch zu, auf dem Thomas die Zündschlüssel für die Harley abgelegt hatte, nahm sie an sich und schwang sich gekonnt auf das Zweirad.

„Marleen und ich fahren baden...“, triumphierte sie. Marleen war inzwischen hinter sie auf den Sozius gestiegen und hatte zwei zur Rolle zusammengewickelte Badetücher in der Hand.

„Was hast du gesagt, die Straße hoch und nach fünf Minuten links rein?“ fragte sie Peter, der etwas überrascht schien.

„Äh, ja...steht ein Schild da...“, bestätigte er.

„Okay, dann sehen wir uns demnächst in diesem Theater wieder.“ Nicki ließ den Motor an, und noch bevor Thomas und Peter etwas sagen konnten, waren sie in Richtung Süden davongefahren.

„Frauen...willst du noch ein Bier?“ fragte Peter und ging zurück zum Wagen.

„Das gibt's gar nicht“, sinnierte Thomas „Zu Hause krieg ich sie nicht mal alleine auf meinen Roller, und hier macht sie einen auf Biker-Braut, als wenn sie nie was anderes gefahren wäre...sollte mich nicht wundern, wenn sie unterwegs noch einen Fahrerwechsel machen und Marleen die Kiste lenkt.“

„Du, übrigens ist mir vorhin auf dem Rückweg ein Landrover aufgefallen, mit zwei Typen drin. Die müßten hier auch vorbeigekommen sein. Ich meine, der eine sah aus wie der Riese, den du im Hotel fast umgerannt hättest. Komisch, was? Aber vielleicht gibt's hier ja mehrere solcher Urmenschen“, erzählte Peter.

Die beiden Männer hatten es sich im Schatten des Baumes gemütlich gemacht.

Nicole verringerte etwas die Geschwindigkeit, als sie außer Sichtweite ihrer Männer waren.

„Ich gewöhne mich lieber erst mal an das schwere Ding“, rief sie mit seitwärts gedrehtem Kopf, um sich gegen den lauten Motor verständlich zu machen.

Marleen nickte zum Zeichen, daß sie verstanden hatte.

Die Freundin nahm noch etwas Gas weg und begann, vorsichtig Schlangenlinien zu fahren. Dies konnte sie gefahrlos tun, da kein anderes Fahrzeug auf der langen, geraden Straße in Sicht war.

Als Nicole ein Gefühl für die Maschine bekommen hatte, beschleunigte sie wieder etwas und fuhr bis zu der Einmündung, an der ein altes, halb verwittertes Holzschild mit der krakeligen Aufschrift „Pacific Beach“ auf einen unbefestigten, aber breiten Weg wies, auf dem bequem ein großes Wohnmobil Platz zum Fahren und sogar zum Ausweichen bei Gegenverkehr gehabt hätte.

Nicole hielt an und stellte den Motor ab. „Meinst du, wir können da lang fahren?“ fragte sie die Freundin und wies mit einem Kopfnicken auf die zahlreichen Schlaglöcher, die in dem sandigen Weg eine Motorradfahrt zur Slalomstrecke machten.

Marleen rümpfte die Nase. „Wann bist du denn das letzte Mal mit so einem Maschinchen gefahren?“

„Das ist schon Jahre her, wenn ich ehrlich bin. Eigentlich das letzte Mal kurz nach der Führerscheinprüfung. Ich hatte auch ein bißchen kalte Füße, als wir vorhin losgefahren sind. Aber das darf man ja vor unseren Süßen nicht so zeigen, die werden sonst noch größenwahnsinnig, wenn sie merken, daß wir armen, dummen Frauen nicht mal mit diesem etwas größeren Mofa hier umgehen können. Oder kannst du dir nicht Peters Gesicht vorstellen, wenn wir vorhin großkotzig aufgestiegen wären und dann nicht losgefahren oder sogar nach drei Metern umgekippt wären? *Ja ja*“, äffte sie ihren Mann nach, *„ich sag's doch immer: Frauen gehören in die Küche. Nehmt die Hände weg vom Männerspielzeug!* Du kennst ihn doch. Er ist ein lieber, netter Kerl, aber so eine Gelegenheit würde er nicht auslassen, um seine geballte Lebenserfahrung über uns auszuschütten.“

Sie überlegte kurz.

„Nein, das können wir uns nicht antun“, sagte sie dann entschlossen. „Wir müssen wenigstens ein nasses Bikinihöschen vorweisen können.“

Marleen stimmte ihr zu, und einen Augenblick später waren sie unterwegs in Richtung Meer. Vorsichtig wich Nicole den Schlaglöchern aus, und nach ein paar hundert Metern hatte sie sich an den sandigen Untergrund gewöhnt und fuhr schneller.

Als sie nach wenigen Kilometern einen kleinen Hügel, der mit Fichten bewachsen war, überquert hatten und von einer Sekunde zur anderen den Blick auf das Meer freihatten, hielt Nicole die Harley an und machte den Motor aus.

Beide Frauen blieben sitzen, sagten kein Wort und bewunderten das herrliche Panorama, das sich ihnen bot.

Zu beiden Seiten erstreckte sich ein heller Sandstrand, der dann in Höhe der Frauen in Nadelwäldchen, Buschwerk und Palmengruppen überging. Das blaue Wasser, das immer wieder leichte Wellen mit weißen Schaumkronen sanft über den feuchtglänzenden Sand ausrollen ließ, sah einerseits im strahlenden Sonnenlicht warm und freundlich, andererseits verlockend kühl und geheimnisvoll aus, da weit und breit kein Lebewesen zu sehen war, was den beiden Frauen die Einsamkeit, in der sie sich hier befanden, bewußt machte. Nach dem lauten Motorengeräusch machte sich die Stille doppelt bemerkbar. Das einzige, was zu hören war, war das leise Rauschen der Wellen sowie vereinzelte Rufe von Vögeln, die sich, für die Frauen unsichtbar, in den Bäumen befinden mochten.

„Wie in der Werbung“, flüsterte Marleen.

Nicole nickte stumm.

Schließlich rissen sie sich nach einiger Zeit aus der Erstarrung und stiegen ab.

„Hier kann man unmöglich fahren“, sagte Nicole mit Blick auf den Sand, stellte das Motorrad auf den Seitenständer und begann, ihre mitgebrachten Utensilien aus den ledernen Satteltaschen hervorzukramen. Marleen suchte ebenfalls ihre Sachen zusammen. Beide Frauen zogen ihre Schuhe aus und begannen, jauchzend und springend durch den Sand in Richtung Wasser zu laufen.

Fünf Meter vor dem Wellenauslauf warfen sie ihre Handtücher auf den Strand, zogen blitzschnell ihre Kleidung aus und rannten in ihren Bikinihosen weiter in Richtung Meer, in dessen Wellen sie sich Sekunden später austobten. Im ersten Augenblick war das Wasser eiskalt, nach den ersten Schwimmzügen war es herrlich kühl und angenehm, und als sie nach zehn Minuten wieder zu ihrem Liegeplatz zurückschwammen, hatte sich der Körper bereits so an die Temperatur gewöhnt, daß es die Frauen fast als warm empfanden.

„Nur so kann man es aushalten.“ Nicole breitete ihr Handtuch aus und warf sich darauf, was Marleen zeitgleich ebenfalls tat.

„So schön, wie es woanders auch ist: Dies hier ist wirklich mal ein richtiger Urlaub, wie man ihn nur alle paar Jahre, wenn überhaupt, mal hat. An der Ost- oder Nordsee hast du zwar auch Wasser und Strand, aber im Gegensatz hierzu mußt du da alles mit anderen Urlaubern teilen. Hier gehört dir der ganze schöne Strand alleine, du mußt keine Angst haben, blöde angebaggert zu werden, nirgends stehen irgendwelche Verbotsschilder und last not least hast du hier wirklich Ruhe. Ich kann diese Ruhe förmlich hören." Marleen war ins Schwärmen geraten und blickte die Freundin an, die neben ihr auf dem Rücken lag und versonnen den Strand herunterschaute.

„Nie wurden wahrere Worte gesprochen." Nicole setzte sich auf. „Hast du Lust, ein bißchen den Beach entlangzuwalken?"

„Nö, walk du man alleine. Ich lasse mir hier die Sonne auf den Pelz brennen. Bring mir eine schöne Muschel mit."

„Mach ich." Nicole stand auf und marschierte zur Wassergrenze, wo sie dann rechtwinklig abbog und teils die Wellen, die ihr um die Füße spülten, teils den aufgeheizten Sand, der unter den Fußsohlen fast schon brannte, genoß.

Marleen drehte sich auf den Rücken und bedeckte die Augen mit ihren Shorts. So daliegend spürte sie die Strahlen der gleichen Sonne, die sie auch in ihrem Heimatort in Deutschland beschien und die hier doch so ganz anders war. *›Als wäre man auf einem anderen Planeten‹*, dachte sie noch, dann fiel sie in einen leichten Halbschlaf, in dem sie zwar jeden Vogelruf hörte und jeden Windzug spürte, sich aber trotzdem vollkommen entspannte.

Sie konnte nicht ahnen, daß sie sehr aufmerksam beobachtet wurde.

Der kleinere der beiden Männer setzte das schwarze Fernglas ab und grinste sein größeres Gegenüber an.

„Hübsche Titten", sagte er und wischte sich einen Speichelfaden, der ihm aus dem Winkel seines halbgeöffneten Mundes gelaufen war, mit dem behaarten Handrücken ab, „ich hätte eine Idee, wie wir den vieren eine kleine Warnung zukommen lassen könnten und gleichzeitig viel Spaß dabei hätten. Die Kleine geht bestimmt ab wie eine Rakete, wenn man sie mal ordentlich hart anpackt."

„Wenn du auch nur halb soviel Grips in deinem Schädel wie Blut in deinem Schwanz hättest, würdest du nur halb soviel Scheiße labern." Der Große sah ihn an. *›Warum muß ich immer nur mit Idioten zusammenarbeiten. Ich bin froh, wenn Claude endlich hier ist‹*, dachte er. Laut sagte er „Komm jetzt, hier ist für uns nichts zu holen. Wir machen es wie abgesprochen." Mit einer Behendigkeit, die man ihm nie zugetraut hätte, bahnte er sich einen Weg durch die an dieser Stelle dicht stehenden Büsche in Richtung Straße.

Der Kleinere warf noch einen sehnsüchtigen Blick auf die halbnackte Frauengestalt am Strand, fügte sich aber und folgte seinem Partner.

Nicole und Marleen standen wieder an der Einmündung. Die Strecke zurück auf dem Holperweg hatte Nicole mit Bravour gemeistert.

„So, jetzt bieten wir deinem Mann mal was. Zurück fährst du!"

„Nie im Leben." Marleen wurde blaß. „Was ist, wenn plötzlich die Polizei auftaucht? Ich habe doch gar keinen Führerschein."

„Schnickschnack. Auf diesen Straßen, wo du einen kleinen Hund in fünf Kilometern Entfernung erkennst, kann nichts *plötzlich* auftauchen, schon gar kein großes Polizeiauto."

Nach fünf Minuten Diskussion und Erklärungen saß Marleen schließlich doch auf dem Fahrersitz und fuhr mit Nicole vorsichtig in Richtung Rastplatz zurück.

„Wenn wir da sind, einfach auskuppeln und neben das Wohnmobil rollen", hatte Nicole ihr erklärt.

Genauso machte sie es dann auch und freute sich über den erstaunten Blick Peters und die entsetzten Gesichtszüge von Thomas, als sie auf dem Lagerplatz ausrollten.

„Mann, war das super!" Nicki hüpfte vom Sozius. „Das ist ein Paradies hier – tolles Wasser, herrlicher Strand...", berichtete sie euphorisch. „Ich glaub', ich will hier erst mal gar nicht mehr weg."

Marleen stellte die Maschine ab und schien ebenso glücklich zu sein wie ihre Freundin.

„Na, haben wir nicht schon Farbe gekriegt?" Sie zog ein wenig ihre Shorts herunter und ließ einen dünnen weißen Streifen auf der Haut sichtbar werden, der sonst von dem schmalen Bändchen ihres Bikinihöschens bedeckt wurde.

„Wenn du so weitermachst, werde ich spätestens übermorgen in dich reinbeißen, denn dann bist du gar", lachte Thomas und nahm sie in den Arm. „Na, hat's Spaß gemacht? Ein bißchen Sorgen habe ich mir aber schon gemacht, ihr zwei alleine, und so..."

„Schatz, es war herrlich", erwiderte Marleen und küßte ihn.

„Müßt ihr euch ständig ins Gesicht beißen?" fragte Peter, der sich in gleicher Form soeben von Nicole gelöst hatte. „Ich schlage vor, wir fahren jetzt weiter, bis es dunkel wird. Die in der Vermietung haben doch gesagt, daß es hier überall so 'ne Art Truckstops gibt. Wir können ja mal in so einem Ding übernachten, zumindest die Frauen. Und Thomas und ich pennen in der Kiste hier", schlug er vor.

Da alle damit einverstanden waren, packten sie die Sachen zusammen. Das Verstauen der Gegenstände im Campingfahrzeug übernahm Thomas. Er war auch der letzte, der nochmals die Raststelle absuchte, ob auch wirklich niemand etwas vergessen oder liegengelassen hatte.

Die Fahrertür des Wohnmobils bereits in der Hand, wurde er von Peter zur Seite gedrängt.

„Nee, Cowboy, du reitest jetzt auf dem Feuerroß." Er drückte Thomas die Schlüssel für die Harley in die Hand. „Das ist wie bei deinem Roller, nur ab und zu mal schalten, mehr nicht."

Thomas schwang sich auf den schwarzen Ledersattel und wippte ein paarmal, die Federung des Motorrades ausprobierend, auf und ab.

›*Naja, nicht schlecht...*‹, dachte er, zog aber noch immer seine Stirn in Falten, damit die anderen nicht etwa ein Fünkchen Begeisterung bemerkten. Er steckte den Zündschlüssel in das Schloß, betätigte den Kupplungsgriff und ließ den Motor an. Als er das starke, beruhigende Vibrieren unter sich spürte, schaltete er in den ersten Gang, genau wie Peter es ihm erklärt hatte, und fuhr den holprigen Weg auf die Straße zurück.

›*Wenn's die Frauen auch können, werd ich ja wohl nicht der Einzige sein, der es nicht begreift.*‹ Er schaltete weiter hoch und beschleunigte das Gefährt, als er wieder auf der Straße war.

›*Mann, ist das stark*‹, dachte Thomas weiter, während er über die Straße schoß und gar nicht genug von diesem aufregenden Gefühl bekommen konnte. Nach zwei Minuten schaute er zum ersten Mal auf den Tacho und stellte mit Erschrecken fest, daß er mehr als das Doppelte der hier erlaubten Geschwindigkeit fuhr. Erst nachdem er in den Rückspiegel gesehen hatte, bemerkte er, daß das Wohnmobil gerade eben schwerfällig auf die Straße eingebogen war und langsam angefahren kam.

Thomas schaltete wieder runter und hielt am Straßenrand an.

„Na, mein Freund, ist dem Herren mal wieder das Temperament durchgegangen?" lachte Peter, als er ein paar Augenblicke neben dem Neu-Biker hielt.

„Du, das ist einfach geil", beschrieb Thomas das soeben erlebte Fahrgefühl. Dieses Adjektiv war allerdings sehr selten in seinem Sprachgebrauch zu finden und immer nur dann, wenn es um eine unabdingbare Steigerung der Worte *toll, super* oder *stark* ging.

Es war 17 Uhr, als der Zweierconvoi seinen Marsch in vorschriftsmäßigem Tempo fortsetzte und eine riesige Buschgruppe passierte. Den dahinter wartenden Landrover bemerkten weder die Insassen des Vierradfahrzeuges noch der in unbekannten Sphären weilende Zweiradfahrer.

Die Zeiger standen auf 22 Uhr, als sie auf den Parkplatz vor dem Truckstopgebäude fuhren. Vor etlichen Meilen hatten sie die Schilder, die Canberra ankündigten, hinter sich gelassen. Nun waren sie wohlig müde und hungrig.

In Sichtweite – direkt vor den großen Fenstern des Restaurants – parkte Peter das Wohnmobil. Thomas fuhr die Harley daneben und schlang umständlich eine riesige Kette, die er im Wohnmobil gefunden hatte, um Speichen, Ketten und Achse des Motorrades.

Zufrieden beäugte er sein Werk. Er wußte zwar nicht, wie er die Kette selbst wieder losbekommen sollte, aber jedem potentiellen Dieb würde es ähnlich ergehen.

„Wir fragen mal, ob die für unsere beiden Perlen hier ein Zimmer für eine Nacht haben“, schlug Peter vor, hakte Nicki rechts und Marleen links ein und marschierte ins Gebäude.

„Good evening, Madame. We want to have an apartment for these two ladies for tonight“, gab Peter von sich und war diesmal sichtlich überrascht, daß er keine deutsche Antwort bekam. Die dunkelhaarige Mittfünfzigerin hinter dem Tresen lächelte – offenbar waren ihr diverse Akzente und Dialekte von Touristen bekannt – und reichte Peter ein Anmeldeformular und die Schlüssel. Peter erledigte die Formalitäten, zahlte und schlenderte, sich erneut bei den Frauen einhakend, triumphierend nach draußen.

„See you later...“, gab er dabei, stolz auf seine endlich an den Mann beziehungsweise an die Frau gebrachten Englischkenntnisse, von sich.

Die Appartements waren an das Hauptgebäude angebaut. Es waren einfache, aber saubere Zimmer mit einem Doppelbett, Dusche und WC. An den Wänden hingen Fotos der australischen Landschaft, und neben dem Bett stand ein Telefon, auf dem ein Zettel mit ein paar Servicenummern aufgeklebt war.

„So, wir machen uns ein bißchen frisch und kommen dann gleich wieder zu euch“, sagte Marleen zu Thomas und Peter. „Ihr könnt ja vorgehen und schon mal was bestellen. Ich hätte jetzt so richtig Appetit auf ein schönes Bier.“

„Für mich auch eins, aber ein ganz großes.“ Nicole verschwand im Badezimmer.

„Du, sag mal“, fing Thomas an, als sie auf dem Weg zurück ins Restaurant waren, „kann man sich auch einen Wolf fahren...?“

Im Restaurant angekommen, fanden sie auch gleich einen Tisch am Fenster mit Blick auf ein Wohnmobil und eine Harley. Eine vollbusige Bedienung mit weißer Schürze und ein paar Pickeln im Gesicht kam zu ihnen und legte zwei Speisekarten vor sie hin.

„Four beers...great beers!“ bestellte Peter mit weltmännischem Unterton.

Es herrschte eine Atmosphäre, wie man sie sich üblicherweise in derartigen Etablissements vorstellt. Aus einer Jukebox dudelte einheimische Countrymusik. In der Ecke stand ein Billardtisch, an dem ein schwergewichtiger, glatzköpfiger Mann spielte, an der Bar und vereinzelt an einigen Tischen saßen Männer, die ihr Bier tranken und sich unterhielten. Es waren Trucker und Männer und Frauen aus der näheren Umgebung.

Ein paar Minuten später kam die Bedienung zurück und stellte wortlos vier gläserne Gefäße auf den Tisch, gegen die bayerische Maßkrüge mitleidswürdige Kreaturen waren. Die Augen der beiden Männer wurden immer größer. Ein paar Gäste blickten in ihre Richtung und schmunzelten vor sich hin.

„Ham'se viel getrunken...nee, nur zwei Bier, Herr Schutzmann...“, grinste Thomas, nahm das Glas in beide Hände und ließ das schäumende Getränk den Staub aus seiner Kehle spülen. Auch Peter genehmigte sich einen großen Schluck, als die Tür aufging und Nicki und Marleen eintraten.

Die Blicke der männlichen Gäste richteten sich sofort auf die beiden Frauen. In ihren engen Jeans und den unter der Brust verknoteten Blusen, die einen schon braunen Bauch zeigten und in der sich jetzt auch Nicole richtig gut vorkam, stolzierten sie auf den Tisch zu, an dem ihre Männer saßen.

„Größere Biere hatten die nicht?“ fragte Marleen lachend. „Wir haben geduscht und sind jetzt so richtig kaputt, ich glaube, das liegt an der Luft.“ Sie nahm einen kleinen Schluck.

„Was gibt's denn hier so zu essen?“ Nicki schaute in die Speisekarte.

In diesem Moment ging die Restauranttür auf und zwei weitere Männer betraten den Raum, ein riesiger Mann in Maßkleidung und ein kleinerer Muskulöser. Ihren Landrover hatten sie draußen geparkt.

„Und was machen wir morgen?“ fragte Thomas, nachdem sich alle ein riesiges Steak aus der einfachen, aber guten Küche einverleibt hatten und die Männer ihr zweites Bier auf den Tisch gestellt bekamen.

„Laß uns mal nichts planen. Ich würde sagen, wir fahren weiter in Richtung Süden und bleiben, wo es uns gefällt. Im Süden soll's so 'ne tolle Küstenlandschaft geben, *Die zwölf Apostel*“, berichtete Marleen, „die würde ich mir gerne mal ansehen.“

„Na gut, wir fahren wieder, so weit wir kommen, ohne Streß, so wie heute“, schlug Nicole vor.

„Also ich möchte gerne bis Adelaide kommen“, stellte Thomas fest.

„Aber nicht morgen...?!“ fragte Peter erstaunt, wohlwissend, daß zwischen ihnen und Adelaide noch über tausend Meilen lagen.

„Nein, das ist klar, ich weiß auch nicht warum, aber irgendwie reizt mich diese Stadt. Ich hab so viel davon in den Reiseführern gelesen“, erklärte Thomas seinen Reisewunsch.

„Ihr könnt ja jetzt noch ein bißchen klönen, ich bin müde und haue mich aufs Ohr. Kommst du mit, Nicki?“ Marleen stand auf und sah ihre Freundin fragend an.

„Aber weckt uns morgen bloß nicht so früh...wir haben schließlich Urlaub.“ Die Angesprochene erhob sich, und die beiden Frauen gingen in ihr Zimmer, nicht, ohne ihren Männern vorher noch einen Kuß aufgedrückt zu haben.

Im Restaurant war es merklich leerer geworden. Schließlich zeigte die Uhr auch bereits halb zwölf.

Der Riese und der Muskulöse standen auf und gingen in Richtung Thomas und Peter.

Diese beiden waren angeregt in ein hochgeistiges Gespräch über des Deutschen liebste Sportart vertieft, als Festus Klein und sein Kompagnon sich ungefragt auf die Stühle, die zuvor die Frauen benutzt hatten, an ihren Tisch setzten.

Peter blickte Thomas an, anschließend die uneingeladenen Sitznachbarn und dann wieder Thomas. Dieser schien gar nicht bemerkt zu haben, daß sie nicht mehr zu zweit waren. Ohne eine spürbare Unterbrechung seiner soeben begonnenen Ausführungen über die Chancen der Deutschen Fußballnationalmannschaft bei der in wenigen Monaten beginnenden Weltmeisterschaft fing er an, Lobeshymnen auf das enfant terrible der deutschen Fußballwelt, Super-Mario Basler, zu singen.

„Entschuldige“, unterbrach ihn Peter, „Mario mag ja ein toller Sportler sein, aber im Moment solltest du deine wohlwollende Aufmerksamkeit vielleicht mal auf den Riesenzwerg und den kleinen Arnold hier lenken. Die sehen nicht aus, als ob sie am Ausgang irgendeiner Weltmeisterschaft interessiert sind.“

„Die ignoriere ich einfach überhaupt nicht“, antwortete Thomas, weiterhin den Blickkontakt zum Riesenzwerg und Arnold vermeidend. „Eine gewisse Grundhöflichkeit erwarte ich auch von großen und kleinen Muskelbergen aus Australien, und wenn die nicht mal fragen können, ob sie hier erwünscht sind oder ob sie sich zu uns setzen dürfen, können sie mich mal kreuzweise.“

Thomas war fließend in die englische Sprache übergewechselt, was zur Folge hatte, daß Peter angesichts solcher Vokabeln wie „musclemountain“ und „they can me crosswise“ vor Wonne losquietschte.

„Where you right have, have you right“, radebrechte Peter zurück und war stolz auf seinen Freund, der auch in solch nicht ganz alltäglichen Situationen, sprich in australischen Kneipen Wert auf eine gewisse Etikette legte.

›Er wäre nicht Thomas, wenn er das einfach so hingenommen hätte‹, dachte er. *›Alles andere hätte mich auch gewundert!‹*

Der soeben Gelobte fing wieder an, die Vorzüge Baslers anzupreisen, als Arnold sich zu Wort meldete und Thomas damit erneut unterbrach.

„Hört mal genau zu, ihr beiden Figuren...“, setzte Arnold an, aber Thomas schnitt ihm sofort das Wort ab, indem er sich zum ersten Mal den beiden Neuankömmlingen zuwandte.

„Hör du mir lieber mal zu“, sagte Thomas ruhig und sah ihm fest in die Augen. „Wenn er“, und dabei zeigte er auf Peter, „mich unterbricht, ist das eine Sache, wenn irgendeine Gestalt wie du das macht, ist das eine andere.“ Mit diesen Worten wandte er sich wieder Peter zu.

„So weit kommt's noch, wer sind wir denn hier?“ fragte er und sah kopfschüttelnd seinen Freund an.

In diesem Moment stand der Muskelmann so schnell auf, daß sein Stuhl nach hinten umkippte, und wollte Thomas am Kragen packen. Gerade, als er seinen rechten Arm ausstreckte, wurde er von Klein, der dabei nicht aufstehen mußte, an die Schulter gefaßt. Der Muskelmann sah ihn wütend an, aber Klein, der immer noch kein Wort gesagt hatte, hielt dem Blick mühelos stand. Der immer noch Gepackte wollte ihn anschnauzen, kam dann aber zur Einsicht, daß es vielleicht seiner Gesundheit zuträglicher sei, in diesem Falle nachzugeben. So schüttelte er nur die Hand ab, bückte sich nach seinem Stuhl, richtete ihn wieder auf und wollte sich setzen.

Im selben Augenblick erhob sich auch Klein und deutete den beiden Deutschen gegenüber eine kleine Verbeugung an.

„Ich bitte, unseren kleinen Fauxpas zu entschuldigen“, sagte er mit tiefer, wohlklingender Stimme. „Ich war der Ansicht, daß in dieser Umgebung“, er deutete mit dem Kopf auf die inzwischen bis auf einige wenige Gestalten geleerte Kneipe, „nicht so viel Wert auf Höflichkeitsfloskeln gelegt wird. Da ich mich jedoch ganz offensichtlich getäuscht habe, möchte ich uns zunächst einmal vorstellen. Mein Begleiter dort heißt Vincent Clark, und mein Name ist Festus Klein. Den Grund unseres Hierseins würde ich Ihnen gerne gleich erläutern, ich bitte zunächst jedoch darum, an ihrem Tisch Platz nehmen zu dürfen.“

„Aber selbstverständlich“, antwortete Thomas und wies auf die beiden Stühle. Er entspannte sich wieder. Als Arnold bzw. Clark aufgesprungen war, war er zurückgezuckt und hatte sich schon auf eine Kneipenschlägerei eingestellt. Wer dabei den kürzeren gezogen hätte, wollte Thomas angesichts seiner nicht gerade schwächlich aussehenden „Gegner“ gar nicht wissen. Abgesehen davon war ihm körperliche Gewalt zuwider.

Auch Peter nickte Klein zu und beschloß für sich, den cholerischen Vincent Clark im Auge zu behalten. Auch er hatte sich angesichts der heftigen Reaktion des Muskelberges erschrocken. Anlegen wollte Peter sich zwar auch nicht mit ihm, aber Vorsicht war besser als Nachsicht und das letzte, war er machen würde, wäre, seinen Freund im Stich zu lassen, wenn dieser sich anschickte, sich von insgesamt circa sechs Zentnern zu Brei zermatschen zu lassen. Wenigstens die Hälfte der Zentner schien vernünftig zu sein, und das begrüßte Peter außerordentlich.

Trotz des heftigen Auftreten Clarks und trotz dessen Muskelmassen, die sein T-Shirt schier zu sprengen drohten, spürte sowohl Peter als auch Thomas, daß von dem ungleichen Partner Clarks, der ihnen jetzt im Maßanzug gegenübersaß und völlig entspannt und ruhig wirkte, die weitaus größere Gefahr im Falle einer Auseinandersetzung ausgegangen wäre.

„Kann ich davon ausgehen, daß Sie schon in Sydney im gleichen Hotel wie wir untergebracht waren und daß, da wir uns jetzt hier wiedertreffen, bestimmt kein Zufall im Spiel ist?“ fragte Thomas und schaute dabei Klein an, da er beschlossen hatte, den aufbrausenden Vincent Clark nicht mehr zu beachten.

„Und kann ich“, fuhr er fort, „weiterhin davon ausgehen, daß Sie in unserem Zimmer waren und irgend etwas gesucht haben?“ schoß er einen Pfeil ins Blaue ab.

Peter sah den Freund erstaunt an, sagte aber nichts.

Festus Klein zog, ebenfalls erstaunt, eine der buschigen Augenbrauen hoch.

„Sie scheinen ein kluger, aufmerksamer Mann zu sein“, sagte Klein, ohne die Fragen direkt zu beantworten. Für Thomas war die Erwiderung jedoch Antwort genug.

Klein fuhr fort. „Sie haben tatsächlich etwas, was nicht Ihnen, sondern uns gehört. Und das würden wir gerne wiederhaben.“

„Und das wäre?“ fragte Peter jetzt, ganz offensichtlich von dieser Eröffnung überrascht.

Auch Thomas schaute Klein erwartungsvoll an. *›Geld kann es ja nicht sein‹*, dachte er, *›das hättet ihr ja schon im Hotelzimmer ohne viel Aufwand haben können‹*.

„Ich frage mich ernsthaft, ob Sie das vielleicht nicht schon ahnen“, erwiderte Klein und sah Thomas dabei forschend an. „Denn schließlich war das, was wir haben wollen, nicht mehr da, wo es eigentlich hätte sein sollen, und in Ihrem Zimmer beziehungsweise in Ihrem Gepäck war es auch nicht aufzufinden", gab er das unberechtigte Eindringen jetzt doch zu.

›*Oh, oh*‹, dachte Peter, ›*sind wir hier in einem schlechten Krimi gelandet oder habe ich mir einen Sonnenstich geholt, als ich ohne Helm auf dem Bock saß?*‹

›*Oh, oh*‹, dachte auch Thomas. ›*Irgendwas fängt hier an, fürchterlich in die Hose zu gehen. Gut, daß das die Mädels nicht mitkriegen.*‹

Die beiden sahen sich an, zuckten fast gleichzeitig mit den Schultern und wandten sich wieder ihrem Gesprächspartner zu.

„Und da Sie ja bereits unseren kleinen Besuch bemerkt hatten, könnte es doch möglich sein, daß Sie unser Eigentum versteckt haben und behalten wollen", fuhr Klein fort.

„Vielleicht verraten Sie uns erst mal, um was es sich handelt. Wir haben Sie zwar schon in Sydney gesehen, aber das heißt noch lange nicht, daß wir Sie bestohlen haben." Peter wurde langsam ärgerlich, weil der Lulatsch nicht auf den Punkt kam. Schließlich hatte er Urlaub und wollte seine Ruhe haben vor irgendwelchen Individuen, die ihn irgendeiner Straftat beschuldigen wollten. Zumindest hörte sich das für ihn so an.

Thomas nickte zustimmend. „Immerhin sind *Sie* in *unser* Zimmer eingedrungen und nicht umgekehrt. Ich habe große Lust, die Polizei zu rufen. Dann können Sie sich mit denen unterhalten, und die dürften sich mehr für ihre Behauptungen interessieren als wir das tun. Und Hausfriedensbruch dürfte auch in Australien nicht erlaubt sein."

Festus Klein hob beschwichtigend die Hände. Er war es nicht gewohnt, daß man keine Angst vor ihm hatte, und die beiden Deutschen schienen ehrlich empört zu sein, als er sie, eigentlich nur probehalber, der Unterschlagung beschuldigt hatte. Er war geneigt, den Worten der beiden Glauben zu schenken. Und wenn sie ihn anlügen sollten, würde er ihnen den Hals umdrehen, ganz einfach. Aber erst, wenn er hatte, was er wollte...

„Es handelt sich um einen Knopf, ganz einfach." Sein Zeigefinger und Daumen zeigten etwa die Größe eines Zweimarkstückes. „Aus Metall und ziemlich dick." Er beobachtete wieder ganz genau die Gesichter der Deutschen, konnte jedoch nur ungläubiges Staunen auf ihnen entdecken.

„Und in diesem Knopf befindet sich ein Mikrofilm mit Staatsgeheimnissen, und die Agenten Ihrer Majestät werden uns jagen und töten, wenn wir ihn nicht freiwillig herausgeben." Peter begann trotz der angespannten Situation wieder zu lachen. „Es tut mir leid, aber die Russen zahlen uns mehr."

Klein sah ihn ernst an. ›*Der Mann scheint aber auch gar keinen Humor zu besitzen*‹, dachte Peter.

„So unrecht haben Sie gar nicht mit dem, was Sie sagen." Klein erhob sich, Clark folgte dem Beispiel seines Kollegen. „Wie dem auch sei, wir möchten den Knopf wiederhaben. Sie haben zwei Tage Zeit, in denen Sie überlegen können, ob Sie ihn uns freiwillig wiedergeben. Sollte das der Fall sein, sind Sie uns los. Sind Sie nicht kooperativ, wird es Ihnen sehr leid tun. Wir melden uns wieder bei Ihnen."

Mit diesen Worten drehte er sich um, ging in Richtung Bar, warf einige Münzen auf die Platte und verließ die Kneipe. Der Muskelmann folgte ihm wie ein treuer Hund.

Thomas und Peter blieben verdattert zurück. Sie mußten sich erst einmal sammeln.

„Ich glaub', ich brenne!" Peter sah seinen Freund fragend an. „Haben *die* eine Macke oder habe *ich* eine?"

„Ich bin mir ziemlich sicher, daß *du* eine hast, du warst schon immer ein bißchen verrückt", antwortete Thomas. „Aber in diesem Fall müßten wir beide eine haben, und ich fühle mich geistig eigentlich ziemlich fit. Andererseits sah unser Riesenzwerg auch nicht so aus, als ob er Spaß macht. Jedenfalls scheinen wir ein Problem zu haben."

„Mit Arnold ist, glaube ich, auch nicht gut Kirschen essen. Also, was hältst du von den beiden, und klär mich endlich mal auf, was in Sydney los war. Du scheinst da einiges mehr zu wissen als ich."

Thomas erklärte ihm kurz seine Beobachtungen mit der Brille.

„Also hatten Nicki und Marleen doch recht." Peter überlegte und wurde zusehends wütender. „Da kramen die Sausäcke in unserem Zimmer rum und behaupten dann noch irgendwelchen Mist. Die können froh sein, daß sie weg sind, sonst hätte ich denen jetzt eine ordentliche Abreibung verpaßt."

Thomas verzog seinen Mund. „Ich glaube nicht, daß die beiden sich so einfach hätten abreiben lassen. Im Gegenteil, die sahen so aus, als wenn sie Leute wie uns mal eben vor dem Frühstück einatmen, ohne auch nur im geringsten ins Schwitzen zu kommen."

„Ach, Quatsch. Das war doch alles nur Fett und totes Fleisch. Aber mal im Ernst, was machen wir jetzt eigentlich? Ich weiß jedenfalls nichts von einem Knopf, oder weißt du auch da mal wieder mehr als ich?"

„In diesem Fall muß ich dich enttäuschen. Keine Ahnung, wovon die gesprochen haben."

„Und was jetzt?"

„Ich sehe das so, daß die uns mit irgendwem verwechseln. Falls sie sich wirklich noch mal melden, müssen wir denen das klarmachen, sonst fangen wir uns vielleicht doch noch ein paar ein. Auf jeden Fall dürfen wir unseren Mädchen nichts davon sagen. Und wenn wir Glück haben, erkennen sie ihren

Irrtum zwischenzeitlich selbst und lassen uns in Ruhe. Wenn nicht, gehen wir zur Polizei. Das wäre dann nämlich kein Spaß mehr. Ich gebe schließlich nicht Tausende von Mark aus, um mich mit diesen Amateur-James-Bonds rumzuärgern."

„Vor allem nicht mit dem Beißer. Die glauben doch nicht im Ernst, daß wir uns für irgendeinen Knopf interessieren und daß wir ihnen den wegnehmen wollen."

„Da gebe ich dir völlig recht. Obwohl er ziemlich fertig aussah, wofür er ja nichts kann, machte der Lange einen recht intelligenten Eindruck. Aber da hat er einen klaren Denkfehler begangen. Selbst wenn wir einen Knopf gefunden hätten, wären wir nie darauf gekommen, daß der irgendeinen Wert für irgend jemanden haben könnte. Außer vielleicht für denjenigen, der jetzt mit offener Hose herumläuft."

„Also noch mal die Frage: Was machen wir jetzt mit den Brüdern?"

„Wie schon gesagt, wir kümmern uns so lange nicht darum, bis sie sich wieder melden. Dann sehen wir weiter. Und kein Wort zu den Frauen", wiederholte Thomas.

„Oki doki." Peter lehnte sich zurück und zeigte dem Wirt zwei Finger. Dieser nickte und begab sich zur Zapfanlage.

Sie versuchten wieder, auf ihr ursprüngliches Thema zurückzukommen, die Unterhaltung schleppte sich jedoch nur noch mühsam dahin, weil beide mit ihren Gedanken ganz woanders waren.

Thomas konnte nicht wissen, daß er mit der Absicht, sich nicht weiter um das kleine Intermezzo zu kümmern, einen gewaltigen Fehler gemacht hatte. Aber wer könnte ihm das vorwerfen...?

Auszug aus Thomas' Tagebuch (15.01.)

...irgendwie komme ich damit nicht klar. Ich versuche, die Sache zu verdrängen, aber sie stößt mir immer wieder auf. Es gibt nur eine logische Erklärung: die müssen uns verwechseln, und ich hoffe, das werden sie ganz schnell merken. Wieso wir, wieso ein Knopf, das gibt's doch gar nicht. Ich habe irgendwie Angst...

„Ich glaube, die stehen mit dem Deutschen Reinheitsgebot auf Kriegsfuß...", erhob sich Peter am nächsten Morgen aus der Schlafkabine des Wohnmobils. „Kann es sein, daß so ein Wagen innerhalb einer Nacht schrumpft?"

„Du siehst aus, als wenn du in der Steckdose gepennt hättest", beschrieb Thomas sein Gegenüber und versuchte, sich ebenfalls langsam zu erheben, aber jede Bewegung wiederholte sich zigtausendfach im Innersten seines Kopfes, schlug dabei mehrmals gegen die Schädeldecke und schien mit Wonne das, was sich darunter verbarg, quetschenderweise hin- und herzurollen.

„Wir sollten auf Wasser umsteigen, oder Cola oder so etwas...“, brummte Peter, dem es offenbar genauso ging.

„Du“, kam Thomas auf den Vorfall der vergangenen Nacht zu sprechen, „ich habe noch mal darüber nachgedacht. Ist doch Quatsch, was die da gesagt haben. Meinen die, wir sind Kuriere oder so'n Zeug? Die *können* uns nur verwechselt haben.“

„Das meine ich auch“, knirschte Peter, der auf dem weiten Weg zur anderthalb Meter entfernten Waschkabine war, leidvoll heraus. „Auf jeden Fall aber...“

„...kein Wort zu den Mädels“, ergänzte Thomas den Gedanken. „Ist doch klar, außerdem würden die uns sowieso nicht glauben...“

„Haaaallooooo...!“ Nicki hämmerte von draußen gegen die Tür des Wohnmobils.

„Wenn man vom Teufel spricht...“, murrte Peter und hatte endlich die Waschkabine erreicht.

„Ich komme schon...“, versuchte Thomas zu flöten, es klang aber eher wie der Ausspruch eines im Stimmbruch befindliches Zwerg-Aras.

„Na, ihr beiden seht ja richtig fertig aus. Leute, guckt mal raus. Es ist fast Mittag, strahlender Sonnenschein, laßt uns frühstücken, und dann geht's wieder los!“ Marleen sprühte förmlich vor Unternehmungslust.

Thomas' und Peters Augen waren zu zwei schmalen Schlitzen zusammengekniffen, und irgendwie wirkten die Köpfe der beiden ein wenig eingezogen...

„Wir machen ja alles mit...aber könntet ihr vielleicht nicht so schreien...schließlich sind wir sensibel...“, versuchte Thomas das derzeitige männliche (Wohl-)Befinden zu erklären.

„Na, dann ist ja gut.“ Nicki sprang in das Fahrzeug, gab Thomas einen freundschaftlichen Schlag auf den Rücken, der für diesen die gleiche Wirkung hatte, als wenn er einen ICE küßte. Anschließend huschte sie zu Peter, griff seine Hand und zerrte ihn aus dem Wagen.

Tatsächlich schien bereits die Sonne vom makellos blauen Himmel und sprühte ihre grellen Strahlen unnachgiebig in die noch immer zusammengekniffenen Augen Peters.

„Ihr wißt doch, wie die's im Western immer machen... Kopf unter die kalte Pumpe, und schon geht's wieder.“ Nicki schleifte das, was sie entfernt an ihren Gatten erinnerte, in Richtung eines Holzzubers, der unter einer alten Schwengelpumpe aufgestellt war.

„Ej...habt ihr einen an der Waffel?“ Peter erkannte die Situation sofort und versuchte sich zu wehren, doch ehe er sich versah, hatte ihn Nicki schon kopfüber in den Zuber gesteckt und betätigte mit einer an Sadismus erinnernden Energie den Schwengel der Pumpe. Das eiskalte Wasser ergoß sich erbarmungslos über Peters Körper, und das Gequieke, das er dabei von sich gab, erinnerte irgendwie stark an Kurt Renner.

„Schätzchen, du bist auch dran...“ Marleen winkte ohne Gnade mit dem Zeigefinger in Richtung Thomas, der seinem Schicksal auszuweichen versuchte.

„Nein, nein!“ Marleen schien Gedanken lesen zu können und lächelte. „Du bist barfuß, mein Schatz, und du weißt doch, daß hier überall Schlangen, Spinnen und andere giftige Lebewesen nur darauf waren, in unbeschuhte Füße zu beißen, zu stechen oder sie ganz zu fressen...“

Das hatte Wirkung. Bei einem Hund hätte man gesagt, daß er seinen Schwanz einzog und dem Befehl seines Frauchens nachkam, aber Thomas zog lediglich den Kopf noch tiefer zwischen die Schultern und schlich, was dem Bild eines ängstlichen Hundes nun doch stark ähnelte, ebenfalls in Richtung Zuber. Triumphierend ging Marleen voraus und grinste Nicki entgegen, die mit ansehen konnte, wie Peter gerade dabei war, dem Hades zu entsteigen und sich wieder unter den Lebenden einzufinden.

„Das sind keine Frauen, das sind Monster, Mutanten... Aliens“, kam ihm Peter, schon fast wieder wie früher aussehend, entgegen. „Wenn du nicht gehorchst, saugen sie dir bei lebendigem Leib den Grips aus der Rübe."

„Das kann auch nicht viel schlimmer sein“, knurrte Thomas, schraubte innerhalb des Bruchteils einer Sekunde seinen Adrenalinspiegel von Null auf Hundert und stürzte sich mit Todesverachtung freiwillig in den kalten Inhalt des Zubers.

Nach dem Frühstück, das offenbar nur zwei Personen der kleinen Reisegruppe so richtig zu schmecken schien, verschwanden die beiden Frauen nochmals in ihrem Zimmer, um ihre Sachen zusammenzupacken. In der Zwischenzeit hatte Peter die Rechnung beglichen und Thomas, trotz seines nun merklich leichter werdenden Kopfes, den restlichen Stauraum mit Dosenbier und ein paar Flaschen Whisky aufgefüllt, für den Fall, daß man doch einmal auf ein Stück Holz beißen müßte.

Die anschließende Frage *›Wer fährt was?‹* war schnell geklärt. Thomas lenkte das Wohnmobil, Peter döste daneben, und Nicki und Marleen fuhren mit der Harley voraus.

Es war eine herrliche Fahrt entlang der Küstenstraße in Richtung Süden, und je mehr der Tag sich bereits wieder neigte, desto munterer wurden die Piloten des Wohnmobils. Während einiger kleiner Zwischenstops hatten Peter und Thomas sowohl äußerlich als auch innerlich wieder menschliche Züge angenommen und fühlten sich am Abend, als sie an einem See beschlossen, die Nacht dort zu verbringen, wieder in Form.

„Mann, ist das ein toller Platz hier. Weit und breit kein Schwein in Sicht." Thomas war begeistert. „Hier bleiben wir heute nacht. Mädels, macht schon mal den Grill klar, ich gehe angeln, heute gibt's Fisch"

„Aber höchstens aus der Dose...", beschrieb Marleen ihrer Freundin die Angelkünste ihres Mannes.

„Wir waren ja insgesamt vier Jahre hintereinander in Dänemark", erklärte sie Nicole weiter. „Thomas ist wirklich jeden Morgen und jeden Abend stundenlang mit seiner Angel ans Meer gegangen. Und weißt du, was er alles gefangen hat? Eine kleine Mickerscholle...in vier Jahren...also stell dich schon mal auf Dosenwurst ein."

„Frauengeschwätz!" Thomas hatte sich diese maßlose Übertreibung seiner Marleen angehört. Er verschwand im Inneren des rollenden Appartements, suchte sich seine Angelausrüstung hervor und erschien wieder draußen.

„Sag mal, gibt's hier eigentlich auch Regenwürmer oder sowas?" fragte er ernstlich interessiert seinen Freund.

„Wenn du mit einem Spaten etwa siebeneinhalb Meter tief in die Erde buddelst, bis es langsam anfängt, für diese Viecher feucht und damit erträglich zu werden, sicherlich...", beruhigte ihn Peter.

„Ach, Quark. Fische sind blöde, die fressen alles, auch Brot..." Thomas steckte sich ein paar Weißbrotscheiben in die Tasche und marschierte stark motiviert in Richtung See.

„Ich werde euch in der Zeit, wo unser Essen gefangen wird, gleich mal einen kleinen Kurs im Überlebenstraining geben", wandte sich Peter an die beiden Frauen, die bereits wieder dabei waren, das Lager gemütlich einzurichten.

„Ich zeige euch, wie die einheimische Bevölkerung hier Feuer macht! Man braucht dazu nur etwas trockenes Gras, ein paar trockene Zweige und zwei Feuersteine. Ich hab das mal im Fernsehen gesehen." Er verschwand im Unterholz der näheren Umgebung, um nach dem Beschriebenen zu suchen.

Nach etwa zwei Stunden hatte er dermaßen viel Zweige und Äste angeschleppt, daß damit eine mittlere Waldbrandkatastrophe hätte entfacht werden können.

Die beiden Frauen hatten sich bis auf ihre Bikinihöschen entblättert und genossen am Wasser des Sees die wohltuende, wärmende Spätnachmittagssonne, die zärtlich über ihre Körper streifte. Obwohl sie sich schon vor dieser Reise sehr gut verstanden hatten, waren sie in diesen wenigen Tagen noch mehr zusammengewachsen, zu einem Bund, der mit dem Wort Freundin nicht ausreichend beschrieben wäre.

„Das ist doch Scheiße! Jetzt klopp ich mir seit einer Stunde die Finger heiß, und diese blöden Steine haben nicht einmal gefunkt." Insgesamt drei Pflaster zählten die Finger an Peters Hand, als er endlich zum Feuerzeug griff und das kunstvoll angehäufte Bündel Reisig damit entflammte. Wütend warf er die beiden Steine, die sicherlich zu allem anderen zu gebrauchen waren als zum Feuermachen, ins Gebüsch.

Die Abendkühle überzog die Körper langsam mit ihrem wohltuenden Schatten. Die Frauen waren in ihre Jogginghosen und Sweatshirts getaucht, und auch Peter hatte sich einen Pullover übergezogen, als es im Gebüsch knackte und Thomas stolz wie Tarzan anmarschiert kam. Warum er sich die Gummistiefel übergezogen hatte, wußte sicherlich niemand mehr, aber in der rechten Hand hing ein Fisch, der mindestens fünf Kilo Lebendgewicht gehabt hatte. Drei Augenpaare sahen ihn ungläubig an.

„Ist hier in der Nähe 'ne Nordseefiliale?" fand Peter als erster die Sprache zurück. „Mensch, Junge, du hast einen Süßwasserhai gefangen! Wenn wir es richtig machen, brauchen wir die nächsten Wochen keine Lebensmittel mehr einzukaufen", lobte er den Fang seines Kumpels.

„Mann, Schatz, wie hast du denn das gemacht?" Auch Marleen konnte es nicht glauben.

„Ist doch egal." Nicki stand auf und ging zum Wagen. „Kann man das Ding wenigstens essen? Genehmigt euch zur Feier des Tages mal ausnahmsweise ein Bier. Marleen und ich werden sehen, was wir Schmackhaftes aus diesem Unikum herausholen können."

Die beiden Frauen verschwanden im Caravan, um die Speise vorzubereiten.

„Mensch, wie hast du denn den gefangen?" wollte Peter, als er mit Thomas allein war, wissen.

„Du kannst es mir glauben oder nicht: ich habe ihn erschlagen", berichtete dieser ehrlich. „Das dämliche Brot wollte keiner fressen, und wie ich da so im Wasser stehe, schwimmt auf einmal neben mir dieses Urviech. Ich hatte mir für alle Fälle einen Riesenknüppel zurechtgelegt, du weißt, wegen der Echsen und so...und da habe ich einfach zugeschlagen. Ich nehme an, er war blind und taub, sonst wäre er weggewesen, aber warum sollen blinde und taube Fische nicht auch schmecken?"

Peter saß mit offenem Mund da und lauschte der Schilderung seines Freundes, die so widersinnig klang, daß sie fast schon wieder wahr erschien. Er kannte Thomas, und er wußte genau, wann er flunkerte und wann nicht. In diesem Fall hatte er offenbar die Wahrheit erzählt.

Es war ein köstliches Mahl, das die beiden Frauen aus dem armen Tier und dem, was sie in dem Wagen fanden, zurechtgezaubert hatten. Während die Männer bei ihrem Dosenbier geblieben waren und Thomas zum sechzehnten Mal den Kampf mit dem Monsterfisch geschildert hatte (stundenlanges Drillen, versteht sich...), waren Marleen und Nicki nach einer Flasche Rotwein in den Armen ihrer Fischer und Feuermacher selig eingeschlummert.

„Hast du die Blödmänner aus dem Truckstop gesehen?“ fragte Peter, nachdem er sich vergewissert hatte, daß die beiden Frauen auch tatsächlich schliefen.

„Nein, ich hab die ganze Fahrt aufgepaßt“, erwiderte Thomas, „die scheinen langsam gemerkt zu haben, daß sie uns verwechselt haben. Mensch, ich dachte schon, jetzt beginnt ein Horrortrip...“

Noch lange saßen die Männer und sahen stumm in den Abendhimmel hinein. Das ständige Sirren und Zirpen der tausendfachen, unsichtbaren Insekten war mittlerweile verstummt, und nur noch vereinzelt gab die Natur Laute von sich, die der australischen Tierwelt zuzuordnen waren.

„Wie lange kennen wir uns eigentlich?“ begann Thomas das Gespräch nach einer längeren Schweigephase. Die Frauen hatten sich in die Arme ihrer Liebsten gemummelt.

„Keine Ahnung, auf jeden Fall schon viele Jahre“, antwortete Peter.

„Hast du dir eigentlich schon mal so richtige Gedanken über das Wort Freundschaft gemacht?“ wollte Thomas wissen.

„Nee, wieso?“ antwortete der Gefragte.

„Du weißt ja, ich bin da ziemlich komisch und habe alte und für viele spießige Ansichten“, führte Thomas weiter aus. „Ich mache mir häufiger über solche Sachen Gedanken. Marleen und ich haben einen ziemlich großen Bekanntenkreis und kennen auch viele Leute, mit denen wir uns wirklich gut verstehen, aber Freunde... Weißt du, ich habe komische Wertvorstellungen, die sind sicherlich schon antiquarisch und so, aber ich habe sie nun mal...ein Freund ist für mich viel mehr...der muß da sein, wenn ich ihn brauche, der muß merken, wann und daß ich ihn brauche...der muß ohne Hintergedanken und ohne Gegenleistung zu erwarten einfach da sein...“

„Mhmmm...“ Peter pflichtete ihm bei.

„Ich versuche mir immer bestimmte Situationen vorzustellen“, fuhr Thomas fort, „und ich dachte in den vergangenen Jahren schon mehrfach mal daran, den einen oder anderen als Freund zu bezeichnen, aber ich bin jedesmal auf die Schnauze gefallen...kannste glauben. Entweder haben sie mich ausgenutzt, was ich immer zu spät feststellte, aber das hängt wohl mit meinem Intellekt zusammen, oder sie haben nicht so reagiert, wie ich es von einem *Freund* erwarte."

„Mhmmm...", fügte Peter seinen Teil der Unterhaltung bei.

„Wenn ich die letzten Jahre mal richtig überdenke, dann kann ich die wirklichen Freunde, die ich habe, an den Fingern einer Hand abzählen, und weißt du was, da bleiben noch vier Finger übrig...eigentlich bist du der einzige Freund, den ich habe..."

„Wie kommst'n darauf?" wollte Peter, der inzwischen neugierig geworden war, wissen.

„Na, nimm mal unsere gemeinsame Arbeit...ab und zu machen wir ja mal was zusammen. Ich weiß, ich kann mich auf dich blind verlassen. Ich weiß nicht warum, aber das ist so...du bist da, ohne Wenn und Aber. Oder nimm mal die Zeit, in der wir die Wohnung gesucht haben: du hast deine Hilfe angeboten, ohne daß ich dich gebeten habe, ohne daß ich dich gefragt habe, du hast das mit einer Selbstverständlichkeit gemacht, die ich bisher nicht kannte, und ich meine, du hast es ehrlich gemeint. Du hast gemerkt, als und daß ich *down* war und hast mich versucht, aufzubauen...weißt du, daß das in dieser Art bisher noch niemand gemacht hat?"

„Nee..." Peter war über diese Offenbarung sichtlich überrascht.

„Oder nimm Marleen. Sie ist unheimlich auf mich fixiert und ich auf sie. Wir haben nicht viele, mit denen wir aufrichtig über unsere Probleme reden können. Eigentlich leben wir ziemlich eingeigelt, fühlen uns aber wohl dabei. Ich habe das Gefühl, daß sie sich mit Nicki toll versteht und Nicki auch nicht jemand ist, der sich verstellt, also der heuchelt...ich finde es toll, daß Marleen in Nicki jemanden gefunden hat, dem sie sich offenbaren kann...so von Frau zu Frau...du weißt schon..."

„Darüber habe ich noch gar nicht nachgedacht, aber ich glaube, du hast recht..." Peter war nachdenklich geworden.

„Weißte, ich wünsche mir, und da bin ich mal ein ganz egoistisches Schwein, daß die Freundschaft zu dir und Nicki noch ganz lange so bestehen bleibt, wie sie zur Zeit ist...", beendete Thomas den Monolog.

Die beiden Männer prosteten sich zu, löschten anschließend das Feuer und führten ihre Frauen in das Wohnmobil. Marleen und Nicki waren zwar kurz aufgewacht, hatten aber den Gang in die Schlafkoje nicht richtig mitbekommen, sondern zersägten kurz darauf, in den Betten liegend, alles Holz im Umkreis von zehn Meilen.

Intermezzo

Es ist kurz nach zwei Uhr.

In der kleinen amerikanischen Stadt nähern sich zwei Männer dem alten Friedhof.

Es gibt derer zwei. Der neue Friedhof ist ein Vorbild an Eintönigkeit. Es führen gerade Wege an parallel laufenden Gräbern vorbei, die sich untereinander, bis auf die unterschiedliche Bepflanzung, kaum von den anderen unterschieden. Alle sind gleich groß, alle Grabsteine haben die gleiche Größe, alle die gleiche Form. Keiner der Dahingeschiedenen wird bevorzugt, keiner benachteiligt. Da sich weder höheres Buschwerk noch Bäume auf dem Gelände befinden, wirkt es kahl und trostlos.

Nicht so der alte Friedhof. Da ist zunächst das Eingangstor. Das alte Schmiedeeiserne macht einen behäbigen, schweren und zugleich feierlichen Eindruck. Es scheint den Vorbeigehenden zuzurufen: „Kommt rein, hier ist es schön, hier könnt ihr euch ausruhen." Durch das Tor sieht man schmale Wege, die mit rötlichen Kieseln belegt sind. Man kann sich vorstellen, wie jeder Schritt knirscht, wenn man darauf langläuft.

Von außen kann man das Gelände nicht einsehen, da eine breite Buschreihe, über vier Meter hoch, den Friedhof umsäumt. Vögel haben ihre Nester darin gebaut, still ist es tagsüber hier nie. Kein Ort der Ruhe. Kein toter Ort.

Auf dem Friedhof, auf dem die Knirschwege kreuz und quer verlaufen, befinden sich Gräber in jeder Form, in jeder Größe. Überall stehen kleine Brunnen, aus denen man Wasser schöpfen kann. Überall stehen Statuen erhaben über kleineren Grabsteinen. Überall stehen hohe, alte Bäume, die höchsten darunter sind Kastanien und Eichen. Sie beschatten mit ihren riesigen Kronen die Gräber, laden ein, auf den Bänken, die unregelmäßig an den Wegen stehen, Platz zu nehmen. Es ist mehr ein Park, den Tote und Lebende gemeinsam nutzen. Kinder kommen gern mit den Eltern oder Großeltern hierher, die die Gräber ihrer Lieben pflegen wollen. Die Kinder laufen auf den Wegen herum, spielen Verstecken, was hier ganz wunderbar geht, oder Fangen. Greise Männer blicken ihnen auf einer Bank sitzend, Pfeife rauchend, nach, denken an die eigene Kindheit. Ältere Frauen lachen, wenn sie von den Wirbelwinden fast umgerannt werden, und setzen dann ihren Weg fort, kleine grüne Gießkannen in der Hand.

Es ist gemütlich hier. Die Sonne scheint, die Vögel singen ihre Lieder, manche laut, kräftig und fordernd, andere zaghaft und leise, aber trotzdem wunderschön.

So stellt sich der Friedhof dem Menschen um zwei Uhr nachmittags vor, freundlich, warmherzig und einladend.

Die beiden Männer kommen um zwei. Die Sonne scheint jedoch nicht. Es erhebt auch kein Vogel seine Stimme.

Es ist Nacht.

Der Mond scheint, sein Licht wird jedoch auf merkwürdige Weise gedämpft. Es ist ein silbriges, irgendwie unechtes Licht. Nichts für Verliebte. Nichts für einen romantischen Spaziergang bei Nacht.

Die Männer jedoch gehen nicht spazieren. Sie haben eine Aufgabe zu erfüllen.

›Nichts leichter als das.‹ *Denken sie.* ›Zack, zack, schnell rauf auf den Friedhof, das Grab finden, Auftrag erledigen und wieder weg.‹ *Denken sie. Sie bekommen gutes, nein, sehr gutes Geld dafür. Sie lachen.*

In diesem Moment erreichen sie das Tor. Es sieht nicht mehr so freundlich wie am Tage aus. Eigentlich sieht es eher unfreundlich aus. Nicht mehr einladend. Jetzt sagt es: „Bleibt lieber weg. Kommt nicht rein. Ihr kommt vielleicht nicht mehr raus..." Fast eine Drohung.

Die Männer zögern kurz. Bloß nichts anmerken lassen. Der eine legt die Hand auf die Klinke und drückt sie herunter. Das Tor ist unverschlossen und öffnet sich ohne Quietschen, wie es sich eigentlich für solch ein altes Tor gehören würde.

Die Männer schlüpfen hinein. Sie sehen sich um.

„Weißt du, wo das Grab ist?"

„Kein Problem. Ich war gestern nachmittag hier. Es ist ganz leicht zu finden." Der Mann lispelt. „Außerdem ist es kein einfaches Grab. Eher so eine Art Mausoleum."

„Ist doch egal. Geh vor!" Es scheint der Anführer zu sein.

Auf den kleinen Vorhof scheint das unangenehme Mondlicht. Dort, wo die Bäume beginnen, ist es stockdunkel.

Erneutes Zögern. Wieder nur kurz. Dann setzt sich der Mann, der Lispler, in Bewegung und geht zielstrebig auf einen der sternförmig abgehenden Wege zu. Der andere folgt ihm.

Als sie den Übergang vom Licht ins Dunkel erreichen, schalten beide ihre Taschenlampe ein. Die eine Lampe gibt nicht den kleinsten Strahl frei.

„Verflucht, ich hatte doch neue Batterien eingelegt." Der Mann schüttelt die Lampe. Nichts.

Wütend schmeißt er das Billigding in die Büsche. „Gerade gekauft und schon die Birne kaputt", flucht er, „heute nachmittag ging sie noch."

Die Lampe vom Lispler funktioniert.

Er geht wieder vor. Fünfzig Gräber weiter, nach einigen Abzweigungen, stockt er.

„Hier müßte es eigentlich sein", flüstert er dem anderen zu und nimmt den nächsten Weg rechts.

Nach weiteren zehn Minuten muß er zugeben, daß er die Stelle, wo das Mausoleum steht, nicht wiederfindet.

Sie lassen sich auf eine Bank fallen. Es ist stockdunkel hier unter den Bäumen.

„Es hilft nichts. Wir müssen das Ding heute nacht noch finden. Morgen ist Übergabe."

Weiteres Suchen. Sie verirren sich immer mehr. Sie wissen nicht einmal die Richtung, wo der Ausgang ist.

Langsam wird ihnen unheimlich. Sie sind schon mehrmals vor den Statuen zusammengeschreckt, die plötzlich im Strahl der Taschenlampe auftauchen und durch das Spiel der Schatten aussehen, als ob sie sich bewegen. Sie sind keine Hasenfüße, hatten ewig nicht mehr Angst im Dunkeln. Das letzte Mal als Kind. Doch jetzt erinnert sich ein Teil des Gehirns, ganz hinten im Kopf, an diese Ängste, läßt sie neu entstehen, macht sie wieder zu Kindern. Es ist fast wie früher, als sie im Bett lagen, sich die Decke über den Kopf zogen und aus einem kleinen, freigelassenen Loch den Schrank gegenüber fixierten. Zu dumm, daß man die Tür vor dem Schlafengehen nicht geschlossen hat. Jetzt steht sie im Halbdunkel einen Spalt offen. Ist der Spalt nicht größer geworden? Quatsch! Aber ich könnte schwören... Es ist warm in dem Zimmer, aber die Decke darf man auf keinen Fall vom Kopf ziehen. Alte Kinderweisheit. Sind die Füße unter der Decke? Logisch. Überlebensregel Nummer Eins. Jetzt ist die Tür wirklich ein Stück aufgegangen. Die Decke ist naß vor Schweiß. Glänzte da in Kopfhöhe nicht etwas? Ein Augenpaar? Mein Gott, es gibt Gelegenheiten, da ist Kindsein schrecklich. Zum Beispiel abends, wenn man im Bett liegt und darauf wartet, daß das Ding, das im Schrank haust, irgendwann einmal, warum nicht gerade heute, herauskommen wird. Endlich übermannt einen der Schlaf, befreit einen. Am nächsten Tag ist es hell. Kein Gedanke wird mehr an den Schrank verschwendet. Kinder vergessen schnell. Bis zum nächsten Abend. Denn das Ding schläft nicht...

Die Männer suchen weiter.

Der Schein der verbliebenen Taschenlampe scheint etwas schwächer zu werden. Heute geht alles schief.

Der Lispler ist ein paar Schritte voraus. Der andere Mann sieht sich ängstlich um. Ein leiser Windstoß geht, läßt die Blätter der Bäume flüstern. Ein bedrohliches Flüstern. Da hat sich doch die Erde auf diesem alten Grab bewegt. Nein! Doch, ganz sicher. Weiße Knochenfinger mit überlangen Nägeln durchstoßen die Erdoberfläche. Der ganze Arm stößt heraus, und blitzschnell umfaßt die Hand das Fußgelenk des Mannes. Er wird Richtung Grab gezogen, obwohl er sich verzweifelt wehrt und sich mit den Fingernägeln im Kies festzukrallen versucht. Die Nägel brechen ab, das Blut vermischt sich mit dem schwarzem Boden. Sein Bein wird durch die Erde ins Innere gezogen. Sein Körper muß folgen, es gibt nichts, woran er sich festhalten kann. Als sein Kopf durch die Erde gezogen wird, ersticken seine lauten Schreie, sein Mund ist voller fauliger Erde. Er landet in einem stockdunklen Hohlraum. Er kann sich kaum bewegen. Schlimmer ist, daß er nicht alleine ist. Fauliger Atem streicht an seiner Wange vorbei. Unsichtbare Hände wandern über seinen Körper. Dann schlagen sich lange Zähne, die durch kein Zahnfleisch mehr gehalten werden, in das weiche Fleisch seines Halses.

Nun reicht es aber. Der Mann schüttelt wie betäubt den Kopf. Er ist stehengeblieben, fast genießt er diese Gedanken ein bißchen. Es ist diese Art angenehmes Gruseln, das entsteht, wenn man abends am flackernden Lagerfeuer sitzt, die lodernden Flammen hinter einem zuckende Schatten werfen und man sich Gespenstergeschichten erzählt. Aber es ist auch ein Anflug von bevorstehender Panik darin.

Er geht unwillkürlich etwas schneller und holt den anderen ein.

Gemeinsam gehen sie um die nächste Kurve und stehen vor einem etwa fünfzig Quadratmeter großen Platz, der etwas erhöht angelegt ist. Zu beiden Seiten führen kleine Steintreppen hinauf, die mit den gleichen Natursteinen, rechteckigen Platten, belegt ist wie die ganze Erhöhung. Sie ist von Büschen umwachsen, die Treppen sind gesäumt von menschengroßen Statuen aus weißem Stein. Jetzt sind sie dunkelgrau.

„Das ist es. Schwein gehabt." Der Lispler flüstert die Worte.

Die pupillenlosen Augen der Statuen schauen sie an. Als sie sich die Treppe hochbewegen, werden sie von den leblosen Blicken verfolgt.

Sie gehen auf den riesigen Stein zu, der sich in der Mitte der Plattform befindet, und lesen den eingemeißelten Text. Lateinische Worte.

Direkt vor dem Stein führt eine Treppe hinunter. Zwanzig Stufen. ›Die Stufen zur Hölle‹, *denkt der Mann und kichert vor sich hin. Es ist mehr ein Wimmern. Der Lispler sieht ihn entsetzt an.*

„Dreh bloß nicht durch", faucht er. Auch er hat Angst. Und dieses irre Kichern macht die ganze Situation nicht eben erträglicher.

Er nimmt allen Mut zusammen und steigt die Stufen hinab. Der andere folgt ihm. Lieber da runter gehen, als alleine oben bleiben. Zu zweit kann nichts passieren. Auch eine Kinderweisheit.

Das Tor, welches das Mausoleum verschließt, ist das gleiche wie am Friedhofseingang, nur kleiner. Es ist jedoch durch ein Sicherheitsschloß versperrt. Der Lispler wühlt in den Taschen und bringt nach endloser Zeit einen kleinen Schlüssel hervor. Er öffnet das Schloß, läßt das Tor aufschwingen und tritt ein.

Es ist ein quadratischer Raum, alles dunkler Marmor, schmucklos, penetrant sauber. An der Wand links von der Tür stehen drei längliche Sockel, ebenfalls Marmor. Auf zweien steht je ein Sarg, der rechte ist frei.

„Der mittlere ist es", teilt der Lispler mit, nachdem er die kleinen schwarzen Tafeln, die über den Särgen hängen, im Funzellicht seiner Taschenlampe gemustert hat. Das Licht ist jetzt merklich dunkler, gelber, geworden. Er ärgert sich, daß der andere seine Taschenlampe weggeworfen hat. Man hätte die Batterien tauschen können. Die Reue kommt zu spät. Sie müssen sich beeilen.

Er besieht sich den schlichten, aber ganz offensichtlich aus edlem Holz hergestellten Sarg und streicht dabei mit der Hand über das glatte Holz. Es klingt nicht hohl, als er probehalber gegenklopft.

Schließlich macht er sich mit dem zweiten Schlüssel – eher ein Schlüsselchen – der an dem Ring hängt, an den fast unsichtbar angebrachten, vergoldeten (›Oder ist das echt?‹ *schießt es ihm durch den Kopf) Schlössern zu schaffen. Es klickt viermal, so, Teil eins ist geschafft. Wer auch immer diesen Sarg hatte bauen lassen, er mußte gewußt haben, daß man ihn früher oder später wieder öffnen würde.*

Nach kurzem Überlegen schiebt er mit aller Kraft den Deckel zur Seite. Dieser gleitet nach einem kurzen Schmatzen von unsichtbaren Schienen geführt ohne den geringsten Widerstand zur Seite. Eine gutgeölte Maschinerie sozusagen. Durch den erwarteten, fehlenden Gegenschub fällt der Mann fast in den Sarg, wo er nur wenige Zentimeter von dem verrotteten, matschig aussehenden Gesicht entfernt endlich den Schwung abfangen kann. Mit einem Aufschrei springt er zurück.

In seinem Schreck hat er nach der Öffnung des Sarges tief eingeatmet. Und der Gestank, der sich jetzt in dem ganzen Raum verteilt, ist kaum auszuhalten. Man kann fast sehen, wie er sich dunkel wabernd ausbreitet.

Er schafft es gerade bis vor das Tor, bevor er sich am Fuße der Treppe erbricht. Auch der andere ist geflüchtet und sogar ein paar Stufen hinaufgerannt, um atmen zu können. Tief saugt er die Luft ein. Sie ist zwar warm, aber noch nie in seinem Leben ist ihm so etwas Köstliches dargeboten worden wie dieser Sauerstoff.

Nach zwanzig Minuten betreten beide wieder den Raum. Es stinkt noch immer bestialisch, aber es ist jetzt gerade noch erträglich, wenn man an das viele Geld denkt. Sie nähern sich abermals dem Sarg. Der Lispler zieht eine Schere aus der Jackentasche, und seine Hand nähert sich den immer noch goldenen Haaren der Schreckgestalt. Es muß sich einmal um eine schöne Frau gehandelt haben, die dort liegt. Die Haare sind lang und wie ein Heiligenschein um den verschrumpelten Schädel drapiert.

Er faßt ein kleines Büschel und zieht daran, um es für die Schere zu glätten. Aber auch hier ist kein Widerstand. Er hat fast die gesamte Kopfhaut mit abgezogen. Mit einem erneutem Aufschrei schmeißt er den Skalp weg und springt zurück. Dicke Schweißperlen laufen ihm von der Stirn.

Mit spitzen Fingern hebt der andere die Haare auf und wirft sie in einen mitgebrachten Stoffbeutel, der innen mit Kunststoff ausgelegt ist. So fest wie möglich zieht er dann an den beiden Kordeln und verschließt den Beutel mit einem Knoten. Auch er schwitzt, seine Kleidung klebt ihm am Körper.

Dann geht er zum Sarg und will den Deckel schließen. Der Schädel bewegt sich jetzt, wendet ihm das Gesicht zu und verzieht den lippenlosen Mund zu einem höhnischen Grinsen.

Er läßt die Tasche fallen, und wie von tausend Teufeln gejagt flieht er aus dem Mausoleum, rennt quer über die Gräber, wirft sich durch das Buschwerk und schreit, schreit, schreit.

Als er irgendwann – es kommt ihm vor wie Stunden – nach Durchqueren einer erneuten Buschreihe, einen hohen Zaun überklettert und wieder auf der Straße steht, sind seine ehemals dunklen Haare schneeweiß. Er wird später aufgegriffen werden, als er irre kichernd herumirrt. Und er wird immer, wenn es dunkel wird, mit geschlossenen Augen in einer Zimmerecke sitzen. Er will nie wieder sehen, wie sich der Kopf zu ihm umdreht und ihn angrinst. Irgendwann kratzt er sich das Handgelenk auf, reißt seine Adern heraus und zerbeißt sie. Er ist nicht mehr zu retten, als man ihn kurze Zeit später findet. Hoffentlich hat er jetzt Ruhe. Aber man weiß ja nicht, was kommt, wenn man die Schwelle überschreitet...

Der Lispler weiß Bescheid. Er weiß, daß sich der Kopf drehte, weil die trockene Halshaut keinen Halt mehr fand, nachdem er den Skalp abgezogen hatte.

Er richtet das Mausoleum wieder her, verschließt alles ordentlich und wartet auf den Morgen. Er hat keine Angst mehr. Er weiß, das ganze Geld gehört jetzt ihm. Er sah dem anderen in die Augen, als dieser in den Sarg geblickt hatte. Es war nichts Menschliches mehr darin.

Als es hell wird, findet er ohne Probleme den Ausgang wieder. Später übergibt er den Sack.

Er will das Geld entgegennehmen. Als er die Hand nach dem Scheinbündel ausstreckt, trifft ihn die Kugel ins Gesicht. Den Knall hört er nicht mehr.

Kapitel 9

Die nächsten drei Tage verliefen ohne nennenswerte Höhen und Tiefen. Das Wohnmobil und die Harley waren weiter die Küstenstraße entlang in Richtung Adelaide gefahren, und nichts trübte die Harmonie des Quartettes, bis auf die Tatsache, daß Nicki und Marleen einen leichten Sonnenbrand hinter sich und Thomas und Peter einen etwas stärkeren direkt an sich hatten.

„Also, an dieses blöde und andauernde Einschmieren werde ich mich nie gewöhnen, ich finde dieses Gelumpe widerlich“, jammerte Thomas, wenn er die tägliche Prozedur des Eingeriebenwerdens am vierten Traveltag mal wieder über sich ergehen lassen mußte, „...aber mein Gott...wenn's schön macht...“

„Stell dich nicht so an“, belehrte ihn Peter, der sich bei der Behandlung sichtlich wohler fühlte, „was sollten die alten Pharaonen sagen, die wurden regelrecht einbalsamiert, ehe sie in die Kiste kamen, verstehste, mit Öl und so...“

„Ach“, murmelte Thomas mehr zu sich selbst, „ich wußte gar nicht, daß die alle an Sonnenbrand gestorben sind, aber geholfen hat ihnen die Creme auch nichts, oder...?“

„Wißt ihr“, änderte Nicki das Thema, „ich habe da vorhin ein kleines Schild gesehen. Hier in der Nähe muß ein kleiner Ort sein, da gibt es bestimmt ein Geschäft. Wir müßten mal wieder unsere Proviantvorräte auffüllen...“

„Ja, auch die Biervorräte gehen merklich dem Ende entgegen“, beeilte sich Thomas zu sagen.

„Wir haben sogar schon überlegt“, fügte Peter, zu den Frauen gewandt, hinzu, „ob ihr beiden vielleicht heimlich trinkt, denn Thomas und ich haben schließlich in den letzten Tagen fast gar nichts zu uns genommen, nicht wahr, Alter?!“

Nach diesem Satz war er aufgesprungen und hatte sich mehrere ebensolche von den Frauen rasch entfernt, da er die Reaktion schon im voraus erahnt hatte.

„Na wartet, ihr Kerle.“ Marleen gab Thomas einen leichten Klaps auf den frisch eingecremten Rücken und hatte dabei ganz vergessen, daß dieser spaßig gemeinte, leichte Schlag bei Thomas aufgrund des Sonnenbrandes die Wirkung eines sadomasochistischen Peitschenhiebes hatte.

„Mensch, Marleen.“ Nicki eilte übertrieben einfühlsam dreinschauend ihrer Freundin entgegen, als sie das schmerzverzerrte Gesicht von Thomas sah. „Siehst du nicht, wie dein Gatte leidet?“

„Weiber...“ Thomas stand auf und merkte erst jetzt, daß er mal wieder von den Frauen veralbert worden war. Bei Peter angekommen, nahm ihn dieser liebevoll in den Arm, gab ihm einen dicken Schmatz auf die Stirn und sah ihm mitleidvoll in die Augen.

„Ach, komm her, du schöne Rothaut. Was haben diese Kreaturen bloß wieder mit dir gemacht, mein Schatz? Du weißt doch, das wahre Verständnis gibt es nur..."

„...unter Männern!" fielen die beiden Frauen im Chor Peter ins Wort.

Thomas hatte genug. Es war noch nicht einmal 12 Uhr, er hatte Hunger, sein Rücken brannte, und irgendwie wurde er das Gefühl nicht los, daß man ihn nur verarschen wollte.

„So, wo ist das Kaff?" maulte er und stieg aufs Sofa hinter dem Lenkrad. „Wir fahren weiter, einer muß sich ja schließlich um die Logistik kümmern. Wir brauchen Getränke und für die Mädels was zum Essen..."

Nach einer gemütlichen halben Stunde hatten sie den kleinen bunten Ort erreicht. Offenbar schien man hier etwas auf Tourismus eingestellt zu sein, denn auf vielen Schildern und Plakaten wurde eine Art Volksfest angepriesen.

Thomas ging auf einmal unvermittelt in die Eisen, was dazu führte, daß Nicki und Marleen, die neben ihm saßen, fast Bekanntschaft mit der Windschutzscheibe machten. Mit großen Augen sahen sich die beiden Frauen an und bewunderten, wie behende und leichtfüßig Thomas auf einmal aus dem Auto gesprungen und zu Peter gelaufen war, der seine Harley vor Thomas' Ankunft gerade noch rechtzeitig hatte abbremsen können.

„Mensch", Thomas hastete seinem Freund entgegen und fuchtelte dabei wild gestikulierend und nach oben zeigend in Richtung eines über die Straße gespannten Spruchbandes, „lies mal, was da steht!"

„Jawoll, Mann, hier sind wir genau richtig! Ein schöner Tag, ...die Welt dreht sich, ein schöner Tag..." Peter hatten den Werbesong angestimmt und Thomas fiel gleich mit ein.

Offenbar hatte dieses Bild zweier um ein Motorrad hüpfender und singender Männer etwas Merkwürdiges an sich, denn ein paar Einwohner des Ortes blieben teils amüsiert, teil kopfschüttelnd stehen und sahen sich die Szene kurz an.

„Ich hab's ja gewußt, die spinnen, die Männer..." Marleen sah Nicki fragend an.

„Ich glaube, heute ist ein Glückstag für unsere Helden. Schau mal, was da steht." Mit einer ausholenden Geste deutete Nicki in Richtung Transparent.

In großen bunten Lettern lud darauf die einheimische Bevölkerung alle in der Stadt befindlichen Gäste und Touristen ein, an einem Wettbewerb im Bumerang-Werfen teilzunehmen. Dazu sollte „Bier von Faß aus Germany" gereicht werden.

„Na, ihr beiden knackigen Schönheiten." Thomas, der seinen Sonnenbrand und die morgendliche Veralberung offenbar längst vergessen hatte, hakte sich bei Nicki und Marleen ein.

Die beiden Frauen tauschten einen vielsagenden Blick.

„Dann laßt uns die Feuerrösser aber erst mal richtig abstellen", meinte Marleen und deutete auf den Stau, der sich mittlerweile gebildet hatte. Die Autofahrer, die relativ geduldig warteten, bis das Wohnmobil, das mitten auf der schmalen Straße stand und den kompletten Verkehr blockierte, von einem der irren, herumhüpfenden Männer zur Seite gefahren wurde, warfen verständnislose Blicke auf die Deutschen.

Thomas und Peter hatten die nächste Stunde damit zu tun, den Innenraum des großen Wagens derart zu präparieren, daß möglichst viel Platz für Proviant entstand, wobei sie eher an den flüssigen dachten, während Marleen und Nicki die Lücken an bißfesten Nahrungsmittel aus den kleines Stores wieder gut sortiert und vorbildlich aufgefüllt hatten.

Etwa gegen 16 Uhr reihten sich die beiden Paare in eine kleine Menschenschlange ein, die sich vor dem abgesperrten Gelände gebildet hatte, auf dem das Fest und der Wettbewerb stattfinden sollte. Es war eine bunte Mischung aus Einheimischen, Aborigines und Touristen bzw. Menschen aus der Umgebung.

Man konnte australische Countrymusik hören, die lokale Gruppen auf provisorischen Holzpodesten zum Besten gaben, und man hörte das schier endlose Brummen, das die Aborigines selbstgefertigten Blasinstrumenten entlockten und das für dieses Land so typisch war.

„Didgeridoos", stellte Thomas cool fest.

„Hä?" sah Peter ihn fragend an. „Was brasselst du da?"

„Das sind Didgeridoos", belehrte Thomas ihn, „Musikinstrumente der australischen Ureinwohner. Sie nehmen Ast- oder Bambusrohre, packen da ein Mundstück aus irgendeinem Wachszeug rein und pusten kräftig. Die Länge des Rohres, die veränderte Mundstellung oder das Klopfen auf das Holz erzeugt und verändert die Melodie."

Die drei anderen sahen ihn ungläubig an.

„Ihr könnt ihm glauben", pflichtete Marleen ihrem Mann bei. „Ihr glaubt ja gar nicht, was er in der letzten Zeit an Reiseführern und solchen Sachen gelesen hat. Ihr wißt ja, wie er ist...immer vorbereitet sein...", seufzte sie.

„Dann wirst du sicher auch an dem Bumerang-Wettbeweb mitmachen wollen, oder?" fragte Peter.

„Klar, Alter." Thomas war Feuer und Flamme. „Ist doch gar nicht so schwer. Wir haben mal einen in der Schule gebastelt", berichtete er, als ob es erst ein paar Tage hergewesen wäre.

„Meiner war der beste und ich habe, glaube ich, eine Eins dafür gekriegt“, fuhr Thomas stolz fort. „Das mit dem Werfen ist auch gar nicht so schwer, paß auf, du mußt nur...“

In diesem Moment wurde er von einem Aborigine unbeholfen auf die Schulter gepocht. Thomas drehte sich erschrocken um. Er hatte während seiner blumigen Schilderung gar nicht bemerkt, daß ein paar Helfer herumgingen und Biermarken verkauften, die später an den jeweiligen Ständen eingelöst werden konnten.

Wieviel die beiden Männer davon kauften, konnten Nicki und Marleen nicht sehen, da sie sich so geschickt zu dem Ureinwohner gedreht hatten, daß die Frauen weder das Geld noch die Anzahl der Gutscheine sehen konnten, die getauscht wurden. Lediglich das erstaunte Gesicht und die lachenden Augen des kleinen braunen Mannes machten sie etwas stutzig.

Nicki und Marleen hatten keinen Appetit auf Bier, auch nicht auf deutsches. Sie hatten sich bei ihren abendlichen Unterhaltungen ab und zu mal ein Gläschen des australischen Rotweins genehmigt und waren ansonsten eher bei gesünderen Flüssigkeiten geblieben.

An einem kleinen überdachten Holzstand angekommen, trug sich Thomas in die Liste der Wettbewerbsteilnehmer ein.

„Wissen Sie“, versuchte er dabei der freundlichen kleinen Frau hinter dem Holztisch in mehr, aber eher weniger gekonntem Englisch zu erklären, „I come from Germany, where the good beer comes from, you know?!“ Die Gute sah ihn freundlich, aber ziemlich hilflos an. Thomas übersah das.

„You know, früher, in school, I have made such a boomerang, too. It was a nice one, with many colours and so...“

Die Frau hatte ihm eine Startnummer in die Hand gedrückt und schloß anschließend, da niemand sich offenbar mehr eintragen wollte, das Startbüro.

„Alter...“ Peter legte seine Hand auf die Schulter des Freundes und sprach in feierlichem Ton. „Enttäusche mich nicht. Du vertrittst hier eine ganze Nation. Denke dran, Millionen werden zu Hause an den Bildschirmen sitzen und dir die Daumen drücken, also...do your very best!“ setzte er mit einem gespielten Schniefen hinzu.

„Ach, Mann“, Thomas war sichtlich gerührt, „ist doch nur so'n Spaß. Aber die sollen mich kennenlernen, nicht umsonst nennt man mich zu Hause Wildschwein Dundee, den Schrecken der Schwarzkittel...“

„Was gibt's denn überhaupt zu gewinnen?“ wollte Marleen wissen.

„Irgend so einen Superbumerang von einem einheimischen Oberguru“, berichtete Peter, der zuvor aufmerksam die Wettbewerbsbedingungen, die auf kleinen weißen Zetteln überall angeschlagen waren, gelesen hatte.

„So ein Aborigine-Fürst hat den Preis in einer dunklen Nacht, als das Käuzchen dreimal schrie, aus dem geheiligten Holz einer gefrupten australischen Holunderbuche geschnitzt, fünfmal draufgepinkelt und bereits zwei Säbelzahntiger damit erlegt...“

Die beiden Frauen sahen ihn ungläubig an.

„Naja, oder wenigstens so ähnlich“, verbesserte sich Peter. „Auf jeden Fall ist dieser Wettbewerb hier eine jährlich stattfindende Angelegenheit, und der Preis, also dieser Bumerang, scheint wirklich sehr gut und daher sehr begehrt zu sein.“

„Was müssen die denn überhaupt machen?“ Marleen wurde langsam mulmig im Magen, aus Angst, Thomas könne sich zum Gespött der Anwesenden machen.

„Also, erst mal müssen sie drei Würfe machen und das Ding wieder auffangen und sich dabei so wenig wie möglich vom Wurfort entfernen. Dann müssen sie das Ding aus zwanzig Metern Entfernung waagerecht durch zwei Astgabeln werfen, die nur dreißig Zentimeter auseinander stehen, und zum Schluß ist Treffen angesagt. Sie müssen drei Coladosen, hoffentlich nehmen sie keine Bierdosen, aus fünfzig Metern von drei Pfählen holen. Ist doch ganz einfach.“

„Wenn das so einfach ist, warum hast du dich nicht auch gemeldet?“ wollte Nicki von Peter wissen.

„Mensch, meine Kleine, einer muß unseren Champion doch coachen...jeder braucht einen Manager, wer soll das denn machen, wenn nicht ich? Hä? Na siehste, ich hätte ja auch mitgemacht, aber ich kann ihn doch nicht so alleine lassen“, versuchte er zu überzeugen.

Auf einer vor einem kleinen Wäldchen gelegenen Freifläche hatten die Teilnehmer Aufstellung genommen. Elf Männer waren es, denen eine Art Wertungsrichter jeweils einen Bumerang in die Hand drückte. Einzeln wurden die Kandidaten aufgerufen und mußten ihre ersten drei Würfe absolvieren. Nach jedem Wurf maßen Mitarbeiter mit akribischer Genauigkeit die Entfernung zwischen Abwurfort und Auffangstelle nach. Die Ergebnisse trugen sie in eine Liste ein. Auf einer großen Holztafel wurden dann die zusammengezählten Maße für alle sichtbar aufgeschrieben.

Die Musik war verstummt und eine große Anzahl Schaulustiger verfolgte das Spektakel. Nach jedem Wurf applaudierten sie, und besonders kräftig, wenn das Holz auch wieder gefangen wurde, was sich als gar nicht so einfach herausstellte.

„Aufgepaßt, jetzt kommt Thomas...da, die Nummer Elf...“ Nicki war ganz aufgeregt.

Marleen sagte gar nichts und biß sich vor Spannung in die Finger.

Thomas stolzierte, es seinen Vorgängern gleich machend, auf das Feld und stellte sich auf die Stelle, die ihm vom Schiedsrichter angewiesen worden war. Er hob die rechte Hand und warf mit einer scharfen Bewegung den Bumerang in Richtung Wald. Die Waffe kreiselte in der für sie typischen Bewegung durch die Luft, änderte nach einer gewissen Entfernung tatsächlich die Richtung und flog in Richtung Ausgangspunkt zurück.

„Guckma, guckma, guckma...nur drei Schritte...biste verrückt!" Peter war begeistert. Thomas hatte sich lediglich drei kleine Schritte nach links bewegt und das Holz wieder sicher aufgefangen. Die Entfernung wurde gemessen.

„Das gibt's doch nicht...", murmelte Nicki, während sich Marleen weiter die Finger zerbiß und nichts sagte.

Der zweite Wurf verlief genauso tadellos. Wieder waren es nur drei Schritte, die Thomas seinen Standort korrigieren mußte, um wiederum sicher den Gegenstand fangen zu können. Ein merkliches Raunen ging durch die Zuschauer, da Thomas in seinen Bermudashorts sofort als Nichteinheimischer auffiel.

Der dritte Wurf war überwältigend. Nicht einen Schritt mußte er sich von der Stelle bewegen, um das Holz wieder zu fangen. Selbst die anderen Teilnehmer zollten diesem Wurf respektvoll Beifall.

„Sag mal, macht ihr das zu Hause auch?" Peter kam aus dem Staunen nicht mehr raus.

„Ich wußte gar nicht, was dein Mann so alles für Qualitäten hat", freute sich Nicki zu Marleen gewandt.

„Ich ehrlich gesagt auch nicht." Marleen stand offenbar noch unter dem Einfluß des eben Gesehenen, und die Zahnabdrücke verschwanden langsam wieder aus der Haut der Finger.

„Mann, das ist bisher der erste Platz, das gibt's doch gar nicht." Peter war begeistert.

Den Teilnehmern wurde auf dem Grün ein Getränk gereicht, während ein hölzernes Gestell aufgebaut wurde. An zwei Pfählen war eine Astgabel befestigt. Die etwa zwei Meter langen Gabelenden waren so gebogen, daß sie wirklich fast über die gesamte Länge nur die vorgeschriebenen dreißig Zentimeter auseinander lagen.

Ein Schiedsrichter maß eine Entfernung von zwanzig Metern ab, und wieder traten die Kandidaten einzeln nach vorne, um ihr Geschoß in der vorgeschriebenen Art und Weise durch das Hindernis zu werfen.

Daß das kein leichtes Unterfangen war, mußten gleich die ersten sieben Teilnehmer feststellen. Nicht einer schaffte es, seinen Bumerang entsprechend zu werfen. Entweder sie flogen darüber, drunter durch oder schlugen senkrecht gegen das Hindernis. Auch die Kandidaten neun und zehn hatten kein Glück.

Lediglich die Nummer acht, offenbar ein Einheimischer, denn er erntete tobenden Applaus nach seinem Wurf, hatte sein Holz durch den Spalt werfen können.

Thomas stellte sich auf seinen Platz und Nicki sich auf ihre Zehenspitzen, damit sie ihn von ihrem Platz aus besser sehen konnte. Unmittelbar vor ihr, halb versetzt, hatte sich nämlich ein unheimlich großer Mann und neben ihm ein etwas kleinerer, aber sehr kräftiger aufgestellt, die dem Wettbewerb offenbar ebenfalls zuschauten. Die Dreiergruppe nahm die beiden hinzugekommenen Männer aber nicht weiter wahr.

In diesem Moment nämlich hob Thomas sein linkes Bein, holte mit der rechten Hand aus, beugte seinen Oberkörper leicht nach rechts und schleuderte das Geschoß in Richtung Hindernis.

Surrend zerschnitt die Waffe die mittlerweile gleißende Mittagshitze, legte sich nach etwa zehn Metern aus der ursprünglich senkrechten Position in die Waagerechte und zischte mitten durch die Astgabel. Ein Freudenschrei kam nicht nur aus drei deutschen Kehlen. Die Menge applaudierte noch immer, als sich Thomas langsam aus seiner gebückten Wurfposition wieder aufrichtete und offenbar selbst etwas ungläubig seinem Wurf hinterhersah.

Wieder gab es auf dem Feld Getränke für die Teilnehmer, während Helfer eifrig damit beschäftigt waren, die Ergebnistafel zu aktualisieren bzw. Pfähle in die Erde zu schlagen und Dosen darauf zu plazieren.

„Mann, die saufen sich da unten die Hucke voll, und wir kriegen vor Staunen trockene Kehlen", sagte Peter nach einer kleinen Pause.

„Und du bist sicher", fragte er Marleen, „daß dein Mann in seinem früheren Leben wirklich nicht Robin Hood oder so ähnlich hieß?"

Auf dem Feld unten waren die Vorbereitungen für den letzten Wettstreit beendet. Einer nach dem anderen absolvierte seine drei Würfe, allerdings hatte es wiederum nur die Nummer acht geschafft, die geforderten drei Dosen von den Pfählen zu holen, als Thomas an den Start ging.

Er nahm Maß, visierte die rechte Dose an und schleuderte das Wurfinstrument in die entsprechende Richtung. Fast lautlos zischte es kreiselnd auf sein Ziel zu, verfehlte es aber um circa zwei Meter. Während die enttäuschten Oh-Rufe der Zuschauer noch nicht verstummt waren, hatte das Holz hinter den Pfählen wieder die typische Rückwärtsrichtung nach einem kleinen Bogen eingeschlagen, kam in Richtung Werfer zurückgetrudelt und streifte dabei gerade noch die linke aufgestellte Dose. Mit einem blechernen Scheppern ging sie zu Boden. Die Enttäuschungslaute verschwanden und gingen in Beifallsstürme über.

Der zweite Wurf saß präziser. Thomas zielte diesmal etwas länger, und mit einer wuchtigen Armbewegung katapultierte er die lautlose Waffe auf ihr Ziel zu. Die mittlere Dose fiel wie vom Blitz getroffen zu Boden, und die Spannung der Zuschauer entlud sich im Beifall.

Kurz darauf war es wieder still. Peter bekam seinen Mund nicht mehr zu, und die beiden Frauen hatten sich an den Händen gefaßt und schauten gebannt in Richtung Spielfeld. Genau wie im Wurf zuvor schoß das Instrument lautlos aus der Hand des Werfers hervor, teilte die Luftpartien kurzfristig in zwei Teile und schleuderte auch die dritte Dose meterweit vom Pfahl auf den Rasen.

Die beiden Frauen hüpften sich umarmend auf der Stelle. Thomas hatte es geschafft. Die Ergebnistafel bestätigte das Gesehene. Er lag zwar in den Wettkämpfen zwei und drei punktgleich mit der Nummer acht, hatte allerdings aus Wettkampf eins ein besseres Ergebnis. Er hatte alle anderen Teilnehmer ins Abseits gestellt. In den jetzt einsetzenden Applaus mischte sich wieder die Musik der Veranstaltung, und staunend löste sich die Zuschauermenge langsam auf, nicht ohne noch einen kurzen bewundernden Blick auf den Fremden zu werfen, der soeben den Preis vom Bürgermeister der Stadt überreicht bekam.

Thomas schüttelte einige Hände und ließ sich ein paarmal auf die Schultern klopfen, ehe er sich seinen Weg zurück bahnen konnte.

„Mensch, Schatz, du warst toll!“ Marleen sprang ihm an den Hals und gab ihn einen stürmischen Kuß.

„Glückwunsch, Mister Dundee.“ Auch Nicki umarmte ihn und gab ihm einen freundschaftlichen Kuß auf die Wange.

„Alter...ich wußte es!“ Peter drückte seinen Kumpel herzlich. „Du bist der Bruce Lee der australischen Steppe. Laß dich von nun an Kangaroo-Kid nennen.“

Alle vier steuerten auf einen Bierstand zu, wo es das deutsche Getränk geben sollte. Aus einem Faß wurden riesige Gläser gefüllt und gegen die Gutscheine eingetauscht.

„Mensch, so Leistungssportler haben vielleicht Durst“, posaunte Thomas, nachdem er das Glas mit einem Zug fast halb geleert hatte. „Das ist ein Tag.“ Er setzte das Glas wieder an und trank den nächsten Schluck.

„Hat dieses blöde Arschloch auch noch Glück, ich hätte Lust, ihm gleich hier ordentlich die Fresse zu polieren“, ärgerte sich der muskulöse Mann, zu dem Riesen gewandt.

„Halt's Maul und sauf nicht so viel, Idiot. Mehr als dieses zweite Glas gibt's nicht, ist das klar? Wir haben noch war zu erledigen. Hast du das vergessen?“ herrschte Festus Klein seinen Partner mit der für ihn typischen grimmigen Miene an.

*

Gegen 22 Uhr leerte sich der Festplatz merklich. Peter und Thomas hatten nach dem sechsten oder siebten Glas aufgehört, ihre Getränke zu zählen, hatten aber, wie die Frauen fanden, merkwürdigerweise noch reichlich Biermarken in der Tasche.

„Ich glaube, bei den beiden dauert es noch etwas länger“, seufzte Marleen, zu ihrer Freundin gewandt.

„Ja, du hast wohl recht, irgendwie bin ich auch so richtig müde. Ich werde heute schlafen wie eine Tote...ich glaube, das dritte Glas von diesem Rotwein hat mich so richtig müde gemacht...“, gähnte Nicki zurück.

„Aber lecker war er. Wir sollten vielleicht für die nächsten Abende ein oder zwei Flaschen kaufen und mitnehmen...“, sinnierte Marleen.

„Aber auf keinen Fall unseren beiden Känguruhs etwas davon sagen, sonst haben wir nicht mehr viel davon“, gab Nicki zu bedenken, „obwohl, die sind erst mal glücklich, wenn sie ihre Biervorräte mit deutschem Bier wieder aufgefüllt haben. Ich bin ja gespannt, wie es ihnen morgen geht...gibt's hier irgendwo 'ne Pumpe oder einen Brunnen?“ dachte sie zurück an einen gewissen Morgen an einem gewissen Truckstop. Marleen lachte.

„Hast du gesehen, wie Peter dich bei diesem Square-Dance, oder was das war, herumgewirbelt hat...also, Fred Astaire wäre eine Null dagegen gewesen“, kicherte sie.

Die beiden Frauen hakten sich ein und drehten sich noch mal zu ihren Männern um, zu denen sich mittlerweile ein paar andere Einheimische und Touristen in lockerer Runde gesellt hatten. Thomas war gerade dabei, in inzwischen furchtbar radebrechendem Englisch einen seiner Lieblingswitze zu erzählen.

„Also, listen mal...there ist the son of an Australian Aborigineking...verstehste?“ begann er.

„Du, Schatz“, unterbrach ihn Marleen, „Nicki und ich haben genug für heute. Bei euch wird's bestimmt noch etwas dauern. Wir gehen schon zum Mobil und schlafen. Ich bitte euch, übernachtet heute mal draußen. Du weißt ja, daß du nach soviel Bier immer etwas lauter schläfst“, schmunzelte sie, „wir machen euch eure Liegen draußen vor dem Wagen zurecht. Aber seid schön leise, wenn ihr kommt...“

Sie gab Thomas einen lieben Kuß auf den Mund. Die anderen Männer grinsten verstehend. Auch Peter schloß die Augen und hielt seine gespitzten

Lippen Nicki entgegen. Nicki und Marleen warfen sich einen verstehenden Blick zu und küßten ihn gleichzeitig rechts und links auf die Wange.

Völlig verdutzt öffnete er die Augen. Die Männerrunde lachte, und die beiden Frauen warfen ihren Lieben auf dem Weg zum Wohnmobil noch einen Handkuß zu.

Alles drehte sich wieder zu Thomas, der zwar die Pointe bereits kannte, sich aber, nicht zuletzt aufgrund des Alkohols, vor Prusten und Lachen fast nicht mehr halten konnte.

„Also, hört wieder...Agorigineking, nä?!“ begann er von neuem. „Father sachte der son...you have so many childrens with lovely names. I überlege nu, how you find the many names for your childrens...verstehste?!“ Thomas kicherte wieder los.

„Nothing easier than that, also nichts einfacher als das...verstehste...immer, if I was together with a woman... Squaw heißt das bei den Indianern...naja, also woman...and I came out of my tent, I see something beautiful and this is the name of the new Kind, you know?!“ Thomas konnte sich fast nicht mehr halten, und auch Peter gackerte, aber mehr über Thomas Sprache als über den Witz, den von den anderen Umstehenden sowieso niemand zu verstehen schien. Thomas merkte das aber nicht. Er war voll in seinem Element.

„See, sachte der King...see your sister. Als ich out of the tent kam, I saw two white clouds and so I nannte your sister *lovely white cloud.* Als ich beim second Mal wieder raus kam, sah I a flickering Lager-fire. And so I call your brother *red hot fire...*“

„...paßt jetzt auf, jetzt kommt's...“, erklärte Thomas eifrig. „So easy ist es to find names for my children...have you noch other questions, *two fucking dogs?*“ beendete er die kleine Geschichte und bog sich vor Lachen. Er krümmte sich regelrecht, hielt sich den wackelnden Bauch und verschüttete etwas von der köstlichen, schaumigen Flüssigkeit, die er im Glas in der Hand hielt. Auch Peter konnte nicht mehr an sich halten. Die beiden Männer umklammerten sich gegenseitig. Auch die anderen Männer der Runde begannen nun zu lachen, nicht über den verstandenen Witz, sondern über das Szenario der Freunde.

Die Zeit ging weitere drei Gläser ins Land, als Peter erstaunlicherweise noch recht unternehmungslustig vorschlug, die Mädels zu wecken. Dann blickte er nachdenklich an sich hinunter und meinte schließlich „Aber iss glaube, Willi will heut' niss mehr sso richtich...“

„Ja, meiner sschläfft auch sschonn...“, stellte auch Thomas nach kurzer Überlegung fest. Das Sprechen fiel nun doch schon etwas schwerer.

„Komm her, Kumbel..." Die beiden Männer hakten sich ein und versuchten, sich auf den Rückweg zu begeben. Eine, wie sich herausstellte, hilfreiche Geste, denn jeder für sich alleine wäre dazu nicht mehr in der Lage gewesen.

Es war schon fast Mitternacht, als Peter seinen Freund plötzlich von der Straße riß. Sie hatten absichtlich den etwas breiteren Weg zwischen den beiden schmalen gewählt. Ein Landrover kam ihnen aus Richtung Wohnmobil entgegengerast und hätte sie fast umgefahren, wenn die beiden trotz ihres Alkoholkonsums nicht doch rechtzeitig reagiert und zur Seite gefallen wären.

„...blödes wildewodeness Känguuruuh...", brüllte Peter, mit der Faust durch die Luft fuchtelnd, hinter dem Wagen her.

„...sso ein Iot...meint wohl die Strasssse gehöat iihm...", gab auch Thomas seinen Senf dazu, stand auf und half seinem Freund wieder auf die Beine. Ein in diesem Zustand etwas mühevolles Unterfangen.

Nach ein paar Minuten kamen sie dann doch wohlbehalten am Wohnmobil an. Davor waren zwei Liegen, liebevoll mit Schlafsäcken drapiert, aufgestellt. Im Inneren des Caravans war es still. Das Licht war ausgeschaltet.

„Iss glaub', die Mädelss schlaffen schon...", stellte Thomas zufrieden fest, zog sich aus und legte, selbst in seinem derzeitigen Zustand, seine Kleidung akkurat zusammen und neben der Liege ab.

„Ja, die könn' auch nisst mehr ab." Peter versuchte seine Hose zu öffnen, was aber verständlicherweise nicht gleich gelang. Frustriert und ein paar Flüche in sich hineingrummelnd legte er sich bekleidet auf die Liege. Wenige Sekunden später waren beide tief und fest eingeschlafen.

Nachdem Festus und sein Partner beobachtet hatten, wie sich die beiden deutschen Männer langsam zuschütteten und sich die beiden Frauen getrennt von ihnen auf den Heimweg gemacht hatten, stieß Festus den Muskelmann in die Seite.

„Komm", zischte er, „jetzt geht's los."

Im noch herrschenden Getümmel fiel zwar der eine Mann wegen seiner Größe und seines Aussehens auf, aber es fiel nicht auf, daß sie in gebührendem Abstand die beiden Frauen auf ihrem Heimweg beschatteten.

In der Nähe des Parkplatzes, auf dem das Wohnmobil abgestellt war, beobachteten sie hinter einem Gebüsch versteckt, wie der Caravan geöffnet und die beiden Liegen herausgestellt wurden. Festus schmunzelte in sich hinein. Sein

Partner sah ihn verständnislos an. Durch das Licht, das trotz der Vorhänge aus dem Wohnmobil nach draußen schien, beobachteten sie weiter, wie sich die zwei Freundinnen auszogen und hinlegten. Dann ging das Licht aus.

„So, jetzt noch eine Viertelstunde, dann gehen wir hin“, flüsterte Festus. „Bei den meisten Frauen wirkt Alkohol wie Schlafmittel...ich hasse Alkohol, besonders in Verbindung mit Frauen.“

Genau fünfzehn Minuten später, die Uhr zeigte 22.45 Uhr, kamen die beiden Männer hinter dem Gebüsch hervor und begaben sich in Richtung Wohnmobil. Festus griff in die Innentasche seines Jacketts und holte ein kleines Etui hervor. Vorsichtig, aber erstaunlich schnell, was man den großen Händen gar nicht zutrauen würde, öffnete er den Deckel. Zum Vorschein kamen zwei kleine Pfeilspitzen, nicht länger als etwa vier Zentimeter, mit kleinen Federn am Ende.

„Hier...“ Er reichte einen Pfeil seinem Partner. Dieser grapschte danach. Festus zog die Hand ärgerlich weg.

„Sei vorsichtig, du Idiot. Das Zeug wirkt bei dem kleinsten Kratzer innerhalb von fünf Sekunden. Die Aborigines benutzen es, um ihre Beute zu betäuben, bevor sie sie töten. Paß also auf...“

Der Muskelmann nahm nun etwas ehrfurchtsvoller das kleine schlafbringende Geschoß in die Finger.

Lautlos begab sich Festus als erster zum Wohnmobil. Vorsichtig legte er sein Ohr an die Tür und an jedes der Fenster. Mit einem kurzen Kopfnicken befahl er seinen Partner heran, der noch in Deckung gewartet hatte.

Als er herangekommen war, hob sich Festus' rechte Hand und drehte mit aller Kraft, aber völlig lautlos, den Griff der Tür nach rechts. Mit einem unmerklichen Geräusch gab der Kunststoff dieser Umklammerung nach und brach. Festus hatte den Griff in der Hand, die Tür öffnete sich.

Die Männer verharrten. Von innen war nur ein etwas lauteres gleichmäßiges Atmen zweier schlafender Frauen zu hören. Wieder nickte Festus mit dem Kopf. Er öffnete die Tür, und die Männer begaben sich ins Innere des Mobils.

Zu seiner Linken lagen die beiden Frauen friedlich, wie er sie bereits im Hotel gesehen hatte, nebeneinander auf dem Schlaflager. Sie hatten sich nicht zugedeckt. Marleen war nur mit dem Schlafanzugoberteil von Thomas bekleidet, Nicki hatte sich ein T-Shirt von Peter übergestreift. Unter der Kleidung waren nur noch zwei wohlgeformte und bereits ziemlich braungebrannte Frauenkörper zu sehen.

Die Augen des Muskelmannes geierten von einem Körper zum anderen, wobei er sich offenbar nicht für das Gesicht, sondern eher für die mittleren und unteren Partien zu interessieren schien.

„Jetzt...“, befahl Festus leise, aber bestimmt.

Die beiden Männer schnellten vor. Festus' Hand griff auf den Mund von Marleen und drückte damit ihren Kopf fest ins Kissen, während er mit der anderen Hand den kleinen Pfeil in ihren Oberschenkel stieß.

Sein Partner tat das gleiche mit Nicki. Die beiden Frauen erwachten, rissen ihre Augen auf und starrten panisch die beiden Fremden an, hatten aufgrund des sofort einsetzenden Giftes jedoch keine Zeit, sich ihrer ausweglosen Situation bewußt zu werden. Innerhalb von vier Sekunden erschlafften ihre Körper in tiefer Bewußtlosigkeit.

Festus' Partner eilte nach draußen und fuhr den in der Nähe abgestellten Landrover heran. Sich nach allen Seiten umsehend vergewisserte sich Klein, daß sie nicht beobachtet wurden. Da das offenbar nicht der Fall war, erfaßte er nacheinander die beiden Frauen und hievte sie mit Leichtigkeit auf die Transportfläche seines Fahrzeuges. Dort übernahm sie Clark, der es beim Bereitlegen der beiden Körper wiederholt darauf anlegte, die Frauen an ihren Brüsten und im Schambereich zu berühren.

„Arschloch", zischte Festus, dem das Vorgehen seines Partners nicht verborgen blieb, und gab ihm zwei Leinensäcke. Behende stülpte Clark die Säcke über die Köpfe der beiden Frauen und fesselte ihnen Hände und Beine zusammen. Nochmals einen Blick auf die vorher angefaßten Stellen werfend, stieg er mit fiebrig wirkenden Augen nach vorne ins Führerhaus zu Festus und setzte sich hinters Steuer.

Er startete den Wagen und fuhr die Hauptstraße zwar schnell, aber nicht zu schnell, in Richtung Adelaide davon. Unterwegs mußte er nur zwei Betrunkenen, die mitten auf der Straße herumtorkelten, ausweichen und fing sich deshalb wieder einen bösen Blick von Festus ein, der ihn angeherrscht hatte, unauffällig und vorsichtig zu fahren.

Kurz darauf war das Fahrzeug mit seiner wertvollen Fracht in der Nacht nach irgendwohin verschwunden.

Thomas Beck und Peter Langmann tranken im „normalen" Leben selten Alkohol, höchstens einmal mehrere Glas Bier bei besonderen Anlässen. In diesem Urlaub hatten sie bereits mehr Alkohol zu sich genommen als das ganze begonnene Jahr über. Aber in den Ferien vom Alltag herrschten halt andere Voraussetzungen, und es hatte sich ergeben, daß einer der beiden Helden immer dann mit einer Dose oder einem Glas Bier aufgetaucht war, wenn der andere sich gerade vorgenommen hatte, mal eine Alkoholpause einzulegen und auf Mineralwasser, Saft oder Cola umzusteigen. Der Freund wollte dann kein Spielverderber sein, und so wurde aus den guten Vorsätzen ein bißchen schlechtes Gewissen dem eigenen Körper gegenüber, der diese Art Kaltgetränk ja nicht gewohnt war. Mit einem verstohlenen Griff zum nicht zu verleugnenden Bauchansatz, der zwar klein, aber eben vorhanden war, nahm man das Glas oder die Dose entgegen und prostete seinem Gegenüber zu.

Die Freundschaft der beiden Männer wurde besonders durch die bedingungslose Ehrlichkeit zueinander geprägt. Man konnte sich Dinge sagen, die man jemand anderem gegenüber niemals ausgesprochen hätte, und wußte, daß das Mitgeteilte erstens absolut objektiv eingeschätzt wurde und zweitens nie einem Dritten zugetragen wurde, wobei die Vertraulichkeit des Gesagten jeweils richtig eingeschätzt wurde, das heißt, man wußte, was nur für einen selbst bestimmt war und was eben weitererzählt werden durfte. Diese Entscheidung bedurfte keiner Absprache.

Es kam natürlich vor, daß sie nicht einer Meinung waren, dann blieb jedoch das weitverbreitete Schmollen oder Eingeschnapptsein aus, sondern man konnte mit der Meinung des anderen leben, änderte seine eigene oder blieb dabei. Diese Entscheidung wiederum wurde hingenommen und respektiert.

Bei dem übermäßigen Bierkonsum hatte sich jedoch ein Mißverständnis zwischen ihnen aufgebaut, das eigentlich symptomatisch war. Während der eine der Meinung war, dem anderen in der entspannten Urlaubsatmosphäre etwas Gutes tun und ein Glas Bier anbieten zu müssen, wollte dieser wiederum dem Gegenüber eine Freude machen und hielt mit. Die Revanche verlief unter gleichen, aber umgekehrten Motiven. Nur so war erklärbar, daß die beiden Männer derartig angeschlagen ins Feldbett gekrochen waren, wo sie eine mehr oder weniger ruhige Nacht verbrachten.

Während Peter die ganze Nacht, das heißt den verbliebenen Rest davon, wie ein Stein durchschlief und sich nicht einmal bewegte, wurde Thomas nach zwei Stunden wach und ging mehrmals, immer noch schwankend, auf und ab, um seinen Kreislauf anzuregen. Er hatte ein fürchterlich flaues Gefühl im Magen, und nach einiger Zeit lief er zu dem Toilettenwagen und mußte sich übergeben. Als er dies zweimal hinter sich gebracht hatte, fühlte er sich besser, setzte sich auf sein Bett und lauschte auf die Geräusche aus dem Wohnmobil. Er überlegte kurz, ob er zu Marleen schlüpfen sollte, gab diesen Gedanken jedoch sofort wieder auf, da aus dem Inneren kein Laut drang und er den Schlaf der Freundinnen nicht unterbrechen wollte. So legte er sich schließlich wieder hin und verfiel nach scheinbar endloser Zeit in einen unruhigen, von mehreren Wachphasen durchbrochenen Schlaf.

Erstaunlicherweise war es Peter, der am nächsten Morgen als erster die Augen aufschlug und sich aufsetzte. Mit einem Blick auf die Armbanduhr stellte er fest, daß es bereits neun Uhr dreißig war, woraufhin es ihm auch nicht verwunderlich erschien, daß um ihn herum schon das Leben pulsierte. Die anderen Camper wuselten über den Campingplatz, und ab und zu warf der eine oder andere ihm einen manchmal etwas mitleidigen Blick zu.

Leise erhob er sich von seinem Lager, ging zum Wohnmobil und legte lauschend ein Ohr an die Tür, hinter der er leises Schnarchen zu hören glaubte.

„Die beiden haben aber einen guten Schlaf", sagte er leise zu sich selbst, ging zu seinem Bett zurück, setzte sich darauf, hielt sich den brummenden Schädel und beobachtete einige Zeit das Treiben um sich herum.

Schließlich warf er zum wiederholten Male einen Blick zu Thomas' zerwühltem Lager. Dieser lag völlig verkrümmt darauf, so daß Peter sich wunderte, wie man in dieser Stellung überhaupt auch nur ein Auge zubekommen konnte.

Gegen zehn Uhr entschloß er sich zum Handeln, da die ersten Fahrzeuge bereits vom Platz losfuhren.

„He", rief er leise in Thomas' Richtung.

Keine Regung.

„He", wiederholte er etwas lauter.

Keine Regung.

„Das gibt's doch nicht." Peter stand auf, ging zu Thomas und schüttelte ihn leicht an der Schulter.

„He, aufstehen, die Zeit ist gut für einen kleinen Waldlauf." Er verzog dabei selbst angewidert das Gesicht bei dieser Vorstellung.

„Ouoh." Thomas öffnete die Augen und versuchte sich aufzusetzen, fiel aber gleich wieder in seine ursprüngliche Lage zurück.

„Mannomann", murmelte er und nahm einen erneuten Anlauf, der ihm diesmal mit einiger Mühe gelang.

Peter betrachtete interessiert das Wesen, das ihn da aus blutunterlaufenen Augen anstarrte. *›Wenn ich genauso aussehe, können mir heute die Spiegel gestohlen bleiben‹*, dachte er bei sich.

„Gut siehst du aus", sagte er im krassen Gegensatz zu seinen Gedanken, grinste dabei aber dermaßen, daß Thomas Bescheid wußte und das Gesicht verzog.

„Sprich mich bloß nicht an." Thomas rieb sich vorsichtig mit den Fingerspitzen die Schläfen und schaute zum Wohnmobil. „Schlafen die Mädels noch?" fragte er erstaunt, als er sah, daß die orangefarbenen Übergardinen noch zugezogen waren.

„Schnarchen noch wie am Spieß“, stellte Peter seine Fähigkeit für unmögliche Vergleiche unter Beweis.

Unter Aufbietung aller Kräfte stand Thomas auf und blieb leicht schwankend stehen.

„Egal, was für heute geplant ist: Ich fahre keinen Meter. Ich habe das Gefühl, als wenn wir gerade eben mit Trinken aufgehört hätten.“

„Wenn ich dich so ansehe, könnte das sogar stimmen. Aber tröste dich: viel besser geht's mir auch nicht. Wollen wir die beiden wecken oder erst mal ein Bierchen zu uns nehmen?“

Thomas sah ihn ehrlich entsetzt an und konnte vor Schreck nicht antworten.

„Nun bleib mal ganz ruhig, war doch nur Spaß. Laß uns lieber mit der Harley zum Meer fahren und ins Wasser springen. Das wird uns bestimmt nicht schaden.“

„Ich bin zwar auch davon nicht begeistert, aber du hast recht. Das ist bestimmt das beste in unserem Zustand. Aber fahren ist noch nicht. Wir haben schließlich noch genügend Alkohol im Blut, um mehrere Rumtöpfe anzusetzen. Laß uns mal die paar Meter zu Fuß gehen.“ Thomas dachte trotz der Motorsäge in seinem Kopf schon wieder vernünftig, weshalb Peter auch zustimmte.

Sie schnappten sich zwei Handtücher, die ihre Frauen ihnen in weiblicher Voraussicht unter die Liegen gelegt hatten, und trotteten los.

Als sie nach genau einer Stunde wieder am Lagerplatz eintrafen, fühlten sie sich zwar wieder sauber und erfrischt und weitgehend wie menschliche Wesen, die Kopfschmerzen jedoch, die immer noch bei jeder Bewegung pulsierten, riefen die Erinnerungen an ihr vorabendliches Gelage ständig zurück.

„Die pennen ja immer noch wie...“ Thomas überlegte kurz, „...wie am Spieß“, sagte er überrascht.

„Das hilft ihnen jetzt auch nichts mehr.“ Peter stöhnte leise. „Ich gehe da rein und hole mir eine Handvoll Aspirin, bevor mir die Schädeldecke wegfliegt.“ Sagte es, öffnete die Tür des Wohnmobils und verschwand.

Thomas setzte sich auf sein Feldbett und stützte leise jammernd den Kopf in die Hände.

Als Peter kurz darauf mit zwei Wassergläsern und den darin schwimmenden Tabletten zurückkam, nahm er dankbar eins der Gläser entgegen und schwenkte es so lange in der Hand, bis sich die Überreste aufgelöst hatten.

Dann prosteten sich die Männer zu, und die Gläser wurden in einem Zuge geleert.

„Heute keinen Alkohol?“ fragte Thomas.

„Heute keinen Alkohol!“ antwortete Peter.

„Und, hast du die Langschläfer geweckt?“

Peter schlug sich mit der flachen Hand vor die Stirn, was den Motor in seinem Kopf aufheulen und Thomas schon beim Zusehen zusammenzucken ließ.

Nach mehreren tiefen Atemzügen wurde der Motor wieder etwas gedrosselt und Peter war in der Lage, wieder zu sprechen.

„Nie wieder Alkohol“, behauptete er und fuhr dann fort. „Nee, keiner drin im Wagen.“ Er wies mit dem Daumen über die Schulter in Richtung Wohnmobil. „Wir haben uns verpaßt. Die sind vermutlich auf Einkaufsbummel. Nicht mal die Betten haben sie gemacht!“ setzte er vorwurfsvoll hinzu.

„Das wäre eigentlich eine gute Gelegenheit, sich noch mal ein Stündchen auszukurieren“, sagte Thomas und kletterte, ohne eine Antwort abzuwarten, in den Wagen und dort in Marleens Bett.

Peter tat es ihm nach und legte sich aufseufzend in Nicoles Schlafkoje. Beide schliefen sofort ein und wachten erst um fünfzehn Uhr auf.

Kapitel 10

Der Landrover verließ die kleine Stadt in der Nacht, fuhr durch Adelaide und bog dann von der Küstenstraße ins Landesinnere ab. Hinter der Stadt wurde es merklich staubiger und felsiger.

„Wie lange wirkt das Zeug eigentlich?“ fragte der Fahrer.

„Ich schätze, die beiden müßten in der nächsten Zeit so langsam zu sich kommen“, antwortete Festus, der zwar müde war, aber das Risiko, dem Idioten neben sich die Fahrt alleine zu überantworten, nicht eingehen wollte.

Draußen öffnete der Tag langsam seine Augen, hatte allerdings noch nicht die Kraft, den dunklen Schleier der Nacht vollends abzuwerfen.

Marleen verspürte einen faden Geschmack im Mund, den sie zunächst allerdings noch nicht bewußt wahrnahm. Um sie herum war es dunkel. Es roch modrig. Ihr Körper lag auf kaltem Metall und schlug ständig hin und her. Sie fror. Bevor sie die Augen öffnete, kamen ihre Gedanken zurück.

Was war los? Wo war sie? Warum taten ihr alle Glieder weh? Warum konnte sie sich nicht rühren? Was in aller Welt war geschehen...?

Sie hoffte zu träumen, doch in diesem Augenblick schlug ihr Körper unvermittelt gegen etwas Hartes. Sie wollte sich schützend stützen, doch das Metall krachte gegen ihre Rippen, und als sie zurückfederte, schlug sie mit dem Gesicht auf.

›Gott im Himmel, wo bin ich, was ist mit mir los, wo ist Thomas. Wo sind die anderen...ich will aufwachen aus diesem bösen Traum, lieber Gott...laß mich aufwachen...‹, schoß es ihr durch den Kopf.

Ihre Brust schmerzte durch die vielen Aufschläge auf der Ladefläche, die Hand- und Fußgelenke brannten aufgrund der sie umschnürenden Fesselung, sie war fast nackt und fühlte sich so hilflos wie bisher noch nie in ihrem Leben. Tränen schossen ihr unvermittelt übers Gesicht. Sie wollte schreien, wenigstens weinen, bekam aber keinen Ton heraus. Irgend etwas schnürte ihr die Kehle zu.

›Was passiert, wenn ich versuche, aufzustehen...aber das geht ja nicht, mir tut alles weh...ich kann nichts sehen, wo bin ich...lieber Gott, hilf mir...Thomas, Peter, Nicki...wo seid ihr, helft mir.‹ Ein Flehen, das nicht ausgesprochen werden konnte.

Tränen liefen ihr wie kleine, sich einen eigenen Weg suchende Rinnsale übers Gesicht. Sie mündeten allerdings nicht in einem See der Trauer, sondern versiegten im modernden Stoff des Sackes, der über ihr Gesicht gezogen worden war.

Wieder schlug sie mit dem Körper auf. In ihrem Kopf hämmerte der Schmerz der Ungewißheit und der Angst. Sie landete neben etwas Weichem und merkte, daß sie mit ihrem Gewicht weiteres Leben unter sich quetschte, konnte es aber nicht verhindern.

„Ohhhhh, au...“, jammerte eine Stimme neben ihr.

›Nicki, das war Nickis Stimme‹, durchfuhr es Marleen, *›ich bin nicht alleine hier, Gott, ich danke dir...Nicki...‹*

„Nicki...!?“ flüsterte sie vorsichtig.

„Mhmmm, aaahhh...“, vernahm sie ein schmerzverzerrtes Stöhnen.

›Es ist Nicki, Himmel, es ist Nicki!‹

„Nicole, wach auf“, flüsterte Marleen erneut, „ich bin's, Marleen.“

Nicole kam langsam zu sich. Auch ihr Körper war zerschunden und zerschlagen und über und über mit Schürfwunden und blauen Flecken übersät. Sie spürte die Fesselung. Panik stieg in ihr auf.

„Was...was ist los...?“ stotterte sie leise und ängstlich in die sie umgebende Dunkelheit des Ungewissen.

„Ich weiß nicht“, flüsterte Marleen zurück. „Ich bin gefesselt, kann nichts sehen, und mir tut alles weh. Offenbar sind wir in einem Auto oder sowas. Nicki, ich habe Angst, was ist passiert?“ flehte sie ihre Freundin an in der Hoffnung, daß sie eine plausible Antwort erhalten und sich alles zum Positiven auflösen würde.

„Ich kann auch nichts sehen, ich glaube, ich habe etwas über den Kopf gezogen bekommen...um Himmels willen, zwei Männer...“ Langsam kam die Erinnerung wieder. „Ich habe zwei furchtbare Männerfratzen vor Augen. Die waren in unserem Wagen, als wir schliefen. Einer hat mir den Mund zugedrückt, und dann tat es mir am Oberschenkel weh...dann weiß ich nichts mehr...“

„...wir sind von unseren Männern weggegangen und haben uns hingelegt...“ Auch Marleens Gedanken erreichten die Welt der Realität zurück. „Zwei furchtbare Gesichter...was haben die mit uns vor...wir haben doch nichts gemacht... Nicki, was können wir tun...?“

Der Körper neben ihr begann furchtbar zu schluchzen. Auch bei Nicki setzte sich die Ausweglosigkeit ihrer Situation im Gehirn fest, gepaart mit den Gefühlen einer Frau und der Hilflosigkeit der ungewissen Zukunft.

„Wo ist denn mein Peter?“ wimmerte Nicki im Tränenfluß vor sich hin. „Ob die uns was antun werden...?“ fragte sie in Richtung Marleen in der Hoffnung, diese werde sie vom Gegenteil überzeugen.

„Ich weiß nicht...“ Auch bei Marleen machte sich wieder Panik breit. Sie war allein, ohne Thomas. Sie haßte die Einsamkeit ohnehin, jetzt befand sie sich in tödlicher Isolation.

„Mir ist kalt, ich habe fast nichts an, ich friere“, jammerte sie mit tränenerstickter Stimme. „Bitte komm etwas näher, wenn du kannst, ich brauche deine

Nähe. Ich will einen Menschen neben mir spüren... Nicki, das kann doch noch nicht das Ende sein...?"

Hart und unvermittelt hielt der Wagen an. Durch das Bremsen rutschten die beiden Frauenkörper über die Ladefläche und schlugen mit den Köpfen derart hart gegen das Metall der Fahrerkabine, daß sie kurzfristig erneut das Bewußtsein verloren.

Das Auto hatte vor einer riesigen Felswand gehalten. Festus sprang von seinem Sitz und schlug die Tür hinter sich zu. Die Fracht auf der Ladefläche nicht eines Blickes würdigend, eilte er in Richtung Felswand. Die schmale Öffnung in einer Nische war kaum zu erkennen. Sie schien in das unheimliche Innere des steinernen Kolosses zu führen.

„Los, komm her mit den Weibern", herrschte Klein seinen Partner an, „und grabbel nicht ständig an den Titten rum."

Clark war ebenfalls ausgestiegen und gleich zur Ladefläche gegangen. Hier war er gerade dabei, Marleens Busen mit seinen riesigen Händen zu kneten. Eine Tätigkeit, die ihm offenbar großen Genuß bereitete, denn seine Augen hatten bereits wieder den fiebrigen Blick bekommen. Marleen ließ die Prozedur besinnungslos über sich ergehen.

Durch die Anweisung von Festus aus seinen Träumen gerissen, zuckte Clark zusammen. Er ließ die Klappe der Ladefläche herunter und schulterte Marleen.

„Dürres Gerippe...die wiegt ja gar nichts..." Er schleppte den leblos wirkenden Körper in den Berg.

„Titten ham' se ja, aber sonst ist nichts dran an diesen Weibern. Weißt du, ich stehe eher auf was Dralles...", versuchte er Festus ein Gespräch in eine bestimmte Richtung aufzuzwängen, während er Nicki in die Höhle transportierte.

„Quatsch keine Scheiße, bring sie her", befahl Festus. Er hatte Marleen auf die Arme genommen und merkte, daß dieser Körper tatsächlich recht leicht war. Mit ihr ging er einige Meter durch ein Labyrinth von nassen, von der Natur in Jahrtausenden in den Stein gefressenen Gängen, watete etwa zehn Meter durch hüfttiefes, kaltes und glasklares Wasser und setzte den Körper behutsamer, als das sein Partner, der ihm gefolgt war, mit Nicki tat, auf steinigem Untergrund ab.

„So, jetzt müssen wir sehen, daß wir zurückkommen", stellte er mürrisch fest. Er hatte Hunger und war müde. Außerdem haßte er den Berg. Er erschien ihm unheimlich, war kalt und roch nach Tod.

„Mach die beiden wach und faß sie nie wieder an", richtete er sich zornig und mit Nachdruck an seinen Partner, „du weißt, was der Chef gesagt hat..."

„Ja, ist ja schon gut...ein bißchen Spaß wird ja wohl dabei sein...", widersprach dieser.

„Finger weg, oder ich reiß dir die Eier ab..." Festus' Geduldsfaden war gerissen. Eine Situation, die durch die deutlich rote Gesichtsfärbung, die gleichzeitig eine unmißverständliche Warnung darstellte, nach außen sichtbar wurde.

Clark stellte sich vor die beiden auf dem Boden sitzenden Frauen hin, holte mit seiner riesigen Hand aus und schlug unvermittelt der einen rechts, der anderen links gegen den Kopf.

Auf diese Weise unsanft in das Reich der Realität zurückgeholt, fielen die beiden wehrlosen Körper zitternd in sich zusammen.

„Paßt auf, ihr Schlampen", schrie er die eingeschüchterten Frauen an, „rührt euch nicht von der Stelle. Ihr wißt nicht, wo ihr seid. Bewegt euch nicht, denn jede Bewegung kann für euch tödlich sein. Haltet eure Schnauzen, es sei denn, ihr wollt die wilden Dingos rufen, die euch liebend gerne am lebendigen Leib verspeisen würden. Betet, daß eure Alten vernünftig sind, sonst wird es euch schlecht gehen, wenn wir wiederkommen. Andererseits könnten wir viel Spaß zusammen haben...", setzte er grinsend noch einen drauf.

Plötzlich holte er aus und trat blind zweimal in die beiden Körper vor sich. Die Frauen schrien auf. Die Angst und der Schmerz schnürten ihnen aber sofort wieder die Kehle zu.

Die beiden Männer stiegen wieder in den Landrover und fuhren zurück.

Peter, der sich jetzt wirklich deutlich besser fühlte, stieß die angelehnte Tür des Wohnmobils auf und sprang erstaunlich munter ins Freie.

„Aaaaaaaaah", gähnte er und streckte sich. Dabei wanderten seine Augen über die nähere Umgebung und fanden jedoch nicht das, was zu sehen Peter sich gewünscht hatte.

„Das gibt's doch gar nicht", flüsterte er und ging um den Caravan herum. Er fand kein Lebenszeichen der Frauen und sah ungläubig auf seine Armbanduhr, ein Breitling-Billigimitat, auf das er trotzdem so stolz war, als handele es sich um ein Original.

„Das gibt's doch gar nicht!" wiederholte er. Der Hauch eines unguten Gefühls stellte sich in seiner Magengegend ein.

„Was gibt es nicht?" fragte Thomas und sah mit zerzausten Haaren, fragendem Blick, aber wieder wie ein Mensch aussehend aus der Türöffnung.

„Die Frauen." Peter sah seinen Freund an. „Die Frauen sind immer noch nicht da. Schau doch noch mal im Wagen nach, ob sie nicht einen Zettel für uns dagelassen haben."

Thomas verschwand wortlos im Inneren des Fahrzeugs, während Peter nochmals, und diesmal sehr gründlich, den Lagerplatz untersuchte.

Nachdem die Suche beendet war, trafen sich die Männer wieder an der Caravantür und standen sich ratlos gegenüber.

„Und was nun?“ fragte Peter. Das ungute Gefühl hatte sich während der Suche verstärkt und lag jetzt als kleiner, harter Klumpen in seinem Magen.

Thomas zuckte ratlos die Schultern. „Vielleicht sind sie immer noch am Einkaufen.“ Da er selbst merkte, daß diese Aussage nur halbherzig kam und nach billiger Ausrede klang, war er nicht überrascht, daß Peter darauf überhaupt nicht einging.

Marleen und Nicole hätten gewußt, daß sich ihre Männer Sorgen machen würden und wären schon lange zurück gewesen, um sich, falls erforderlich, abzumelden und erneut loszuziehen.

„Oder sie sind mit dem Motorrad liegengeblieben“, versuchte er erneut eine Erklärung, diesmal mit ein bißchen mehr Überzeugung in der Stimme.

Peter nickte nur zur Seite. Thomas sah in die angegebene Richtung und erblickte das halbe Vorderrad der Harley, die vor dem Wohnmobil abgestellt war.

Thomas wurde jetzt unruhig und überlegte krampfhaft nach einer Möglichkeit, die das lange Ausbleiben der Frauen begründen könnte.

Peter beobachtete ihn dabei ganz genau, sagte aber kein Wort. Als Thomas dies bemerkte, sah er den Freund fragend an, überlegte wieder und wurde plötzlich blaß.

Peter nickte ernst. Immer noch stumm ging er um Thomas herum und sah sich das Türschloß des Fahrzeugs an. Dann drehte er sich um und nickte abermals. Dies war wieder eine der Gelegenheiten, wo die beiden keine Worte brauchten, um zu wissen, was der andere dachte.

Thomas kam heran und betrachtete ebenfalls aufmerksam das Schloß. Schließlich faßte er mit der rechten Hand zu und drehte am Knauf. Die Schließzunge bewegte sich einwandfrei. Trotzdem hatte er das gleiche bemerkt wie Peter: Der Schließriegel, aus einfachem Kunststoff bestehend, war abgebrochen. Er bückte sich, suchte kurz im bräunlichen Gras und hob schließlich etwas von der Erde auf, das er Peter in der geöffneten Hand hinhielt. Es war der Schließriegel, das wußte Peter, noch ehe er ihn gesehen hatte.

›Magengeschwüre‹, dachte er, als sein Magen sich jetzt in eine schwere Bleikugel verwandelte und sich schmerzhaft zusammenzog. Er wunderte sich, daß er in so einem Moment noch Zeit für solch nebensächliche Gedanken haben konnte. *›Nicki‹*, war der nächste Gedanke, und abermals krampfte sich sein Magen zusammen.

Thomas konnte gar keinen klaren Gedanken fassen. *›Marleen, Marleen, Marleen.‹* Sein Hirn war nicht in der Lage zu arbeiten, und er fühlte überhaupt nichts mehr, seine Umgebung verschwamm, wurde wieder klarer und verschwamm abermals.

Schließlich, nach scheinbar endloser Zeit, in Wirklichkeit jedoch nach wenigen Sekunden, hatte er sich gefaßt.

In diesem Moment, beide Männer ruckten wie auf Kommando mit den Köpfen herum, hielt ein weißer Landrover unmittelbar vor ihnen. Sie hatten nicht bemerkt, daß der Wagen direkt auf sie zufuhr. Die Insassen konnten sie erst erkennen, als diese das Fahrzeug verließen, da sich die Windschutzscheibe im gleißenden Sonnenlicht spiegelte. Aber Thomas und Peter wußten auch vorher, wer aussteigen würde: Es waren die beiden Typen aus dem Truckstop, die jetzt langsam ausstiegen, auf sie zukamen und vor ihnen stehenblieben.

Festus Kleins Gesichtsausdruck war nichtssagend, völlig entspannt und weder als freundlich noch unfreundlich zu bezeichnen.

Sein Kompagnon Vincent Clark jedoch verzog seinen Mund zu einem häßlichen Grinsen und entblößte dabei schwarze, verfaulte Zahnstummel, die in ihrem Leben noch nie Bekanntschaft mit einem Zahnarzt gemacht hatten.

„Geile kleine Viecher, eure beiden Weiber“, eröffnete er das Gespräch, bevor Klein dies verhindern konnte.

Das war zuviel für den völlig aufgelösten Thomas, und mit einem Aufschrei stürzte er sich auf den muskelbepackten, gedrungenen Mann, der soeben sein Allerheiligstes beleidigt hatte.

Bevor dieser überhaupt reagieren konnte, hatte er bereits zwei Faustschläge seines tobenden Gegenübers ins Gesicht bekommen und torkelte nach hinten. Der nachsetzende Thomas schlug und trat blind vor Wut auf Clark ein, und trotz seiner Muskeln und körperlichen Überlegenheit hätte dieser in diesem Kampf keine Chance gegen seinen völlig ausgerasteten Kontrahenten gehabt, der im Augenblick keinerlei Schmerzempfinden hatte und ungeahnte Kräfte freisetzte. Die abwehrenden Schläge Clarks trafen zwar ihr Ziel, hatten jedoch keinerlei Wirkung auf Thomas, und brüllend warf dieser sich immer wieder gegen den Mann, der ihm seine Frau weggenommen hatte.

Festus Klein war es, der den Kampf mit einem einzigen Fausthieb gegen Thomas' Kopf beendete. Dieser spürte den Schlag, der ihm sein Nasenbein brach, überhaupt nicht, sondern sank in tiefe, schwarze Bewußtlosigkeit.

Peter hatte während des Kampfes, der nur wenige Sekunden dauerte, überhaupt nicht reagieren können, wollte jedoch jetzt, als er Thomas zu Boden sinken sah, seinerseits auf Klein losgehen. Dieser sah Peter jedoch scharf an, als er auf ihn zukam. „Versuch es erst gar nicht. Der Spaß ist vorbei.“

Peter stockte, warf einen Blick auf Thomas, der still auf dem halb verdorrten Gras lag, dann einen Blick auf Clark, der ebenfalls zu Boden gegangen war und sich gerade wieder aufrappelte, und wieder zu Klein, der entspannt vor ihm stand und ihn selbst musterte.

„Hör mir gut zu. Ich sage es nur ein einziges Mal, deshalb solltest du genau aufpassen."

Als er feststellte, daß er jetzt die ungeteilte Aufmerksamkeit Peters hatte, fuhr er fort.

„Zunächst mal vorweg: Euren Frauen geht es den Umständen entsprechend gut. Und dabei wird es auch bleiben, wenn ihr genau das macht, was ich dir jetzt sage." Er machte eine rhetorische Pause. „Und jetzt eine Frage: Kann ich davon ausgehen, daß ihr den Knopf nicht habt?"

Peter nickte stumm.

„Dann müßt ihr ihn suchen! Er ist euch am Flughafen in Frankfurt in eine Tasche gesteckt worden, mehr weiß ich auch nicht. Ich werde ab heute jeden Abend in dem Truck-Stop, wo wir uns zuerst gesehen haben, um Punkt zweiundzwanzig Uhr auf euch warten. Das werde ich genau sieben Tage lang tun. Wenn ihr mir in diesem Zeitraum nicht bringt, was ich haben will, werdet ihr mich nie wieder sehen. Was das in Hinsicht auf eure Frauen heißt, kannst du dir selbst denken. Aber ich sage es dir trotzdem zur Verdeutlichung: Wenn ihr mich nicht wiederseht, kann ich euch auch nicht sagen, wo sie sind und wie ihr sie wiederbekommt."

„Aber..."

„Kein Aber", wurde Peter sofort unterbrochen, „du weißt jetzt alles, was ihr wissen müßt. Ihr braucht euch auch keine anderen Pläne oder ähnliches zu überlegen. Nur ich weiß, wo eure Frauen sind und nur ich kann es euch sagen. Und ich sage es erst, wenn ich den Knopf in meiner Hand halte."

Damit drehte er sich um, packte den inzwischen gerade wieder aufgestandenen Clark und schubste den immer noch benommenen Mann durch die geöffnete Tür auf den Beifahrersitz des Jeeps. Die Leichtigkeit, mit der Klein den schweren Mann handhabte, ließ auf eine geradezu unglaubliche Körperkraft schließen. Er schmiß die Tür ins Schloß und ging zur Fahrertür. Dabei warf er Peter noch einen Blick zu.

„Macht keine Mätzchen. Dann kommt ihr heil aus dicser Sache raus." Er stieg ein, schloß die Tür, legte den Rückwärtsgang ein, wendete und fuhr in schnellem Tempo davon.

„He, wach auf." Peter schüttelte vorsichtig Thomas' Schulter. Nach mehrmaligen Versuchen stand Peter auf, ging in den Caravan und kam mit einem feuchten Tuch zurück, mit dem er zunächst das Blut aus Thomas' Gesicht wischte, das zunächst beängstigend stark aus seiner Nase geflossen war, jetzt jedoch nur noch als feiner Rinnsal die Wange hinablief.

Nach erneutem Befeuchten mit klarem, kalten Wasser erzielte Peter erste Erfolge. Thomas regte sich, und als erstes ging seine rechte Hand zur Nase. „Aaaah." Mit einem Schmerzensschrei zog er die Hand sofort zurück. Dann blieb er mit halb geöffneten Augenlidern liegen. Peter kniete neben ihm und wartete. Plötzlich setzte sich Thomas mit einem Ruck auf.

„Marleen!" schrie er auf und wollte aufspringen, Peter drückte ihn jedoch an den Schultern wieder in sitzende Position.

„Bleib ganz still sitzen", beruhigte er den Freund. „Wir kriegen sie wieder." Er tupfte vorsichtig unter Thomas' Nase herum, da diese durch die ruckhaften Bewegungen ihres Trägers wieder stärker blutete.

Während er die Nase durch Kühlen und Säubern behandelte, erzählte Peter seinem Freund von der kurzen Unterhaltung mit Klein.

„...wir brauchen ihm also bloß diesen Knopf zu geben, kriegen unsere Frauen wieder und sind die Widerlinge ein für allemal los", schloß er seine Ausführungen.

Thomas stand vorsichtig auf, wankte zum Feldbett und setzte sich darauf.

„So, so, bloß den Knopf geben." Er sah Peter ungläubig an. „Du willst ihnen bloß den Knopf geben? Beantworte mir dann mal nur eine einzige Frage: Wo willst du den Knopf hernehmen?"

Peter sah ihn mit dummem Gesichtsausdruck an. Er wußte nicht, was Thomas von ihm wollte.

Thomas stand trotz seines immer noch dröhnenden Kopfes auf, ging auf Peter zu und faßte ihn mit beiden Händen an den Schultern.

„Mensch, werd endlich wach." Beschwörend sah er den Freund an. „Wir haben diesen Knopf nicht, also können wir ihnen das Ding auch nicht geben!" Er sprach langsam und betonte jede einzelne Silbe. Es dauerte einen Moment, bis der Groschen bei Peter gefallen war.

„Stimmt", sagte er leise. Und nach einer weiteren kleinen Pause ebenso leise: „Und was machen wir jetzt?"

„Ich verarzte jetzt zunächst meine Nase, und dann suchen wir das Scheißding." Ohne es zu wollen, hatte er die Führung übernommen, da Peter dazu offensichtlich nicht in der Lage war. Er betrachtete den Freund nachdenklich. Eigentlich dachte dieser ähnlich logisch wie er selbst, schien jetzt jedoch völlig von der Rolle zu sein und keines klaren Gedankens fähig. *›Ich muß ihn im Auge behalten‹*, überlegte Thomas, *›damit er nicht irgendwelchen Mist baut.‹*

Es war bereits Abend, als das Wohnmobil vor dem kleinen Gebäude, in dem sich neben einem Friseur und einem Andenkenladen auch das Polizeirevier befand, ausrollte.

Thomas und Peter stiegen aus und traten an die Tür, an der ein Holzschild mit der Aufschrift *Sheriff Office* hing. Peter drückte die Klinke herunter. Die Tür war verschlossen.

„You'll have to wait a moment", ertönte eine Frauenstimme aus dem Inneren des Büros. „The Sheriff will be back soon."

„Okay, warten wir." Peter sah Thomas an. Dessen Nase war geschwollen, hatte inzwischen doppelte Ausmaße erreicht und war knallrot. Erstaunlicherweise hatte Thomas kaum Schmerzen, und auch sein Brummschädel war nach Einnahme dreier weiterer Aspirin kaum noch störend.

Die Männer hatten den ganzen Nachmittag über den Caravan auf den Kopf gestellt, in jeder Ritze nachgeschaut und jedes Kleidungsstück dreimal umgewendet – erfolglos.

Schließlich war man zu dem Schluß gekommen, daß die Hilfe der Polizei die letzte Möglichkeit war, irgendwie aus dieser Geschichte herauszukommen. Sie waren Fremde in einem fremden Land, und da sie keine anderen Leute hier kannten, wollten sie jetzt offizielle Hilfe in Anspruch nehmen.

„Er hat zwar nichts davon gesagt, daß wir nicht zur Polizei gehen dürfen, aber freuen wird er sich bestimmt nicht darüber, wenn wir das machen", hatte Peter eingewandt.

„Hast du einen besseren Vorschlag?" Thomas fragte dies gereizt.

„Nein, habe ich nicht", kam es, ebenfalls gereizt, zurück. „Aber was ist, wenn der Typ durchdreht und unseren Mädels was antut?"

Thomas öffnete den Mund zu einer Antwort, schloß ihn jedoch wieder, ohne etwas zu sagen. Was sollte man darauf auch antworten? Er war selbst halb verrückt vor Sorge und wußte, daß das bei Peter genauso war. Der beste Beweis dafür war, daß sie sich eben angeschnauzt hatten, was vorher in all den langen Jahren, in denen sie sich kannten, noch nie vorgekommen war.

„Paß auf", sagte er schließlich bemüht ruhig. „Wir haben gesucht, wir haben nichts gefunden. Wir haben noch mal gesucht, wir haben wieder nichts gefunden. Wir müssen irgendwen finden, der uns hilft. Und weil wir hier keinen kennen, werden wir zur Polizei gehen. Die müssen uns schließlich helfen."

Der Mann, der sich auf der anderen Straßenseite näherte, trug eine helle Uniform mit einem blitzenden Abzeichen auf der linken Brustseite. Er war mittelgroß, hatte eine leicht untersetzte Figur und einen ebenfalls hellen, breitkrempigen Hut auf dem Kopf. Er schien in ein Gespräch vertieft zu sein mit einem hünenhaften Kerl in feinem Anzug.

Sie kamen über die Straße geradewegs auf das Sheriffbüro und die wartenden Männer zu.

Diese starrten auf den Begleiter des Polizeibeamten. „Hallo, Männer", lächelte Festus Klein den beiden zu.

„Is something wrong?" fragte der Sheriff und grinste ebenfalls.

Peter und Thomas schüttelten stumm die Köpfe.

Sie sahen zu, wie der Mann die Tür aufschloß und ins Zimmer eintrat. Festus Klein blieb kurz stehen.

„Macht keinen Fehler", sagte er und schaute die beiden Freunde ernst an. „Und traut keinem. Mich kennen viele Leute." Dann ging er ebenfalls ins Gebäude und schloß die Tür von innen. Kurze Zeit später erscholl lautes Lachen aus dem Büro.

Die Männer saßen im Caravan auf dem Campingplatz, zu dem sie nach diesem Vorfall zurückgekehrt waren.

„Soviel dazu." Peter hatte das Gesicht in die Hände gestützt. Nach einiger Zeit begannen Tränen zwischen seinen Fingern hindurch- und an den Armen entlangzulaufen.

„Wenn unseren Frauen irgend etwas passiert, bringe ich diese Bastarde um", flüsterte er, und es hörte sich an wie ein Schwur. Thomas nickte stumm.

„Also los", sagte Peter und zündete den Motor der Harley Davidson, der sofort ohrenbetäubend blubbernd zum Leben erwachte. Thomas, der hinter ihm saß, klammerte sich an ihn.

„Gib Gas", rief er und schlug dem Freund noch einmal auf die Schulter, „auf nach Sydney!"

Man hatte sich geeinigt, das Hotelzimmer in Sydney unter die Lupe nehmen zu wollen. Da Thomas und Peter es nicht mehr wagten, fremde Hilfe in Anspruch zu nehmen, wollte man versuchen, das zu tun, was man von ihnen verlangte. Dazu brauchten sie diesen ominösen Knopf. Und da er sich definitiv nicht im

Wohnmobil befand, konnte er sich nur im Hotelzimmer in Sydney oder in dem Taxi befinden, mit dem man zum Hotel gefahren war.

Beide Männer waren sich klar darüber, daß es unmöglich war, einen solch kleinen Gegenstand, den man genausogut bei einem der Aufenthalte, Pausen oder Einkaufsbummel verloren haben konnte, ausgerechnet an einem dieser beiden Orte wiederzufinden. Da sie jedoch keine andere Chance sahen und alles besser war, als herumzusitzen und zu warten, wollten sie diese Möglichkeit, etwas für ihre Frauen zu tun, nicht ungenutzt lassen.

Peter fuhr an und beschleunigte stark, als er den Campingplatz verlassen hatte. Als sie die Hauptstraße des Ortes befuhren, hielt Peter die Maschine an und ließ den Motor im Leerlauf weitergrollen. Beide Männer hatten gleichzeitig etwas gesehen, womit sie nicht gerechnet hatten.

Sie stiegen ab, und Peter stellte die Harley auf den Seitenständer, nachdem er den Zündschlüssel herumgedreht hatte.

Beide beobachteten das Objekt ihrer Begierde. Schließlich nahm Peter den Helm ab und sah Thomas an. Dieser nickte. Dann wandten sie ihre Aufmerksamkeit wieder Vincent Clark zu, der soeben die Straße überquert hatte, einer Kneipe, aus der lautes Gegröle erklang, zustrebte und darin verschwand.

Thomas und Peter starrten die Tür an, durch die Clark gerade verschwunden war. Ihre Gesichter, die sonst immer freundlich und offen waren und die nichts lieber taten als über irgend etwas, wenn möglich gemeinsam, zu lachen, hatten sich verändert. Sie waren hart geworden, und nicht die Spur eines Lächelns war mehr darin zu finden.

Die Männer setzten sich in Bewegung und gingen ebenfalls auf die Kneipe zu. Sie waren bereit, sich mit jedem anzulegen, der sie daran hindern wollte, mit Clark zu sprechen. Und sie waren ganz sicher, daß dieser mit ihnen sprechen und ihnen erzählen würde, was sie wissen wollten...

Kapitel 11

Die beiden Frauen konnten vor Schmerz nicht schreien. Die Übelkeit, die die Schmerzen verursachten, schnürte ihnen die Kehlen zu. Der beschuhte Fuß des Mannes hatte Nicoles Rippen getroffen, und mit einem hörbaren Krachen war zumindest eine gebrochen. Der zweite Tritt hatte Marleens linke Brust getroffen. Die höllischen, stechenden Schmerzen, die in ihrem Körper wieder und wieder zu explodieren schienen, trieben ihr die Tränen in die Augen.

Nicole wußte nicht, ob sie bei jedem Ein- und Ausatmen laut schreien oder sich abermals in die Bewußtlosigkeit ergeben sollte. Wiederholt wurde ihr schwarz vor Augen, bis sich der Körper den Qualen ergab und sie ohnmächtig zur Seite fiel.

Durch die Schmerzen und das Schluchzen hatten die beiden Frauen nicht mitbekommen, wie der Motor des Wagens gestartet wurde und die beiden Männer davonfuhren.

Langsam begann Marleens Gehirn zu arbeiten, die stechenden Brustschmerzen verdrängend.

„Was haben Sie mit uns vor?“ fragte sie vorsichtig in das sie umgebende Nichts. Ihre Worte hallten im Inneren des Berges gegen die nassen Wände und wurden von der sie umgebenden klaren Wasseroberfläche in die Dunkelheit katapultiert.

„Sagen Sie doch was...was haben wir getan, was haben Sie mit uns vor?“ Ihre Stimme zitterte.

„Warum antworten Sie nicht?“ Verzweiflung stieg in ihr auf und ihre Worte bebten jetzt lauter.

„Verdammt noch mal, sagen Sie doch was, was soll das alles, wir haben nichts gemacht, lassen Sie uns frei, Sie verdammten Schweine...“, schrie sie plötzlich los, wohl wissend, welche Folgen das Gesagte für sie bedeuten konnte.

„Wenn Sie was von uns wollen...los, kommen Sie her, ich habe sowieso fast nichts an, aber binden Sie uns los, ich sterbe fast vor Schmerzen...“, bot sie sich in ihrer Verzweiflung an. „Was haben Sie mit unseren Männern gemacht...was wird aus uns...seid ihr zu feige, um zu antworten...? Wir sind wehrlos, ist es das, was ihr wollt? Ihr Schweine...“ In die Hysterie ihrer Schreie mischten sich wieder Tränen. Marleen merkte, daß sie offenbar alleine war, hilflos ausgeliefert, alleine, mit ihrer bewußtlosen Freundin an der Seite, nicht wissend, was geschehen war und was geschehen sollte.

Der schmerzerfüllte Körper sackte wieder in sich zusammen. Dadurch rutschte Nicole zur Seite und fiel vollends auf den nassen Boden.

„Nicki, was ist...sag was... Nicki...sag doch was“, wimmerte Marleen nach einer Weile, die ihr wie eine Ewigkeit vorkam. Stille umgab sie. Sie versuchte langsam, sich aufzurichten. Sie spreizte ihre gefesselten Hände. Die Schnur hatte ihre Gelenke wundgerieben. Mit aller Kraft stemmte sie sich gegen den Boden und versuchte sich hinzusetzen. Doch der feuchte Boden ließ ihre gefesselten Beine wegrutschen. Hilflos fiel sie wieder hin.

Sie versuchte es erneut. Schweißperlen standen ihr trotz der sie umgebenden Kälte auf der Stirn. Ihr Schlafanzugoberteil klebte feucht am Körper. Mit aller Gewalt stemmte sie sich erneut gegen den Boden. Ihre Mühen wurden schließlich belohnt, sie saß aufrecht.

Orientierungslos horchte sie in die Dunkelheit. Sie verspürte auf einmal unheimlichen Durst. *›Ich muß trinken, ich verdurste.‹* Die Isolation machte sie fast wahnsinnig.

„Mhmmm...“

„Nicki...sag was...du kannst reden, wir sind alleine... Nicki, verdammt, sag was, wie geht's dir?“ Marleens Geist erhellte sich.

„Ich glaube, meine Rippen sind gebrochen“, jammerte Nicole. „Was ist geschehen, warum sind wir nicht mehr auf dem Auto...warum hat man uns geschlagen...?“ Die Erinnerung kam wieder in ihr hoch.

„Was meinten die damit, daß unsere Männer vernünftig sein sollen? Was haben sie mit ihnen vor, was wollen sie mit uns machen...? Marleen, sag was...au...“ Die Anstrengung des Sprechens hatte ihre angebrochene Rippe erneut schmerzen lassen.

„Ich habe keine Ahnung...“, stellte Marleen hoffnungslos fest. „Ich verstehe das Ganze überhaupt nicht...ich bete nur, daß wir hier lebend wieder rauskommen...“

„Wo sind wir, meine Stimme hört sich so komisch an...“, bemerkte Nicki plötzlich.

„Ich glaube, wir sind in einer Art Höhle...ist jetzt Tag oder Nacht?“ fragte Marleen nach einer Weile.

„Keine Ahnung“, antwortete Nicki „Wie lange sind wir schon hier, wie lange ist es her, daß sie uns geholt haben?“

So viele Fragen marterten das Hirn der beiden Frauen.

„Du, Nicki?“ fragte Marleen leise. „Hast du auch Angst?“

„Ich habe höllische Angst, Liebes, genau wie du...“, antwortete Nicki „Ich habe Angst vor der Dunkelheit, Angst, mich nicht bewegen zu können, Angst, daß sie wiederkommen und uns wieder weh tun werden, Angst, daß sie über uns herfallen und Angst, daß wir sterben müssen...“

Die Frauen saßen einfach da, ihrem Schicksal ergeben, und erwarteten eine Zeit des Ungewissen.

„Marleen..." Nicole fand als erste die Sprache wieder. „Meinst du nicht, daß wir versuchten sollten, unsere Hände loszukriegen?"

„Ja, du hast recht. Das ist besser, als hier nur rumzusitzen. Die Kerle scheinen ja doch weg zu sein." In Marleens Geist begann Widerstand gegen ihr Schicksal aufzukeimen.

„Bleib, wo du bist", fuhr sie fort. „Du mußt mit deinen Rippen aufpassen. Ich versuche, zu dir zu robben. Wo bist du überhaupt...sag was, damit ich dich genau orten kann..."

„Ich bin direkt hinter dir, so hört es sich jedenfalls an. Versuch zu mir zu kommen, ja?"

Marleen spreizte wieder ihre Hände auf dem Boden, um damit das Gleichgewicht zu halten beziehungsweise auszugleichen. Vorsichtig drückte sie mit ihren Füßen gegen den glitschigen Boden und schob sich rückwärts in Richtung der Stimme, die sie gehört hatte.

Obwohl sie nur anderthalb Meter auseinander waren, dauerte die Annäherung über eine Stunde. Immer wieder rutschte sie ab, fiel hin und mußte erst wieder versuchen, aufzustehen. Ihre Glieder waren kalt und klamm, ihr Körper schmerzte, und die Angst des Bevorstehenden hämmerte durch ihr Hirn.

Ein Aufschrei durchfuhr die beiden Frauen, als sich ihre Körper berührten.

„Oh Gott, ist das schön...", durchfuhr es Nicole „Ich wußte gar nicht, wie toll sich dein Körper anfühlt...aber sei bitte vorsichtig...meine Rippen..."

„Paß auf", erklärte Marleen, „ich versuche, mich hinzulegen und dir mit den Zähnen die Fesseln aufzubeißen. Das fühlt sich an wie Schnur, das müßte doch zu schaffen sein"

Nicole versuchte sich so zu plazieren, daß sie einerseits ihre angebrochene Rippe stützen und damit schonen konnte und andererseits ihre auf dem Rücken befindlichen Hände so ausrichtete, daß ihre Freundin die Fesselung durchbeißen konnte. Marleen ließ sich auf die Seite fallen. Mit ihrem Kopf tastete sie sich dabei an Nickis Körper entlang, vorsichtig, ohne ihr Schmerzen zu bereiten. Schließlich erreichte sie die Stelle, an der die Fesselung die Gelenke einschnitt.

„Spürst du meinen Kopf, Nicki?" Marleen drückte ihr Haupt gegen die Hände der Freundin. „Versuche, mir den komischen Sack vom Kopf zu nehmen. Ich glaube, der ist nur übergestülpt und einfach verknotet.

Nicoles Hände tasteten, soweit es die Fesselung zuließ, den Stoffsack entlang, bis sie zu der Schnur kamen, die den Sack auf dem Kopf ihrer Freundin befestigte.

„Scheiße, ich habe keine langen Fingernägel", ärgerte sie sich, „aber ich glaube, das ist nur eine einfache Schleife...warte mal...bewege dich jetzt bloß nicht...ich hab's hier..."

Sie biß sich mit den Zähnen kräftig auf die Lippen, während ihre Finger versuchten, den Knoten zu lösen. Immer wieder rutschte sie ab, und sie mußten sich erneut plazieren. Es dauerte eine Ewigkeit und drei abgebrochene Fingernägel, bis sich die Schnur des Sackes plötzlich löste und die gefesselten Hände behutsam die Dunkelheit vom Haupt ihrer Freundin nahmen.

„Oh Gott..." Marleen sah sich um, das heißt, sie versuchte, sich umzusehen. Um sie herum herrschte Dunkelheit. Nur ein schwaches Licht, das von irgendwoher kam, spiegelte sich auf der sie umgebenden Wasseroberfläche. Sie saßen auf einer glitschigen, nur wenige Quadratmeter großen Insel inmitten eines unterirdischen Sees. Es roch modrig, die felsigen Wände schimmerten feucht.

Marleen sah an sich herunter, sah ihren fast unbekleideten, zerschundenen Körper und begann wieder zu weinen.

„Was ist, Marleen, warum weinst du?" wollte Nicki aufgeregt wissen. „Wo sind wir, was ist los, was siehst du?" Marleen erzählte ihr, was sie sah.

„Scheißegal...komm...wir müssen versuchen, die Schnur abzukriegen." Nicole reckte Marleen ihre Handgelenke entgegen.

„Warte", unterbrach Marleen. „Ich will erst versuchen, auch dir den Sack vom Kopf zu nehmen. Laß dich vorsichtig zur Seite fallen. Ich kann jetzt ja ein bißchen sehen, da geht's vielleicht leichter."

Nicole biß die Zähne zusammen. Ein stechender Schmerz ließ es ihr kurzfristig wieder schwarz vor Augen werden, als sie zur Seite glitt und sich ihre angebrochene Rippe meldete. Sie landete so, daß ihr Kopf direkt neben dem von Marleen lag. Glücklicherweise befand sich an der Stelle auch die Verknotung des Sackes.

Marleen streckte sich und bekam den schmutzigen Faden der Verschnürung zwischen die Zähne. Der Stoff schmeckte widerlich. Plötzlich überkam sie ein derartiger Ekel, daß sie sich gerade noch rechtzeitig zur Seite drehen konnte, um sich zu erbrechen.

Wieder verging eine Unendlichkeit, bis sie in der Lage war, den ekeligen Faden erneut in den Mund zu nehmen. Sie mußte würgen, aber diesmal konnte sie sich beherrschen. Reste des Erbrochenen klebten ihr im Gesicht, als sie plötzlich mit einer wütenden Kopfbewegung den Knoten, der den Sack hielt, aufriß. Angewidert nahm sie den Stoff in den Mund und schüttelte den Sack von Nicoles Kopf.

Erschöpft ließen die beiden Frauen ihre Muskeln entspannen. Regungslos lagen sie nebeneinander. Ihre Wangen berührten sich. Das dreckige, verklebte Haar lag naßgeschwitzt auf der Haut. Sie lagen einige Zeit so nebeneinander, ohne ein Wort zu sagen. Das Erlebte der vergangenen Stunden und die Erschöpfung ließen sie einschlafen.

Kälte durchfuhr ihre Körper, Gänsehaut bildete sich vom Kopf bis zu den Zehen. Fast gleichzeitig wachten Marleen und Nicole auf. Sie wußten nicht, wie lange sie so gelegen und geschlafen hatten. Aber sie waren wieder da, die Schmerzen und die Angst vor dem Ungewissen.

„Komm, laß es uns jetzt versuchen..." Marleen plazierte ihr Gesicht neben Nicoles Handgelenke. Ihre Zähne begannen, an dem Fesselungswerkzeug zu nagen. Es war ein dicker Hanfstrick und dadurch kein leichtes Unterfangen. Mehrfach mußte Marleen Pausen einlegen. Ihr Kiefer begann bereits zu schmerzen.

Nicole versuchte zu helfen, so gut es ging, indem sie mit Gewalt ihre Gelenke auseinanderdrückte, um so die Schnur zu spannen. Das hatte zur Folge, daß die Fesselung noch tiefer in das Fleisch schnitt. Es dauerte geschlagene drei Stunden und war nur den scharfen Zähnen von Marleen und der trotzigen Zähigkeit zweier Frauen zu verdanken, daß die Fesselung endlich nachgab und die Schnur unter der erzeugten Spannung zerriß. Schnell streifte Nicole die Fesselung ab und knotete zuerst das Band um ihre Fußgelenke auf, bevor sie sich Marleen zuwandte, die ihr schon ungeduldig die Arme entgegenreckte. Der Rest war ein Kinderspiel. Schnell waren die Fesseln der Freundin gelöst. Die beiden Frauen knieten voreinander und sahen sich in die Augen. Zärtlich und behutsam nahm Marleen Nicoles Kopf in die Hände, begann ihn zu streicheln und drückte ihn sanft gegen ihre schmerzende Brust. Nicki legte ihre Arme um Marleens Körper.

„Komm her, mein Kleines..." Marleen streichelte Nicoles Haar behutsam. „Wir sind zusammen, das und nur das ist jetzt wichtig...und wir leben!" Schluchzend verharrten sie. Keine der beiden wagte es, sich aus dieser wohligen, tröstenden Umarmung zu lösen.

Draußen, vor dem steinernen Gefängnis, brach bereits wieder der Abend an. Das Eisenoxyd ließ die Erde rötlich scheinen, und die Abendsonne strahlte ihren schönsten Glanz auf die Natur herunter.

Um die beiden Frauen war nach wie vor Dunkelheit.

„Hier ist Wasser...Wasser in den Bergen ist meistens klar und sauber...", stellte Marleen plötzlich unvermittelt fest. „Ich bin schmutzig und habe Durst..."

Vorsichtig gab sie Nicole wieder frei und stand langsam auf. Es war ein herrliches Gefühl, wieder auf beiden Beinen stehen zu können. Eine Nacht und einen ganzen Tag hatten sie gefesselt, liegend oder hockend verbringen müssen, jetzt konnten sie wieder stehen.

Eine eisige Kälte durchfuhr ihren Körper, als sie den ersten Fuß in das kristallklare Wasser des Berginneren steckte. Eine Kälte, die für Marleen jedoch reinigende Wirkung hatte. Urplötzlich stürzte sie sich in das kalte Element, schloß die Augen und tauchte unter. Das Wasser kühlte ihre Wunden. Sie öffnete den Mund und trank und trank. Sie hatte vergessen, wie köstlich kaltes, klares Wasser schmecken konnte. Immer wieder tauchte sie unter und versuchte die Erinnerung der letzten Stunden und den Schmutz von ihrem Körper zu waschen.

Auch Nicole hatte es Marleen gleich getan und war in das eisige Naß gestiegen. Allerdings konnte sie sich nur langsam bewegen, weil mit jedem Schritt, jeder Drehung des Kopfes und des Körpers ihre Rippe zu pochen begann.

„Komm, ich mache das schon.“ Marleen kam zu ihr gewatet und wusch behutsam die Haut ihrer Freundin vom Schmutz sauber. Langsam stiegen die beiden Frauen nach einiger Zeit wieder auf ihre kleine Insel.

Marleen half ihrer Freundin, sich das T-Shirt überzustreifen, und zog sich selbst anschließend Thomas' Schlafanzugjacke wieder an. Vorsichtig rieben sie sich ihre Haut trocken und etwas warm. Sie froren, rückten so dicht es ging aneinander, aber fühlten sich sauberer und etwas erfrischt.

„Weißt du, wie wir hier reingekommen sind?“ wollte Nicole nach einiger Zeit wissen.

„Keine Ahnung. Ich war bewußtlos wie du, als die uns hierher geschleppt haben“, stellte Marleen fest. „Man kann ja durch diese gottverdammte Dunkelheit auch nicht sehen, wo hier was ist und wie weit das Wasser geht. Das bißchen Licht, was eben noch erkennbar war, läßt auch immer mehr nach. Es sieht so aus, als wenn es draußen schon wieder Nacht wird.“

„Du, ich glaube, der See hier ist nicht besonders tief. Jedenfalls war's sehr lange flach, als wir im Wasser waren. Da hinten ist noch etwas Licht zu erkennen. Wollen wir versuchen, mal in diese Richtung zu waten?“ schlug Nicole plötzlich vor. „Verdammt, die müssen uns doch auch hierher gebracht haben, und ich glaube nicht, daß sie mit uns stundenlang auf einem Boot gefahren sind...“

„Du hast recht“, pflichtete Marleen ihrer Freundin bei, „versuchen sollten wir es. Das ist besser, als hier auf die Schweine zu warten. Wir müssen hier wieder raus...“

Sie half Nicole auf die Beine. Vorsichtig, einen Fuß vor den anderen setzend, gingen sie zurück in das eiskalte Wasser, das ihnen nun sehr viel kälter vorkam als noch vor ein paar Minuten. Das fade Licht an den Wänden wurde mit jeder Sekunde schwächer, als sie sich ungefähr fünf Meter von ihrer Insel entfernt hatten.

„Sei mal still..." Nicole hielt ihre Freundin am Arm.

„Was ist denn?" fragte Marleen und sah sie erwartungsvoll an.

„Ich habe da eben Geräusche gehört." Nicole zeigte in die Richtung, in die sie unterwegs waren.

Stille.

„Ich höre nichts...", stellte Marleen nach ein paar Sekunden fest.

„Komisch, ich jetzt auch nicht mehr. Ich hätte schwören können, daß ich was gehört habe...ich glaube, ich werde langsam wahnsinnig", murmelte Nicole frustriert.

Die beiden Frauen wollten gerade weiterwaten, als Marleen plötzlich angsterfüllt ihre Freundin am Arm festhielt. Ihre Stimme zitterte.

„Guck mal da...", flüsterte sie und zeigte nach vorne.

Nicoles Blick folgte der Richtung, in die Marleens Finger wies. Etwa drei bis vier Meter entfernt von ihnen bewegte sich ein funkelndes Augenpaar und gierte in ihre Richtung, und daneben noch eins und noch eins. Die Frauen hatten das Gefühl, daß sie von hunderten von unsichtbaren Wesen mit funkelnden Augen umgeben waren und angestiert wurden.

So schnell es ging, flüchteten sie in die Richtung, aus der sie gekommen waren, und standen gleich darauf wieder zitternd, diesmal nicht nur vor Kälte, auf ihrer Insel. Jetzt hörten sie wieder die Geräusche. Es hörte sich an wie der hechelnde Atem von Tieren, vielen Tieren, wilden Tieren. Es hatte etwas Diabolisches. Die Angst kam zurück. Beide Frauen hielten sich fest umschlungen und standen regungslos und still. Ängstlich starrten sie in die Richtung, aus der die Geräusche kamen. Pfoten, hunderte, unruhig hin und her hastend. Mäuler, geifernd, hechelnd, zähnefletschend, leichte Beute witternd. Wie lange würde es dauern, bis der Jagdtrieb und der Hunger die Angst vor dem Wasser verschwinden lassen würde?

Sich immer noch vorsichtig festhaltend, setzten sich die beiden Frauen langsam wieder auf den nassen, kalten Boden. Eine Ewigkeit verging. Plötzlich Schüsse. Die Frauen zuckten zusammen. Das peitschende Geräusch ließ die Dingos auseinanderpreschen. Wieder Schüsse. Die Tiere suchten diesmal ihrerseits das Weite und waren die Angstvollen.

Flackerndes Fackellicht war plötzlich zu erkennen und reflektierte sich tausendfach an den Wänden. Ein riesiger Schatten schlich langsam die Wand entlang, wurde immer größer und bedrohlicher. Festus stand mit einer Fackel in der einen und einem Revolver in der anderen Hand bis zu den Hüften im Wasser und sah zu den erschrockenen Frauen hinüber.

„Los, kommen Sie her", befahl er mit bestimmtem Ton und fuchtelte mit dem Revolver in Richtung Frauen. „Befreit haben Sie sich ja schon. Aber das hätte Ihnen bei den Dingos auch nicht viel geholfen...wir müssen uns beeilen, bevor sie wiederkommen. Los, kommen Sie endlich her..."

Thomas und Peter standen vor der hölzernen Eingangstür der Kneipe, in der jetzt mit einem lauten Klirren ein Glas oder eine Flasche die ursprüngliche Form aufgab und in tausend Splitter zersprang. Abermals lautes Gegröle aus zahlreichen Männerkehlen, denen man es anhörte, daß sie weder Orangensaft noch Cola zu sich genommen hatten. Unmittelbar darauf die keifende, heisere Stimme einer Frau, anschließend wieder Männergelächter.

„Gehen wir rein oder warten wir hier?" Peter runzelte überlegend die Stirn.

„Ich bin in der Stimmung, mich mit allen gleichzeitig zu schlagen, aber es ist sicherer, wenn wir...", Thomas sah sich suchend um, „wenn wir draußen auf Tarzan warten. Drinnen könnte er uns entdecken und uns entweder gewaltigen Ärger bereiten oder versuchen, durch irgendeine Hintertür abzuhauen. Ich vermute ersteres, und obwohl es mir nichts ausmachen würde, mich sofort mit ihm und seinen Freunden, die er wahrscheinlich da drin sitzen hat, anzulegen, könnte dies den Zweck unserer Aktion gefährden."

Thomas zeigte mit der Hand, die an den Knöcheln deutliche Spuren von seinem Angriff auf Clark aufwies, auf eine genau gegenüberliegende Bar, vor deren Tür die Leuchtreklame, eine überdimensionale Eistüte mit tropfendem, giftfarbenen Inhalt, auf eine Art Eisdiele hinwies.

„Da setzen wir uns rein und warten!" bestimmte er und stapfte auch sofort los, ohne Peters Reaktion abzuwarten.

Der schaute ihm zunächst überrascht nach, setzte sich dann aber auch in Bewegung und folgte Thomas. *›Man könnte meinen, er ist fast wieder der Alte‹*, dachte er bei sich, *›er denkt schon wieder logisch.‹* Zum ersten Mal seit der Begegnung mit Klein und Clark auf dem Campingplatz lächelte er wieder ein wenig.

Sie nahmen direkt hinter der Scheibe am Gehweg Platz, wo sie die gegenüberliegende Bar genau im Auge behalten konnten. Das bereitete keine Probleme, da sie die einzigen Gäste an diesem mittlerweile schon fortgeschrittenen Abend waren und sich den Tisch aussuchen konnten.

Die Bedienung, ein kleiner glatzköpfiger Mann, kam mürrisch dreinblikkend heran und fragte in einem ebensolchen Tonfall nach ihren Wünschen.

Thomas bestellte, bevor Peter reagieren konnte, die beiden teuersten Eisportionen, von denen er sich erhoffte, daß es gleichzeitig die größten seien.

Die Miene des Kellners erhellte sich etwas, und er schlurfte wieder hinter seine Bar.

„Was soll das denn?“ fragte Peter entgeistert. „Du weiß doch, daß ich kein Eisesser bin.“

„Erstens müssen wir den Kerl da“, Thomas wies mit dem Kopf in Richtung Theke, „bei Laune halten, damit er die Bude nicht dichtmacht. Und zweitens müssen wir damit rechnen, daß wir uns eine ganze Zeitlang hier aufhalten werden, bis Tarzan wieder rauskommt.“

Peter staunte abermals. Er wußte, daß Thomas sich genauso viele Sorgen um Marleen und Nicki machte wie er selbst. Trotzdem schien der Freund an jede Kleinigkeit zu denken. Er schien sein Hirn darauf programmiert zu haben, nicht den kleinsten Fehler zu machen, der ihre selbstgestellte Aufgabe, herauszubekommen, wo sich die beiden Frauen aufhielten, in irgendeiner Form gefährdete. Und es schien zu funktionieren...

„Also gut, angenommen wir schaffen es, ihn an einen ruhigen Ort zu schleppen. Wie willst du es schaffen, daß er redet?“ Fragend blickte Peter sein Gegenüber an.

Sie saßen jetzt bereits seit über eineinhalb Stunden vor den gewaltigen Schalen, in denen das Eis bis weit über den Rand aufgetürmt gewesen war und das Peter Löffel um Löffel mit Todesverachtung langsam in sich reingeschaufelt hatte. Anfangs hatten sie geschwiegen und nur auf die Tür der gegenüberliegenden Bar gestarrt, den eigenen Gedanken, die sich ausschließlich um Nikki und Marleen drehten, nachhängend. Schließlich hatte Peter ein Gespräch in Gang gebracht, als er merkte, daß er wieder den Tränen nahe war.

„Ich habe keine Ahnung“, antwortete Thomas, „ich weiß nur, daß er reden wird, und wenn ich ihm dazu die Haut in Streifen von seinem Körper ziehen muß.“

Peter sah seinen Freund an, aber kein Lächeln umspielte die Mundwinkel von Thomas.

„Willst du ihn foltern?“ fragte er entsetzt.

Thomas' Kopf ruckte hoch, und mit einem durchdringenden Blick musterte er Peter. „Es geht um Marleen!“ Er knurrte es fast. „Und es geht um Nicki. Hast du irgendwelche Skrupel diesen Schweinen gegenüber?“

„Natürlich nicht“, murmelte Peter. Er dachte an ihre Ankunft in Sydney und an die schöne Zeit, die sie hier zu viert gehabt hatten. Und er dachte an Festus Klein und seinen widerlichen Freund, die diese Zeit so abrupt unterbrochen hatten. „Natürlich nicht!“ wiederholte er, diesmal etwas lauter und entschlossener.

Wie um dies zu unterstreichen hob er den Arm und bestellte beim fast einnickenden Kellner, der auf einem Stuhl an der Theke saß, zwei weitere Eisbecher in derselben Größe.

Thomas verdrehte die Augen. „Deshalb brauchst du uns ja nicht gleich umzubringen."

Gerade, als der Glatzkopf mit den beiden Schalen an ihren Tisch kam, öffnete sich gegenüber zum wiederholten Male die Kneipentür. Nur mit dem Unterschied, daß es diesmal wirklich Vince Clark war, der ins Freie trat, sich kurz umsah und dann leicht wankend den Gehweg hinuntermarschierte.

Thomas stand wortlos auf und ging zur Tür der Eisdiele. Als er sah, daß Tarzan sich nicht einmal umdrehte, trat er hinaus.

Peter erhob sich ebenfalls und knallte dem verdutzten Kellner einen größeren Geldschein auf den Tisch. Dann klopfte er ihm freundlich auf die Schulter. „Stimmt so. Iß dein kaltes Zeug doch alleine." Dann folgte er Thomas.

Vincent Clark brummte ein Lied vor sich hin, das vermutlich nur er kannte, da es keinerlei Melodie aufwies. Er hatte ungefähr fünfzehn Bier in sich hineingeschüttet, und zu jedem zweiten Glas hatte er sich einen Schnaps gegönnt. Er war wütend auf seinen Partner, der seiner Meinung nach ein großes, arrogantes Arschloch war, das immer nur den Chef raushängen lassen und alles bestimmen wollte. Dabei war er, Vincent Clark, es gewesen, der die Idee mit der Entführung gehabt hatte. Warum, zum Teufel, hatte dieser blöde Klein ihn nicht an die Weiber rangelassen. Er hätte sie schon zum Reden gebracht.

„Verfluchter Penner", schnauzte er wütend in die inzwischen stockdunkle Nacht hinein und ärgerte sich über die ihm entgangenen Freuden. Dann brummte er weiter das ominöse Lied und stellte sich dabei vor, was er alles mit den beiden deutschen Frauen angestellt hätte.

Er strebte einem kleinen, eher einer Scheune ähnelnden Haus zu, das fast am Ortsausgang lag und nur von zwei Farmen eingeschlossen wurde. Zu der einen gehörte es auch, und als Clark ins Dunkel trat, nachdem er eine knarrende Tür geöffnet hatte, stellte sich heraus, daß es sich tatsächlich um eine Scheune handelte. Die rechte Hälfte des einzigen Raumes war mit gemauerten Schweineboxen ausgefüllt, deren ehemals weiße Farbe bereits bis auf wenige Reste abgeblättert war, die andere war mit verwahrlostem landwirtschaftlichem Gerät vollgestopft, das ganz offensichtlich nicht mehr benutzt wurde.

Clark störte diese Einrichtung seiner „Wohnung" nicht. Er hatte zwar einen ordentlichen Vorschuß von Klein bekommen, konnte dieses Geld aber seiner Meinung nach besser ausgeben als es in irgendein überflüssiges Hotelzimmer zu stecken. Schlafen konnte er auch hier, und das kostete ihn keinen einzigen Penny, da der Stallbesitzer von seinem nächtlichen Besucher nichts wußte. Und da er auf Körperhygiene keinerlei Wert legte, störte ihn auch das fehlende Badezimmer nicht im geringsten.

Er tastete nach einer alten Petroleumlampe, die er, als er tagsüber das Terrain erkundet hatte, an einem Balken hängend aufgefunden hatte. Da Clark sich nicht traute, den Docht weiter als nötig herauszudrehen, und er sowieso nur kurz Licht machte, wenn er nachts nach Hause kam, hatte die Petroleumfüllung bis jetzt gereicht.

Clark warf sich in einer der durch Steinmauern voneinander getrennten Aufzuchtboxen, die jetzt allerdings leer standen und augenscheinlich schon länger nicht benutzt wurden, in eine Ecke, wo er sich altes Stroh aufgetürmt hatte.

Er grunzte zufrieden, als er sein Domizil im Halbdunkel betrachtete. *›Reicht doch hin‹*, dachte er. *›Für das Geld, das ich gerade einspare, kann ich mir morgen wieder einen brennen.‹*

Clark befühlte seine neuerworbene Zahnlücke, die ihm der verfluchte deutsche Scheißer zugefügt hatte. Dann furzte er laut, kicherte vor sich hin und schlief ein.

Die Petroleumlampe, die zu löschen er vergessen hatte, blakte vor sich hin.

„Jetzt", flüsterte Thomas Peter zu.

Er drückte die Tür auf, die sich wieder mit einem lauten Knarren öffnete. Erstarrt blieben beide Männer stehen und lauschten. Es drang jedoch kein Geräusch aus der Scheune, so daß sie den Raum schließlich vorsichtig betraten.

Im Inneren verharrten sie einen Augenblick, bis sich ihre Augen an das durch die Petroleumlampe nur mäßig erhellte Dunkel gewöhnt hatten. Draußen war die Nacht durch das Mondlicht wesentlich heller gewesen. Behutsam, mit ganz langsamen Bewegungen, schloß Thomas die Tür, so daß sie diesmal mit mehreren, aber dafür leisen Quietschlauten wieder ins Schloß fiel.

Schließlich schlichen sie vorwärts, bis sie fanden, was sie gesucht hatten. Clark lag immer noch halb zusammengerollt auf seinem primitiven Lager und schlief. Ab und zu schmatzte er vor sich hin, als wenn er etwas besonders Lekkeres vorgesetzt bekäme.

Thomas blickte sich suchend um und fand direkt an der Mauer der Box, in der Clark schlief, eine circa eineinhalb Meter lange und zwanzig Zentimeter breite Holzlatte. Diese ergriff er und betrat die Box.

In diesem Moment rollte sich Clark auf die andere Seite. Thomas hob vor lauter Anspannung die Holzlatte über seinen Kopf, um gegebenenfalls einen Angriff abwehren zu können. Da Clark sich aber nicht weiter rührte, ließ er sie wieder sinken und überlegte schon, wie er weiter vorgehen würde, als er mit der Latte gegen einen über ihm verlaufenden Querbalken stieß.

Das dumpfe, nicht einmal laute Geräusch ließ Clark von einer Sekunde zur anderen hellwach und stocknüchtern werden.

Durch zahllose Kneipenschlägereien geschult, hatte er fast keinerlei Reaktionszeit, so daß Augen aufschlagen und aufspringen fast gleichzeitig erfolgte.

Das hatte zur Folge, daß der jetzt von Thomas in Panik ausgeführte Schlag auf dem Boden, wo Clark noch vor einer Sekunde fest geschlafen hatte, verpuffte und sein Brett, das ohnehin schon ziemlich morsch war, dermaßen zersplitterte, daß er lediglich dreißig Zentimeter davon in den Händen zurückbehielt.

Drohend kam Clark auf Thomas zu. Dieser nahm eine Art Verteidigungsstellung ein, die für Clark jedoch kein Problem darstellte. Sein Schlag kam ansatzlos und wäre auf der ohnehin schon malträtierten Nase des Deutschen gelandet, hätte dieser nicht reflexartig den Kopf zur Seite gedreht. So traf er lediglich das Ohr und rutschte dann seitlich am Schädel vorbei, wodurch die enorme Wucht weitgehend verloren ging. Trotzdem steckte noch genug Kraft in dem Schlag, um Thomas rückwärts durch die Boxöffnung taumeln zu lassen, wo er schließlich stolperte und wild mit den Armen wedelnd zu Fall kam.

Clark setzte sofort nach.

In diesem Moment trat Peter, der von Clark überhaupt noch nicht wahrgenommen worden war, aus dem Halbdunkel hervor, schwang in allerbester Fußballermanier sein Bein zurück, holte Schwung aus dem Oberkörper und ließ es dann mit aller Kraft, die ihm zur Verfügung stand, nach vorne schnellen.

Und er traf genau dorthin, wo er hatte treffen wollen.

Clark blieb wie vom Donner gerührt stehen.

„Kchchchch!“

Langsam sackte er auf die Knie, während ihm die Augen aus dem Kopf treten wollten.

„Kchchchch!“

Dieses fast tonlos ausgestoßene Keuchen stieß er noch aus, als er wie in Zeitlupe langsam nach vorne kippte, während sich seine Hände in seinem Schoß verkrampften. Peter konnte noch erkennen, daß sich Clarks Pupillen nach oben drehten, bis nur noch das Weiße zu sehen war. Dann fiel er auf sein Gesicht und blieb gekrümmt liegen. Er zuckte noch zweimal und rührte sich dann nicht mehr.

Peter hatte atemlos zugesehen.

„Verdammt guter Schuß“, ertönte es von hinten. Thomas hatte sich aufgerappelt, legte seinen Arm auf Peters Schulter und hielt mit der anderen Hand sein Ohr, das bereits fast die Farbe seiner Nase angenommen hatte und leicht blutete.

Peter starrte immer noch entsetzt Clark an. „Mein Gott, ist er tot?“ fragte er.

Thomas bückte sich und untersuchte den Mann.

„Nein, er atmet noch.“ Er richtete sich wieder auf. „Los, wir müssen was finden, womit wir ihn fesseln können, bevor er aufwacht.“

Thomas führte seine eigene Aufforderung sofort aus und verschwand im Halbdunkel. Peter mußte sich gewaltsam von Clarks Anblick losreißen, half seinem Freund dann aber und fand das Gesuchte direkt neben der Tür, durch die sie den Stall betreten hatten, an einem großen Eisenhaken hängend.

Prüfend zog er einen der Stricke, die man wohl zum Binden von Stroh- oder Heuballen benutzte, aus dem ansehnlichen Bündel. Da sie augenscheinlich schon länger dort hingen und nicht mehr sehr stabil zu sein schienen, begannen die Männer, aus jeweils drei Bändern eine Art Zopf zu flechten.

Mit einer ganzen Anzahl dieser Werke kehrten sie zu Clark zurück, der sich immer noch nicht gerührt hatte.

Unter Mühen banden sie ihn dermaßen zusammen, daß er auch angesichts seiner großen Kraft die zwar dilettantische, aber letztendlich doch effektive Fesselung nicht überwinden würde, wenn er aufwachte. Das hohe Körpergewicht, das mehrmals herumgerollt werden mußte, machte ihnen dabei ebenso zu schaffen wie die immer noch im Schoß verkrampften Hände. Mit Gewalt mußten sie diese lösen, und ebenso gewaltsam mußten sie ihm die Arme auf den Rücken biegen, um dort die Fesselung vorzunehmen. Keuchend vollendeten die Männer ihr Werk und lehnten sich dann erschöpft gegen die Steinmauer.

„Puh“, war das einzige, was Peter hervorbrachte.

„Stimmt“, pflichtete ihm Thomas bei. „Puh!“ Dann sammelte er sich. „Paß auf, du darfst jetzt auf keinen Fall Mitleid mit diesem Schwein haben. Wenn er das nämlich mitkriegt...“

Thomas hörte auf zu sprechen, da Clark sich regte.

Nach einiger Zeit schlug er die Augen auf, stöhnte leise und versuchte sich von der Seitenlage, in der er sich befand, auf den Rücken zu drehen. Erst als ihm dies gelungen war, nahm er die beiden Deutschen wahr, die ihn aufmerksam beobachteten.

„Ihr verfluchten Schweine“, knurrte er zwischen zusammengepreßten Zähnen hervor, „dafür bringe ich euch um.“

Thomas stieß sich von der Mauer ab und ging auf Clark zu.

„Wo sind unsere Frauen?"

„Fick dich!"

„Wo sind unsere Frauen?" wiederholte diesmal Peter die Frage, trat einen Schritt näher, zog sein Survival-Knife und hob es drohend in Clarks Richtung.

Dieser sah das Messer an, und in seinen Augen war zum ersten Mal so etwas wie Angst zu sehen. Doch dann blickte er Peter ins Gesicht und begann trotz der in seinem Unterleib tobenden Schmerzen häßlich zu grinsen.

„Du verdammter kleiner Scheißer, was willst du mit dem Ding? Willst du mich umbringen?" Clark schaffte es tatsächlich, zu lachen.

„Ich frage dich zum letzten Mal: wo sind unsere Frauen?" Thomas hatte sich neben Clark gehockt und blickte diesen ernst an.

Clark war trotz seiner mißlichen Lage und des glühenden Balls zwischen seinen Beinen wieder obenauf. Diese Warmduscher würden ihm, einem Wehrlosen, nichts tun, dafür waren sie viel zu weich. Er grinste wieder. „Du kannst mich mal, Deutscher!"

In diesem Moment schnellte die Hand von Thomas wie eine Schlange vor und fuhr zwischen die Beine Clarks, wo sie zufaßte und so fest zudrückte, daß die Adern an den Unterarmen hervortraten und jeder einzelne Muskel zu sehen war.

Der Schrei, den Clark ausstieß, war nicht mehr als menschlich zu bezeichnen.

Peter schlug die Hände vor die Ohren und drehte sich weg. Er wußte, daß Thomas instinktiv richtig handelte, aber ansehen konnte er sich das brutale Vorgehen seines Freundes nicht. Er kannte Thomas als sanftmütig und jegliche Art von Gewalt verabscheuend. So ahnte er auch, was dieser in diesem Moment fühlen mußte.

Thomas preßte seine freie Hand auf den weit aufgerissenen Mund von Clark und verhinderte so, daß der Schrei endlos währte. Er war selbst erschrocken über seine Reaktion, über die er vorher gar nicht nachgedacht hatte. Einerseits war er entsetzt über sich selber, andererseits war er froh, daß er nicht hatte nachdenken müssen, da er sonst zu solchen Maßnahmen überhaupt nicht fähig gewesen wäre.

Er löste den Griff und atmete tief auf. Er fühlte die Schmerzen, die er Clark zugefügt haben mußte, selber fast körperlich, trotz allem bedauerte er den Mann in keinster Weise. Man konnte ihn beleidigen, ja, selbst einen Schlag hätte er hingenommen, ohne deshalb seinen Widerstand herauszufordern. Aber in diesem Fall ging es um Marleen, um seine Marleen, und da hörte seine

Sanftmut auf. Er konnte einstecken, aber wenn es um seine Frau ging, sank seine Toleranz auf den Nullpunkt.

Der kurze Gedanke an Marleen riß ihn aus den ihm blitzartig durch den Kopf geschossenen Gedanken, und es fiel ihm leicht, Clark böse anzufunkeln, der ihn, wieder nahe einer Ohnmacht, entsetzt ansah. Er löste seine Hand vom Mund Clarks.

„Rede!“ schnauzte er den in kurzen, hastigen Atemzügen keuchenden Clark an.

„Ich darf nicht“, krächzte Clark, „sonst bin ich tot.“

Thomas stand wortlos auf, drehte sich von Clark weg und sah Peter hilflos an. *›Hilf mir‹*, flehten seine Augen, *›noch mal bringe ich das nicht!‹*

Peter drehte sich um, verschwand für Sekunden und kam dann mit einem Amboß im Arm wieder. Mühsam schleppte er das schwere Metall bis zu Clark, stellte sich dann breitbeinig über dessen Unterleib und streckte die zitternden Unterarme, auf denen der Amboß ruhte, etwas vom Körper ab.

„Erzähle, was du weißt“, stöhnte er unter seiner Last, „ich kann das Ding höchstens noch fünf Sekunden halten!“

Entsetzt starrte Clark auf das Gewicht, das der Deutsche augenscheinlich nur mit äußerster Mühe halten konnte.

„Nimm es weg, nimm es weg!“ kreischte er mit sich überschlagender Stimme. „Ich rede!“ Er schlug wild mit dem Kopf um sich, damit er das rostige Metall über sich nicht ansehen mußte.

Peter fiel mehr zur Seite als alles andere und landete mit dem Amboß unmittelbar neben Clark. Er hätte das Teil wirklich keine Sekunde länger halten können und – ihm lief nachträglich ein Schauer über den Rücken – er hätte es tatsächlich fallen lassen. Erst jetzt wurde ihm bewußt, daß er tatsächlich dazu entschlossen gewesen war.

Er richtete sich wieder auf und wich einen Schritt zurück.

„Also gut, fang an“, forderte er den zum Häufchen Elend gewordenen Vincent Clark auf.

Und der redete jetzt, ohne weiteren Widerstand zu leisten...

Thomas und Peter traten durch die Scheunentür und atmeten die inzwischen merklich abgekühlte, erfrischende Nachtluft ein. Wortlos gingen sie zum Motorrad zurück. Dort sahen sie sich das erste Mal, seitdem sie aus dem Stall gekommen waren, wieder in die Augen. Es schien eine Art schlechtes Gewissen wegen der vorangegangenen Stunde zwischen ihnen zu stehen. Da sie sich beide gegen ihre Natur verhalten hatten und einem Menschen furchtbare

Schmerzen und Angst zugefügt hatten, waren sie sich im Gebäude auf eigenartige Art fremd geworden.

Das stumme Zwiegespräch, das zwischen ihnen stattfand, das stille Mustern des Gegenüber, half ihnen jedoch darüber hinweg. Sie wußten, daß alles, was dort in der alten Scheune passiert war, notwendig gewesen war. Ohne ein Wort zu sagen, wußten schließlich beide, daß keiner von ihnen diese Vorfälle jemals erwähnen würde, weder sich selbst noch Marleen und Nicki gegenüber. Und das Band, das ihre Freundschaft einschloß, hatte sich fester gezogen als jemals zuvor.

Immer noch schweigend bestiegen sie die Harley. Peter ließ die Maschine an und durchfuhr schließlich in hohem Tempo den kleinen Ort. Der kühle Fahrtwind wusch die letzten Reste eines schlechten Gewissens aus ihren Gehirnen. Bis auf den kleinen Rest, den sie nie würden vergessen können.

Sie konnten nicht ahnen, daß alles noch schlimmer kommen würde...

Festus Klein haßte den Ort, an dem Vincent Clark hauste. Deshalb war er erst einmal dort gewesen, und seitdem hatte er es verstanden, Clark zu anderen Orten zu bestellen, wenn es etwas zu bereden oder mitzuteilen gab.

Jetzt ließ es sich nicht vermeiden, ihn aufzusuchen, und Klein war deshalb denkbar schlechter Laune. Aber er mußte ihm auftragen, die nächsten zwei Abende im Truck-Stop, wo das erste Gespräch mit den Deutschen stattgefunden hatte, zu verbringen. Er selbst hatte in dieser Zeit andere Aufgaben. So mußten zum Beispiel die Frauen an ihren Bestimmungsort gebracht werden.

Es war ein Alptraum für ihn, dem schmierigen Clark die Verhandlungen mit den Deutschen anvertrauen zu müssen. Wenn die beiden Männer tatsächlich das Gesuchte abliefern sollten und Clark diese Übergabe in irgendeiner Form vermasseln würde, konnte er gar nicht so schnell außer Landes kommen, wie der Grieche einige seriös wirkende Herren auf seine Spur hetzen würde. Er war verantwortlich dafür, daß sein Auftraggeber den Chip erhielt. Klein wußte selbst nicht, welches Geheimnis dahintersteckte, aber er würde mit seinem Kopf dafür haften. Und den gedachte er noch eine ganze Weile zu behalten.

Aber es half nichts. Die Frauen mußten weg aus der Höhle, und damit konnte er Clark noch weniger beauftragen. Außerdem ging Klein davon aus, daß es mindestens vier Tage dauern würde, ehe die Männer mit dem Knopf im Truck-Stop auftauchen würden.

Er hatte den Schuppen erreicht und öffnete die Tür, die ihr obligatorisches Knarren von sich gab. Als er eingetreten war, ging er zum „Bett“ Clarks, da er davon ausging, daß dieser wieder mehr oder weniger, wahrscheinlich aber mehr, betrunken auf seinem Strohhaufen lag und schlief.

Clark streifte gerade seine letzten Fesseln ab, die die beiden Deutschen gelokkert hatten, bevor sie gingen. Vorsichtig, in leicht gebückter Haltung, betastete er durch den Stoff der Hose seine geschwollenen Genitalien und verzog, obwohl nur eine leichte Berührung stattgefunden hatte, schmerzhaft das Gesicht.

Als er aufblickte, sah er sich Klein gegenüber, der ihn, er wußte nicht wie lange schon, beobachtete.

„Hey, Festus", stammelte er erschrocken, „was machst du denn hier?" Eine intelligentere Frage fiel ihm auf Anhieb nicht ein, und er spürte förmlich, daß Klein in seinem Gesicht las wie in einem Buch.

„Also gut, was war los?" wurde er gefragt, ohne eine Antwort auf seine eigene Frage zu erhalten.

„Ach Scheiße, ich sag es dir einfach", sagte Clark nach kurzem Überlegen, da er wußte, daß angesichts der Situation, in der ihn Klein vorgefunden hatte, Leugnen zwecklos war. „Die beiden deutschen Scheißer waren hier und haben mich gefoltert. Sie haben mich gefoltert! Erst haben sie mir die Eier zerquetscht", er wies mit vorwurfsvollem Blick auf den immer noch neben ihm liegenden Amboß, „dann haben sie mich mit einem Messer bedroht und mir eine Kanone an den Kopf gehalten, so ein großes Ding habe ich noch nie gesehen. Ich mußte ihnen sagen, wo die Frauen sind, sonst hätten sie mich womöglich umgebracht. Die waren wie von Sinnen, nachdem sie mich im Schlaf überrascht und mit einem Knüppel auf mich eingeschlagen haben."

Ängstlich wartete er auf die Antwort Kleins.

Der lief in der Box herum und sah sich genau um.

Clark wollte schon aufatmen, als das erwartete Donnerwetter ausblieb, als er plötzlich einen furchtbaren Schmerz mitten in seiner Brust fühlte.

„Was ist –" Ihm wurde schwarz vor Augen, und der Schmerz begann zu schwinden. Er brach in die Knie und fiel dann mit nachdenklichem Gesichtsausdruck seitwärts um. Bevor er den Boden erreichte, war er schon tot.

Festus Klein wischte das Blut von der relativ kurzen, aber scharfen Klinge seines Messers, und so schnell, wie er es hervorgeholt hatte, verschwand es auch wieder unter seinem Jackett. Er würdigte den Leichnam am Boden keines Blickes und ging in Richtung Ausgang. Dabei nahm er die Petroleumlampe und warf sie auf den Boden neben den Toten, wo das Glas zersprang und die Flüssigkeit über das herumliegende, knochentrockene Stroh spritzte und dieses sofort in Brand setzte.

Ruhig verließ Klein die Scheune und ging, ohne sich einmal umzusehen, in Richtung Innenstadt, wo sein Jeep stand.

Während er einstieg, kam er zu dem Schluß, alles richtig gemacht zu haben. Die Rippen Clarks hatte er nicht angekratzt, als er ihm von hinten das beidseitig geschliffene Messer ins Herz gejagt hatte. Der Körper würde weitgehend verbrennen, und wenn sich doch jemand die Mühe einer Obduktion machen würde, würde er vermutlich in dem verbrannten Fleisch keine Spur dieses Stichs mehr finden. Außerdem würden seitens der Behörden sowieso keine großen Ermittlungen aufgenommen werden. Da war halt irgendein Penner mit betrunkenem Kopf in der Scheune eingepennt und hatte vergessen, die Kerze auszumachen. Na und? Und selbst, wenn schlimmstenfalls ein Verbrechen nachgewiesen werden könnte, hatte er noch seinen Auftraggeber, der an den richtigen Stellen zu intervenieren wußte und aufgrund seiner Macht einiges abbiegen konnte.

Klein verwarf seine Gedanken. Er hatte noch zu tun. Die Deutschen würden im Truck-Stop sowieso nicht so bald erscheinen, und er würde versuchen, übermorgen selbst dort zu warten, überlegte er.

Ja, die Deutschen. Klein kam nicht umhin, ihnen eine gewisse Anerkennung zukommen zu lassen. Einen Mann wie Clark kleinzukriegen, hatten schon andere vergeblich versucht. Man hatte sie offensichtlich unterschätzt. Aber was konnten sie mit ihrem neuerworbenen Wissen schon anfangen? Weniger als nichts. Die Festung des Griechen war uneinnehmbar.

Klein sah in den Rückspiegel, als er den kleinen Ort verließ. Am anderen Stadtende begann der Himmel, rot zu glühen. Nein, in dieser Scheune würde man nichts mehr finden...

Ängstlich und eingeschüchtert drückten sich die beiden Frauen aneinander. Zwar waren sie froh, daß sie sich nicht mehr vor den vierbeinigen Bestien zu fürchten brauchten, doch die Angst vor dem, was nun auf sie zukommen würde, ließ die Freude sogleich im Keim ersticken.

Die Stimme des Riesen war unmißverständlich. Ohne das Wagnis einer Widerrede schlichen Marleen und Nicole angstvoll diesem Wesen entgegen. Dabei waren sie stets darauf bedacht, mindestens einen Zentimeter des anderen zu spüren, ein Gefühl, das ihnen in dieser Unsicherheit etwas Geborgenheit zu geben vermochte.

„Beeilen Sie sich, es wird Ihnen nichts geschehen, wenn Sie das machen, was ich Ihnen sage.“ Die Stimme des Mannes schnitt wie ein Messer durch die Höhle, hatte aber neben ihrer akustischen Aggressivität zugleich etwas Vertrauensvolles.

Unmerklich hatte Marleen ihre Hand in Richtung Nicole gestreckt. Diese erkannte das Signal dankend und krallte ihre Hand in die ihrer Freundin. Immer wieder schauten sie sich auf dem Weg zu dem Ungeheuer ängstlich und fragend an. Was war nun, was würde jetzt passieren, würde er über sie herfallen, würden sie jetzt sterben müssen, was wußte er von ihren Männern zu berichten, wie sah ihre unmittelbare Zukunft aus...gab es überhaupt eine...überhaupt wieder einmal eine mit ihren Familien?...

Viele Fragen quälten beide, als sie dem großen Mann entgegenwateten.

Die Szenerie wirkte unheimlich und unwirklich. Auf dem Ufer stand ein großes, übermenschlich wirkendes Wesen, im Wasser zwei schmale Gestalten, die im flackernden Fackellicht noch zerbrechlicher wirkten, als sie es im Vergleich zu ihrem Gegenüber ohnehin schon waren.

„Was werden Sie mit uns machen?“ fragte Nicole, die sich als erste traute, ihre Stimme zu gebrauchen. Das Gehen war ihr sichtlich schwer gefallen, und sie stützte sich auf ihre Freundin.

„Ich bringe Sie zu jemandem, der sich ein bißchen mit Ihnen unterhalten möchte.“ Und zu Nicoles schmerzverzerrtem Gesicht gewandt: „Was ist mit Ihnen los, was ist passiert?“

„Das fragen Sie noch?“ erregte sich Marleen, die jetzt auch ihren Mut wiedergefunden hatte. Zudem stieg Wut in ihr auf. „Ihr Kumpel, weiß der Teufel, wo er ist, hat doch auf uns eingetreten. Das werden Sie ja wohl noch nicht vergessen haben. Er hat ihr mindestens eine Rippe angebrochen und mir fast die Brust weggetreten.“ Sie wurde immer wütender „Und Sie fragen noch, was los ist? Wir hatten hier viel Spaß, als Sie weg waren. Es ist herrlich, in der Dunkelheit gefesselt zu sein und Schmerzen zu spüren. Es hat Spaß gemacht, diese Scheißstricke mit den Zähnen durchzubeißen, und zwischendurch war es herrlich, ein bißchen zu kotzen. Außerdem war es ein unheimlicher Nervenkitzel, mitzuerleben, ob diese blöden Viecher uns nun sofort fressen oder ob wir vorher vor Angst sterben...und Sie fragen, was los ist? Mann, wo ist Ihr Kumpel? Er soll herkommen, soll noch mal zutreten, soll zuschlagen...verdammt, ich fahre darauf ab...los, worauf warten Sie noch...?“

Marleen war wütend vorgesprungen und hatte sich vor den Riesen plaziert. Zornig erhob sie ihr Kinn und schleuderte dem Fremden die Worte entgegen, riß sich dabei ihr Oberteil auf und zeigte die langsam rotblau anlaufende, schmerzende Brust. Anschließend sprang sie zu ihrer Freundin und hob auch ihr T-Shirt. Darunter verfärbte sich die betroffene Rippe ebenfalls deutlich. Sie hatte auf einmal keine Angst mehr, sie spürte nur noch Wut in sich. Erhobenen Hauptes stand sie vor ihrem Gegner und sah ihm scharf in die Augen.

„Es tut mir leid“, sagte der in etwas ruhigerem Ton und wirkte dabei fast versöhnlich. „Vor dem anderen brauchen Sie keine Angst mehr zu haben. Er ist...er wird Sie nicht mehr belästigen. Ich habe den Auftrag, Sie zu einem bestimmten Ort zu bringen. Vor mir müssen Sie sich nicht fürchten. Ich werde Ihnen nichts tun, solange Sie keine Dummheiten machen. Sie sollten wissen, daß Sie hier mutterseelenallein sind. Im Umkreis von zig Meilen werden Sie keine Hilfe in irgendeiner Form zu erwarten haben, eher das Gegenteil, und Sie hätten alleine, ohne mich, hier draußen keine zehnminütige Überlebenschance. Da Sie sich schon befreit haben, brauche ich Sie ja nicht mehr loszubinden. Ich werde Sie nicht wieder fesseln, weil ich weiß, daß Sie vernünftig sind und keinen Unsinn machen... Kommen Sie jetzt endlich. Die Dingos kommen gleich wieder und Sie müssen sich was überziehen.“ Festus drehte sich um und ging mit seiner Fackel voraus.

Die beiden Frauen sahen sich ungläubig an. Was sollte das denn nun? Warum auf einmal die Höflichkeit? Wo war der andere Mann? Was war geschehen? Zu wem sollten sie gebracht werden?

Das Fackellicht wurde schwächer und versuchte fast, zwischen den Felswänden zu verschwinden. Nicole und Marleen beeilten sich, hinter ihrem Führer herzukommen. Nur raus aus diesem steinernen Verlies, nur weg von hier, nur wieder den Himmel sehen können, das Licht, auch wenn es das Nachtlicht war...

Die Dreiergruppe schlängelte sich durch das Labyrinth von Felsspalten und Gängen und war kurz darauf vor dem Eingang der Höhle angekommen. Draußen war es tatsächlich schon wieder dunkel. Ganz in der Nähe heulte ein Tier ein unheimliches Lied. Alles um sie herum war gespenstisch.

Der Landrover war ganz in der Nähe geparkt. Festus drückte die Fackel im staubigen Sand aus und ließ sie achtlos zurück. Er setzte sich hinter das Steuer und öffnete von drinnen den beiden Frauen die Beifahrertür. Ängstlich stiegen sie ein. Der Wagen wurde gestartet und von seinem Fahrer sanft in Bewegung gebracht. Eine Fahrt mit unbekanntem Ziel und Ausgang begann.

„Bevor Sie anfangen und mir Fragen stellen wollen“, begann Festus einen kurzen Monolog, „ich rede nicht gerne und werde Ihnen auch nichts weiter sagen. Sie werden bald Gelegenheit haben, sich mit jemandem zu unterhalten, der Ihnen über alles Auskunft geben wird und Ihnen alle Fragen beantworten kann. Um eines nochmals klarzustellen: Solange Sie sich vernünftig verhalten, wird Ihnen nichts passieren. Also halten Sie sich daran.“

Er lenkte seinen Blick wieder nach vorne. Vor ihnen lag nichts als Natur, weite, unberührte und unerforschte, gefährliche Natur aus Stein, Fels, Sand und Pflanzen, darauf ausgerichtet, es mit jedem aufzunehmen, der sich ihr entgegenstellte, wohl wissend, wer der Sieger sein würde.

Festus hatte eine Decke hervorgekramt und den beiden Frauen gegeben. Marleen legte sie über die Schulter ihrer Freundin und kroch selbst darunter. Eng aneinandergeschlungen saßen die beiden Frauen neben dem Fahrer. Sie hatten seine Worte vernommen und ihre Bedeutung richtig eingeschätzt. Wenn sie sich jetzt entsprechend verhalten würden, hatten sie vielleicht eine Chance, heil wieder aus ihrer Lage herauszukommen. Nicht im Traum dachten sie daran, zu diesem Zeitpunkt etwas zu unternehmen. Allerdings trat immer mehr der zornige Trotz in den Mittelpunkt ihrer Gedanken, ein Phänomen, das offenbar allen Frauen zu eigen ist und sie zäher und überlebensfähiger macht als männliche Lebewesen.

Stumm vergingen die nächsten Stunden. Immer wieder nickten die Frauen ein. Der Schlaf übermannte sie. Er stieg immer wieder in ihnen hoch und hatte eine Gehilfin in der Wärme, die sie im Auto unter der Decke empfanden.

Sie hatten eine Gebirgskette hinter sich gelassen und waren endlos lange Straßen durch kaum oder nur wenig bewachsenes Land gefahren.

Die letzte Stunde war es allerdings durch den australischen Busch gegangen. Undurchdringbar erschien er, Sumpfgelände säumte die Fahrtstrecke, die kein Außenstehender erahnen konnte. Die Angst kehrte bei beiden zurück, als sie plötzlich vor einem riesigen Tor standen. Aus zehn Metern Entfernung hätten beide das Tor nicht bemerkt. Jetzt standen sie davor.

Festus stieg aus und ging zu einem der drei Posten, die bewaffnet vor der Pforte auf Ankömmlinge warteten. Er machte keinerlei Anstalten, sich um die Frauen zu kümmern, ließ beim Verlassen des Wagens sogar die Tür offen. Nach einem kurzen Gespräch kam er zurück, setzte sich hinter das Lenkrad und fuhr an. Das riesige Tor öffnete sich. Ein paradiesischer Park tat sich dahinter auf.

Auf verschlungenen Kieswegen suchte sich das Gefährt mit den drei ungleichen Menschen einen Weg und blieb nach ein paar Minuten vor einem im altenglischen Stil erbauten Haus stehen.

Der Grieche trat heraus und kam auf das Auto zu. Festus ging ihm entgegen und reichte ihm die Hand. Kurz und präzise schilderte er die letzten achtundvierzig Stunden. Xanthopoulidis' Miene wurde nachdenklicher und verfinsterte sich merklich.

Langsam schritt er auf den Landrover zu, in dem die beiden Frauen zusammengeduckt saßen und sich nicht trauten, sich zu rühren. Gentlemanlike ging er hinten um den Landrover herum, öffnete behutsam die Beifahrertür und sah zwei angsterfüllte und geschundene Menschen vor sich, die ihn mit zorniger Ungewißheit anschauten. Marleen zog die Decke enger um sich und ihre Freundin. Dennoch war es unschwer zu erkennen, daß beide fast unbekleidet waren.

„Bitte entschuldigen Sie mich einen Moment, meine Damen." Xanthopoulidis schloß vorsichtig wieder die Tür. Ein steinerner Blick war nichts gegen die Augen, die Festus entgegensahen. Er ging zum Riesen.

„Was soll das?" fragte er. Es war mehr eine Anklage, und die Ruhe, die in dieser kurzen, leise gestellten Frage lag, machte seinem Gegenüber unmißverständlich klar, daß ein Fehler gemacht worden war, ein großer, für einen Mann seines Formates unverständlicher und nicht wiedergutzumachender Fehler.

„Das war Clark. Ich konnte es nicht verhindern. Aber er hat bereits seine Strafe bekommen", beeilte sich Festus zu erklären. Er kannte den Begriff Angst nicht, aber das, was er nun spürte, kam diesem unheimlich nahe. Er berichtete von Clarks sexuellen Annäherungsversuchen, den Schlägen und Tritten und den dadurch entstandenen Verletzungen.

Wortlos, ohne eine Miene zu verziehen und ohne Festus auch nur einmal aus den jetzt bedrohlich stechenden Augen zu lassen, nahm Xanthopoulidis die Schilderung entgegen. Wer ihn kannte, wußte, daß er kurz davor stand, zu explodieren. Er wußte aber auch, daß Festus ihn nicht belog, und machte ihm deshalb keinen Vorhalt, sondern beklagte die Tatsache, daß es zu dieser Ausschreitung Clarks gekommen war.

„Er kann froh sein und Gott weiß wem danken, daß er mir nicht mehr unter die Augen gekommen ist..." Xanthopoulidis dreht sich um und kehrte zum Landrover zurück.

„Sie müssen entschuldigen, meine Damen...ich bitte Sie für das Verhalten meines Angestellten um Vergebung. Ich weiß, daß es unwürdig und unverzeihlich ist, in dieser Weise Damen zu begegnen, aber leider kann ich das Geschehene nicht ungeschehen machen. Ich bin zutiefst betroffen und hoffe, daß ich Ihnen hier die entsprechende ärztliche Versorgung und Ruhe bieten kann, um ein wenig Abstand von allem zu bekommen...", trat er Marleen und Nicole gegenüber.

„Sie werden sicherlich vieles nicht verstehen, und ich bin bereit, Ihnen Rede und Antwort zu stehen. Das ist das Mindeste, was ich für Sie tun kann, zunächst bin ich aber über ihren gesundheitlichen Zustand sehr in Sorge. Ich gebe Sie in die Obhut von Fachpersonal, dem Sie wirklich bedingungslos vertrauen können und das alles tun wird, um Sie psychisch und physisch wieder genesen zu lassen. Danach gehöre ich Ihnen und Ihren Fragen. Vorerst darf ich mich entschuldigen..."

Ein kurzer Fingerzeig genügte, und schon kamen ein paar Frauen in weißer Tracht angelaufen und halfen den beiden Deutschen aus dem Fahrzeug. Behutsam brachte man sie in das Innere des Hauses. Über einen Fahrstuhl, von dem man nicht spürte, ob er nach oben oder unten glitt, gelangten Nicole und Marleen in eine Art Krankenbereich. Sofort kümmerte sich geschultes Personal wortlos, aber gekonnt und fachgerecht um die Wunden. Beiden wurde eine Spritze mit einem schmerzstillenden Beruhigungsmittel verabreicht. Wie in Trance bekamen sie mit, daß Nicoles Rippe, die Gott sei Dank „nur" angebrochen war, mit fachgerechten Verbänden geschient wurde, und auch Marleens Brust wurde behandelt, so daß die Schmerzen langsam abklangen.

Anschließend brachten Diener die Frauen in ein großes Zimmer, in dem zwei Betten aufgeschlagen bereitstanden. Wort- und widerstandslos ließen sich die beiden hinlegen und verließen durch einen langen traumlosen Schlaf die Realität.

Gegen Mittag klopfte es gegen die Tür. Nicole fuhr im Bett hoch. Der kunstvoll angelegte Verband verhinderte, daß sich die angebrochene Rippe bewegen und somit schmerzen konnte.

„Ja?" Erschrocken schaute sie in Richtung Tür. Sie öffnete sich. Axél trat in den Raum.

„Mister Xanthopoulidis wünscht Sie in einer Stunde zu sehen." Arrogant musterte sie die aufgerichtet im Bett sitzende Nicole.

„Etwas zum Anziehen finden Sie im Schrank. Es dürfte Ihnen passen. Und seien Sie pünktlich... Mister Xanthopoulidis haßt Unpünktlichkeit! Wecken Sie die da auch..." Mit einem verächtlichen Blick deutete sie auf Marleen, dann drehte sie sich um und verließ das Zimmer.

Nicole brauchte ein paar Augenblicke, um ihre Gedanken zu sortieren. Vorsichtig tastete sie ihre Rippe ab. Sie weckte Marleen.

Als Marleen die Augen aufschlug und in das Gesicht ihrer Freundin sah, wußte sie, daß sie alles nicht nur geträumt hatte, sondern daß tatsächlich ganz plötzlich aus dem wunderschönen Traumurlaub ein Alptraum geworden war, der mit dem Begriff Urlaub nicht mehr viel gemeinsam hatte und dessen Hintergründe sich keine der Frauen erklären konnte.

Die beiden Frauen saßen eine Weile stumm auf dem großen Bett, jede in ihre eigenen Gedanken vertieft, die sich doch ähnelten, jede nach Antworten suchend auf so viele *Warum*. Und besonders *Warum gerade wir*, und zu guter Letzt *Wie endet das hier?*

„Ich halte das nicht aus bis heute abend. Ich gehe jetzt und will wissen, was los ist." Von Ratlosigkeit gepackt sprang Nicole auf und rannte zur Tür.

„Nicki, warte, laß uns erst mal was zum Anziehen suchen." Marleen stand auf und ging zu einem großen Wandschrank. Nicole schaute erschrocken an sich hinunter und bemerkte, daß sie außer einer Art OP-Kittel nichts weiter anhatte. Marleen, die auf die gleiche Art bekleidet war, öffnete die Schiebetür des Schrankes.

„Guck dir das mal an", staunte Marleen, „hier findest du vom Dessous bis zur Latzhose alles...und nur vom Feinsten!"

Nicole war dazugekommen. Aus der ordentlich aufgereihten Garderobe suchten sich beide gezielt Jeans und T-Shirts heraus und streiften sich die sauberen Kleidungsstücke schnell über.

„Nur BH's scheinen die hier nicht zu kennen", stellte Nicole fest und wühlte das Innere des Schrankes durch, auf der Suche nach der besagten Unterwäsche.

Marleen war unruhig durch das riesige Zimmer gewandert und an einem Tisch stehengeblieben, auf dem eine Schale mit verschiedenem Obst bereitgestellt war. Erst jetzt spürte sie, wie sich ihr Magen vor Hunger zusammenkrampfte. Gierig griff sie nach den Früchten und schlang sie hinunter. Nicole tat es ihr gleich. Wieder vergingen ein paar Minuten, die die Frauen schweigend verbrachten. Allerdings spürten sie das Phänomen, von dem ihre Männer ihnen bereits mehrfach berichtet hatten. Irgendwie hatten sie das Gefühl, daß jeder die Gedanken des anderen kannte und lesen konnte. Und es störte sie nicht im geringsten, im Gegenteil, es hatte sogar etwas in dieser Situation Beruhigendes.

Nicole rannte wieder zur Tür, nahm die goldfarbene Klinke in die Hand und drückte sie energisch hinunter. Die Tür öffnete sich jedoch nicht. Wut und Panik stiegen erneut in ihr hoch.

„Die haben uns eingeschlossen!" schrie sie lauthals heraus. „Diese Idioten haben uns eingeschlossen!"

Immer wieder rüttelte sie am Türgriff, doch das Schloß ließ sich nicht öffnen. Die Tür blieb verschlossen.

Marleen eilte zu ihr und ergriff sie an den Schultern. Vorsichtig, aber bestimmt, drehte sie ihre Freundin zu sich und drückte deren Kopf gegen ihre Brust.

„Komm, Nicki", versuchte sie beruhigend auf sie einzureden, „das Schicksal will es so, daß wir hier festsitzen. Wir können es nicht ändern, und wir müssen aufhören, ständig zu explodieren."

Nicoles Nerven lagen blank. Sie schüttelte sich vor Weinkrämpfen und hing hilflos wie ein kleines Kind in Marleens Armen.

„Ich könnte auch ständig platzen vor Wut und gleichzeitig heulen und wer weiß noch was machen...", redete Marleen weiter auf ihre Freundin ein, die langsam begann, das Gesagte aufzunehmen.

„Aber Mensch, Nicki", Marleen hatte Nicoles Kopf in beide Hände genommen und hielt ihn so, daß sie sich unweigerlich in die Augen sahen, „verdammt, wir sind Frauen und wir sind stark...hörst du...wir sind stark!" wiederholte sie die letzten Worte und verlieh ihnen dadurch einen besonderen Nachdruck.

„Wir können jetzt hier rumhängen und uns aufreiben. Das hat zur Folge, daß wir noch wehrloser und schwächer werden. Das wollen die doch, verstehst du?" Nicki bekam langsam mit, worauf ihre Freundin hinauswollte.

„Außer dir gibt es niemanden hier, der mir wichtig wäre...und ich möchte irgendwann einmal meinen Thomas wieder in die Arme nehmen können und du sicherlich Peter..." Für einen kurzen Moment versanken Marleens Gedanken, und sie dachte daran, wie herrlich es wäre, gerade jetzt in den Armen ihres Mannes zu liegen, und hatte selbst mit einem erheblichen Kloß im Hals zu kämpfen.

„Aber mit blinder Wut kommen wir nicht zu ihnen, verdammt..." Ihre Stimme wurde wieder fester und bestimmter. „Nicki, wir beide müssen hier raus, wir müssen was unternehmen, was Schlimmeres als das hier kann uns doch fast nicht mehr passieren. Wir brauchen Kraft, wir..."

Nicole unterbrach ihre Freundin, indem sie sich in Richtung Fenster drehte.

Von ihrem Zimmer aus konnten sie sehen, wie der Grieche mit Axél an seiner Seite durch den Park schritt. Die beiden waren in ein Gespräch vertieft und bemerkten die beobachtenden Blicke der beiden Frauen aus dem Hause nicht.

„Das ist die blöde Kuh, die uns geweckt hat." Nicki hatte ihre Worte wiedergefunden. „...und seien Sie pünktlich... Mister Kartoffelklo, oder wie der Arsch heißt, haßt Unpünktlichkeit...", äffte sie Axél nach.

„Du hast recht", richtete sie sich dann wieder an Marleen und ließ sich von ihr sanft die Tränen aus den Augen wischen, „wir können stark sein, wenn wir wollen, und ich will es jetzt, genau wie du...ich will meinen Peter auch wiederhaben..."

„Wir müssen also abwarten und sehen, was uns dieser Oberheini hier heute abend zu sagen hat", fiel ihr Marleen ins Wort, sichtlich froh darüber, daß ihre Freundin offenbar auch wieder Mut geschöpft hatte. „Laß uns noch ein bißchen ausruhen. Bis heute abend können wir noch ein paar Stunden schlafen und Kraft sammeln..." *›...denn die werden wir brauchen‹*, dachte sie den Satz zu Ende.

Die beiden Frauen legten sich aufs Bett und fielen in eine Art Dämmerschlaf. Ein Wirrwarr von Gedanken und Tagträumen raste durch ihre Köpfe. Immer wieder aber beschworen sie sich in diesem Zustand: *›Ich will hier raus, wir schaffen das!‹*

Mit einem fast unhörbar leisen Klicken war die große Zimmertür entriegelt worden. Es klopfte, und unmittelbar darauf erschien ein weißgekleideter Diener.

„Mister Xanthopoulidis erwartet Sie im Speisesalon." Nach diesem monotonen Satz hatte er das Zimmer bereits wieder verlassen. Nicki und Marleen waren ausgeschlafen und vorbereitet. Die beiden Hirne schienen wieder einwandfrei zu funktionieren und hatten sämtliche Gedanken an Trübsal und Aussichtslosigkeit verbannt. Ihr ganzes Streben war nur von einem Ziel getragen: FLUCHT.

Sie verließen den Raum und folgten dem Diener zum Fahrstuhl, der sie in die Eingangshalle brachte. Dort angekommen, öffnete der Weißgekleidete eine der unzähligen Türen.

„Bitte hier, meine Damen", wies die monotone Stimme die Frauen an, einzutreten.

Ein großer, geschmackvoll eingerichteter Speisesalon eröffnete sich ihnen. Die Wände glichen denen einer Bibliothek, von irgendwoher klimperte dezenter Piano-Jazz, und mit Wachskerzen bestückte Lüster tauchten den Raum in eine Atmosphäre, die man unter anderen Umständen als äußerst wohlig hätte bezeichnen können.

In der Mitte des Raumes stand ein riesiger Tisch aus Mahagoniholz, dessen Platte derart poliert war, daß sie einem Spiegel glich. An der Stirnseite saß Xanthopoulidis, rechts neben ihm Axél und auf der anderen Seite Claude Maugis.

Als der Grieche die Frauen sah, erhob er sich und kam ihnen entgegen.

„Es ist schön, daß Sie so pünktlich sind", empfing er sie sichtlich erfreut. Er ergriff jeweils die rechte Hand von Marleen und Nicole und deutete eine Art Handkuß an, wie ihn die beiden Deutschen bisher nur aus kitschigen Fernsehfilmen kannten. Ihnen wurde eiskalt, eine Art innerliche Gänsehaut überzog ihren Körper.

„Wenn Sie bitte hier Platz nehmen würden." Er führte Nicole zu dem Stuhl neben Axél. „Ich glaube, Sie haben sich schon kennengelernt, wurde mir zumindest berichtet", beendete er die Vorstellung.

Axél deutete ein leichtes Nicken in Richtung Nicki an, deren Gesichtsausdruck sofort verriet, was sie von ihrer Tischnachbarin hielt. Diese war in ein dunkelviolettes Chiffonkleid gehüllt, das eigentlich aus relativ wenig Stoff zu bestehen schien. Zumindest war der Betrachter geneigt zu überlegen, welcher der beiden Schlitze, die das Kleid aufzubieten vermochte, der längere war: der auf dem Rücken, der an einer Stelle endete, die schon nicht mehr als Rücken bezeichnet werden konnte, oder der seitlich angebrachte, der freie Sicht auf die Beine bot und erst dort endete, wo man eher ein anderes Kleidungsstück vermutet hätte.

›Blöde Kuh‹, dachte Nicole, nahm Platz und richtete ein mißlungenes Grinsen in Richtung Axél. Auch darin waren unmißverständliche Gedanken zu lesen.

In der Zwischenzeit war Claude Maugis aufgestanden und bot Marleen den Stuhl an seiner Seite an. Vorsichtig schob er ihn zurecht, als sich Marleen zögernd hinsetzte.

„Wichtige Dinge sollte man immer bei einem guten Essen besprechen", begann Xanthopoulidis die Unterhaltung. „Rusty, du kannst auftragen."

Erst jetzt konnte man das gekonnt im Hintergrund plazierte Bedienungspersonal erkennen. Einer davon, offenbar der angesprochene Rusty, begann zu servieren.

„Ich habe mir etwas Leichtes und zugleich Deftiges ausgedacht", erklärte Xanthopoulidis das Menü. „Eine Kombination aus meiner Heimat, mit etwas, das den doch teilweise recht deftigen Speisen Ihrer Heimat sehr nahe kommt, und zum Abschluß eine Kleinigkeit, die überall gerne gegessen wird. Übrigens ein Menü, das der französische Küchenpapst Paul Bocuse einmal kreiert haben soll", schmunzelte er in Richtung Claude. „Rusty, du kannst die Griechischen Champignons auffahren."

Der Angesprochene gab einen Fingerzeig, und gleichzeitig traten dezent fünf weitere Männer aus diversen Nischen hervor, jeder mit einem silbernen Tablett in der Hand, auf dem jeweils eine silberne Schale stand, über die wiederum eine silberne Haube gestülpt war. Wie auf ein unsichtbares Kommando hin beugten sich die fünf nach vorne, stellten gekonnt das Tablett ab und hoben die Haube an. Gleichzeitig verschwanden sie wieder.

Ein feiner Hauch von Thymian, gepaart mit etwas Lorbeer und Koriander, offenbarte sich den Nasen der Anwesenden.

„Lassen Sie es sich schmecken." Xanthopoulidis begann zu essen. „Ich hoffe, Sie haben sich ein wenig von den Schrecken der letzten Stunden erholen können und eine gute ärztliche Versorgung erfahren", fuhr er sichtlich interessiert fort.

„Können Sie uns bitte erklären, was das alles soll?" Marleen hatte als erste ihren ganzen Mut zusammengenommen und ihre Stimme erhoben.

„Ja", bekundete der Grieche, „ja, ich finde auch, Sie haben endlich das Recht, zu erfahren, warum Sie sich in dieser Situation befinden. Ich möchte Ihnen zunächst etwas über mich erzählen, damit Sie zumindest in diesem Bereich nicht mehr im Ungewissen sind. Sehen Sie", er wischte sich mit einer Serviette vorsichtig über den Mund, „ich bin so was, was man in Ihrem Land als steinreich bezeichnet. Ich verfüge über Geld, ich weiß nicht über wieviel. Aber es handelt sich um eine Menge, die es mir erlaubt, so zu leben, wie ich es tue, und das zu machen, was mir Spaß macht. Und ich habe Spaß an Geschäften. Ich mache Geschäfte mit fast allem und fast jedem. Darunter sind auch, wie sagt man gleich in Ihrem Land so lustig, krumme Geschäfte..."

Xanthopoulidis schmunzelte ein wenig und fuhr dann fort. „Ich besorge und verkaufe alles, was andere haben möchten und für gutes Geld zu erwerben bereit sind. Ich habe Spaß daran und verdiene noch dabei – eine erstrebenswerte Kombination, wie ich finde."

Er sprach in seiner gewohnt ruhigen Art und nahm zwischendurch einen Happen der Vorspeise. Marleen und Nicki lauschten gespannt.

„Ich habe mich hierher zurückgezogen und bin hier das Gesetz. Es wird das gemacht, was ich sage, und den Leuten geht es gut. Aber auch in den Staaten und Europa kennt und – ich möchte jetzt nicht überheblich klingen – schätzt man mich, mein Geld und meinen Einfluß. Aber sehen Sie, ich habe einmal...", seine Stimme wurde nachdenklicher, „ich habe einmal etwas ganz Wertvolles verloren, von dem ich den Wunsch habe, es wiederzubekommen..." Er machte eine rhetorische Pause.

„Und nun sollten Sie mir helfen. Es geht um einen kleinen Knopf." Mit seinen Fingern deutete er die Größe an. „Dieser Knopf, nennen wir das Kind beim Namen, dieser Micro-Chip, ohne den eine große Maschine nicht funktionieren kann, ist in Europa hergestellt worden und sollte nun zu mir gebracht werden." Er nahm einen Schluck Wein.

„Probieren Sie den Wein, er stammt aus meiner eigenen Winzerei. Es ist zwar kein Rhein- oder Moselwein, der ja bei Ihnen bevorzugt getrunken wird und der durchaus hervorragende Tropfen hervorgebracht hat, aber dieser ist auch nicht zu verachten.“ Er stellte das Glas vorsichtig ab und bemerkte, daß alle mit der Vorspeise fertig waren.

„Rusty, jetzt das Lammragout. Ich hoffe, du hast es wieder mit etwas Cognac und Knoblauch verfeinert...“

Verzückt wand sich der Diener vor seinem Brötchengeber wie ein gerade gelobter Hund, dem eine Belohnung versprochen wurde, und nickte beifallheischend. Wie bereits zuvor die Vorspeise wurde nun das Hauptgericht serviert. Diesmal fand jeder eine rustikale Pfanne auf dem Tablett vor sich, in dem die Fleischstücke neben Staudensellerie, weißen Rüben, Kartoffeln und anderen leckeren Gemüsen kunstvoll in einer herrlich duftenden Marinade drapiert waren.

„Zurück zu dem Chip“, setzte Xanthopoulidis die Erklärung fort. „Sicherlich hätte man das Teil einpacken und auf dem normalen Wege hierher transportieren lassen können, oder einer meiner Mitarbeiter hätte ihn mir bringen können, aber sehen Sie, das war mir aus folgenden Gründen zu riskant. Erstens handelt es sich bei dem Chip um ein Unikat, also ein Stück, das Sie noch in keiner Fabrik für Computerzubehör herstellen und ordern können, außerdem um ein Stück aus einem Bereich noch recht unerforschter Wissenschaft und daher nicht unumstritten, und dort, wo Sie zwischengelandet sind, ist man ganz scharf auf neue Hightech, und es gibt keine Sendung hierher, die nicht in dieser Richtung von speziellen Apparaten durchleuchtet und untersucht wird.“

Er setzte die Gabel ab und trank wieder einen Schluck Wein.

„Zweitens sind meine Mitarbeiter bei den offiziellen und inoffiziellen Stellen bestens bekannt und man würde das Teil, wenn man es bei ihnen finden würde, unweigerlich mit mir in Verbindung bringen. Und jetzt kommt eigentlich der Hauptgrund. Ich bin manchmal recht sentimental, auch wenn Sie das nicht von mir denken. Aber ich kann es mir nicht leisten, daß Sentimentalität mit mir in Verbindung gebracht wird, denn das, was ich vorhabe, hat im weitesten Sinne etwas mit Sentimentalität zu tun. Sehen Sie, und dann erschienen Sie auf der Bildfläche...vier nette Touristen auf dem Weg zum fünften Kontinent. Etwas Unverdächtigeres als Sie gab es nicht. Touristen kommen, gehen, verschwinden... Niemand könnte Sie auch nur im Entferntesten mit mir in Verbindung bringen, wenn man den Chip gefunden hätte. Aber wer wird denn harmlose Touristen so gründlich durchsuchen? Sie ähneln sich alle. Das, was sie schmuggeln, ist harmlos: ein paar Zigaretten, Parfüm, Souvenirs. Lächerlich. Sehen Sie, und so brauchten wir Ihnen nur den Knopf zu übergeben und ihn bei Ihrem Eintreffen in unserem Land wieder abzunehmen. Das eine hat ja problemlos geklappt, das andere leider nicht, und ich hoffe nun, daß es für alle ein gutes Ende nehmen wird. Wenn nicht...“ Er brach den Satz ab, wischte sich mit der Serviette den Mund ab und stand auf.

„Sie sollten das Dessert nicht versäumen, Crème Caramel...ich werde es in meinem Zimmer einnehmen, Sie entschuldigen mich bitte, ich möchte alleine sein.“ Mit einer leichten Verbeugung verließ der Grieche das Zimmer. Die Türklinke bereits in der Hand, drehte er sich nochmals um.

„Sie können sich hier übrigens frei bewegen“, sagte er in Richtung Marleen und Nicki, die der Erzählung Xanthopoulidis’ gespannt gelauscht und sich zwischendurch mehrfach fragend angeschaut hatten.

„Sie können auf meinem Land tun und lassen, was Sie wollen, tun Sie aber bitte im eigenen Interesse alles mit Bedacht. Es wäre schade und hätte unverzeihliche Folgen, wenn Sie mich enttäuschen würden.“ Er drehte sich um und schloß die Tür von außen.

Sofort folgte ihm Rusty mit einem Tablett in der Hand, auf dem sich offenbar die Nachspeise befand. Auch den anderen wurde der Menüabschluß serviert. Wortlos aßen alle vier.

Ebenso wortlos stand Axél plötzlich auf, ging um den Tisch herum und blieb provozierend dicht neben Claude stehen. Sie beugte sich zu ihm herunter. Er wußte, was jetzt kam.

„Komm...“, hauchte sie ihm verheißungsvoll ins Ohr. Genauso provozierend, wie sie dagestanden hatte, drehte sie sich jetzt um, aller auf sie gerichteten Blicke gewiß und diese in höchstem Maße genießend, und verließ den Raum. Den Kopf leicht zur Seite gelegt und mit einem verschmitzten Grinsen auf den Lippen erhob sich Claude.

„Tut mit leid, meine Damen“, entschuldigte er sich bei Nicole und Marleen, „aber es gibt offenbar noch viel zu tun. Man wird Sie gleich auf Ihr Zimmer geleiten und“, diesmal mit besorgter Miene, „beachten Sie die Worte von Xanthopoulidis.“ Beschwörend sah er Nicole und Marleen an und verschwand hinter Axél aus dem Salon.

Als es hell wurde, ließ Thomas die schwere Maschine an einer kleinen Tankstelle mit einer winzigen Imbißbude ausrollen.

Sie hatten an dem besagten Truck-Stop schon einmal getankt und diesen inzwischen bereits weit hinter sich gelassen. Sie hatten sich stündlich mit dem Fahren abgewechselt, da sie erstens nicht müde werden durften und zweitens das schnelle Fahren auf einem Motorrad nicht gewohnt waren und sich dieses als sehr anstrengend erwies.

Schließlich saßen sich beide, nachdem sie erneut aufgetankt hatten, in dem Imbiß bei einer Tasse schlechtem, aber starkem Kaffee gegenüber und hingen ihren Gedanken nach.

„Du, sag mal, was hatten wir eigentlich auf dem Flughafen in Frankfurt an?“ fragte schließlich Peter.

Thomas sah ihn müde an. Er war geistig auf dem Nullpunkt angelangt, wußte er doch, daß diese ganze Fahrt vergebens sein würde. Wie sollten sie das Taxi finden, wie sollten sie in das Hotelzimmer kommen?

„Ich hatte meinen Mantel an“, antwortete er schließlich, „das weiß ich noch. Marleen und Nicki hatten Jacken an, genau wie du.“

Peter sprang plötzlich wie von der Tarantel gestochen auf und lief gegen die Tür des kleinen Raumes, die er hatte aufstoßen wollen, die sich jedoch nach innen öffnen ließ. Als er das Hindernis überwunden hatte, flitzte er zur Harley. Thomas verdrehte die Augen und folgte dem Freund, nachdem er eine Münze auf den Tisch gelegt hatte.

Peter kramte in der linken Satteltasche des Motorrades herum. Thomas, der inzwischen auch herangekommen war, sah ihm verständnislos zu und beobachtete, wie Peters Gesicht immer länger wurde.

„Letzter Versuch“, murmelte dieser und fummelte die zweite der beiden Taschen auf. Sein Gesicht erhellte sich, und triumphierend riß er die schwarze Regenjacke heraus, wobei einige andere Gegenstände, die sich ebenfalls in dem Lederbehältnis befanden, unbeachtet auf die Erde fielen.

Thomas begann zu verstehen und wurde unruhig.

Peter hob die Jacke am gestreckten Arm hoch und sah Thomas an.

„Jetzt bete!“ forderte er den Freund auf, und dieser schickte tatsächlich ein stilles Stoßgebet zum Himmel.

Peter griff in die tiefe Tasche und wühlte darin herum. Schließlich zog er das Innenfutter heraus. Nichts!

Er steckte seine Hand in die andere Tasche und wurde bleich.

Als er das Taschenfutter nach außen krempelte, konnte Thomas das kleine Loch darin erkennen. Peter tastete aufgeregt mit beiden Händen an der Jacke herum, stockte, tastete weiter, wühlte weiter.

Bei seinen verzweifelten Bemühungen drehte er sich von Thomas weg. So konnte dieser nicht sehen, daß Peter etwas aus dem Inneren der Jacke, irgendwo zwischen Futter und Außenmaterial, vom anderen Ende langsam und mühselig bis zu dem Loch in der Tasche drückte und schob, bis es direkt dort in seine Hand fiel.

Langsam drehte er sich um und hielt Thomas seine zur Faust geballte Hand hin. Dann öffnete er sie.

Ein mittelgroßer, unauffälliger Knopf lag darin, vielleicht etwas dicker als normal, aber eben unauffällig.

„Das gibt's doch nicht", flüsterte Thomas, „wir hatten das Ding die ganze Zeit bei uns."

„Das gibt es doch!" Peter strahlte vor Freude. Dann stieß er einen lauten Schrei aus, in dem sich seine ganze Anspannung löste. Der Imbißinhaber erschien in der Tür, um nachzusehen, was draußen los war. Kopfschüttelnd schloß er sie wieder.

„Ja...ja...ja!" Peter war außer sich und brüllte seine Erleichterung heraus. Als er schließlich triumphierend Thomas ansah, stutzte er.

„Mann, freu dich doch!" schrie er den Freund begeistert an. „Wir haben es geschafft!"

Thomas stand grübelnd da und ging nicht auf Peters Worte ein. „Los", sagte er schließlich, „laß uns sofort zum Wohnmobil zurückfahren. Du fährst, ich muß nachdenken."

Peter spürte, daß Thomas jetzt noch nicht reden würde. Enttäuscht über dessen Reaktion stieg er auf, wartete, bis Thomas hinter ihm saß, ließ dann den Motor an und fuhr in die Richtung zurück, aus der sie fünfzehn Minuten vorher gekommen waren.

Ihnen fielen fast die Augen zu, als sie nach erneuter stundenlanger Fahrt das Motorrad neben dem Wohnmobil abstellten. Sie hatten, als sie die alte Scheune passierten, einen flüchtigen Blick in diese Richtung geworfen und sich kurz gewundert, daß sie bis auf die Grundmauern niedergebrannt war und nur noch ein paar alte Balken trotzig qualmten, aber sie waren zu müde und geschafft, um sich darüber jetzt noch Gedanken zu machen.

Peter hatte mehrmals, bei den kurzen Pausen, die sie eingelegt hatten, versucht, mit Thomas zu reden, aber dieser wollte noch nicht mit der Sprache rausrücken. Vielleicht konnte er es auch nicht, so daß Peter schließlich aufgab. Er war auch ein bißchen böse auf den Freund, daß dieser sich nicht zu freuen schien. Andererseits kannte er ihn so gut, daß er wußte, daß das seinen Grund haben würde. Ihm blieb so nichts anderes übrig, als abzuwarten.

„Du stinkst wie der Herrenumkleideraum einer Fußballmannschaft", stellte Thomas fest, als sie sich schließlich im Caravan an dem kleinen Tischchen gegenübersaßen.

Peter, immer noch enttäuscht über Thomas' Verhalten, wurde wütend. „Du riechst auch nicht gerade wie...wie..." Ihm fiel kein passender Vergleich ein.

„Laß uns schwimmen gehen“, erwiderte Thomas in beruhigendem Ton, „das wird uns beiden guttun.“

Das kühle Wasser des Meeres war eine Erholung für die müden, zerschundenen Körper der beiden Freunde. Sie hatten sich zum Strand geschleppt und, da weit und breit offenbar keine anderen Menschen außer ihnen Abkühlung suchten, völlig ausgezogen. Langsam wateten sie ins Meer hinaus. Sie genossen jede kleine Welle, die zunächst ihre Beine umspielte. Langsam stieg der Wasserspiegel höher. Ein wohlig kühlender Schauer durchfuhr sie, als das Wasser über ihre Lenden bis zu den Hüften anstieg. Wie auf ein stilles Kommando tauchten sie auch den restlichen, durch die Geschehnisse der letzten Stunden nicht nur äußerlich zerschundenen Körper in die Fluten. Es sollte eine Waschung des Vergessens werden, es blieb allerdings nur bei einer den Geist und die Sinne erfrischenden Abkühlung.

Als sie sich eine Stunde später wieder am gleichen Tischchen gegenübersaßen, fühlten sie sich wie neugeboren.

„So, und jetzt paß mal gut auf.“ Thomas setzte sich zurück. „Wir dürfen den Knopf nicht einfach wiedergeben.“

Peter sah ihn erstaunt an.

„Das ist eigentlich ganz einfach.“ Thomas sah sein Gegenüber beschwörend an. „Wir dürfen ihnen den Knopf nicht geben, weil er das einzige Druckmittel ist, mit dem wir sie zwingen können, uns unsere Mädchen wiederzugeben.“ Thomas machte eine kurze Pause.

„Ich traue diesen Typen nicht. Wir wissen jetzt, wo Marleen und Nicole stecken. Glaubst du, daß sie uns die beiden freiwillig bringen werden??? Nein, wir müssen sie selbst da rausholen. Und eine Chance, daß es klappen kann, verspricht uns der Knopf, den *wir* haben und *die* wollen! Und erst, wenn wir Marleen und Nicki wiederhaben, können wir uns überlegen, was wir mit dem Ding“, er klopfte sich gegen die Brust, wo sein Brustbeutel mit dem Knopf darin hing, „anfangen können. Wenn wir es gleich aushändigen, dann kannst du davon ausgehen, daß es nicht nur unser Todesurteil ist. Zuviel ist dafür bisher passiert...“

Peter dachte angestrengt nach, und Thomas ließ ihm die Zeit dazu.

Kapitel 12

Nicole und Marleen waren alleine im Speisesalon. Nicole schaute sich um, ob sich noch jemand vom Bedienungspersonal in der Nähe befand, der sie eventuell beobachten und belauschen konnte. Offenbar war das nicht der Fall.

Sie ging um den großen Tisch herum, nahm dabei eine Karaffe Wein an sich und setzte sich neben Marleen, die grübelnd vor sich hin starrte. Nicole stellte ein Glas vor ihre Freundin und goß ihr und sich selbst den Wein randvoll ein. Sie stieß mit ihrem Glas gegen das ihrer Freundin, prostete ihr zu und leerte es mit einem Zug. Marleen tat es ihr gleich.

„Pfui Teufel...das nennt der einen guten Tropfen? Saures Gelumpe!" Angewidert stellte sie das Glas ab. „Das mußte jetzt einfach sein, Mann, ich verstehe das alles nicht, du etwa?" fragte sie anschließend.

„Dieses reiche Schwein hat irgendeine Riesensauerei vor und hat uns für Kurierdienste mißbraucht, weil es ihm zu heiß unter dem Arsch gewesen wäre...ach nein, er wollte wohl nicht, daß man sentimentale Züge an ihm entdeckt", faßte Marleen kurz und knapp zusammen und zitierte Xanthopoulidis ironisch.

„So richtig schlau geworden bin ich auch nicht aus ihm. Was mich nur sehr stört, ist das, was er über Touristen gesagt hat...", sinnierte sie weiter.

„Was meinst du?" wollte Nicole wissen.

„Naja, er sagte doch sowas wie...Touristen kommen und gehen und verschwinden...und genau das gibt mir zu denken", überlegte Marleen angestrengt. „Wenn ich mir dann noch überlege, daß er uns hier frei herumlaufen lassen will, uns seine halbe Lebensgeschichte erzählt und all so was, dann wird mir ganz anders..." Sie stockte.

„Du meinst, er hat überhaupt keine Angst, daß wir, wenn wir hier wieder draußen sein sollten, ihn bei den Behörden anzeigen könnten?" nahm Nicole den Faden auf und wurde mit einem Mal sehr nachdenklich. „Das würde ja bedeuten, daß..."

„...ja, daß er nicht vorhat, uns hier lebend wieder rauszulassen", fiel ihr Marleen ins Wort. „Mit anderen Worten, er hat vor, uns zu töten, wenn er den Chip hat, uns und unsere Männer..."

„Aber das geht doch nicht so einfach." Nicole wollte es nicht wahrhaben.

„Du hast doch gehört, was er gesagt hat. Er ist hier das Gesetz. Wer will es ihm verbieten? Wem wird auffallen, wenn vier popelige Touristen, die ohnehin noch niemand so richtig wahrgenommen hat, auf einmal nicht mehr da sind? Niemand hier. Ja, in Deutschland wird man vielleicht einiges anleiern, über die Botschaft, auf diplomatischem Wege oder so, aber das verläuft im Sande. Wir sind hier angekommen und vom Hotel mit einem Wohnmobil und einer Harley nach irgendwohin aufgebrochen, ohne Landeskenntnisse, ohne Kenntnisse der Gefahren, da kann viel passieren, und eines Tages wird man uns offiziell für verschollen erklären. So einfach ist das...", führte Marleen die gemeinsamen Überlegungen zu Ende.

Aber statt erneut in panische Angstzustände und Weinkrämpfe zu verfallen, stellte sich komischerweise bei beiden Frauen das Gegenteil ein. Ein Gedanke pochte abermals durch ihre Hirne: *Wir müssen hier weg...* FLUCHT...

„Wie machen wir's?" fragte Nicole als erste.

„Wie weiß ich noch nicht, aber heute nacht muß es sein. Ich habe das Gefühl, daß wir nicht mehr viel Zeit haben", antwortete Marleen. „Du hast ja gesehen, was mit der Ziege und dem Typen neben mir los war. Die hätte ihn am liebsten schon hier vor allen Augen auf dem Tisch vernascht. Ich glaube, die kommen heute nacht nicht aus ihrem Bett raus. Vor denen haben wir nichts zu befürchten. Den Oberguru schätze ich auch nicht so ein, daß er uns verfolgen wird, also müssen wir nur auf diese komischen Lakaien aufpassen. Laß uns hochgehen und überlegen."

Die beiden verließen den Speisesalon und fuhren mit dem Fahrstuhl nach oben. Es war weit und breit niemand zu sehen. Im Zimmer angekommen, schloß Nicole vorsichtig die Tür von innen ab.

„So, wir müssen überlegen, was wir brauchen. Laß uns mal hier im Schrank nachsehen, ob wir irgendwas Nützliches finden", schlug Marleen vor.

„Guck mal", grinste Nicole, „eine Sache habe ich schon." Wedelnd schwenkte sie ein silbernes Fleischmesser. „Das lag da unten so mutterseelenallein herum, und ich dachte, wir könnten es vielleicht gebrauchen", beteuerte sie verstellt unschuldig. „Ich will nie wieder gefesselt sein, das war die Hölle für mich..."

„Mann, du bist Spitze, Nicki!" Marleen gab ihrer Freundin einen Kuß auf die Stirn. „Jetzt komm aber, wir haben nicht mehr viel Zeit..."

Sie packten ein paar ihnen brauchbar erscheinende Gegenstände zusammen. Darunter waren mehrere Ledergürtel, für jeden eine langärmelige Bluse, ein Paar lederne Handschuhe, die für alles andere gedacht waren als das Vorhaben der beiden Frauen, und ein paar Rasierklingen, die sie im Badezimmer fanden.

„So, das muß reichen", stellte Marleen fest.

„In welche Richtung müssen wir eigentlich?" fragte Nicole nach einer Weile.

„Ich meine, wir müssen Richtung Süden, von daher sind wir gekommen", überlegte Marleen. „Glaube ich zumindest."

„Wo ist Süden? Kennst du dich mit Himmelsrichtungen aus?" bohrte Nicole weiter.

„Nee...“, war die ehrliche Antwort.

Schweigen.

„Ist ja auch egal. Wir sind irgendwie auf einer Straße hierher gekommen. Diese Straße müssen wir finden. Straßen kommen immer von irgendwo her und führen irgendwo hin. Laß uns also erst mal die Straße finden, und dann sehen wir weiter.“ Nicole war es egal, wo ihre Flucht sie hinführte. Sie wollte nur weg hier, raus aus diesem Nobelgefängnis.

Marleen pflichtete ihr mit nachdenklicher Miene bei.

„Paß auf“, ergriff Nicole wieder das Wort. „Jetzt haben wir 21 Uhr. Es ist noch zu früh. Die in ihrem Bett sind sicherlich noch eine ganze Weile zugange und der Alte ist wohl auch noch nicht eingeschlafen. Ich schlage vor, wir hauen uns noch ein bißchen aufs Ohr. Wer weiß, wann wir das wieder können. Ich habe hier im Bad einen Reisewecker gesehen. Den stellen wir auf Mitternacht, und dann geht's los, okay!?“ Sie sah ihre Freundin beschwörend an. Diese nickte.

„Mann“, Marleen drückte Nicole an sich, „ich habe Angst...du auch?!“

„Am liebsten würde ich lügen“, erwiderte Nicole ehrlich, „aber ich habe auch Schiß, aber da müssen wir durch. Was hast du vorhin gesagt? Wir sind Frauen, wir sind stark, wir schaffen das!“

Unkommentiert blieb der Satz zwischen ihnen stehen.

Marleen ging ins Badezimmer, fand den Reisewecker und prüfte seine Funktion. Er schien zu funktionieren. Sie stellte ihn auf Mitternacht. Bekleidet legten sich die beiden Frauen aufs Bett, ihre zusammengesuchten Utensilien griffbereit daneben abgestellt.

›Lieber Gott, laß es gutgehen, laß mich meinen Thomas gesund wiederfinden, hilf uns, bitte, bitte...‹ Marleen richtete ein Stoßgebet an die entsprechende Stelle, schloß die Augen und versuchte einzuschlafen. Auch Nicole hatte diesen Versuch gestartet, allerdings blieb es bei dem Versuch. Etwas ärgerlich über sich selbst vernahm sie nach einer Weile das sanfte Atmen ihrer Freundin. Sie war eingeschlafen, aber Nicole war zu aufgeputscht, um an Schlaf überhaupt nur denken zu können.

Es war kurz vor Mitternacht, als Nicki ihre Freundin weckte. Sie hatte kein Auge zugetan, trotzdem fühlte sie sich ziemlich fit. Marleen war sofort hellwach. Die beiden Frauen standen auf und sahen sich lange in die Augen.

„Komm, wir müssen los“, brach Marleen das Schweigen.

Vorsichtig packten sie ihre Sachen zusammen. Jede hatte ein Bündel mit dem Gürtel zusammengeschnürt und mit einem anderen quer über den Oberkörper gehängt.

Nicole schloß die Zimmertür auf. Im Flur davor war es still. Es brannte eine Art Notbeleuchtung, die das Haus in ein geheimnisvolles Licht tauchte. Nicole lauschte angestrengt. Es war kein Geräusch zu hören, das auf die Anwesenheit von Dienern oder anderem Personal schließen ließ.

„Los“, flüsterte sie Marleen zu.

Vorsichtig schlichen sich beide auf den Flur. Marleen schloß unhörbar hinter sich die riesige Tür. Zentimeter für Zentimeter schlichen sie sich an der Wand des Flures zu einer Freitreppe, die vom ersten Stock ins Erdgeschoß führte. Alle schliefen offenbar. Es war durch die Klimaanlage angenehm kühl im Haus, allerdings stand den Frauen dicker Schweiß auf der Stirn, als sie an der Treppe ankamen. Sie hatten erst ganze zehn Meter hinter sich gebracht und dafür eine Ewigkeit gebraucht.

Stufe für Stufe tasteten sie sich nach unten, alle Sinne und Muskeln gespannt und sich ständig nach allen Seiten umschauend. Nach einer weiteren Ewigkeit hatten sie es geschafft. Sie waren unten.

Marleen huschte als erste zur doppelflügeligen Eingangstür und drehte den Öffnungsknauf. Die Tür war zu. Verschlossen.

›Warum muß dieses Scheißding jetzt zu sein...verdammt noch mal...‹, stöhnte sie in Gedanken in sich hinein. Mit ihrem Kopf gab sie ihrer Freundin ein Zeichen in Richtung Fenster. Nicole verstand. Vorsichtig hob Marleen die drei schweren Blumentöpfe von der Fensterbank und gab sie nacheinander Nicole, die sie genauso vorsichtig auf den Boden stellte. Danach lauschten die Frauen. Nichts rührte sich. Das Fenster ließ sich hochschieben. Marleen hielt es oben fest, während Nicole behutsam auf die Fensterbank kletterte. Es war unheimlich eng, aber schließlich gelang ihr doch der Sprung nach draußen. Fast zweieinhalb Meter hoch war das Fenster vom Erdboden entfernt, denn das Gelände dort war abschüssig. Unsanft landete Nicole auf dem Rasen. Ihre Rippe begann wieder zu stechen. Offenbar hatte sich der Verband durch die Anstrengungen etwas gelockert.

›Auch das noch...‹, dachte sie kurz, biß aber die Zähne zusammen und ließ sich den Schmerz nicht anmerken.

Marleen hielt mit der linken Hand das Fenster nach oben gedrückt und versuchte auf die Fensterbank zu steigen. Ein in der ziemlich eng sitzenden Jeans schwieriges Unterfangen. Aber es gelang. Vorsichtig tastete sie sich auf den äußeren Fenstersims. Um das Gleichgewicht nicht zu verlieren, griff sie sofort nach einem Halt, fand ihn auch in dem dornigen Strang einer Kletterpflanze. Die Stacheln schmerzten im ersten Moment höllisch, aber auch sie schien in dieser Situation, wie ihre Freundin, ihr Schmerzempfinden heruntergeschraubt zu haben.

Immer noch mit der linken Hand ließ sie das Fenster langsam herunter. Nicole nickte ihr aufmunternd zu. Marleen sprang. Nie im Leben wären die beiden Frauen normalerweise aus dieser Höhe ohne Hilfsmittel hinuntergesprungen, aber die Verzweiflung machte sie stark.

Hockend verharrten sie eine Weile.

„Alles klar?“ wollte Nicole wissen.

„Alles klar, komm...“, war die Antwort.

Kleine Lampen säumten den Kiesweg. Die Frauen hielten sich abseits davon im Schutze der Dunkelheit.

„Ich glaube, diesen Weg sind wir mit dem Auto gefahren“, flüsterte Nicole ihrer Freundin zu. Beide krochen fast auf allen Vieren voran.

„Ja, ich glaube, du hast recht. Guck mal, da führt ein breiter Graben parallel zum Weg lang, laß uns mal dahin, da können wir notfalls rein und untertauchen“, schlug Marleen vor.

Nicole folgte ihr. Vorsichtig schlichen sie in Richtung Graben.

Das kleine Känguruh beobachtete die Szenerie, die die beiden Frauen boten, interessiert. Ohne Scheu hoppelte es in einem Abstand von ein paar Metern den Frauen hinterher.

Die Riesenechse, die unauffällig wie ein Stück morsches Holz die im Mondschein glänzende Gleichmäßigkeit des Wasserspiegel störte, nahm Witterung auf. Lautlos glitt die Bestie durch das Wasser des Grabens. Es war eine vielversprechende Witterung. Etwas bewegte sich auf unbekannte Art und Weise, dahinter waren bekannte Impulse.

Das Känguruh war derart fasziniert von seiner Beobachtung, daß es immer dichter in Richtung Graben hüpfte. Die beiden Frauen vor ihm wateten ebenfalls am Ufer entlang. Der Boden hier war modrig und schlammig. Mehrfach rutschen sie mit ihren Füßen in das Wasser.

Die Bestie hatte nur noch ein Ziel: Nahrung!

Bewegungslos hockte das kleine Känguruh am Ufer und sah den beiden Frauen hinterher, die jetzt eine kleine Buschgruppe erreicht hatten und fast am Tor waren.

Das Krokodil tauchte auf. Sein Ziel war nur noch zwei Meter von ihm entfernt. Seine knorpelige Rückenlinie zerschnitt lautlos die Wasseroberfläche. Mit weit aufgerissenem Maul schoß es empor. Die scharfen Zähne hatten das kleine braune Tier sofort in zwei Hälften geteilt. Das Känguruh war nicht einmal mehr dazu gekommen, einen Todesschrei abzugeben. Das Urtier zog es erbarmungslos unter Wasser. Es war wieder still. Nichts außer ein paar sich ausbreitenden Ringen auf der Wasseroberfläche erinnerte mehr an das kleine Drama des Fressens und Gefressenwerdens.

Erschrocken über das plötzliche Platschen hatten sich die beiden Frauen umgedreht und das Ende der schrecklichen Szene mitansehen müssen. Marleen wollte schreien. Nicole preßte ihre Hand auf den Mund ihrer Freundin. Auch sie hätte am liebsten lauthals losgeschrien. Entsetzen war in den Augen der beiden Flüchtlinge zu erkennen. Angstvoll krochen sie vom Graben weg und drückten sich in das Buschwerk.

Mehrere Minuten verharrten sie hier.

Etwa zwanzig Meter vor ihnen lag das Torwärterhaus. Es schien Licht aus einem Fenster, ansonsten war keine Regung zu erkennen. Die Frauen zitterten. Auf allen Vieren krochen sie zu dem Haus. Im Schutze der Büsche verharrten sie auf der Rückseite.

„Durch den Graben können wir nicht, wir müssen vorne vorbei“, stellte Nicole fest. Marleen starrte noch immer entsetzt in das Wasser. Nackte Angst war in ihrem Blick zu erkennen. Sie nickte. Langsam kehrte ihre Beherrschung zurück.

„Wenn wir da vorbei sind, dann müssen wir über den Zaun. Ich hoffe, die Schweine haben ihn nicht unter Strom gesetzt, denn dann ist alles aus“, brachte sie schließlich hervor.

Auf dem Bauch robbten sich die beiden Flüchtenden am Wärterhaus mit dem zum Weg zeigenden Fenster vorbei. Tausend Tode waren sie seit dem Verlassen des Hauses gestorben. Der Angstschweiß ließ ihre Kleidung am Körper kleben. Wenn jetzt die Tür aufginge, wäre alles vorbei. Beide wußten das. Nicole nahm ihr Messer aus dem Hosenbund und hielt es fest in der Hand, während sie weiterrobbte. Sie war fest entschlossen, es notfalls einzusetzen. Nach einer Ewigkeit hatten sie es geschafft.

Sie konnten nicht sehen, daß der bewaffnete Torposten im Inneren des Hauses den Schlaf der Gerechten schlief.

„Gleich sind wir hier raus“, flüsterte Marleen aufmunternd, „nur noch über den Zaun.“

Sie hatten nicht gedacht, daß sie körperlich noch einmal derart gefordert würden. Beiden kam jetzt zugute, daß sie schon immer viel Wert auf Fitness und einen gesunden Körper gelegt hatten. Die Art des hohen Zaunes ließ es zu, daß Nicole und Marleen relativ problemlos hochklettern und über die gnadenlos blinkenden Spitzen steigen konnten. Es war allerdings nicht leicht, sich an den Stäben so festzuhalten, daß man nicht abglitt. Vorsichtig stiegen sie auf der anderen Seite hinab.

Sie waren draußen, waren frei. Ein Gefängnis hatten sie hinter sich gebracht, eine Unwirtlichkeit mit vielen Gefahren lag vor ihnen.

Schwach war eine Art Pfad zu erkennen, in dessen Erdreich sich Reifenspuren abzeichneten. Leise, aber immer schneller werdend, entfernten sich die Frauen von dem Tor. Als sie außer Sichtweite waren, liefen sie, rannten, rannten um ihrer Freiheit willen. Als es langsam hell wurde, ließen sie sich unter einem riesigen Baum, der wie eine schützende Hand sein Blätterdach über ihnen ausbreitete, fallen. Sie waren erledigt, außer Atem. Sie waren mehrere Stunden unterwegs, zu Fuß, im Unklaren darüber, wohin sie ihre Schritte richten sollten, ungewiß, in welche Richtung sie liefen, ständig mit allem rechnend. Doch eine innere Kraft hatte sie bis hierher gebracht und würde sie auch zu ihren Männern bringen. Doch jetzt waren sie erschöpft, fertig mit den Nerven, die während der mehrstündigen Flucht aufs äußerste angespannt gewesen waren. Sie waren ausgelaugt von den letzten Stunden, in denen sie ins Ungewisse gerannt waren. Das Herz schien ihnen aus dem Körper zu klopfen, der Kopf drohte zu platzen.

„Wir sind frei!" Nicole umarmte ihre Freundin. Ihre Atemlosigkeit verhinderte allerdings ein weiteres Sprechen. Marleens Augen drückten aus, was ihr Mund aufgrund ihrer körperlichen Verfassung nicht auszusprechen vermochte.

Sie krochen zusammen und wollten nur eine kleine Weile verschnaufen, wieder zu Kräften kommen, sich von den Strapazen erholen, nur einen Moment regenerieren, nur kurz... Von einer Sekunde zur anderen waren sie vor Erschöpfung eingeschlafen, glücklich darüber, ihr Gefängnis hinter sich gelassen zu haben.

Sie konnten nicht ahnen, daß sie ausschließlich aufgrund einer Verkettung für sie glücklicher Umstände so einfach die hochgesicherte Festung des Griechen verlassen konnten.

Zum einen hatte Togo, der Mann, der für die Überwachung des Eingangstores zuständig war, einen gewaltigen Nachholbedarf an Schlaf. Er hatte fast die ganze vorherige Nacht mit anderen Angestellten gezecht und Karten gespielt. Bei einem der Pokerspiele, als er sich ganz sicher war, mit einem Flush mit As den gewaltigen Pot, der in der Mitte des Tisches lag, ziehen zu können, hatte er verdammt hoch gesetzt. Als er dann in eben diesem Spiel, nach dem er eigentlich aufhören wollte, gegen ein Full House verlor und so fast ein Monatsgehalt in einem einzigen Spiel in den Taschen seines Gegenspielers verschwinden sah, mußte er am Ball bleiben. So hatte er fast bis zum Morgengrauen gesessen und versucht, seinen Verlust wieder hereinzuholen, was ihm letztendlich auch, zumindest zum größten Teil, gelungen war.

Nach anschließenden eineinhalb Stunden Schlaf hatte er wieder Wachschicht, in der er bereits gegen die Müdigkeit ankämpfen mußte. Nachmittags, als er endlich wieder hätte ruhen können, verschlug es ihn jedoch wieder in den Aufenthaltsraum, wo er versuchte, sein noch fehlendes Geld bei einer erneuten Pokerrunde zurückzubekommen. Aus den geplanten drei, vier Spielchen wurden, da er eine Glückssträhne hatte, an die hundert Spiele, von denen er siebzig gewann und aus seinem Verlust letztlich noch einen stattlichen Gewinn machte.

Nach einem hastig eingenommenen Abendbrot mußte er bereits wieder auf Posten. Trotz aller Tricks, die Augen offenzuhalten, und trotz der Angst vor der Strafe, sollte er beim Schlafen erwischt werden, wurden seine Lider immer schwerer, und als es dunkel war und nur noch die leisen Geräusche einer ruhigen Nacht an sein Ohr drangen, verlor er den Kampf gegen seinen mächtigen Gegner.

Zum anderen hatten die Flüchtenden Glück, daß sie genau zu dem Zeitpunkt das Gelände durchquerten, als sich die ständig patrouillierenden Posten mit ihren Kampfhunden, die aus taktischen Gründen jeden Tag zu unterschiedlichen Zeiten gefüttert wurden, auf dem Wege zu den Hundezwingern, die hinter dem Haupthaus angelegt waren, befanden, um den fast ständig hungrigen Tieren einige wenige Brocken Fleisch zu fressen zu geben.

Hätten Nicole und Marleen gewußt, daß es eigentlich ein Ding der Unmöglichkeit war, das Gelände zu verlassen, ohne vorher von blutgierigen Hunden zerrissen oder von deren Führern von Maschinengewehrsalven zerfetzt zu werden, hätten sie sicher eine andere Fluchtmöglichkeit wahrzunehmen versucht. Sie hatten es aber nicht gewußt, nicht einmal geahnt hatten sie es.

Aber manchmal, längst nicht immer, aber eben manchmal, hat man das Glück des Tüchtigen. Und das hatten sich die Frauen mehr als verdient.

Leider bekommt man nicht immer, was man verdient...

„Meint ihr, wir zählen unsere Messer nicht, ihr lausigen Kröten?!“ Axél hatte sich vor den beiden Frauen aufgebaut und stieß mit dem Lauf ihres Gewehres in die beiden langsam erwachenden Körper vor sich.

„Was habt ihr denn geglaubt, wie weit ihr kommt, hä?“ Axél war ärgerlich. Xanthopoulidis hatte sie früh aus den Armen von Claude gerissen. Sie fühlte noch die Nacht und Claude in ihrem Körper, als er ihr von der Flucht der beiden Frauen erzählte.

„Mach mit ihnen, was du willst, ich will sie nicht mehr sehen, aber sorge dafür, daß sie nie wieder Ärger machen können“, hatte er zu ihr gesagt. Sie wußte, was das hieß. Eine innere Genugtuung stieg in ihr hoch. Durch diese beiden Deutschen mußte sie sofort hoch, konnte nicht abermals über Claude herfallen, sich nicht ihren animalischen Trieben ergeben. Die Frauen würden leiden müssen. Axél schwor, fürchterliche Rache an den beiden zu nehmen.

„Woher wußten Sie...?“ Nicole war am Boden zerstört. Ihre Stimme war den Tränen nahe, aber diese blöde Kuh würde sie niemals weinen sehen.

„Kleine Schlampe...noch nie was davon gehört, daß der Busch tausend Augen hat? Guck dich mal um. Mister Xanthopoulidis vergaß euch zu erzählen, daß wir weit und breit das beste Überwachungssystem haben, das du dir in deinem kleinen Hirn nur vorstellen kannst.“ Axél lachte verächtlich und deutete mit der Hand in die Kronen der umstehenden Bäume.

Nicole und Marleen sahen genauer hin und bemerkten mehrere kleine Videokameras, die bei normaler Betrachtung niemals aufgefallen wären. Erschreckt sahen sie wieder Axél an.

Diese bemerkte die Enttäuschung der beiden Frauen.

„Ihr dachtet wohl, ihr könntet mal soeben hier rausspazieren und gut ist?!“ Axéls Ton wurde immer höhnischer. „Wollt ihr euren kleinen Nachtausflug noch mal auf dem Bildschirm miterleben? Ihr würdet euch kringeln vor Lachen. Leider hat der Torposten geschlafen. Das passiert ihm übrigens nicht noch einmal. Jedenfalls haben wir uns erst mal die Bänder angeschaut. Schade, daß die Echse nur das kleine Känguruh gefressen hat. Obwohl...irgendwie hatte die Szene etwas...“, überlegte Axél nachdenklich. „Aber jetzt genug, ihr hattet eure Chance und habt sie vertan...“

Axél machte eine Pause. „Hier, Claude“, sie warf dem Angesprochenen das Gewehr zu, „bring sie zum Boot und paß auf sie auf.“ Geschickt fing Claude, der sich während des Gesprächs im Hintergrund aufgehalten hatte, die Waffe auf.

Axél überlegte. „Warte mal...“ Grinsend ging sie auf die beiden Frauen zu. „Wir wollen doch ganz sicher gehen, daß ihr nicht noch einmal versucht, abzuhauen. Zieht eure T-Shirts aus!“ befahl sie.

„Aber...“ Marleen wollte widersprechen. *Klatsch.* Eine schallende Ohrfeige ließ sie nach hinten taumeln.

„Hier widerspricht mir keiner!“ Axél wurde immer zorniger und rieb sich die Hand, die von dem Schlag leicht brannte.

„Weißt du, mein Schatz", sie richtete ihre Worte wieder an Claude, der die ganze Szene teilnahmslos angesehen hatte, „*anständige* Frauen mögen es nicht, barbusig durch die Gegend zu laufen und sich vielleicht von anderen anschauen lassen zu müssen, es sei denn, sie wollen es. Die beiden hier wollen es jetzt bestimmt nicht, also brauchst du auch keine Angst zu haben, daß sie dir abhauen...es könnte sie ja jemand sehen." Ihr Lachen hatte etwas Diabolisches. „Aber schau dir nicht zuviel ab...du weißt, *ich* bin besser, in jeder Beziehung! – Also los, zieht eure T-Shirts aus."

Nicole und Marleen hatten eine riesige Wut im Bauch, aber sie hatten keine andere Wahl und wußten, daß Axél recht hatte. Sie zogen ihre Oberteile aus, die Axél entgegennahm. Durchdringend musterte sie die beiden Freundinnen.

„Nicht schlecht...aber lange werdet ihr nicht mehr so aussehen." Mit einem hintergründigen Blick verließ sie die Gruppe, setzte sich in ihr kleines Geländefahrzeug und startete den Motor.

„Ich kümmere mich nur schnell um den Posten, mon Ami...mach keine Dummheiten mit den beiden, sie gehören mir." Lauthals lachend setzte sich das Fahrzeug in Bewegung.

„Mesdames...tut mir leid, aber der Chef hat entschieden." Claude machte eine ausholende Geste und sah die beiden Frauen, die aufrecht und stolz vor ihm standen und kurz davor waren, vor Wut und gleichzeitiger Enttäuschung zu explodieren, eindringlich an.

„Auch wenn Sie sich unwohl fühlen, mesdames, Sie sehen wirklich phantastisch aus. Ich darf Sie bitten, vorzugehen..." Mit dem Gewehr zeigte er einen kaum erkennbaren Trampelpfad entlang. Das Trio stapfte los.

Xanthopoulidis hatte den Torposten zu sich bringen lassen. Kleinlaut mußte dieser zugeben, daß zwar die Kameras einwandfrei funktioniert hatten und auch das elektronische Sicherheitsfeld, das die Wege vor den Reptilien des Grundstückes schützte, eingeschaltet gewesen war, er aber dennoch die Flüchtenden nicht bemerkt hatte, weil er während seiner Arbeit eingeschlafen war, ein für Xanthopoulidis unverzeihlicher Fehler. Wortlos, mit einem Wink seiner Hand, hatte er den Wachmann wegbringen lassen, in ein kleines, abseits gelegenes Haus, direkt an einem Graben. Hier saß er auf einem Holzstuhl, die Hände auf dem Rücken gefesselt, und wartete auf sein Urteil.

Er wußte, was ablaufen würde, als Axél lächelnd den Raum betrat, und verkrampfte sich. Er konnte sie im Spiegel langsam auf sich zukommen sehen. Trotz des Wissens, was jetzt folgen würde, mußte er zugeben, daß sie eine wirkliche Schönheit war.

›Absurde Gedanken...der Teufel in Frauengestalt...so muß er aussehen...‹, dachte er.

Er kannte natürlich die Gerüchte, die innerhalb der Festung kursierten.

Angeblich war es schon vorgekommen, daß sich Axél einen Liebhaber, den sie unter den männlichen Angestellten aussuchte, mit auf ihr Zimmer genommen hatte. Keiner wußte es genau, aber viele tuschelten darüber, daß der auf den ersten Blick Beneidenswerte nach diesen Stunden spurlos verschwunden war. Eine ältere Bedienstete wußte einmal zu berichten, daß sie laute Lustschreie Axéls, aus ihrem Zimmer dringend, gehört habe. Der junge Mann, der erst seit drei Wochen für den Griechen als Tennistrainer arbeitete, sei danach nicht wiedergesehen worden. Die Angestellte erzählte den neugierigen Zuhörern, daß er, noch bevor die Schreie verklangen, um Hilfe gerufen habe. Sie habe sich jedoch nicht getraut, die Zimmertür zu öffnen, da Xanthopoulidis, der große, allmächtige Chef, das Treiben, und dieses Wort war im ureigensten Sinne zu verstehen, ganz offensichtlich duldete. Und die Angst vor Axél selbst tat ihr übriges, so daß die Frau schleunigst aus der Nähe des Zimmers verschwand.

Mittlerweile war es üblich unter den Bediensteten, die vom Griechen Neueingestellten, vor allem die Männer, zu warnen, sich von den Reizen Axéls nicht betören zu lassen. Selbst Frauen, so munkelte man hinter vorgehaltener Hand, seien vor dieser wahnsinnigen Nymphomanin nicht sicher.

Und genau dieses Biest näherte sich jetzt dem ängstlichen Wachmann.

„Hey, Togo“, lächelte Axél zuckersüß, als sie hinter ihm am Stuhl angekommen war. „Was sagt mir Mister Xanthopoulidis...du hast einen schweren Fehler gemacht?“ fragte sie unschuldig vorwurfsvoll. Sie drückte ihren Körper gegen den Stuhl, so daß Togo nicht nur das harte Holz hinter sich spürte. Sein Kopf berührte ihren Oberkörper. Sanft griffen ihre Hände auf seine Schultern.

„Mensch, Togo, du bist ja total verspannt“, stellte Axél mit gespieltem Erstaunen fest. Gekonnt massierten ihre geschickten Finger die verkrampften Muskeln, die sich unter dem zarten Druck langsam entspannten.

Ein wohliges Gefühl überkam Togo, obwohl er genau dieses verhindern wollte. Er schloß die Augen.

›Junge, bleib standhaft‹, versuchte er sich einzureden, *›laß dich bloß nicht verführen, sonst kommst du hier nicht heil raus.‹*

Ihre Hände fuhren von hinten seinen Oberkörper entlang. Sie beugte sich leicht über ihn, er schien jetzt lockerer und entspannter.

Axéls Kopf war jetzt direkt an seinem Hals. Ihr heißer Atem strich an Togos Hals entlang und wanderte zu seinem Ohr, wo sie begann, am Ohrläppchen zu knabbern.

Wild schüttelte er den Kopf.

„Aber, aber, mein kleiner Stier, wer wird denn so garstig sein?“ Axéls Stimme war bereits rauchig vor Begierde.

Togo wußte jetzt schon, daß er es niemals schaffen würde, dieser Frau zu widerstehen.

„Verschwinde“, keuchte er, „verschwinde und laß mich in Ruhe.“

„Oh, du bist ja ein ganz Wilder.“ Axél lachte.

Dann wurde sie wieder ernst.

„Hast du mich denn gar nicht lieb?“ fragte sie mit Kleinmädchenstimme und steckte sich den Finger in den Mund. Vorwurfsvoll, mit großen Augen, sah sie den gefesselten Mann an.

Langsam begann ihre Hand, an seinem Körper abwärts zu gleiten. Sie strich über seinen festen Bauch, erreichte seinen Gürtel, tastete noch tiefer und streichelte ihm über die Jeans.

„Oh, oh, was haben wir denn da?“ fragte sie mit immer noch verstellter Stimme, als sie über die deutlich ausgeprägte Beule strich. „Ich glaube, du bist ein ganz ungezogener Junge mit ganz, ganz schmutzigen Gedanken.“

Sie richtete sich wieder auf und ging um den Stuhl herum, so daß sie vor ihm stand.

Dort hockte sie sich nieder und begann, an Togos Gürtel herumzunesteln.

„Laß mich in Ruhe, du Hexe.“ In seinen Augen stand Panik.

„Aber, aber, wer wird sich denn so erregen?“ Sie kicherte über ihr Wortspiel.

Dann begann sie genüßlich, den Hosenstall des Mannes zu öffnen. Als das geschehen war, zerrte sie seine Jeans von den Beinen. Dann griff sie hinter sich und zog ein kleines Messer hinter ihrem Rücken hervor. Mit zwei blitzschnellen Schnitten hatte sie die Unterhose zerfetzt und riß sie Togo vom Leibe.

Mit gierigen Augen betrachtete sie die freigelegte Männlichkeit.

„Donnerwetter, wir sind aber stark gebaut!“ staunte sie, und ihre rechte Hand faßte zärtlich zu, während die linke das Messer wieder verschwinden ließ.

Togo schüttelte abermals verzweifelt den Kopf.

„Laß mich endlich los, du verdammte Hure!“ stöhnte er verzweifelt. Durch die Angst vor der Frau schaffte er es tatsächlich, seine Erregung etwas abklingen zu lassen.

Axél bemerkte es sofort und wurde wütend.

„Das haben schon ganz andere versucht“, fauchte sie. „Aber dagegen habe ich ein Mittelchen.“

Sie ließ sich auf die Knie nieder und versenkte ihren Kopf in seinem Schoß.

Kurze Zeit später hatte sie ihr Ziel erreicht. Togo stöhnte und keuchte und drückte Axél seinen Unterleib entgegen. Er konnte den warmen, weichen Lippen dieser Frau nicht widerstehen.

„Nein", schnurrte diese jedoch, ganz offensichtlich wieder zufrieden, und erhob sich. „Jetzt machst du mal eine kleine Pause und gibst mir auch eine Chance."

Langsam ging sie hinter dem Stuhl herum. Als sie auf der anderen Seite wieder Togos Blickfeld erreichte, war sie splitternackt.

„Na, wie gefalle ich dir?" gurrte sie und dehnte und drehte ihren perfekten Körper direkt vor seinen Augen, während ihre Hände über ihre kleinen, festen Brüste glitten.

Togo starrte sie mit weitgeöffneten Augen an.

Axél kam näher und wiegte sich dabei gekonnt in den Hüften.

„Darf ich mich ein bißchen zu dir setzen?" Ihre Stimme war jetzt ganz dunkel und vibrierte förmlich.

Sie ließ sich mit obszön gespreizten Beinen auf seinem Schoß nieder.

Langsam begann sie mit dem Becken zu kreisen, dann beschleunigte sie ihre Bewegungen.

Togo rann nach kurzer Zeit der Schweiß am Körper herunter, er konnte sich nicht mehr beherrschen. Wild bäumte er sich er sich auf und stieß, soweit dies seine Fesselung zuließ, hart mit dem Unterleib zu.

Auch Axél war nicht mehr ansprechbar und genoß, man konnte es nicht anders bezeichnen, den wilden Ritt auf Togo, der sich wie ein Irrer unter ihr gebärdete. Als sie sich dem Höhepunkt näherte, begann sie, immer lauter zu keuchen, während sie ihr Becken fest an das des Mannes preßte, um nicht abgeworfen zu werfen.

Sie spürte eine wahnsinnige Hitze von ihrem Becken auf ihren gesamten Körper ausstrahlen und riß ihren Kopf weit in den Nacken, daß ihre schwarzen Haare wild durcheinandergewirbelt wurden.

Dann hob sie den Kopf wieder und blickte in Togos Augen. In dem Moment, als sie glaubte, ihr ganzer Körper stünde in Flammen, umfaßte sie Togos Kopf mit beiden Händen.

„Schau mich an", stöhnte sie, „schau mich an!"

Togo tat, wie ihm geheißen wurde. Er sah eine engelsgleich lächelnde Axél über sich.

Das war das letzte, was er sah.

Es war nur ein kurzer, aber kräftiger Ruck, der seinen Kopf von vorne nach hinten überdrehte. Ein leises Knacken tat kund, daß sein Genick gebrochen war. Axél schloß für einen Augenblick die Augen. Schauer durchliefen sie und ließen sie erzittern.

Keuchend sackte sie in sich zusammen und kam nur langsam wieder zu Atem.

Sie öffnete die Augen, mobilisierte ihre letzten Kräfte und löste sich von Togo. Leblos hing der Wachmann vor ihr auf dem Stuhl.

Sie zog nach einer Pause, in der sie erschöpft an der Wand lehnte, ihre Kleidung wieder an und löste dann Togos Handfesseln.

Der Leichnam sackte in sich zusammen und glitt auf den Holzboden der Hütte. Schnell öffnete Axél eine Tür, die zu einem kleinen Steg führte. An beiden Händen schleifte sie die Leiche ins Freie.

Am Rand des Steges begann sie schnell und gekonnt, dem Toten die restliche Kleidung auszuziehen, ein leichtes Unterfangen, da er nur noch Hemd und Sandalen trug.

Nachdem sie ihm die letzten Kleidungsstücke ausgezogen hatte, gab sie dem leblosen Körper einen Tritt in die Seite, und mit einem lauten Platschen schlug er ins Wasser. Wie auf Knopfdruck ließen sich eine Handvoll Krokodile im Beute witternden Futterrausch gleichzeitig ins Wasser gleiten. Gezielt schwammen sie auf die leblos im Graben treibende Fleischmasse zu. Das Wasser färbte sich rot und schien zu kochen, als die streitenden Reptilien in den toten Körper bissen und ihn auseinanderrissen.

Da war sie wieder, die Wärme, die Axéls Lendengegend entsprang, sich durch den Körper bis in ihr Hirn schlich und dort zu explodieren drohte. Genußvoll hatte sie dem Treiben der Urtiere zugesehen. Sie liebte diese Tiere, ihre Art sich zu bewegen und ihre Zielstrebigkeit, sich das zu nehmen, was sie wollten. Es waren *ihre* Tiere, auch, wenn sie am Boden krochen, jeder fürchtete sich vor ihnen bzw. verehrte sie. Ab und zu fühlte sich Axél wie ein Reptil...

Sie nahm die Sachen, die sie dem Toten abgenommen hatte und durchsuchte sie. Kein Ausweis, nichts, was auf eine Identifikation der Kleidung hinwies. Ein paar Geldscheine, die Adresse eines Bordells in Adelaide. Sie steckte das Geld ein und verbrannte die Adresse.

Axél ging zurück zum Holzhaus. Neben dem Spiegel stand eine kleine Holzkiste. Diese öffnete sie und legte die ordentlich zusammengelegten Kleidungsstücke Togos in die Kiste zu den dort bereits liegenden weiteren Kleidungsstücken bemitleidenswerter Menschen. Axél schloß die Kiste und die alte Tür der Holzhütte, setzte sich in ihr Fahrzeug und fuhr zurück.

Xanthopoulidis stand vor seinem Haus, als Axéls Wagen knirschend im Kies zum Stehen kam. Sie sprang aus dem Fahrzeug und erstattete Bericht. Nachdenklich nickte der Grieche.

„Es sind in dieser Sache schon zu viele Fehler passiert", stellte er in ruhigem Ton fest. „Wir dürfen uns keinen weiteren Fauxpas erlauben." Das klang mehr wie ein Befehl als wie eine enttäuschte Feststellung.

„Professor Samthsten wird schon leicht ungeduldig. Ich möchte, daß dieser verdammte Knopf endlich auftaucht und er mit der Arbeit beginnen kann. Auch meine Geduld ist langsam zu Ende, ich möchte, daß jetzt begonnen wird!"

„Ja, Mister Xanthopoulidis", versuchte Axél zu beruhigen. „Ich gehe davon aus, daß Festus schon bald mit dem Chip hier auftauchen wird. Sie werden sehen, es wird alles so, wie Sie es sich erträumt haben."

„Ich hoffe, meine Liebe, ich hoffe..." Xanthopoulidis streichelte sanft der schönen, aber gefährlichen Frau übers Haar, drehte sich um und ging ins Haus zurück.

Axél wußte, daß der Grieche mit ihrer Arbeit zufrieden war, startete den Geländewagen erneut und fuhr quer über das Gelände zum Bootssteg. Dort stellte sie ihn ab und eilte über den Steg auf eines der dort angetäuten Propellerboote zu. Gekonnt löste sie den Knoten eines der praktischen Fahrzeuge, startete das riesige Windrad und fuhr mit dröhnenden Motoren auf den See hinaus.

Nachdem sie ein paar Minuten gefahren war, lenkte sie das Boot ins Schilf. Sie folgte einem schmalen Kanal, den die Wasserpflanzen vor ihr auftaten. Nach etlichen Biegungen hatten sie wieder eine kleinere Wasserfläche vor sich, in deren Mitte sich eine kleine Insel aus Geröll und Sand befand. Ihre Augen erhellten sich.

Claudes Boot war aufs Land gefahren. Er stand dort, das Gewehr in einer Hand, und winkte ihr mit der anderen entgegen. Neben ihm standen die zwei ängstlichen Frauen, deren Blicke Axél wütende Pfeile entgegenschleuderten. Die Angst hatte ihre nackten Oberkörper mit einer deutlichen Gänsehaut ausgestattet, obwohl es auf dem kleinen Eiland fast unerträglich schwül war.

Axél lenkte ihr Boot ebenfalls aufs Land, auf dem es jetzt, da die beiden Fahrzeuge dort abgestellt waren, nicht mehr allzu viel Platz zu geben schien. Ein riesiger Pflock war in der Mitte der Insel in das Geröll geschlagen.

„Tja, ihr kleinen Zicken", begann Axél das Gespräch mit den Frauen wieder, „hier endet eure Geschichte."

Am oberen Ende des etwa drei Meter hohen Pflocks war eine Metallöse an einen metallenen Ring geschmiedet. Durch die Öse war eine massive Gliederkette gezogen, deren Enden kurz über dem Boden endeten.

„Los, da rüber mit euch!“ befahl sie den beiden Frauen. Während Claude sicherte, schloß sie Marleen eine Metallschelle um das rechte Handgelenk und verankerte diese mit speziellem Werkzeug an einem Ende der Kette. Anschließend schloß sie die zweite Metallschelle um die Fessel von Nicoles rechtem Fuß und befestigte diese auf die gleiche Art und Weise an der geschmiedeten Kette. Die Kette spannte sich stramm durch ihre obere Öse und verband die beiden Frauen miteinander. Diese vermochten sich nicht zu bewegen.

Axél trat ein paar Schritte zurück und beäugte sichtlich zufrieden ihr Werk.

„So, ihr Kühe“, begann sie wieder und ging dabei zu ihrem Boot zurück. Dort hatte sie einen Eimer abgestellt, den sie vom Steg des Grundstückes mitgenommen hatte. In dem Behälter befand sich die abscheuliche tägliche Blutration der Wasserbestien. Sie griff in den Eimer hinein und führte ein kleines Stück Fleisch zutage, dann trat sie auf Marleen zu. Langsam drückte sie die blutende Masse gegen Marleens Oberkörper und wischte den stinkenden Kadaver über deren Haut.

Angewidert riß Marleen ihre beiden Hände hoch und wollte sich zur Wehr setzen. In dem Moment, in dem sie ihre rechte Hand bewegte, spannte sich die Kette derart, daß sie Nicoles Fuß unterm Körper wegriß und diese dadurch zu Boden geschleudert wurde.

Marleen richtete einen entschuldigenden Blick in Richtung ihrer Freundin, die ihr ängstlich, aber verständnisvoll entgegensah.

„Kleines, dummes Stück“, lachte Axél und fuhr genußvoll mit ihrer Prozedur fort, bis sie Marleens gesamten Oberkörper eingerieben hatte. Dann wandte sie sich Nicole zu. Vorsichtig hatte diese sich wieder auf die Beine gestellt. Sobald sie jedoch ihren rechten Fuß bewegte, riß sie damit unweigerlich Marleens rechten Arm in die Höhe. Auch sie mußte sich dem Akt Axéls unterziehen. Der faulige Geruch des Blutes und des Fleisches stieg beiden Frauen in die Nase. Sie würgten, wollten sich vor dieser Bestie in Frauengestalt aber keine Blöße geben.

„So, ihr Lieben“, heuchelte Axél weiter und wusch sich ihre Hände im modrigen Wasser des Sees ab, „ihr könnt euch euer Ende jetzt phantasievoll ausmalen. Ihr könnt hier verdursten oder verhungern, oder aber...“ Sie ging zu einer Schilfgruppe und schleppte eine Art Autobatterie mit zwei angeschlossenen Kabeln hervor, die in die Erde eingegraben waren.

„...oder aber ihr könnt warten, bis dieses Ding hier leer ist und keine elektrischen Impulse mehr aussendet, die ein paar nette vierbeinige Herrschaften noch von euch fernhalten.“ Fast belustigt fuhr sie fort. „Ach, ihr wißt nicht, wen ich meine? Dann paßt mal auf." Sie gab Claude ein Zeichen, und jeder bestieg sein Boot. Dann kippte sie direkt am Strand den mit blutigem Fleisch gefüllten Eimer aus.

Platschende Geräusche waren auf einmal von überall her aus dem Schilf zu hören. Es raschelte und gluckerte, und da waren sie.

Axél und Claude starteten ihre Fahrzeuge und fuhren an.

„C'est la vie", grüßte Axél zur Insel zurück und fuhr Claude durchs Schilf auf den offenen See hinterher.

Durch die lauten Propeller waren die Echsen, die auf die kleine Insel mit den Frauen zuschwammen, aufgeschreckt und wieder untergetaucht. Nachdem die Geräusche und die Vibration der Wasseroberfläche verebbt waren, tauchten sie wieder auf.

Gerade schwammen sie auf die Insel zu. Marleen und Nicki rissen ihre Augen auf. Klatschend zerteilten die Krokodile das Wasser und bissen sich um die fleischigen Brocken, die man ihnen serviert hatte.

Eine der Echsen, ein Riesenvieh, kam gemächlich auf die Insel gekrochen. Die beiden Frauen waren nicht in der Lage, sich zu bewegen. Immer dichter kam das Tier heran und gab fauchende Laute von sich.

„Neiiiin...", schrien zwei Kehlen gleichzeitig. Irritiert verweilte die Echse einen Moment. Sie war bis auf anderthalb Meter an ihre Beute herangekrochen. Die beiden Frauen waren langsam eng an den Pfahl zurückgewichen.

Plötzlich durchfuhr ein merkliches Zucken das Urtier. Der elektrische Schlag hatte es getroffen. Die Batterie funktionierte noch... Noch! Das Krokodil wich zurück und glitt lautlos ins Wasser. Wie auf ein gemeinsames Zeichen hin verschwanden die Tiere, wie sie gekommen waren, wieder im Schilf.

Die beiden Frauen wußten, daß sie wiederkommen würden.

Kapitel 13

Thomas lehnte am Wohnmobil und dachte nach.

In seinem Kopf versuchte eine ihm bisher unbekannte Maschinerie die Flut von Eindrücken, Geschehnissen, Gedanken und Vorplanungen der letzten Stunden und der nächsten Tage zu sammeln, zu sortieren und sinnbringend zu verarbeiten, mal mit mehr Erfolg, meistens mit weniger.

Die beiden Männer hatten sich lange angesehen, ohne sich anzusehen. Beide hingen ihren Gedanken nach. Es waren Gedanken, die ungewiß im Ungewissen herumirrten.

Thomas hatte sich eine Tüte Kürbiskerne gekauft. Sie hatten seit wer weiß wann nichts mehr gegessen, und auf dem Boden vor seinen Füßen begann sich ein kleines Häufchen mit leeren Schalen zu bilden. Obwohl ihm jeder zweite Kern zerbrach, griff auch Peter fluchend immer wieder in die Tüte.

„Glaubst du eigentlich an Gott?“ fragte Peter nach einer Weile. Thomas hatte die Frage zuerst nur im Unterbewußtsein mitbekommen, schaute jetzt aber mit zusammengezogener Stirn fragend hoch.

„Ich meine“, fuhr Peter fort, „da muß es doch irgendwas geben, das hier alles lenkt und so...ach Scheiße, sowas gibt's nicht...“ Ärgerlich darüber, den Gedanken überhaupt ausgesprochen zu haben, warf er einen Kern mit Wucht in die Landschaft.

„Du wirst lachen, darüber habe ich mir schon häufiger Gedanken gemacht“, begann Thomas seine Antwort. Jetzt war es Peter, der fragend dreinblickte.

„Ich meine...“ Thomas machte eine kurze Pause und überlegte „da gibt es sicher nicht den alten Mann mit Bart, aber ich meine schon, daß es *irgend etwas* gibt, das der Mensch einmal in seinem einfältigen Hirn *Gott* genannt hat. Früher war es für die Intellektuellen, wie ich sie mal bezeichnen möchte, leichter, unerklärliche Dinge, zumindest für den Normalmenschen unerklärliche Dinge, mit übersinnlichen Begriffen wie *Gott* zu erklären und zu beschreiben. Dann war das halt *Gottes Wille*, ein *Gottesurteil*, wie es ihnen gerade in den Kram paßte. Heute, in der aufgeklärten Zeit, ist das schon wesentlich schwieriger. Vieles wird hinterfragt, erforscht, untersucht, bis aufs kleinste Atom...“ Peter staunte, denn diese Art hatte er an seinem Freund überhaupt noch nicht kennengelernt und eigentlich auch nicht vermutet.

„Aber ich finde“, Thomas war offensichtlich froh, einmal aus den quälenden Gedanken herausgerissen worden zu sein, „es ist nicht alles erklärbar. Irgendwo gibt es Grenzen...und was ist dahinter? Was ist hinter unserem Universum? Wie lange dauert eine Ewigkeit, und was kommt danach? Fragen, die kein Mensch beantworten kann, auf die es aber eine Antwort geben muß und wird... Du wirst jetzt lachen, aber ich glaube schon an so etwas wie, naja, wie halt *Gott*. Ich bezeichne mich schon in einer bestimmten Form als *gläubig*, obwohl ich nicht jeden Sonntag in die Kirche renne...und egal, ob Jesus nun tatsächlich gelebt hat, ob er in der von der Bibel beschriebenen Art gelebt hat oder ob es nur eine Art frühzeitlicher Anarchist war, dessen Handeln von bestimmten Menschen in Episoden gepreßt worden ist...es gab da was und es wird da immer was geben..."

„Aber Gott soll doch gut sein...warum läßt er dann so was wie hier zu? Wir haben doch nichts Schlechtes getan... Da laufen Massenmörder rum, Kriegsverbrecher, da gibt es Psychopathen, die Menschen quälen, morden", stellte Peter fest. „Die leben teilweise im größten Saus und Braus. Kann das dieser Gott so wollen? Und wir armen Willis, zwei stinknormale Männer mit allen Fehlern, die einmal in ihrem Leben ein bißchen Spaß mit ihren Frauen haben wollen, uns passiert diese Scheiße! Das kann doch nicht *Gottes Wille* sein?!"

„Ich habe darauf auch keine passende Antwort parat, aber du solltest nicht wegen ein paar Zweifeln gleich alles ablehnen", versuchte Thomas wenig überzeugend einzulenken. „Wer weiß, wozu's für Ihn da oben gut sein soll...ich habe keine Ahnung..." Niedergeschlagen versanken sie wieder in ihre alten Gedanken.

„Ich weiß nur eins." Thomas richtete sich plötzlich auf. Ein Teil seines Gesichtes, nämlich die Nase und ein Ohr, hatte eine purpurne Farbe angenommen und sahen im Verhältnis zu dem restlichen Menschen merkwürdig deplaziert aus. „Ich weiß nur", wiederholte er, „daß mein Mittelpunkt Marleen ist, und du wärst nicht mein Kumpel, wenn ich nicht genau wüßte, daß er bei dir Nicki ist. Und ich schwöre dir, ohne Marleen und Nicki reise ich aus diesem verdammten Land nicht aus. Wir haben uns mit Killern geprügelt, und ich habe dabei mächtig ein paar in die Fresse gekriegt. Ich weiß nicht, ob ich jemals wieder richtig riechen kann oder ob ich noch mehr einstecken muß, aber ein Zurück ohne meine Marleen gibt es nicht!" Die letzten Worte klangen wie eine innere Aufforderung zum Widerstand.

„Ja, du hast recht." Peter schüttelte sich und auch einen Großteil seiner trüben Gedanken aus dem Kopf. „Allem Anschein nach scheint es ihnen ja noch gut zu gehen, solange die hinter dem hier", er hob den Chip, den er aus seiner Hose hervorgekramt hatte, gen Himmel, „her sind. Dieses verfluchte Ding ist unsere Lebensversicherung und ich will mich nie wieder ansehen können, wenn wir nicht alles versuchen, unsere Mädels zurückzuholen. Ich weiß zwar nicht *wie*, aber ich weiß, *daß* wir's machen. Wir haben keinen Killerinstinkt, aber zumindest ein bißchen gesunden Menschenverstand. Wenn's den da oben", dabei sah er zweifelnd zum Himmel empor, „wirklich gibt, dann hilft Er uns! Los, laß uns irgendwas machen. Ich kann hier nicht mehr rumsitzen und grübeln. Ich gehe kaputt dabei. Ich will was tun, ich will zu diesem Xanthodingsbums...wie heißt das Schwein?"

Entschlossen stand er vor Thomas. Dieser kramte einen kleinen Zettel aus dem Portemonnaie hervor.

„Xanthopoulidis", las Thomas langsam vor.

›Typisch‹, dachte Peter, *›war ja klar, daß er sich den Namen aufschreibt...wenn der mal in den Himmel oder die Hölle kommt, schreibt er sich den Weg dahin und den Namen von seinem Ansprechpartner auch auf.‹*

„Komm, Alter", fuhr er laut fort „wir hatten bisher schon viel Spaß zusammen in den letzten Jahren, hier gehen wir auch zusammen durch und kloppen unsere Süßen da raus. Mehr als uns zusammenhauen können die nicht, und ohne Nicki will ich nicht leben, von daher habe ich auch keine Angst zu sterben, jedenfalls jetzt noch nicht."

„Marleen ist auch alles, was ich habe, und sie nimmt mir keiner ungestraft weg." Das war kein bloßer Satz mehr von Thomas, sondern eine ernstgemeinte Drohung. „Wir müssen jetzt erst mal wieder ein bißchen Logik in unser Tun kriegen." Offenbar hatte er sich in Gedanken schon ein paar Dinge genauestens überlegt.

„Also paß mal auf", schlug er vor, „erst mal müssen wir dieses Riesenauto umtauschen. Damit können wirklich nur Touristen auf ebenen Straßen fahren. Wir brauchen was Kleines, Robustes und Schnelles, wenn's geht auch noch billig. Außerdem sollten wir die Harley hierlassen. Der Spaß ist jetzt sowieso vorbei. Wir brauchen ein Gefährt, in das wir vier reinpassen. Außerdem wäre es nicht gut, wenn wir getrennt etwas machen. Wir müssen zusammenbleiben, zusammen überlegen und handeln, nur dann sind wir stark! Denk an den Arsch in der Scheune. Alleine hätte der mich fertig gemacht, gegen uns *beide* hatte die dumme Sau keine Chance."

Peter staunte. Etwas Ähnliches hatte er vermutet und insgeheim auch erhofft.

„Ich habe da vorhin ein Schild mit dem Namen der Autovermietung gesehen, von der wir unseren Wagen in Sydney herhaben. Mal gucken, ob wir die Kiste da abgeben und umtauschen können. Wir müssen bloß aufpassen, du weißt ja, der Polizeimacker hier..." Peter spielte auf die Begegnung mit Festus Klein an.

„Scheißegal, laß uns da hinfahren und die Harley und die Kiste hier umtauschen. Wir können dem Verleihfritzen ja sagen, daß wir einen kleinen Ausflug in die Berge machen wollen", führte Thomas erklärend aus. „Wir müssen ja wohl sowieso über die Berge hier und können ihm sagen, daß wir die Koffer und den anderen Kram hierlassen und das Zeug später wieder abholen. Wir nehmen auch nur das mit, was wir unbedingt brauchen." Damit waren die ersten Vorbereitungen besprochen.

Sie setzen sich hinters Lenkrad bzw. auf den nietenbeschlagenen Sitz und fuhren die breite, mit Schildern und Leuchtreklamen gesäumte Straße entlang, bis Peter plötzlich auf das Schild der besagten Autovermietung deutete und sie auf das Gelände einbogen. Thomas stieg aus dem Wohnmobil.

„Laß mich das machen, ich kriege das schon hin." Peter kam auf ihn zu. „Pack du ein paar notwendige Sachen ein", schlug er weiter vor, „du hast da einen besseren Überblick als ich. Und kauf noch irgendwas, von dem du meinst, daß wir es brauchen könnten." Er zeigte zu einer Art Store. „Ich hole dich mit dem Wagen davor ab. Drück die Daumen, daß der Typ da drinnen die Story mit der Männertour frißt."

Thomas nickte, und Peter stapfte los. Es gab nicht viel, das Thomas im Inneren des Wohnmobils noch zusammenpackte. Gott sei Dank hatte auch Peter ein paar Lederboots mitgenommen. Er selbst hatte seine Turnschuhe ohnehin schon gegen das feste Schuhwerk ausgetauscht. Für jeden noch eine Jacke und ein warmes Sweatshirt. Das mußte reichen. Eine Wasserflasche, Streichhölzer, ein Abschleppseil, mehr Brauchbares fand er nicht. Thomas stopfte die Gegenstände in einen kleinen Reisesack. Nach kurzem Zögern steckte er auch noch seinen erkämpften Bumerang ein. Die restlichen Sachen packte er schnell in die Koffer und stellte sie ordentlich im Fahrzeug auf. Bei jedem Stück, das er von Marleen in die Finger bekam, drückte ihn der riesige Kloß in seinem Hals. Er fand eines von den Tüchern, die Marleen gerne um den Hals trug, und roch daran. Es war *ihr* Geruch, es war nicht irgendein Parfüm oder ein Duft, es war *Marleen*. Er steckte das Tuch ein.

Tränen schossen ihm in die Augen. Er konnte es nicht verhindern. Er wollte es nicht verhindern.

›Ich finde dich, mein Schatz, das schwöre ich dir, und ich rate keinem, mir in die Quere zu kommen!!!‹ Er wischte sich die Tränen aus dem Gesicht und begann in den Sachen seiner Freunde herumzukramen. Er fand ein T-Shirt von Nicki und packte es in den Sack.

Im gegenüberliegenden Store gab es alles zu kaufen, was man sich denken konnte, vom Intimspray bis zur Rolle Stacheldraht, vom Kaffee bis zum Rattengift. Thomas kaufte mehrere Flaschen Petroleum, eine dazugehörende Lampe, etwa hundert Meter stabiles Seil, einen Kompaß, zwei Paar Arbeitshandschuhe, einen Spaten, zwei Äxte, zwei Revolver für Leuchtmunition und hundert dazugehörende Patronen, eine große Taschenlampe, ein Jagdmesser, einen Zehnerpack Sturmfeuerzeuge, einen Liter Benzin, drei Flaschen Whisky (es sollte ja so aussehen wie ein Jagdausflug von Männern!) sowie mehrere Packungen mit fertiger Kaltverpflegung. Dazu ließ er sich noch vier stabile

Karabinerhaken, einen Verbandskasten und eine Packung Sicherheitsnadeln geben.

Eigentlich hätte der Mann hinter dem Tresen, der die Ware zusammenpackte, stutzig werden müssen bei dieser Zusammenstellung, aber erstens war es Thomas egal und zweitens schien es den Mann nicht im geringsten zu wundern, da man sich hier offenbar häufiger für Bergtouren oder Ähnliches ausstattete.

Auf jeden Fall nahm er den hohen Geldbetrag, den Thomas zu zahlen hatte, ziemlich erfreut entgegen. *›Provisionshengst‹*, dachte Thomas mürrisch und schleppte das gerade Erstandene nach draußen.

„Guck nicht so." Peter kam ihm aus einem alten Jeep entgegengesprungen. „Ich weiß, er hat kein Dach und sieht schäbig aus, dafür ist er tipptopp in Schuß, war billig, und der Typ hat keine weiteren Fragen gestellt. Wir können unser Zeug hierlassen und es später wieder abholen...wenn wir aus den Bergen zurück sind." Erst jetzt bemerkte er die vielen Tüten, die Thomas neben sich abgestellt hatte.

„Willst du zu 'ner Expedition aufbrechen?" staunte er, als er seinem Freund half, die Dinge in den Jeep zu laden.

„Sag mir einen besseren Ausdruck für das, was wir vorhaben", knurrte Thomas.

„Kann ich dir sagen", gab Peter trocken zurück. „Schatzsuche mit anschließender Bergung und Heimführung!" Die Männer sahen sich an, ihr leichtes Lächeln war nur für Eingeweihte erkennbar. Sie waren sich einig, sie waren bereit, es konnte losgehen. Peter schickte sich an, in den Wagen zu steigen.

„Warte mal..." Thomas kramte in dem Reisesack herum, fand Nickis T-Shirt und reichte es Peter. Der nahm es staunend entgegen und sah Thomas fragend an. Dieser zog Marleens Halstuch aus der Hosentasche und zeigte es.

„Damit wir nie den Mut verlieren..."

Jetzt stieg auch Thomas ein. Peter startete das Fahrzeug, und der Jeep verließ die Stadt auf einer Straße, die immer staubiger und felsiger wurde.

„Der Typ war so geldgeil, daß er gar keine großen Fragen gestellt hat", berichtete Peter nach ein paar Kilometern vom Umtausch der Fahrzeuge. „Er hat mir noch ein paar Versicherungen aufgeschwatzt und mir sogar noch 'nen gefüllten Ersatzkanister mitgegeben. Selbstverständlich können wir unsere Sachen da lagern, selbstverständlich wird er darauf aufpassen, das garantiert er uns...blasülzbla... Ich bin sicher, daß er gerade dabei ist, unsere Koffer zu filzen und sich alles Brauchbare unter den Nagel zu reißen...naja, auch egal..."

Peter nahm das T-Shirt von Nicki in die Hand, hielt es ans Gesicht, roch daran und küßte es.

„Danke", brachte er hervor. Thomas mußte nicht hinschauen. Er wußte, daß auch bei Peter die Tränen nicht zu halten waren.

„Fahr bei der nächsten Gelegenheit mal an den Rand", versuchte Thomas später das Gespräch wieder in Gang zu bringen. „Ich will dir zeigen, was ich gekauft habe, außerdem können wir dann überlegen, wo wir eigentlich lang müssen."

Es dauerte wieder ein paar Kilometer, bis Peter die besagte Gelegenheit fand. Er fuhr rechts ran und schaltete den Motor aus. Thomas stieg aus und packte die Tüten vor den Jeep. Als erstes gab er Peter einen Revolver und zählte fünfzig Schuß Leuchtmunition ab. Peter hielt das Rettung versprechende Utensil nachdenklich in der Hand, dann sah er Thomas an. Dieser hatte sich ein paar Patronen in die Hosentasche gesteckt und war dabei, umständlich die Trommel mit weiteren sechs Patronen zu laden. Er sah Peters fragenden Blick.

„Ich will unsere Frauen wiederhaben. Ist doch scheißegal, wo die Dinger leuchten, oder?!" gab er entschlossen die Erklärung ab. Peter verstand.

„Ich weiß nicht, ob wir richtige Waffen bekommen hätten", erklärte Thomas weiter, „das ist sicherlich mit einem Haufen Formalitäten verbunden. Und du weißt ja, der Sheriff...außerdem hoffe ich genau wie du, daß wir diese Scheißdinger überhaupt nicht brauchen, aber wenn sich jemand zwischen Marleen und mich stellt... Mann, ich will's ja auch nicht, aber was haben wir denn noch zu verlieren?!" Thomas buhlte flehentlich um ein Verstehen.

Peter verstand. Stumm sahen sich die Männer die restlichen Utensilien an.

Der Stahl des im Hosenbund steckenden Revolvers drückte unnachgiebig gegen Peters Lenden. Ihm war unbehaglich zumute. Ihm gingen die Worte von Thomas wieder durch den Kopf. *›...doch egal, wo die Dinger leuchten...‹* Ja, auch er war zu allem entschlossen, schließlich ging es um seinen Lebensinhalt, seine Nicki. Er tastete nach dem T-Shirt in seiner Hosentasche.

„Komm", sagte er, „laß uns weiter. Wir wissen nicht, ob wir diesen Griechen gleich finden und können da sicherlich nicht so einfach reinplatzen, also laß uns so weit wie möglich fahren. Alles weitere wird sich dann finden. Fährst du mal? Ich will irgendwie im Moment nicht..."

Diesmal war es Thomas, der sofort begriff. Er setzte sich hinters Lenkrad und startete den Motor. Er verstand nicht viel von Autos – wenn er ehrlich war, überhaupt nichts. Er sagte immer: ›*Wenn ich den Schlüssel ins Zündschloß stecke und umdrehe und es macht nicht BRUMM, dann bin ich aufgeschmissen.*‹ Das war ehrlich gemeint und entsprach auch den Tatsachen. Aber dieses Auto, das eigentlich wirklich ziemlich schäbig aussah, fuhr sich unheimlich gut, war wendig, schnell und trotz seiner ausstattungsmäßigen Spärlichkeit übersichtlich und leicht zu handhaben.

Kilometerweit führte die Straße geradeaus. Eigentlich war es überhaupt keine Straße mehr. Man erkannte festgefahrene Reifenrillen in der roten Erde. Eine kleine Schneise, die nicht bewachsen war, schien am Horizont zu enden. Rechts und links des Weges wurde es steiniger. Vereinzelte Büsche und Bäume, die die Strecke säumten, wurden seltener. Die Geschwindigkeit mußte mehr und mehr verringert werden. Es wurde steiler, der Jeep konnte seine Beweglichkeit unter Beweis stellen.

„Weißt du eigentlich, daß ich unheimlichen Schmacht habe?“ stellte Thomas auf einmal fest. Das Röhren seines Magens war langsam hörbarer geworden. Im zweiten Gang quälte sich das Geländefahrzeug einen Geröllhang hinauf, der in diesem Bereich der Landschaft die Straße darstellte. An einer Stelle, die ihm geeignet erschien, hielt er das Fahrzeug an. Zwei große flache Felsen, die am Wegrand lagen, stellten eine Art Tisch dar. Die Sonne ging langsam unter. Thomas stoppte den Motor, und die beiden Männer stiegen aus.

Sie hatten mit ihren Füßen noch nicht ganz das Fahrzeug verlassen, da schickte sich dieses an, wieder dahin zu rollen, wo es hergekommen war, da kein eingelegter Gang das Getriebe blockierte. Reflexartig sprang Peter zurück auf den Beifahrersitz und riß derart am Hebel der Handbremse, als ob er den Mechanismus mit bloßer Körperkraft zerstören wollte. Widerwillig gab das Fahrzeug dieser Aktion nach und kam zum Stehen. Das rechte Hinterrad rollte in der Luft, die anderen drei Reifen hatten lose Schottersteine unter sich.

Thomas sah entschuldigend in Richtung seines Freundes, der über seine Reflexe offenbar selbst mächtig erstaunt war und nun vorsichtig das Gefährt verließ.

„Schon gut, Alter“, schickte er in Richtung Thomas. „Den kriegen wir schon wieder flott, ist ja noch mal gutgegangen. Kann jedem passieren.“

Zwar nicht überzeugt, aber dankbar, packte Thomas die Fertiggerichte aus. Er war erstaunt über das, was er eingekauft hatte. Es war eine Menge. Wahllos griff er in die Tüte und hatte eine Packung mit zwei gebratenen, kalten Truthahnkeulen in der Hand.

Peter sammelte etwas Holz, ein in dieser kargen, schon recht felsigen Gegend ziemlich mühsames Unterfangen. Er nahm eines der Feuerzeuge und füllte es mit Benzin. Es war nicht leicht, wenn man sich das kleine Einfülloch besah und die im Gegensatz dazu riesig anmutende Öffnung der Benzinflasche. Es lief dann auch mehr Flüssigkeit über Peters Hand als in das Feuerzeug. Fluchend wischte er sich die Hände sauber.

„Sag mal", fragte er, nachdem er den kleinen Haufen gesammelter Hölzer angezündet hatte und sich auf einem Stein davor niedergelassen hatte, „hast du eigentlich alles als Familienpackung gekauft?" Er spielte damit auf die jeweiligen Mengen dessen an, was Thomas in dem Store gekauft hatte.

„Ich weiß auch nicht..." Thomas schien mit den Gedanken ganz woanders zu sein, „ich kann nur noch daran denken, wie wir Marleen und Nicki wiederkriegen. Ich habe die Klamotten einfach genommen und eingepackt, ich weiß nicht einmal, ob ich dabei überlegt habe beziehungsweise was ich alles gekauft habe."

Er reichte Peter eine Truthahnkeule. Stumm aßen sie, ihre Blicke ins Feuer gerichtet und jeder wieder seinen Gedanken nachhängend. Das Fleisch schmeckte ungewohnt, aber gut. Thomas dachte an Marleen. Sie war eine exzellente Köchin, trotzdem hatte er neben ihren Speisen auch eine Vorliebe für Fast food. Er liebte Currywurst, er liebte es, kaltgewordene Speisen in seiner Küche im Stehen zu essen. Er liebte Fertiggerichte. Oft genug hatte Marleen protestiert: ob denn das, was sie koche, nicht besser schmecken würde...selbstverständlich schmeckte das von ihr Gekochte super, aber er liebte halt auch diese andere Art Essen... Marleen...

„Wenn wir da reingehen und denen den Chip geben, sind wir geliefert", begann Peter wieder zu sinnieren.

„Wir müssen das anders anstellen", pflichtete ihm Thomas bei. „Demnach, was der Idiot aus der Scheune gesagt hat, wohnt dieser Grieche in einer Art Festung. Da wird es nicht so leicht sein, überhaupt reinzukommen. Hast du übrigens gesehen, daß die Scheune abgebrannt war...", fiel ihm plötzlich ein.

„Ja, schon irgendwie merkwürdig, aber das muß ja nichts mit uns zu tun haben", griff Peter die Gedanken auf. „Du meinst also auch, daß wir versuchen müssen, unsere Mädels zu finden, ohne auf diesen Griechen zu treffen, und dann nichts wie weg?"

„Richtig, so sehe ich das auch. Das ist die einzige Art, wie wir aus dieser ganzen Sache wieder rauskommen können. Solange wir den Knopf haben und die nicht wissen, wo er ist, haben wir eine Chance...sonst..." Thomas dachte den Gedanken nicht weiter.

„Wie finden wir überhaupt diese blöde Festung?" fragte Peter unvermittelt.

›*...dämliche Frage!*‹ dachte er in dem Moment, als Thomas auf seine Frage hin einen kleinen Zettel aus der Hose zog, auf dem er sich die von Clark beschriebene Route aufgeschrieben hatte.

„Also, wir müßten hier noch richtig sein...“, stellte Thomas mit Blick auf seinen Zettel fest. „Wenn wir weiterfahren, müssen wir irgendwann über dieses kleine Gebirge rüber, dann noch eine Zeitlang immer der Straße nach, bis...ja, das muß wohl auffallen...bis ein riesiger Baum kommt, unter dem ein Aborigine sitzt und die Vorbeifahrenden anpumpt. Wenn der uns verarscht hat, mache ich ihn fertig...“ Er wußte nicht, daß Clark bereits *fertig* war. „Da soll dann irgendwo der Busch anfangen, und da müssen wir rein. Dieser Urmensch soll uns die Richtung zeigen können...sag mal, wie spricht man denn mit denen...?“

„Keine Ahnung, aber wenn wir erst mal da sind, wissen wir mehr... Du, Kannibalen oder sowas sind das doch nicht, oder?“ Peter wußte selbst nicht, ob er die Frage ernst oder aus Spaß gestellt hatte. Er lenkte deshalb auch gleich wieder ab. „Ja, erst mal müssen wir sehen, wie wir diese Kiste wieder in Gang kriegen. Irgend so ein Fittipaldi hatte da wohl Probleme mit dem Getriebe...“ Er knuffte Thomas freundschaftlich in die Seite und stand auf.

Thomas hatte sofort wieder ein schlechtes Gewissen. Peter merkte es sofort.

„Mensch, komm her...das war nur Spaß...faß mal mit an, die Kiste hängt in der Luft.“

Thomas ging um das Auto herum.

„Du“, stellte er auf einmal fest, „der hat da vorne so eine Art Seilzug...kann man damit vielleicht...?“

Er brachte den Satz nicht zu Ende. Peter sprang nach vorne und schaute nach dem eben Beschriebenen.

„Ich ernenne dich hiermit zum Chefmechaniker“, gab er feierlich von sich. „Mensch, das ist gut. Jetzt brauchen wir nur noch etwas Seil dazu, das binden wir da hinten um den riesigen Felsen, und ab geht's.“

Gesagt, getan. Die beiden Männer löschten das Feuer, verstauten ihre Sachen, und Peter, der sich hinters Lenkrad gesetzt hatte, betätigte die Seilwinde. Thomas hatte sein neuerworbenes Seil herausgeholt und war zum nächsten großen Felsblock vorgegangen, von dem er vermutete, daß er schwerer war als ein Jeep mit Eingekauftem und zwei Männern. Er band das Seil um den riesigen Felsen und ging zurück zum Fahrzeug. Dort knotete er das andere Ende um den Haken des Seilzuges. Peter startete den Mechanismus.

Quietschend, als ob die Winde seit Jahren kein Öl mehr gesehen hätte, was wohl auch der Fall war, setzte sie sich in Betrieb. Gemächlich, Zentimeter für

Zentimeter, mit knarrenden Lauten, zog sie das Fahrzeug auf eine relativ befestigte Stelle.

Die anschließende Fahrt ging noch etwa eine Stunde über holprige Wege, die kaum als solche zu bezeichnen waren. Endlich, nachdem es eine Zeitlang bergab gegangen war, hatten sie wieder relativ ebene Materie unter sich.

Der Tag war gerade dabei, sich zu verabschieden, und die Nacht begann langsam, ihre grauen, alles umschlingenden, geheimnisvollen Schatten auszuwerfen. Peter und Thomas sprachen nicht viel. Die Eindrücke, die sie aufnahmen, paßten zu ihren Gedanken. Grotesk geformte Büsche und Bäume waren zu erkennen, die ihr trockenes, grünes Kleid ausgezogen hatten und sich in dezentem Grau für die Nacht fertigmachten. Verheißungsvoll breiteten sie ihre teils belaubten, teils baufällig anmutenden Dächer aus, Schutz bietend für den, der ihn suchte, Versteck bietend für den, der auf die lauerte, die sich Schutz, Rast oder Kurzweil versprachen. Die Natur erschien unwirklich.

Ab und zu deuteten aufgestellte Schilder auf vorbeispringende Känguruhs und sogar auf Koalas hin, die sich ein Zuhause in den vereinzelten Eukalyptusbäumen gesucht hatten. Unsichtbare Stimmen versprachen unachtsamen Lebewesen Tod und Elend. Das eine Leben legte sich zum erholsamen Schlaf, das andere erwachte zur grausamen Wacht, für einiges Leben würde es kein neues Erwachen geben.

Die Pflanzenwelt, die den Fahrbahnrand säumte, wurde wieder üppiger. Nach einer weiteren halben Stunde hatte die Nacht vollends die Macht ergriffen. Der Weg war im Scheinwerferlicht nur noch schwer zu erkennen.

Die beiden Männer hatten ein paarmal überlegt, ob sie anhalten und rasten sollten, um am nächsten Tag weiterzufahren, aber eine innere Stimme trieb sie weiter. Sie wußten längst nicht mehr, wohin sie fuhren und ob sie überhaupt auf dem richtigen Weg waren...welchem Weg überhaupt? Sie fuhren, bis der Scheinwerferkegel plötzlich eine alte Blechgarage erfaßte, die unter einem großen Eukalyptusbaum aufgestellt war.

Peter drosselte den Motor und kam direkt vor dieser schäbigen Behausung zum Stehen. Die Garage stand direkt neben dem riesigen Baum, mit einer Tür, zumindest einer türähnlichen Öffnung zum Weg hin, der jetzt im Licht eines vor der seltsamen Behausung flackernden Lagerfeuers deutlicher erkennbar war.

Seitlich in der Wand befanden sich zwei Fensteröffnungen, deren Glaseinsätze aus schäbigen Stoffen bestanden, die vor Urzeiten einmal eine gemütliche Stube geschmückt haben konnten.

Ein Haufen Gelumpe war neben dem Eingang und überhaupt im unmittelbaren Dunstbereich der Garage abgestellt, aufgestapelt oder einfach nur hingeschmissen.

„Wann is'n hier Sperrmüllabfuhr?" hatte Peter gefragt, als er auf die Garage zugefahren kam. Die beiden Männer stiegen aus dem Jeep und gingen langsam auf die Behausung zu. Vorsichtig versuchten sich ihre Augen durch die ständig von flackernden Lichtblitzen durchzogene Dunkelheit zu tasten.

Und dann sahen sie ihn.

In einem schäbigen Schaukelstuhl, seitlich zwischen Garage und Baum, saß er. Er steckte in einer Jeans, die selbst unter kühnsten Vorstellungen nicht mehr als Designerjeans zu bezeichnen gewesen wäre. Der Oberkörper war in eine Art Pullover gehüllt, der selbst in der Dunkelheit erkennen ließ, daß er höchstens vor Jahrhunderten einmal weiß gewesen sein dürfte.

Die Haut, die dazwischen zum Vorschein kam, war dunkelbraun, das Haar und der Vollbart schwarzgrau und kraus. In dem rundlich anmutenden Kopf leuchteten zwei freundliche Augen, zwei weiße Zahnreihen lächelten ihnen geheimnisvoll entgegen. So saß er da, der Aborigine, den Clark gemeint hatte. Das riesige Gewehr, das aussah, als ob man damit zwei Elefanten auf einmal erlegen könnte, hatte er im Anschlag und auf die beiden Deutschen gerichtet.

Thomas und Peter hielten inne. Automatisch erhoben beide ihre Arme und warteten auf das, was nun folgen würde.

Der kleine braune Mann musterte sie eine Ewigkeit lang. Nachdem er alles gesehen hatte, was er sehen wollte, oder nicht gesehen hatte, was er suchte, senkte er die gefährliche Waffe und bedeutete den Männern, näher zu kommen.

Vorsichtig senkten Peter und Thomas ihre Hände.

„Wir sind nur gekommen, weil..." Weiter kam Thomas nicht.

Der kleine Mann hatte sofort wieder das Gewehr hochgerissen, und selbst ohne Visiereinrichtung konnte man erkennen, daß bei der kleinsten Bewegung seines rechten Zeigefingers nicht mehr viel von Thomas' Kopf übrig geblieben wäre.

„Wer seid ihr?" fragte auf einmal eine Stimme in sehr schlechtem Englisch, die schnalzend und kehlig klang und dem kleinen Mann gehörte.

„Wir...wir sind Deutsche, die jemanden suchen..." Eine dämlichere Antwort war Thomas so schnell nicht eingefallen. Er ärgerte sich bereits darüber. Kurz huschte ihm plötzlich ein Satz aus dem Film *Dirty Dancing* durch den Kopf. *„Ich habe eine Wassermelone getragen"*, hatte die Hauptdarstellerin, Jennifer Grey, in einer ähnlichen Situation von sich gegeben und sich später genauso darüber geärgert wie jetzt Thomas über seine Antwort.

„...äh...wir suchen einen Griechen...äh, einen großen weißen Mann, der hier irgendwo wohnen soll..." Jetzt hatte auch Peter seine Stimme wiedergefunden und versuchte dem kleinen Mann in seinem besten Schulenglisch den wahren Grund der Anwesenheit klarzumachen.

„...nicht guter Mann...“, der Eingeborene senkte das Gewehr wieder und lallte den Satz langsam vor sich hin.

›Wir sind richtig, er kennt den Griechen‹, durchfuhr es Peter und Thomas fast gleichzeitig.

„...gar nicht guter Mann...“, sagte der kleine Braune mit Nachdruck „Ihr haben Alkohol?“ fragte er anschließend. Erst jetzt bemerkten die Männer, daß ihr Gegenüber offensichtlich bereits mehrere Einheiten des soeben Ausgesprochenen konsumiert hatte, also auf gut deutsch schon reichlich blau war.

Peter sah Thomas hilflos an.

„Du gucken...“, versuchte sich nun auch Thomas dem Sprachgebahren des Gewehrträgers anzupassen. Langsam ging er rückwärts zum Jeep zurück. Den Fremden nicht aus den Augen lassend, kam ihm der Aborigine hinterher.

Thomas öffnete eine der im Jeep verstauten Tüten und hoffte, daß es gleich die richtige war. Sie war es. Triumphierend hob er eine Flasche Whisky hoch. Die Augen des Braunen blitzten.

„Du hergeben...“, forderte er.

„Erst du sagen, wo großer weißer Mann wohnt.“ Thomas kam sich bescheuert vor, wie in einem schlecht gemachten, drittklassigen Western.

›Biste bekloppt‹, drückten Peters Augen aus, die abwechselnd auf Thomas, die Flasche, den kleinen Mann und das Gewehr gerichtet waren, *›gib ihm das Zeug‹*.

Der Eingeborene überlegte. Man sah, wie sein Hirn, oder das, was der Alkohol davon im Laufe der letzten Jahre übrig gelassen hatte, zu arbeiten begann.

Unvermittelt riß er wieder das Gewehr hoch.

„Du hergeben!“ Die lallende Stimme bekam einen befehlenden Ton.

›Nun mach schon, Alter...mach schon.‹ Peters Blicke wanderten wieder.

Langsam nahm Thomas die Flasche und öffnete den Verschluß. Schweißtropfen standen ihm auf der Stirn. Auch Peter schwitzte, und wäßrige Perlen bildeten sich auf dem Haupt des Braunen. Peter wußte, was jetzt kam.

›Tu's nicht, Mensch, tu's nicht.‹

Langsam drehte Thomas die Flasche um und begann, den goldfarbenen Inhalt auszugießen. Das Destillat gluckerte auf den sandigen Boden, der es gierig aufsog.

Der kleine Mann schluckte, senkte das Gewehr und kam Thomas mit ausgestreckter Hand und weit aufgerissenen Augen einen Schritt näher.

„Du nicht machen, ich sagen...“

Thomas drehte die Flasche mit der Öffnung wieder nach oben.

Ohne die Flasche aus den Augen zu lassen, deutete der Kleine mit der freien Hand in Richtung des trotz der Dunkelheit erkennbaren Urwaldes, der am Horizont zu beginnen schien.

„Du da lang...dann immer kleiner Weg...aber viel Wasser, du aufpassen...viele weiße Menschen...nicht gute Menschen...geben keinen Alkohol..." Er war jetzt bis auf Tuchfühlung an Thomas herangekommen.

Thomas griff erneut in die Tüte und holte die zweite Flasche Whisky heraus. In den Augen des Eingeborenen spiegelten sich sämtliche Freudenfeste eines Jahres auf einmal wider.

„Du kriegen, wenn wir zurück sind", gab Thomas vielversprechend von sich und änderte seinen Tonfall sofort in eine drohende Lage. „Wenn du gelogen..." Wieder drehte er die geöffnete Flasche um und vergoß etwas von der Flüssigkeit.

„Nein, du glauben", beeilte sich der Gewehrträger zu sagen, „du glauben, aber vorsichtig sein...nicht viele wiederkommen...du wiederkommen und mir geben andere Flasche?" Es klang wie eine Bitte.

›Wie tief muß jemand sinken, um sich auf ein derartiges Niveau zu begeben‹, dachten die Freunde fast gleichzeitig. Rückwärts ging Peter zur Fahrerseite und stieg ein. Mit einem Ruck warf Thomas dem Eingeborenen die Flasche entgegen. Dieser schmiß das Gewehr zur Seite und fing, trotz seines Zustandes, die Flasche mit jetzt auf einmal zittrig wirkenden Händen auf.

Peter startete den Jeep, Thomas stieg ein. Der Aborigine bekam nichts mehr mit. Er hatte die Flasche angesetzt und sog den Inhalt in sich hinein.

Schnell, ohne zurückzuschauen, lenkte Peter den Wagen in die angedeutete Richtung. Die Männer sahen sich an, schüttelten ihre Köpfe und wußten, daß ihnen nun der schwärzeste Teil der Nacht bevorstand.

Kapitel 14

Es war mittlerweile stockfinster geworden. Vor etwa zehn Minuten hatte der Jeep den Bereich verlassen, den man noch hätte als Steppe bezeichnen können. Im ersten Gang fraß sich das stählerne Gefährt nun den Weg durch eine Vegetation, die mit undurchdringbar und üppig völlig unzureichend beschrieben gewesen wäre.

Der Eingeborene hatte von einem *kleinen Weg* gesprochen. Es dürfte sich dabei um eine maßlose Untertreibung gehandelt haben, es sei denn, er meinte die ab und zu im Scheinwerferlicht festzustellenden circa zwanzig Zentimeter breiten Erdstreifen, die parallel zueinander verliefen und nicht mit Pflanzen bewachsen waren. Sehen konnte man sie nicht; man versuchte, sie zu spüren, zu erahnen.

Überall raschelte es, knackten Äste, die unter dem massiven Gewicht des Fahrzeugs nachgaben. Es spritzte, wenn der Jeep durch Pfützen fuhr. Thomas und Peter hatten das Gefühl, daß sie von tausenden Augenpaaren beobachtet wurden, von Augenpaaren, die in fremden Wesen steckten, die den Eindringlingen, die dabei waren, in ihre Welt einzudringen, nicht unbedingt wohlgesonnen waren.

Die Luft wurde feuchter, der Boden unter den Rädern weichte langsam auf. Merkwürdige Laute aus vielerlei Kehlen durchschnitten die Nachtruhe. Es war unheimlich. Das Gebiet, in dem die beiden Deutschen nach dem Haus des Griechen suchten, der sie umgebende Busch, hatte Dimensionen, die zumindest für Thomas, der ein paar Harz- und Alpenwälder kannte beziehungsweise darin schon gezwungenermaßen gewandert war, unvorstellbar waren. Peter hatte schon ganz andere Vorstellungen von Größe und Weite in dieser Beziehung, aber das, in dem er sich gerade befand, schien endlos zu sein.

„Ich glaube, der Alte hat uns verarscht“, maulte Thomas besorgt, „hier kannste tagelang rumlatschen, gehst zehnmal an dem Haus vorbei und kriegst das nicht mit. Das ist ein Urwald, wie ich ihn mir in meinen schlimmsten Träumen nicht vorgestellt habe.“

„Wir gurken hier jetzt schon so lange rum, ich glaube, wir haben den Weg verloren“, stellte Peter dazu fest. „Weg bedeutet doch, daß es irgend etwas gibt, worauf du fahren kannst. Mann, hier gibt's nix mehr. Unter jedem Blatt, über das ich rolle, könnte ein Loch sein, hinter jedem Busch, den ich abmähe, ein Abhang. Ich habe die Schnauze voll. Wir haben uns verfranzt und kommen nicht weiter...“

Peter stoppte das Fahrzeug.

„Was ist, wenn ich aussteige und langsam vorausgehe? Vielleicht finden wir den Weg wieder“, schlug Thomas vor.

„Du, hier in diesem Modder, wo du nicht hinsehen kannst, worauf du trittst?“ Ungläubig sah Peter seinen Freund an. „Meinetwegen, versuch es...“

Thomas stieg aus dem Jeep. Sofort versank er knöcheltief in der morastigen Erde. Er tastete sich nach hinten zu den Tüten. Das Metall war kalt und durch die Luftfeuchtigkeit glitschig. Er nahm eine der beiden Äxte, die er in dem Store gekauft hatte, tastete sich am Fahrzeug entlang wieder nach vorne.

Gespenstisch war das Bild, das die Scheinwerfer des Fahrzeuges vor ihm zeichneten. Sie warfen Blätter so groß wie Regenschirme, Gräser, Laub, Äste und Baumstämme in ein schauriges, fades Licht. Jeder Zentimeter Natur schien ein Gesicht zu haben, das die beiden hellhäutigen Männer grinsend anstarrte, wissend, was geschehen würde.

Die nächsten dreißig Minuten erschienen wie eine Ewigkeit. Thomas stapfte voraus. Bei jedem zweiten Schritt mußte er mit der Axt Äste zur Seite schlagen, riesige Büsche teilen oder größere Holzstücke, die vor ihnen lagen, mühevoll zur Seite hieven.

Die Männer hatten seit unzähligen Stunden nicht mehr geschlafen. Die bei beiden einsetzende Erschöpfung machte jeden Schritt, jede Bewegung, jede Drehung des großen Lenkrades zur Qual.

Thomas schmiß sich plötzlich rückwärts gegen den Jeep und hatte die Axt hoch über den Kopf gehoben, bereit, jeden Moment damit gnadenlos zuzuschlagen. Ein paar Sekunden schien er völlig erstarrt zu sein. Peter sprang aus dem Wagen und bahnte sich einen Weg zu ihm nach vorne.

„Was ist los?“ wollte er wissen. Die pure Angst stand seinem Freund ins Gesicht geschrieben. Dieser antwortete nicht.

„Mensch, Alter, was war?“ Peter schüttelte ihn.

Thomas kam langsam wieder zu sich und sah Peter entgeistert an.

„Ich gehe jetzt hier und heute keinen Millimeter weiter“, stotterte er mit noch immer weit aufgerissenen Augen. „Mir ist eben was Pelziges über die Füße und gegen die Beine gelaufen. Jetzt ist Schluß mit lustig. Die da draußen...“, und er deutete mit der Axt theatralisch in die Baumwipfel, wo sicherlich gerade eine Vielzahl von Tieren ihren ersten dramatischen Auftritt zweier Menschen beobachteten, „...wollen nicht, daß wir weiterkommen...okay, okay...sollen sie’s so haben.“

„Ihr habt gewonnen!“ schrie er plötzlich mit sich überschlagender Stimme in das Dunkel hinein. Das war die letzte Anspannung, die seinem Körper zu entlocken war.

„Peter, ich kann nicht mehr“, wandte er sich wieder in normalem Ton an den Freund, „es gibt kein Körperglied, das mir nicht weh tut oder das ich ohne Schmerzen bewegen kann. Ich bin völlig fertig, fühle mich hohl wie eine leere Flasche.“ Er wußte nicht, daß dieser Ausspruch ein paar Monate später, allerdings in anderem Zusammenhang, in seiner Heimat Fußballgeschichte schreiben sollte.

Peter spürte es auch. Es ging nichts mehr. Es hatte auch keinen Zweck. Sie hatten sich total verfahren. Die Natur hatte in diesem Akt tatsächlich gewonnen.

„Paß auf", stellte Peter fest, „wir setzen uns ins Auto und schlafen erst mal eine Runde. Ich kann mich nicht mehr daran erinnern, wann ich zum letzten Mal ein Auge zugemacht habe. Wenn's hell ist, sehen wir weiter."

Die beiden Männer krochen ins Auto zurück. Thomas stellte die Axt griffbereit vor seinen Füßen ab. Allerdings wäre er nicht mehr in der Lage gewesen, sie zu heben beziehungsweise überhaupt zu benutzen. Die Erschöpfung hatte mit einem Mal eingesetzt, und die Körper zollten ihr nun Tribut. Thomas nahm seinen Revolver, den er in einer Ablage des Beifahrersitzes abgelegt hatte, in die rechte Hand, lehnte sich in dem unbequemen Sitz zurück und war von einer Sekunde auf die nächste eingeschlafen.

Peter kramte ebenfalls die Waffe hervor. Er konnte hinter dem großen Lenkrad aber keine Stellung finden, die zum Schlafen auch nur halbwegs als bequem zu bezeichnen gewesen wäre. Mit letzter Kraft krabbelte er nach hinten zu den mittlerweile aufgeweichten Tüten. Irgendwie fand er eine Stellung, die dem schlaffen Körper ausreichte, um auch ihn von jetzt auf gleich ins Land des Schlafes zu befördern.

Argwöhnisch hatte die sie umgebende Fauna sich das Schauspiel der beiden sich merkwürdig bewegenden Zweibeiner mit dem lauten schweren Ding, das sie hierhergebracht hatte, angeschaut. Desinteressiert hatte man sich nach dem kurzen Intermezzo wieder abgewandt, um sich selbst vor den Gefahren der Nacht zu schützen oder aber ihre Dunkelheit zu nutzen, um die eigene Gattung am Leben zu erhalten.

Die Kleidung der Männer klebte an ihrem Körper, saubere Stellen daran gab es nicht mehr. Gesicht und Arme waren zerstochen von einer Armee von Insekten, aufgeschunden durch das Dickicht, in dem sie sich bewegten. Bis zuletzt hatten sie keine Schmerzen gespürt. Bis zuletzt hämmerte der innere Motor sie voran, unermüdlich, zielstrebig voran... Marleen... Nicole... Marleen... Nicole... Marleen... Nicole...

Die Sonne stand schon ziemlich hoch am Himmel. Längst war die Nacht vom Morgen und danach vom Tag verdrängt worden und hatte sich widerwillig zurückgezogen.

Licht hatte die Oberhand. Das gespenstische Kleid der Dunkelheit war ausgezogen. Der Busch hatte, als wäre es für die neuen Besucher bestimmt, eines seiner schönsten Kleider angezogen. Kräftiges, sattes Grün glänzte feucht und warm von überall her, umrankt wurde es von anmutigen Blüten in herrlichen Farben, das Grau und die Brauntöne der Bäume, Sträucher und Rankgewächse fügten sich passend und rahmend in das Potpourri von Farben und Gerüchen ein.

Es waren andere Stimmen zu hören als die der Nacht. Sie klangen fröhlicher, lebenslustiger. *Wir haben die Nacht überstanden.* Vögel flatterten aufgeregt auf Ästen herum, im Unterholz der Erde piepste und zirpte es.

Peter schlug die Augen auf und konnte sich nicht bewegen.

Er blickte nach oben. Durch das dichte Grün über ihm war vereinzelt blauer Himmel erkennbar. Es war warm. Das einzige, was sich bewegte, waren seine Augen. Sie erfaßten die Äste über sich, die Bäume, die ohne Kopfbewegung in ihrem Blickfeld lagen, die Vögel, die darin herumflogen und kreischten. Er schloß die Augen wieder.

›Du mußt dich langsam bewegen‹, versuchte er sich vorzugeben. Langsam spürte er, wie von seinem Rückgrat aus irgendein wundersamer Lebenssaft in die Halsmuskel fuhr. Er bewegte den Kopf...langsam...öffnete die Augen und sah über sich wieder das Dach der grünen Welt, in der sie sich befanden. Es bot sich das gleiche Bild wie ein paar Sekunden zuvor, nur weiträumiger... Grün, überall Grün...ab und zu Himmelsblau...Vögel, Blüten...und wieder Grün.

Das Blut kroch langsam über beide Schultern in die Arme, floß durch die Ellenbogen in die Hände und zuletzt in die Finger. Peter ballte die Fäuste, öffnete sie. Die Bewegung schmerzte. Er ballte wieder die Fäuste und spannte die Armmuskulatur an. Ein paar Sekunden hielt er sie angespannt, ließ dann ruckartig nach. Er schloß wieder die Augen und spürte das Grün über sich, das Blau des Himmels dazwischen, und hörte die unzähligen Vogelstimmen.

Das Leben fuhr durch seine Lenden in die Oberschenkel. Alles, was dort nicht Knochen war, schmerzte von der Verkrampfung der letzten Stunden. Es glich einem Wunder, wie sich langsam die Beine millimeterweise zu bewegen begannen. Deren Bewegung weckte die Füße, die Zehen. Alles war starr. Peter versuchte einzelne Muskeln zu spannen und zu entspannen, um die eintretenden Krampfschmerzen zu lindern. Er öffnete die Augen, drehte den Kopf zur Seite und sah sich einem kleinen, braunen, felligen Kameraden gegenüber, der ihn freundlich angrinste und sich offenbar neugierigerweise durch die Innereien der Tüten geforscht hatte, auf der Suche nach etwas Leckerem.

Peter riß die Augen weiter auf und seinen Oberkörper hoch. Das kleine, eben noch freundlich dreinschauende Tier war mit einem Riesensatz vom

Fahrzeug ins Unterholz gesprungen und dort mit schimpfendem Gepiepse verschwunden.

Es war hellichter Tag. Die Männer hatten fast zwölf Stunden geschlafen. Peter schaute sich um. Sie standen auf einem kleinen Stückchen Land, auf dem es die Natur mit Blüten und Pflanzen offenbar besonders gut gemeint hatte. Einen Steinwurf entfernt begann Schilf, Wasser, Gräben, Sumpf.

Vorsichtig sortierte Peter seine Knochen und stieg aus dem Jeep. Er streckte sich. Unter anderen Umständen wäre es bestimmt ein herrlicher Tag geworden. Es war warm, und der Platz, an dem sie standen, konnte durchaus als paradiesisch bezeichnet werden. Peter drehte sich um. Mit einer Symphonie von Grunz- und Stöhnlauten war auch Thomas im Begriff, langsam wachzuwerden. Die Zeremonie erfolgte fast identisch mit dem Wachwerden Peters. Nach einer ganzen Weile war auch er ausgestiegen.

Peter hatte gedankenversunken zugeschaut. „Und nun?“ fragte er.

„Keine Ahnung...laß uns überlegen...sehr gut überlegen“, antwortete Thomas und überprüfte in Gedanken, ob sämtliche Knochen und Muskeln auch da waren, wo sie hingehörten.

„Wenn wir uns auf keine Diskussion einlassen und unsere Mädchen da rausholen wollen, müssen wir wieder auf die Nacht warten“, stellte er entschieden fest. „Das Problem ist nur...wir haben keine Ahnung, wie es in dieser Festung aussieht und wo sich Nicole und Marleen befinden.“

„Und wir wissen nicht“, ergänzte Peter, „wozu diese Typen, die da hausen, bereit und in der Lage sind.“

„Wenn ich mir überlege, was sie mit uns und unseren Frauen angestellt haben, dann können wir uns auf einiges gefaßt machen...wenn ich ehrlich bin, habe ich immer wieder das Gefühl, daß wir überhaupt keine Chance gegen die haben“, stellte Thomas etwas resigniert fest. „Wir sind keine Killer und weiß Gott keine Helden...“

„Aber wir haben einen normalen Menschenverstand und wollen und werden ohne unsere Mädels hier nicht wieder weg...zumindest nicht lebend“, trat Peter seinen Freund moralisch in den Hintern. Auch er hatte bereits mehrfach über die Aussichtslosigkeit ihres Vorhabens nachgedacht, aber, verdammt noch einmal, es mußte einen Weg geben.

„Laß uns erst mal sehen, wo wir hier überhaupt sind, beziehungsweise ob man irgendwas sehen kann“ Thomas hatte die trüben Gedanken beiseite gewischt. „Da hinten auf der kleinen Insel, mitten in diesem Modder, ist ein großer Baum. Es ist zwar lange her, daß ich auf Bäume geklettert bin, aber vielleicht sieht man von da oben was.“

Die Schwüle des Tages begann sich auszubreiten. Die beiden Männer hatten zwar noch keine körperlichen Anstrengungen hinter sich, aber ihre Haut glänzte bereits vor Feuchtigkeit und Schweiß.

„Ich hab ‘ne Idee.“ Peters Miene erhellte sich „Bevor du da hochkraxelst und dir vielleicht sämtliche Gräten beim Abschmieren brichst...wozu hat man schließlich die Segnungen der Technik?“

Er ging zum Jeep und deutete auf die Seilwinde.

„Du hast doch ein paar Kilometer Seil gekauft...Mensch...das Wasser ist nicht breit, bis zur Insel reicht die Seilwinde. Du mußt nur dein Seil über einen großen Ast kriegen und eine Schlinge unten machen, dann ziehe ich dich so hoch du willst.“

Thomas schien von der Idee wenig begeistert zu sein, andererseits hatte er beim Anblick des relativ glatten Stammes, der nicht viele Äste am unteren Bereich aufzuweisen hatte, schon einige Bedenken hinsichtlich seiner Kletterkünste. Wenig überzeugt stimmte er dem Vorschlag zu.

„Ich muß nur noch mal für kleine Jungs“, stellte Peter in Hinblick auf seine gefüllte Blase fest. Er ging ein paar Meter vom Jeep entfernt zu einer dichten Buschgruppe. Er schaute sich um, als ob er sichergehen wollte, daß ihn niemand beobachtete, stellte sich dicht gegen den Busch und öffnete den Reißverschluß seiner Hose. Als er nach oben schaute, sah er direkt in zwei Augen. Diese gehörten einem ziemlich großen Exemplar von Buschkänguruh, das dem Zweibeiner mit den viel zu kurzen Hinterpfoten auf der anderen Seite des Busches, etwa in anderthalb Meter Entfernung, gegenüberstand und interessiert zuschaute. Peter war mit einem Schlag alles vergangen. Das Ausschwitzen des Blaseninhaltes, das Schließen der Hose und der etwa zwei Meter weite Satz, mit dem er sich vom Busch wegkatapultierte, geschahen fast gleichzeitig. Enttäuscht hoppelte das Känguruh in die andere Richtung davon. Merkwürdiges Verhalten des komischen Kleinpfoters...

„Was’n los?“ wunderte sich Thomas über den merkwürdigen Gesichtsausdruck seines Freundes. „Hat dich ‘ne Biene in einen edlen Körperteil gestochen?“

Peter hatte im Moment keine Lust für Erklärungen.

„Los“, kommandierte er, „laß uns anfangen.“

Die Sonne brannte zwischenzeitlich unbarmherzig auf die beiden Frauen hinab, und selbst, wenn sie sich hätten frei bewegen können, hätte es nichts auf der kleinen Insel gegeben, das ihnen Schatten hätte spenden können.

Es gab hier dreißig Quadratmeter flach aus dem Wasser herausschauende Erde, umwachsen von Schilf, an der einen Seite ein sanft ins Wasser führendes Ufer, das, ließe man die Situation außer acht, ein netter kleiner Strand gewesen wäre, der zum Baden einlüde. Auf der Insel stand ein kleiner, für die beiden Gefangenen unhörbar tickender Kasten, der in regelmäßigen Abständen Stromstöße durch ein dicht unter der Erde eingegrabenes Leitungsnetz schickte. In der Mitte stand der hohe Pflock, an den die Frauen angekettet waren. Und unsichtbar lauerten die Krokodile vor dem Schilfgürtel, abwartend, geduldig.

Diese waren es gewohnt, hier in unregelmäßigen Abständen gefüttert zu werden. Mal gab es zwei, drei Tage hintereinander etwas aus den mitgebrachten Eimern, dann wiederum mußten sie zeitweise über eine Woche warten, bis wieder jemand an sie dachte.

Sie hatten sich daran gewöhnt, hier bzw. in der Nähe der Insel zu bleiben. Es gab zwar genug Nahrung in der freien Wildbahn zu finden, aber es war wie bei den Menschen: warum sollte man sich bemühen, wenn das gleiche Ziel viel einfacher und ohne Anstrengung erreicht werden kann. Es hatte nicht lange gedauert, bis die Tiere dies in ihre Gedankengänge eingespeichert hatten.

Die Krokodile kannten keine Boote, keine Menschen, keine Eimer, keine Fütterung. Irgendwann hörten sie ein schnelles kontinuierliches Wischen auf dem Wasser, das sich nach dem Auftauchen in ein Brummen verwandelte. Bunte Wesen bewegten sich dann auf dem Jagdplatz hin und her. Diese Wesen konnte man nicht fangen. Es tat weh, wenn man sich ihnen näherte, und mancher Artgenosse starb wild mit dem Schwanz peitschend, wenn er versucht hatte, sie anzugreifen. Zuvor drohten die kleinen Höröffnungen zu platzen, da die Bunten einen oder mehrere Töne von sich gaben, wie sie kein anderes Opfer hervorzubringen vermochte. Die Tiere assoziierten fortan „bunt" als „Schmerz" und hielten sich zurück.

Seltsamerweise gab es oftmals reichlich Nahrung, wenn die Bunten sich auf der Insel befanden. Die Tiere waren frisch, wehrten sich jedoch nicht. Sie flogen durch die Luft ins Wasser und brauchten nur noch aufgenommen zu werden. Viele kleine Tiere, die nicht zu fliehen versuchten.

Seltener befanden sich größere Tiere auf dem Jagdplatz.

Auch für die Jagd auf diese Opfer gab es bestimmte Dinge zu beachten. Wenn die Bunten auf dem Wasser wegliefen mit ihren Wisch- und Brummgeräuschen, blieben mitunter ein oder mehrere große Tiere auf dem Jagdplatz zurück. Diese waren an sich ebenso ungefährlich wie die kleinen. Sie liefen ebenfalls nicht weg und zappelten auch nur ganz kurz. Aber man brauchte Geduld, um sie zu fangen. Wenn man sich ihnen zu früh näherte, fügten sie dem Angreifer kleine, aber schmerzhafte Bisse zu, die aber seltsamerweise nicht verletzten. Die großen Tiere wurden jedoch irgendwann schwächer. Dann konnte man auf sie zukriechen und sie in aller Ruhe zerreißen. Die Opfer gaben dann kurz laute Geräusche von sich, blieben jedoch am Ort.

Jetzt befanden sich wieder welche auf dem Jagdplatz.

Es brauchte nur hin und wieder ein Artgenosse auf die großen Tiere zuzugehen.

Sie wehrten sich, noch bevor man in sie hineinbeißen konnte, aus der üblichen Entfernung. Durch ein geheimnisvolles Kommunikationssystem wurde das aus dem Probeangriff gewonnene Wissen an die Artgenossen weitergegeben.

Die Krokodile mußten nur geduldig sein. Irgendwann konnte man die Opfer erreichen, ohne Schaden zu nehmen. Das war bis jetzt immer so, würde auch wieder so sein. Bis jetzt war noch niemand entkommen.

Die Tiere, die direkt aus der Urzeit zu kommen schienen, warteten...

„Ich habe Durst", jammerte Marleen. Sehnsüchtig schaute sie auf das viele Wasser um sie herum, das so nah, gleichzeitig aber so unerreichbar war.

Es waren bereits mehrere Stunden vergangen, seit ihre Widersacher die Insel verlassen hatten. Seitdem schien es ständig heißer zu werden.

Ein paarmal hatten einige kleine Wölkchen versucht, sich zusammenzuballen, mußten jedoch vor der gnadenlosen Sonne kapitulieren. Wenn sie es tatsächlich schaffen sollten, etwas Regen abzugeben, erreichte dieser nicht die Erde, sondern wurde auf dem Weg dorthin regelrecht gekocht und verdampft. Nein, Hoffnung auf Abkühlung bestand nicht.

Zunächst hatten sich Nicole und Marleen, nachdem sie alleine waren, ausschließlich auf die Krokodile konzentriert.

Bis auf das eine hatte sich bis jetzt noch kein weiteres herangewagt. Aber das Wissen, daß rund um sie herum vermutlich Dutzende dieser Tiere lauerten, hatte die Frauen fast um den Verstand gebracht.

Schließlich, als kein weiterer Angriff erfolgte, hatte man sich, so weit dies überhaupt möglich war, etwas entspannt und nach Befreiungsmöglichkeiten gesucht. Die Fesselung war jedoch perfekt. So mußten sie bald feststellen, daß ohne fremde Hilfe an Flucht nicht zu denken war.

„Selbst wenn wir es schaffen würden, diese verdammte Kette loszuwerden", Nicki hatte Marleen verzweifelt angeschaut, „wo sollten wir denn hin? Und vor allem *wie* sollten wir hier weg?"

Beide Frauen waren froh, daß sie, zumindest wenn sie sich vorsichtig bewegten, einander umarmen konnten. Diese Umarmung spendete riesigen Trost, weckte aber andererseits auch neue Verzweiflung. Würde man zuschauen müssen, wie die Freundin von den Krokodilen zerrissen würde? Oder wäre man selbst zuerst an der Reihe?

„Ich habe auch Durst. Aber wir müssen uns damit abfinden, daß wir nichts bekommen. Vielleicht ist es besser, wenn wir verdursten."

Nicole fing wieder an zu weinen.

Es war erstaunlich, wo der Körper diese Flüssigkeitsmengen hernahm, da den Frauen seit Stunden immer wieder die Tränen über das Gesicht rannen.

„Ich will nicht aufgefressen werden!" schrie sie verzweifelt und wurde von Marleen in den Arm genommen. Diese fand jedoch keine tröstenden Worte mehr.

Auch sie hatte sich viel zu oft vorgestellt, wie eines dieser Urtiere sich langsam an Land schob und auf sie zukroch, um dann die vielen scharfen Zähne in ihr Bein zu schlagen und es einfach abzubeißen. Es mußten fürchterliche Schmerzen sein, langsam bei lebendigem Leibe zerfleischt zu werden.

Beide Frauen wollten nicht daran denken, letztendlich war es jedoch das, wohin sie ihre Gedanken immer wieder führten. Es war der Gedanke, wie sich zwei lange Reihen Zähne in ihr Fleisch schlugen und Stücke herausrissen.

„Wir können nur auf Hilfe von außen hoffen", war dann schließlich auch der Satz, an den sich beide klammerten.

Sie wußten, was immer auch mit ihren Männern passieren würde: Solange sie noch lebten, würden sie alles, aber auch alles Menschenmögliche tun, um sie aus dieser Hölle herauszuholen.

Was sie jedoch nicht aussprachen: würde das ausreichen? Konnten zwei normale Männer, die zwar lieb und nett und auch einigermaßen sportlich, letztendlich jedoch alles andere als Supermänner waren, gegen solche Gegner wie den Griechen mit seiner Gefolgschaft ankommen? Wußten sie überhaupt, wo ihre Frauen waren? Würden sie diesen ominösen Chip finden und abliefern können? Und würde das etwas nutzen?

Fragen über Fragen, jedoch keine einzige Antwort.

Thomas nahm das Seil aus dem Jeep und hängte es sich über die Schultern. Peter startete den Motor und betätigte die Seilwinde. Er spulte das circa zwanzig Meter lange Drahtseil, an dessen Ende sich der massive Karabinerhaken befand, langsam ab. Thomas klinkte den Haken in seinen Gürtel ein und watete los.

Der etwa sieben Meter breite Wassergraben, der ihn von der Insel mit dem großen Baum trennte, war nur ein paar Schritte entfernt. Er nahm sich eine Axt und marschierte los. Peter nahm die zweite Axt aus dem Fahrzeug, warum, das wußte er nicht. Er nahm sie und sah seinem Freund nach. Er beneidete ihn nicht, durch dieses trübe Wasser gehen zu müssen und wußte, welche Überwindung das für Thomas bedeutete. Aber er tat es, auch Peter hätte es getan... Nicole... Marleen... Nicole... Marleen...hämmerte es wieder durch die Köpfe beider Männer, als Thomas zwischen dem Schilf ins Wasser ging.

Thomas hatte sein Hemd ausgezogen, weil er der Ansicht gewesen war, daß es nicht auch noch naß werden sollte. Es reichte aus, wenn seine Jeans und seine Boots, die er anbehalten hatte, naß würden. Bereits nach dem zweiten Schritt im Wasser versank er dermaßen tief, daß ihm die braune Brühe bis über dem Bauchnabel stand. Das Gehen war mühevoll. Die meterdicke Schlammschicht unter seinen Füßen, die bei der kleinsten Bewegung sofort nachgab, verhinderte ein zügiges Durchqueren des Wasserstreifens.

Thomas war etwa drei Meter weit im Wasser und hatte die Arme angehoben, weil der Wasserspiegel ihm fast bis zur Brust ging, als Peter zwei Augen sah, die offenbar in einem Baumstamm steckten, der zielstrebig im Begriff war, auf das sich Bewegende im Wasser zuzusteuern und es als willkommene Mittagsbeute einzuatmen.

„THOOOOMAAAS!!!" Mehr schrie Peter nicht. Er hob die Axt über den Kopf, rannte los, sprang und hieb gleichzeitig das schwere Spaltwerkzeug mit einem einzigen Schlag, in den er offenbar seine ganze Kraft gesetzt hatte, in den mit Augen versehen Stamm. Die Schneide traf das junge Krokodil direkt hinter dem rechten Auge und spaltete den Kopf in zwei Hälften.

Thomas, der den Schrei seines Freundes zwar nicht verstanden, aber richtig gedeutet hatte, hieb ebenfalls mit seiner Axt auf das Tier ein. Es war aber bereits tot und trieb leblos im Wasser. Die Blicke der beiden Männer, die sich für den Bruchteil einer Sekunde trafen, waren nicht zu beschreiben. Sie gingen durch das Hirn direkt ins Herz und setzten sich dort fest. Diese drei Sekunden, die die Attacke gegen das Ungeheuer dauerte, hatten sie endgültig miteinander verbunden. Das wußten beide in diesem Moment.

„Los, rüber!" schrie Peter, indem er versuchte, so schnell wie möglich ans Ufer zu gelangen. Thomas seinerseits versuchte auch, die restlichen vier Meter Wasser im Eiltempo hinter sich zu bringen. Die Aktion kostete unheimliche Kraft. Außer Atem kamen beide fast gleichzeitig auf den Ufern an, wo sie sich nach allen Seiten umsahen, die Axt fest in den Händen, gewillt, sofort zuzuschlagen, sobald auch nur der Anschein einer vermeintlichen Gefahr zu erkennen war.

Thomas sah an sich herunter und wurde mit einem Mal blaß. Ein Heer von Blutegeln hatte sich an seine Arme und seinen Oberkörper gesaugt und war dabei, sich den Lebenssaft des Menschen einzuverleiben. Unbeschreiblicher

Ekel überkam ihn. Mit spitzen Fingern riß er sich Tier für Tier vom Leib und schmiß es verächtlich, weit, ziellos in das ihn umgebende üppige Grün. Bei jeder Berührung mit den kleinen glibberigen Tierchen überkam ihn ein Würgen im Hals, das er nur mit Mühe unterdrücken konnte.

Auch Peter sammelte die Schmarotzer vom Körper, ließ dabei seinen Freund aber nicht aus den Augen.

Es waren fünfundzwanzig Augen, die das Treiben der Männer aus sicherer Entfernung beobachtet hatten. Vierundzwanzig davon gehörten zwölf Aborigines, die seit Stunden bewegungslos hinter Bäumen und Sträuchern standen und die Männer neugierig beobachteten. Die dunkelbraunen, kleinen Männer waren nur mit Lendenschurzen bekleidet und lediglich mit Messern und Bumerangs bewaffnet. Sie gehörten zu einem Stamm, der ganz in der Nähe sein Lager aufgeschlagen hatte. Selbst im Busch geübte Augen hätten Mühe gehabt, die regungslos stehenden Männer zu erkennen.

Ein Auge war aus Glas, gehörte zu einer Videokamera, die in einem der Bäume hing und die Informationen, die sie einfing, per Funk an das Torwärterhaus in der Festung weiterleitete. Peter und Thomas waren nur circa hundert Meter von der Außenmauer der Anlage des Griechen entfernt. Noch wußten sie es nicht.

Der junge Wachmann, der zu seiner Überraschung vorzeitig seinen Dienst hatte beginnen müssen, hatte sich das Schauspiel im Wasser auf dem Monitor mit angesehen. Er telefonierte.

Es dauerte keine zwei Minuten, bis Claude neben ihm auf einem der bequemen Stühle saß und in den Monitor schaute. Seine Hände lagen auf einem Pult mit unzähligen Steuer- und Bedienknöpfen. Sie gehörten zur gleichen Anzahl von Außenkameras, die von dort aus gesteuert wurden und nun, nachdem Claude sie eingeschaltet hatte, ihre Informationen auf eine aus zwanzig Monitoren bestehende Medienwand weitergaben.

„Sieh an...“, staunte Claude, „...unsere beiden Deutschen...ich glaube, wir haben sie unterschätzt...“

Thomas hatte seine ekelige Arbeit beendet. Sein Oberkörper sah aus, als ob er nach einer stürmischen Nacht von einer Vielzahl Knutschflecke überzogen wäre. Angewidert schüttelte er sich.

„Los, mach hin...“, rief ihm Peter zu. „Sieh nach, ob du was findest, mit dem du das Seil über einen Ast werfen kannst.“

Thomas schaute sich auf der kleinen Insel um und fand einen armdicken Knüppel.

›*Damit müßte es gehen*‹, dachte er. Er band das Seil um den Knüppel und versuchte, das Holz über einen etwa sieben Meter über ihm befindlichen, massiven Ast zu werfen. Es dauerte eine geschlagene Stunde, bis es endlich gelungen war. Ein paarmal war Thomas drauf und dran gewesen, aufzugeben. Aber er hatte keine Lust, so schnell wieder zurück in diese häßliche, sumpfige Jauche zu steigen.

Er packte das Seil mit beiden Händen und schwang es so lange, bis es direkt am Stamm über den Ast lief. Thomas nahm beide Enden in die Hände und hängte sich daran. Der Ast war stark.

›*Da kannst du einen Ochsen dranhängen*‹, dachte er beruhigt.

Thomas band das andere Ende an den Karabinerhaken der Seilwinde und zog so lange an dem Seil, bis es stramm über dem Ast hing. Er machte eine feste Schlinge direkt über dem Boden und stieg mit einem Fuß hinein. Vorsichtig wippte er noch mal. Der Ast hielt. Mit einer Hand hielt er sich am Seil fest, mit der anderen gab er Peter ein Zeichen. Die Axt hatte er sich fest in den Gürtel gesteckt.

Peter startete die Winde. Das Seil spannte sich. Mit einem kurzen Rucken wurde Thomas sanft in die Höhe gezogen, Meter für Meter, bis er schließlich so weit oben war, daß er mit dem freien Bein auf den Ast steigen konnte, über den das Seil gelaufen war und in dessen Rinde es eine tiefe Narbe gescheuert hatte.

Peter hielt die Winde an.

Es war eine rutschige Angelegenheit auf dem Baum. Durch sein grünes Dach ließ er wenig Sonnenlicht in sein Inneres, so daß Rinde und Blätter feucht und rutschig waren. Thomas verknotete das Seil an dem Ast. Über ihm kreischten unzählige Vögel, die sich durch den Eindringling erheblich gestört fühlten.

Thomas versuchte, an den Ästen, die er zu packen bekam, einen einigermaßen sicheren Halt zu finden. Anschließend richtete er seinen Blick nach allen Seiten. Peter sah gespannt in seine Richtung.

Da war sie. Die Festung des Griechen.

In nur ungefähr hundert Metern Entfernung, schätzte Thomas, waren die Außenmauern des unüberschaubaren Grundstückes erkennbar. Thomas konnte nur die hohen Mauern sehen. Was sich hinter ihnen verbarg, sah er nicht. Er schaute zu Peter und zeigte in die Richtung, in der die Befestigungen lagen. Peter nickte verstehend.

Thomas gab ein Zeichen, daß er wieder herunter wollte. Er knotete das Seil vom Ast und stieg wieder mit einem Bein in die Schlinge. Peter startete die Seilwinde erneut. Sanft glitt Thomas talwärts.

Erst jetzt wurde ihm klar, daß er wieder durch das morastige Naß mußte. Er fror und schüttelte sich vor Grauen.

„Paß auf...", riß ihn Peter schreiend aus seinen abscheulichen Gedanken. „Halt dich an dem Seil fest, du fährst jetzt Wasserski."

Thomas schaute fragend zum anderen Ufer hinüber. Peter war in den Jeep geklettert und war dabei, das Fahrzeug zu wenden. Das Stahlseil der Seilwinde ließ er langsam aufrollen, bis er das Seil, an dessen anderen Ende Thomas stand, in der Hand hielt. Peter band das Seil fest um eine Abschleppöse im Heck des Jeeps.

„Mach deinen Knüppel am Seil fest und halte dich dann fest. Ich zieh dich rüber", rief ihm Peter zu und ließ das Fahrzeug an. „Aber paß auf, laß rechtzeitig los, wenn du hier drüben bist..."

›Immer ich...‹, zitierte Thomas in Gedanken einen Arbeitskollegen und befestigte, wie ihm geheißen wurde, den armstarken Ast so am Seil, daß er ihn rechts und links des Knotens fest anpacken konnte. Vorsichtig legte er das Holz auf das Wasser und sich selbst auf den nassen, sumpfigen Boden. Die Axt steckte hinten im Gürtel. Mit beiden Armen fuhr er unter dem Knüppel hindurch und hielt die beiden Hände über dem Seil so fest gefaßt, daß es unter seinen Fingernägeln weiß wurde.

Peter fuhr mit dem Jeep langsam vor, bis sich das Seil spannte. Vor sich hatte er etwa zehn Meter freie Strecke, danach wurde es auch hier wieder morastig.

Das Seil spannte sich jetzt stramm zwischen dem Fahrzeug auf der einen und Thomas, der auf dem Bauch lag und das Unausweichliche erwartete, auf der anderen Seite.

„Sag Bescheid, wenn du soweit bist", schrie ihm Peter zu. In der einen Hand hielt er das Lenkrad, mit der anderen stützte er sich an der Lehne des Beifahrersitzes ab, während er nach hinten schaute.

›Oh Gott...‹, dachte Thomas.

„BEEEEESCHEIIIIIID", schrie er.

Peter trat die Kupplung durch und gab Vollgas. Der Motor heulte auf. Er sah sich um. Das Seil war straff gespannt. Er ließ die Kupplung los. Der Wagen schoß nach vorne. Wie ein Stein, den man hüpfend übers Wasser wirft, wurde Thomas über den Graben gerissen. Sieben Meter...sechs, fünf, vier, drei, zwei...er ließ den Knüppel los, vergaß aber den Mund zu schließen, den er vor Anspannung aufgerissen hatte. Bäuchlings versank er etwa einen Meter vor dem Ufer in der häßlichen Brühe. Das Wasser schmeckte ekelhaft. Thomas spuckte es aus und hastete an Land, wo er sich übergab.

Peter hatte den Bremsweg nicht eingeplant. Das Fahrzeug fuhr weiter als berechnet. Als es zum Stehen kam, versank es mit der Vorderachse im Sumpf. Wasser fraß sich in den Motorraum. Dampf stieg auf. Lediglich die Haube schaute aus dem Morast heraus.

Peter kletterte nach hinten, sprang vom Jeep und ging zu Thomas, der immer noch würgend am Ufer stand.

„Da hinten ist es“, röchelte er hervor, „nur hundert Meter oder so...diese ekelige Scheiße, ich könnte kotzen...“

„Das machste doch schon die ganze Zeit“, gab Peter trocken zurück und ging zum Jeep. Aus den Tüten kramte er eine Flasche Whisky. Auf dem Weg zu Thomas schraubte er sie auf und nahm einen Schluck.

„Hier, komm her, damit du einen anderen Geschmack kriegst.“ Er gab seinem Freund die Flasche. Thomas setzte sie an und trank. Die Flüssigkeit brannte die Speiseröhre entlang bis zum Magen. Dort angelangt, drehte sich dieser um und gab entsprechende Signale ans Hirn weiter. Thomas erbrach abermals.

Langsam, mit leerem Blick, richtete er sich wieder auf.

„Wir müssen sehen, daß wir einen anderen Weg da rüber finden.“ Er sah mit glasigen Augen seinen Freund an und deutete in Richtung Graben. „Noch mal kann ich das nicht...“

„Laß uns überlegen“, schlug Peter vor. „Den Wagen können wir übrigens vergessen, der ist im wahrsten Sinne des Wortes abgesoffen“, erklärte er die derzeitige Fortbewegungssituation.

„Auch wenn dir jetzt nicht so richtig danach ist, wir müssen erst mal was essen und uns dann, bevor es richtig dunkel wird, schon mal in Richtung der Festung pirschen.“ Peter war schon wieder auf dem Weg zum Jeep. Thomas drehte sich erneut der Magen um, aber diesmal blieb es bei einem trockenen Würgen.

Mit zwei kalten, gebratenen Truthahnkeulen kam Peter zurück.

„Gut, daß du nichts Abwechslungsreiches gekauft hast“, stellte er ironisch fest und reichte Thomas ein Fleischstück.

Verächtlich sah sich dieser das überreichte Essen an, schloß die Augen und biß hinein. Der Hunger war stärker als sein rebellierender Magen. Es blieb unten.

Der Tag neigte sich dem Ende entgegen.

Als feuerroter Glutball versank eine übergroße Sonne am Horizont und warf ihr verblassendes Licht auf die kleine Insel.

Die beiden Frauen litten Höllenqualen.

Zum einen hatten sie furchtbaren Durst. Selbst in der Höhle, wohin man sie verschleppt hatte und wo sie dachten, für einen Schluck Wasser alles zu tun, war es nicht annähernd so schlimm gewesen wie in diesem Moment der hereinbrechenden Nacht.

Die Zungen klebten dick und wie pelzige Fremdkörper in ihren Mündern, und ihre Hälse schmerzten von trockenem Schlucken.

Auch ihre Tränen waren versiegt. Der Körper gab nichts mehr an Flüssigkeit her, hatte auf Sparbetrieb umgeschaltet.

Zum zweiten steigerte sich die Angst vor den Krokodilen. Vor einer Stunde hatte eines der Urtiere einen erneuten Versuch gestartet, bis zu ihnen vorzudringen. Langsam war es an die Insel herangeschwommen, fast unbeweglich, wie der bei Beschreibungen dieser Tiere vielzitierte, knorrige Baumstamm. Es sah wirklich genau so aus. Wenn da nicht diese unbeweglichen, gelben Augen gewesen wären, die die Frauen starr, ohne jedes Blinzeln, fixierten.

Als es das Ufer erreicht hatte, kroch es langsam an Land und näherte sich vorsichtig den wie Espenlaub zitternden Gefangenen. Immer wieder Pausen einlegend schob es sich näher und näher an Nicole und Marleen heran.

Die Gedanken, die den beiden durch den Kopf schossen, kreisten wirr um ihre Ehemänner, scharfe Zähne, Blut, den Tod und was danach kommt.

Das Krokodil verharrte erneut, öffnete ein wenig sein Maul, ließ furchterregende Zähne sehen, schloß es wieder, ständig seine Beute im Auge behaltend.

Abermals schob es sich dreißig Zentimeter nach vorne. Damit überschritt es die unsichtbare Grenze.

Die Frauen hielten den Atem an. Jetzt, genau jetzt würde sich entscheiden, ob sie weiterleben durften oder in wenigen Sekunden von dem Tier zerrissen werden würden.

Marleen stieß ein leises Wimmern aus, schloß die Augen und drehte sich von dem Krokodil weg. Leise begann sie beten. *›Lieber Gott, mach, daß es nicht weh tut, und wenn wir schon sterben müssen, mach, daß es schnell geht.‹*

Nicole schaffte es nicht, ihren Blick von den Augen des urzeitlichen Wesens zu lösen. Sie hatte den Eindruck, daß das Tier genau in ihre eigenen Augen blickte. So sahen sie sich eine Zeitlang an, und trotz der Todesangst, trotz der Lebensgefahr, die sich mit jedem Zentimeter, den das Krokodil näher kam, erhöhte, war die Frau auf eigenartige Weise fasziniert.

Nichts passierte!

Das Tier schob in Zeitlupentempo das rechte Vorderbein vorwärts. Ein dumpfes, gleichmäßiges Grollen drang aus dem Maul des Tieres.

In diesem Moment zuckte es zusammen und sprang förmlich, soweit es seine kurzen Beine zuließen, ein Stück zurück. Der knorrige Schwanz peitschte den Sand auf, der Kopf schüttelte sich mehrmals wie bei einem Hund, der sein nasses Fell ausschleudert. Dann lag es einige Sekunden völlig regungslos, bis es sich schließlich wieder in Bewegung in Richtung Ufer setzte und sich langsam und elegant, fast anmutig, ins Wasser gleiten ließ.

Die anderen Krokodile wußten, daß sie noch warten mußten...

Fast apathisch beobachteten Nicole und Marleen den kleinen Vogel, der sie in unregelmäßigen Abständen besuchte. Aufgrund seiner auffälligen Gesichtszeichnung, die an die europäischen Bachstelzen erinnerten, hatten sie ihn nachmittags, als sie sich mit allen Mitteln von ihrer Situation ablenken wollten, auf den Namen „Zorro“ getauft.

Zorro hüpfte mal hier, mal dort herum und drehte dabei sein kleines Köpfchen immer wieder zu den beiden Frauen hin, um sie aufmerksam zu beobachten. Mit der Zeit verlor er seine Scheu, die sowieso seit seinem ersten Besuch nicht besonders groß gewesen war, und hüpfte immer näher heran.

Zorro war die einzige kleine Freude der Gefangenen, und sie warteten schon bald auf seine kurzen, aber trotz allem aus irgendeinem unerfindlichen Grund tröstlich wirkenden Besuche. Und sie warteten noch viel mehr auf Thomas und Peter, daß die beiden endlich kommen würden, sie befreien würden, sie in den Arm nehmen würden, sie von hier fortschaffen würden.

Aber auch diese kleine Pflanze Hoffnung, die sich von Anfang an mit ihnen zusammen auf der kleinen Insel befunden hatte, verdorrte zusehends, bekam kein Wasser, verkümmerte ...

Die zwölf Eingeborenen standen noch immer bewegungslos und schauten den beiden Weißen zu. Erschrocken waren sie zurückgesprungen, als Peter den Jeep gestartet hatte und losgefahren war. Sie kannten so etwas nicht. Tiere, nicht aus Fleisch. Riesige schwere Tiere, die merkwürdige Laute von sich gaben und die ihre Schnauzen stundenlang in den Sumpf stecken konnten, ohne zu trinken oder zu ertrinken...

Es wurde bereits dunkel, als die beiden weißen Männer aufbrachen. Sie hatten jeder eines der komischen Messer mit den langen Holzstielen in die Hose gesteckt, mit denen sie vor ein paar Stunden das Krokodil getötet hatten. Sie hatten ein Seil umgehängt. Sie hatten sich viele kleine, glänzende Dinger in die Taschen gesteckt. Sie hatten sich etwas kurzes Glänzendes, mit einem hölzernen Griff, in die andere Tasche gesteckt, nachdem sie ein paar von den anderen kleinen glänzenden Dingern in das kurze glänzende Etwas gesteckt hatten. Sie hatten sich noch einmal angeschaut und auf die Schultern geklopft. Und einer hatte sich noch einen Bumerang in die Hose gesteckt. Einen Bumerang, wie ihn nur die Ältesten eines Stammes tragen durften. Es mußte der Anführer sein.

Thomas und Peter waren aufgebrochen.

Kapitel 15

„Gehen wir nach links oder rechts“, fragte Peter, als sie vor dem Graben standen. „Jeder Graben ist irgendwo ein bißchen schmaler, so daß man trockenen Fußes drüber kann“, philosophierte er.

„Also, ich würde nach links gehen“, war Thomas’ ehrliche Meinung.

„Gut“, sagte Peter entschieden, „also gehen wir nach rechts.“ Er wußte, daß es bei seinem Freund stets zwei Möglichkeiten gab, irgend etwas zu beginnen, und er wußte auch, daß Thomas stets mit der falschen beginnen würde. Das war eine Tatsache, darauf konnte man sich verlassen.

Oft genug hatten sie dieses Phänomen früher bei gemeinsamen Autofahrten während des Außendienstes erlebt. Es war jeweils immer der Weg richtig, den Thomas nicht zu fahren vorschlug. Auch bei handwerklichen Arbeiten galt das gleiche. Stets begann er mit der *nicht ganz richtigen* Möglichkeit. Das war eine Bank, darauf konnte man seinen Hof verwetten, es war Fakt.

Beide wußten, daß sie den richtigen Weg eingeschlagen hatten, als sie nach rechts den Graben entlangzogen.

Auf diesem Stück Erde gab es keine Wege, keine freien Plätze. Es gab Pflanzen und Wildnis, nichts als Pflanzen und Wildnis.

Schritt für Schritt bahnten sie sich ihren Weg. Sie waren froh, daß sie Lederboots trugen, denn durch die üppige, bodendeckende Flora sah man nicht, wo man hintrat. Oft genug stolperte einer von ihnen, oft genug glitt einer aus, oft genug landeten die Füße im morastigen Wasser des sumpfigen Grabenufers.

Die Männer schwitzten.

Nicole... Marleen... Nicole... Marleen...

Jeder Schritt war ein Schritt ins Ungewisse. Jeder Schritt führte sie ihrem vermeintlichen Ziel näher.

Nicole... Marleen... Nicole... Marleen...

Sie wußten nicht, was auf sie zukam. Sie wußten nicht, wie sie es anstellen sollten. Sie hatten Angst.

Nicole... Marleen... Nicole... Marleen...

Sie hatten keine Angst vor Schmerzen. Sie hatten keine Angst zu sterben. Sie hatten Angst, zu spät zu kommen!

Wie eine Maschinerie stampften die beiden Körper durch den Busch. Die Köpfe nach unten gerichtet, um zu sehen, wo sie hintraten. Es war unerträglich schwül. Sie spürten es nicht. Insekten stachen sich durch ihre Arme und Hälse. Sie spürten es nicht.

Nicole... Marleen... Nicole... Marleen...

Was war, wenn sie doch zu spät kämen? Würde es ein Leben ohne die Frauen geben? NEIN! SIE DURFTEN NICHT ZU SPÄT KOMMEN!

Nicole... Marleen... Nicole... Marleen...

Sie hatten Angst. Jeder wußte vom anderen, daß er Angst hatte. Jeder akzeptierte die Angst des anderen. Ihre Gegner waren stärker. Ihre Gegner waren besser. Ihre Gegner waren skrupelloser. Sie selbst hatten noch nie anderen bewußt weh getan.

Nicole... Marleen... Nicole... Marleen...

Minute um Minute verstrich. Thomas fiel die biblische Schöpfungsgeschichte ein...*und es wurde Abend und es wurde Morgen...nächster Tag...*Welcher Tag war heute? War das nicht völlig egal? Sein Fuß blieb an einer Wurzel hängen, er stolperte. Wozu waren Menschen in der Lage? Was konnten sie anrichten, was aushalten?

Marleen... Marleen... Marleen...

Peter wischte sich automatisch den Schweiß von der Stirn. Er rutschte zum wiederholten Male aus, schlug mit dem Knie gegen einen Stein. Schmerzen. Was würde Nicole gerade machen? Alle Schmerzen der Welt würde er auf sich nehmen, wenn es ihr nur gutginge.

Nicole... Nicole... Nicole...

Sie merkten nicht, daß sich die Vögel langsam zur Nachtruhe begaben. Sie merkten nicht, daß ihr Weg von unsichtbaren Videokameras dokumentiert wurde. Sie merkten nicht, daß zwölf Aborigines parallel zu ihnen, allerdings wesentlich leichtfüßiger und mit anderen Gedanken im Kopf, den Weg mitgingen.

Nicole... Marleen... Nicole... Marleen...

„Guck mal." Thomas, der voraus ging, deutete zu einem Baumstamm, der umgefallen war und wie eine schmale Brücke über dem Graben lag. Der Graben, der nicht enden und schmaler werden wollte. Wie lange waren sie schon gegangen?

Die Männer blieben stehen. Da mußte es sein. Alles um sie herum war naß oder feucht. Die riesige Wurzel des Baumes ragte aus der Erde empor. Trotzig. Der Baum war nicht bereit zu sterben. Er gab nicht auf. Der in der Luft befindliche Teil hatte gegen die Natur bereits wieder frisches Grün austreiben lassen. Er zeigte es allen. Im Busch stirbt nur der Schwache. Peter und Thomas fühlten sich sehr schwach...

„...okay, wer zuerst?" fragte Peter. Ohne eine Antwort abzuwarten, stand er bereits auf dem dicken Stamm, der ihn über das Unheil versprechende Wasser bringen sollte.

„Warte." Thomas nahm das Seil und knotete es um Peters Gürtel.

„Für alle Fälle", erklärte er, „ich kann dich so besser rausziehen."

Peter balancierte los. Schritt für Schritt. Wie eben. Mit dem Unterschied, daß er sah, wohin er trat, und daß er wußte, was passierte, wenn er einen Fehler machte.

Noch etwa zehn Meter Wasser unter ihm. Der Baumstamm befand sich in etwa drei Meter Höhe über dem Wasserspiegel. *Nur nicht nach unten schauen. Rechter Fuß vor den linken. Vorsicht, es ist rutschig.* Nur noch neun Meter. Peter spürte die Blicke von Thomas im Rücken. Merkwürdig, wie beruhigend Blicke sein konnten. Nur noch acht Meter. Linker Fuß vor den rechten Fuß. Gesetzt wie ein Ballettänzer, ausgedreht, die Spitze nach außen. Nur noch sieben Meter. Peter meinte, einen leichten Luftzug zu spüren. Angenehm. Er war durchgeschwitzt. *Da vorne ist ein Ast.* Zu klein, um sich festzuhalten, zu groß, um ihn zu ignorieren. Nur noch sechs Meter. Wenn sie hier zurück mußten, wie würde es mit den Frauen gehen? Man würde sie tragen müssen. Konnte man dann noch balancieren? Drei Meter unter sich das Wasser. Teuflisch lud das Plätschern ein: *Komm, erquicke dich in mir, meine Kreaturen töten dich, komm...* Nur noch fünf Meter. Der Baum schwang unter den Füßen leicht mit. Er mußte vorsichtiger auftreten. Nicht so stark, nicht so heftig, vorsichtig, keine Schwingung verursachen. Nur noch vier Meter. Sein linker Arm bewegte sich. Warum? Er bewegte sich zu stark. Sein rechter Arm ruderte. Seine Füße standen nicht mehr parallel voreinander. Der Baum schwankte stärker. *Schneller gehen, schneller, am anderen Ufer sein, bevor man das Gleichgewicht verlor...* Nur noch drei Meter...

›Ich schaffe es nicht‹, dachte Peter. Er ruderte wie wild mit beiden Armen, sein rechter Fuß rutschte von der glitschigen Rinde ab. Sein linker Fuß konnte das Gleichgewicht nicht halten. Er rutschte ab. FESTHALTEN, irgendwie FESTHALTEN, durchfuhr es Peter. NICHT INS WASSER FALLEN! Die Wucht des Körpers, mit der er auf dem Baumstamm aufschlug, rammte das Holz zwischen seine Beine. Ein unbeschreiblicher Schmerz durchfuhr seine Wirbelsäule, explodierte im Kopf, fuhr durch die Lungen zurück und begann von vorne. Er war gelähmt. Sterne im Kopf. Nicht in der Lage, sich zu bewegen. Schmerzen.

Seine Hände hatten sich in die rutschige Rinde gekrallt. Er war nicht in den Graben gefallen. Thomas hatte das Seil straff gezogen. Er war doch nicht gelähmt. Er konnte sich bewegen. Bei jeder Bewegung spürte er Schmerzen, merkwürdige Schmerzen. Sie schienen nicht von der Stelle zu kommen, die durch den Aufprall zerquetscht zu werden schien, sondern von hinten, oben, überall...

„Die Eier kann er wegschmeißen", grinste Claude und faßte sich an die gleiche Stelle.

„Er wird keine Frau mehr beglücken können...der Arme..." Axél, die hinzugekommen war, stand hinter Claude an dem Stuhl. Sie hatte sich vorgebeugt, und ihre Hände tasteten sich nach unten. Sie wollte sichergehen, daß bei Claude noch alles in Ordnung war. Gekonnt fuhr sie ihm unter dem Gürtel in die Hose. Alles war in Ordnung. Wie eine Katze schnurrte sie bei der Vorstellung dessen, was sie in den Händen hielt.

„Du wirst sehen, Cherie, die schaffen es und kommen tatsächlich hierher", stellte Claude fest und ließ ihre Hände gewähren.

„Laß uns sehen, was sie weiter machen. Die scheinen ja tatsächlich ganz schön an ihren Kühen zu hängen. Laß uns ein bißchen Spaß mit ihnen haben. Sollen sie mal denken, wir würden sie nicht bemerken, die armen Idioten", schlug Axél vor und bearbeitete Claudes immer deutlicher werdende Männlichkeit weiter.

„Du kleine Katze", ächzte Claude und befreite sich von ihren Händen. „Noch ein paar Minuten und ich wäre hier über dich hergefallen", stellte er mit Blick auf das nicht mehr zu übersehende Werk Axéls fest. „Du mußt noch warten, bis das hier vorbei ist...dann gehöre ich wieder dir...wo du willst, wie du willst und sooft du willst."

Angenehme Wärme durchfuhr Axéls Unterleib bei dieser Vorstellung. Schmollend zog sie ihre Hände zurück und richtete ihre Aufmerksamkeit wieder auf den Monitor. Claude betätigte die Videokameras.

„Was ist los?" schrie Thomas.

„Ich ruhe mich hier bloß ein bißchen aus", stöhnte Peter in sich hinein. Er versuchte, sich nach vorne zu beugen. Alles tat weh. Er dachte an Clark und den Amboß. Der hatte Glück gehabt. *Er konnte ja nicht wissen...* Peter lag bäuchlings auf dem Stamm. Seine Füße drückten hinten gegen die Rinde, und seine Hände zogen den Körper nach vorne. So, als wenn er an dem Stamm hinaufklettern würde, schob sich Peter zentimeterweise nach vorne. Nur noch einen Meter. Alles schmerzte. Sein Körper fühlte sich irgendwie taub an. Er ließ die Beine vorsichtig nach unten baumeln. Höllische Schmerzen. Seine Füße hatten festen, wenn auch morastigen Boden unter sich. Er war am anderen Ufer und richtete sich langsam auf.

Ein bemitleidenswerter Anblick bot sich Thomas.

„*Zieh* dich rüber", krächzte Peter. Jedes Wort tat weh. „Sonst geht's dir wie mir..." Mehr bekam er nicht heraus. Er nahm das Seil und wickelte es Schlinge für Schlinge auf. Thomas hatte es sich ebenfalls um den Gürtel geknotet. Peter hielt es am anderen Ende straff. Die Schmerzen standen ihm dabei deutlich im Gesicht geschrieben.

Thomas setzte sich rittlings auf den Stamm und robbte, wie es Peter angeregt hatte, auf ihm entlang. Es ging gut, zwar langsam, aber sicher und gut. Meter für Meter. Peter hielt das Seil straff. Ein seitlicher kleiner Astvorsatz riß Thomas rechtes Hosenbein und die darunter befindliche Haut auf. Zwanzig Zentimeter lang riß sich das Holz in das Fleisch. Nicht tief, aber schmerzhaft. Meter für Meter. Über die Hälfte hatte Thomas schon.

Was hatten sie früher als Kinder für einen Spaß daran, über Gräben zu springen, über kleine schmale Stege zu laufen und sich absichtlich in das darunter befindliche Wasser fallen zu lassen.

Meter für Meter. Wieviel Zeit mochte vergangen sein? Wahnsinn, was wir machen. Meter für Meter. Thomas richtete sich auf. Er war drüben. Vorsichtig stieg er vom Stamm. Er ging zu Peter und umfaßte seine Schultern.

„Mann, wird's weitergehen?“ fragte er ehrlich mitfühlend.

„Ein Indianer kennt keinen Schmerz“, quälte sich Peter hervor. Und leise „...aber ich bin kein Indianer.“ Ganz langsam schien der restliche Körper wieder Mensch zu werden. „Nur“ das bißchen Körper zwischen seinen Beinen, das zwar äußerst wichtig und schön zu gebrauchen war, aber meistens versteckt in der Hose verweilte, war offenbar hin.

„Ich glaube, du kannst ab heute Petra zu mir sagen. Los, laß uns weiter. Sag mal, ist meine Stimme höher geworden?“ fragte er mit ängstlichem Unterton.

Thomas ignorierte das. Sie gingen wieder. Schritt für Schritt. Bei Peter Schmerz für Schmerz. Immer weiter in den Busch hinein. Meter für Meter, Minute für Minute. Mit ihren Äxten teilten sie das Buschwerk vor sich. Kameraaugen begleiteten ihren Weg.

Dann standen sie vor ihr. Die Mauer.

Aus zwei Meter Entfernung war sie nicht zu sehen gewesen. Sie lag direkt hinter dem dichten Bewuchs. Natursteine, übereinandergestapelt, etwa vier Meter hoch, riesige Brocken, ein gewaltiges Bollwerk.

Im Laufe der Jahre hatten sich alle Arten von Schlingpflanzen in die Mauerritzen gefressen, eine bizarre Schönheit, die ein gefährliches Geheimnis verbarg.

„Da kommen wir nie drüber“, stellte Peter leicht resigniert fest.

„So'n Quatsch. Bis hierher sind wir gekommen, dann schaffen wir das auch noch!“ Thomas war entschlossen, dieses bißchen jahrhundertealte Materie notfalls mit bloßen Händen einzureißen.

„Wir sind über den Scheißgraben gekommen, dann kriegen wir das hier auch hin. Komm...wir gehen mal hier lang und schauen, ob es irgendwo eine günstigere Stelle gibt.“ Thomas wandte sich ab und marschierte rechts an der Mauer entlang.

„Nun warte“, die Worte und jede Bewegung schmerzten Peter noch immer, „laß uns hierlang gehen.“ Er zeigte in die entgegengesetzte Richtung.

Thomas drehte sich um und folgte murrend. Es war nicht leicht, da merkwürdigerweise nur dorniges Gestrüpp die Mauer säumte. Ständig blieben die Dornen an der Kleidung der Männer hängen. Die Büsche schlangen ihre stacheligen Tentakeln erbarmungslos um alles, was ihnen zu nahe kam, und gaben es nur unfreiwillig wieder her.

Nach ein paar Metern, die eine erhebliche Kraft gekostet hatten, waren sie an einer Stelle angelangt, an der ein knorriger, bemooster Baum direkt an der Mauer stand. Peter hatte Mühe beim Gehen. Die Schmerzen in seinem Unterleib nahmen zu. Seine Hoden hatten bereits die doppelte Größe angenommen. Er spürte das. Sie behinderten ihn bei allem, was er tat und erinnerten ihn ständig an den Baum.

„Alter, mach jetzt nicht schlapp“, erinnerte ihn Thomas. „Ich glaube zwar, daß dir das höllisch weh tut, aber da mußt du durch, denk an Nicki.“ Das half wieder für ein paar Minuten.

„Laß mich diesmal voran. Ich will mal versuchen, hier zwischen Mauer und Baum hochzukommen. Vielleicht finde ich was, wo wir dann wieder runter können. Paß du hier unten auf“, befahl er im Hinblick auf Peters genitalischen Zustand. Dieser widersprach auch nicht und stellte sich mit dem Rücken gegen die Mauer. So angelehnt ließen sich die Schmerzen, die er verspürte, etwas leichter aushalten.

Thomas begann mit dem Aufstieg. Er stemmte das rechte Bein gegen die Mauer und suchte mit dem linken Fuß Halt an einer Astgabelung des Baumes. Anschließend tastete er sich mit dem rechten Fuß den Stein entlang und fand in einer Mauerritze Halt. Die Hände gegen Mauer und Baum gestützt, wiederholte sich die Prozedur. Stein für Stein kletterte er so nach oben. Er mußte aufpassen, daß er am Moos des Baumes nicht abrutschte. Sein ganzer Körper war angespannt. Er bedauerte in diesem Moment, daß er nicht durchtrainierter war, es wäre ihm dann sicherlich leichter gefallen. Aber er mußte sich mit dem zufrieden geben, was sein Körper ihm bot, und er fand, daß das eigentlich eine ganze Menge war.

Noch zwei Steine. Er blickte nach unten und sah Peter mit verzerrtem Gesicht gefährlich tief unter sich. Wenn er jetzt fallen würde...

Der letzte Stein. Er hatte es geschafft. Die Mauer war oben breit genug, um sich draufsetzen zu können. Seine Beine und Arme entkrampften sich. Er schaute sich um. Durch die bereits wieder herrschende Dunkelheit sah er den gepflegten Park hinter der Mauer. In weiter Ferne stand ein herrschaftliches Haus. Überall Gräben, Seen, Bäume, Sträucher. Sein Blick wanderte zurück zu der Mauer, auf der er saß und zu dem Geäst, das hier an dem Baum stärker zu werden schien.

Und er schaute direkt in die ihn angrinsende Linse einer Videokamera.

›Diese verdammten Schweine.‹ Mehr dachte er nicht. Er schaute sich um. Überall sah er nun die gläsernen Augen der verräterischen Instrumente, derart getarnt, daß sie von unten nicht zu erkennen waren. Auch die Kabel, an die die Geräte jeweils angeschlossen waren, hingen wie lose Lianen oder Ranken der hier unzählig vorkommenden Kletterpflanzen an den Bäumen, führten an ihnen zum Erdboden und verschwanden dort im Unterholz, unsichtbar für jedermann.

„Diese Schweine“, zischte Thomas hervor. Sein Bein, das er sich auf dem Baumstamm aufgerissen hatte, begann auf einmal höllisch zu schmerzen.

„Diese miese Bande“, rief er zu Peter hinunter, der erschreckt nach oben schaute. „Guck dich um...überall Kameras...die haben uns die ganze Zeit in der Glotze und lachen sich kaputt...das gibt’s doch gar nicht...“

Thomas raste vor Wut. Er riß sich die Axt aus dem Gürtel und hieb mit einem Schlag das Kabel der ihm gegenüber befindlichen Kamera durch. Ein paar kleine Funken...erledigt.

„Scheiße...wir müssen hier weg“, rief er zu Peter hinunter. Schnell, ohne auf seine Tritte zu achten, kletterte er nach unten. Er rutschte ab, scheuerte am moosigen Stein entlang, hielt sich am Baum fest, fand wieder Halt an der Mauer, glitt weiter nach unten. Die letzten anderthalb Meter sprang er. Irgend etwas in seinem Fuß knackte. Egal. Die Männer rannten in die Richtung, aus der sie gekommen waren.

Es war eher ein schnelles Gehen als ein Rennen. Der Busch, Peters Quetschung und Thomas’ Fuß ließen mehr nicht zu.

Hinter der Mauer war Hundegebell zu hören.

„Scheiße...hoffentlich ist hier in der Nähe kein Tor“, hoffte Peter. Er lief. Die Schmerzen waren unerträglich geworden. Lange würde er das nicht mehr aushalten. Ihm wurde bereits schwarz vor Augen.

›Jetzt nicht...lieber Gott, jetzt nicht... Nicki...‹, hämmerte es ihm durch den Kopf.

Der Busch wurde dichter. Sie wußten nicht mehr, wo sie waren. Sie waren blind durch das Dickicht gelaufen. Die Mauer war nicht mehr zu sehen. Es wurde wieder morastiger. Die Schritte fielen ihnen immer schwerer.

Das Hundegebell wurde lauter. Es waren viele Hunde, große Hunde. Nur eine Frage von Sekunden, dann hätten sie die beiden eingeholt. Der Busch wurde undurchdringlich. Tausend Bäume. Mannsdicke Stämme. Unwirkliches Grün. Überall.

Die beiden Schläge auf den Hinterkopf trafen sie gleichzeitig. Sie waren kurz, hart und zeigten sofort Wirkung. Lautlos, als hätte man mit einem Male die Luft aus ihren Körpern gelassen, glitten Peter und Thomas zu Boden.

Aber sie schlugen nicht auf. Jeweils acht braune Arme packten sie. Die Körper hingen schlaff herunter. Die Aborigines hatten die Flucht mit angesehen. Jemand, der einen heiligen Bumerang trug, mußte gut sein. Er war kein Feind. Er brauchte Hilfe.

Sie kannten den Busch, jeden Strauch, jeden Baum. Es war ihr Gebiet. Sie wußten, wo sie hintreten konnten und wo sie um nichts auf der Welt ihre Füße hinsetzen durften. Sie waren an einem Graben. Es war nicht der Graben, über den Thomas und Peter gekommen waren. Es war klares Wasser. Ohne Tiere, sauberes Wasser.

Die Hunde kamen näher. Die acht Aborigines schleppten die leblosen Körper durch das Wasser stromaufwärts. Die vier restlichen Krieger waren auf die Bäume geklettert. Regungslos verharrten sie in luftiger Höhe. Niemand sah sie. Niemand sah die kleinen unscheinbaren Schlangen in ihrer Hand. Der Griff direkt hinter dem Kopf. Die Hunde mit ihren Häschern waren kurze Zeit später direkt unter ihnen. Die vier Schlangen wurden gleichzeitig nach unten geworfen.

Der Biß der Reptilien zeigte sofort Wirkung. Das Gift trat in die Blutbahn dreier Hunde und eines Hundeführers. Schreiend griff dieser sich an den Kopf. Das Tier hatte ihn hinters Ohr gebissen und schlängelte sich um den sich vor Qualen windenden Körper nach unten. Die drei Hunde waren innerhalb von Sekunden tot, bei dem Mann dauerte es ein paar Augenblicke länger.

„Scheiße, laß uns zurückgehen, die kommen hier sowieso nicht durch." Die Häscher sahen sich das Bild, das ihnen geboten wurde, mit Grauen an. Schnell und vorsichtig, um nicht auch an ein solches todbringendes Tier zu geraten, gingen sie zurück. Ihre Hunde, die die Witterung der beiden Männer noch in den Nasen spürten, rissen sie mit sich.

Sie waren hier zu Hause. Sie waren ein friedliches Volk, ein freundliches Volk. Die zwölf Männer gehörten zu einem Stamm von dreiundsechzig Aborigines. Frauen, Kinder, Jäger, Sammler, kleine braune Menschen mit der für sie typischen runden Kopfform und einem Gesichtsausdruck, der offenbar immer freundlich erschien.

Sie kannten die Mauern der Festung. Sie wußten nicht, was dahinter war. Sie hatten aber schon oftmals Schreie gehört. Schreie hinter den Mauern, Schreie, die von Menschen kamen. Schreie, wie sie sie nur kannten, wenn sie unheimliche Schmerzen verspürten. Schreie, die ankündigten, daß wieder jemand auf dem Weg zum Land über dem Ayers Rock, dem großen Berg, war.

Sie mußten oft flüchten, wenn man die Hunde auf sie hetzte. Sie waren nur neugierig, wollten schauen, aber die weißen Menschen hinter der Mauer ließen sie nicht in ihre Welt schauen, vertrieben sie jedesmal, wenn sie zu dicht an die Mauer kamen.

Oft hatten sie diese riesigen Tiere mit den komischen Lauten und den runden Füßen gesehen, wie sie durch sich bewegende Äste fuhren. Äste, die viel härter waren als das Holz, aus dem ihre Bumerangs geschnitzt waren. Es gab auch noch viel größere Tiere in der Luft. Sie brauchten nicht mit den Flügeln zu schlagen und flogen trotzdem. Nur ihr riesiger Schnabel drehte sich ganz schnell und erzeugte merkwürdige Laute, wie Didgeridoos. Der Vogel fraß Menschen, spukte sie aber immer wieder aus.

Und sie hatten am großen Wasser Flöße gesehen, auf die man sich setzen konnte und mit denen man nicht paddeln mußte. Riesige Schnäbel von den großen Vögeln waren auf den Flößen. Die drehten sich ganz schnell. Dann stank die Luft, die Flöße furzten und fuhren übers Wasser. Auf den Flößen saßen Weiße. Einige der Weißen sahen traurig aus. Sie verschwanden im Schilf. Die Traurigen kamen nie wieder zurück.

Vor vielen Zeiten waren einmal drei Jäger ausgezogen, um zu sehen, wo *das Land der Traurigen Menschen* war. Es mußte im Schilf sein. Es mußte ein großes Land sein. Oft wurden Menschen in dieses Land gebracht. Zwei Jäger waren zurückgekommen und hatten berichtet, daß es dort im Schilf kein Land gab. Nur eine kleine Insel. Die Weißen brachten die traurigen Menschen den riesigen Göttern des Sumpfes zum Opfer dar. Warum? Es wußte niemand, aber es mußte wichtig sein. Die Götter des Sumpfes wurden bei Laune gehalten, indem ihnen geopfert wurde.

Die Weißen wollten sie auch dort nicht sehen. Einer der Jäger hörte einen Donner und ging in das Land über dem Ayers Rock. Einer der weißen Männer hatte ein glänzendes Didgeridoo. Wenn er sich das ans Gesicht hielt, donnerte es. Es war kein guter Donner. Es waren keine guten Weißen.

Was wollten diese beiden weißen Männer dort? Es mußten wichtige Männer sein. Einer trug einen heiligen Bumerang bei sich. Warum durften diese Männer nicht hinter die Mauern? Warum sind sie nicht durch die großen harten Äste gegangen? Warum hat man sie gejagt? Viele Fragen plagten die zwölf Aborigines.

Hoffentlich waren die Weißen nicht böse, daß sie betäubt worden waren. Aber sie hatten sie reden gehört. Die Sprache verstanden sie nicht. Wie hätten sie ihnen sagen sollen, wo sie Zuflucht bekommen konnten. Diese Weißen würden verstehen. Diese Weißen waren anders.

Einer der beiden hatte Schmerzen zwischen den Beinen. Sie mußten ihren Frauen sagen, was passiert war, damit sie die Männer pflegen konnten. Der andere hatte eine verletzte Nase und ein blutiges Ohr. Er hatte aber auch eine lange, offene Wunde am Bein. Der Stamm war böse, daß sie über ihn gelaufen waren. Er hatte den Mann ins Bein gebissen. Fliegen hatten bereits ihre Eier in die Wunde gelegt. Der Mann würde bald sehr krank sein. Die Frauen mußten rechtzeitig helfen.

Und was waren das für Messer mit den langen Stielen? Sie hatten damit einen Gott des Sumpfes in das Land über dem großen Berg geschickt. Ein paar ihres Stammes hatte dieser Gott auch schon geholt...

Sie hatten ihr Ziel erreicht. Mit kehligen Lauten kündigte ein Wachposten die Ankunft der Männer an. Sogleich entstand Leben. Frauen, Männer und Kinder bevölkerten einen Platz in der Mitte des Lagers. In der Mitte dieses Platzes schlummerte ein Feuer langsam vor sich hin. Mit ein paar Handgriffen war es entfacht und spendete neben der Wärme auch Licht.

Vorsichtig legte man die Männer auf den Platz neben dem Feuer. Dann wurde berichtet. Immer wieder deutete man auf den Bumerang, ehrfurchtsvoll, ängstlich, neugierig. Die meisten Eingeborenen trugen ihre Nacktheit stolz zur Schau. Einige hatten Stoff, Häute oder Blätter um die Lenden geschlungen. Nacktheit bedeutete für sie etwas Natürliches. Die weißen Männer waren nicht nackt.

Ein Aborigine, offenbar der Anführer der Gruppe, erzählte in blumiger und gestenreicher Sprache die Geschichte der Männer. Von der Begegnung mit dem Gott des Sumpfes, von dem großen Tier, das immer noch trank und runde Füße hatte. Von der merkwürdigen Sprache der Weißen. Und er erzählte von den Verletzungen der beiden. Er deutete auf Peter, griff sich zwischen die Beine und hüpfte wie Rumpelstilzchen um das Feuer. Kinder, die sich hinter ihren Müttern versteckt hatten, kicherten albern.

Er deutete auf die Wunde von Thomas und sprach etwas zu einer Gruppe von Frauen. Ein paar Männer hockten sich zu den Weißen und untersuchten sie. Sie brachten sie zu einem einfachen, primitiven Unterstand aus großen Blättern und legten sie vorsichtig nieder. Dann riefen sie die Frauen heran.

Um jeden Mann gruppierten sich vier bis fünf Frauen und versuchten, den Weißen die Kleidung auszuziehen. Es war mühselig. Dieses Volk kannte keine Ärmel, Knöpfe, Reißverschlüsse, Schnürsenkel. Hier bedeutete das überflüssigen Tand, hinderlich für das Leben im Busch.

Aber es gelang schließlich doch. Sie hatten ein paar riesige Blätter zurechtgelegt und betteten die nun nackten Körper der Weißen darauf. Peters Hoden sahen im Licht des Lagerfeuers aus wie übergroße, violette Tischtennisbälle. Jeder zivilisierte Notarzt hätte ihn sofort und auf dem schnellsten Weg in die Notaufnahme eines Krankenhauses geschickt.

Hier gab es keine Notärzte. Und erst recht keine Krankenhäuser. Hier gab es nur Wildnis und ein freundliches Volk, das sich von ihr ernährte und seine Medizin durch mündliche Überlieferungen seit Generationen selbst aus dem, was die Natur bot, herstellte. Oft half sie, manchmal nicht. Dann holten die Götter jemanden aus ihrer Mitte in das Land über dem großen Berg.

Ein paar Männer waren im Busch verschwunden. Als sie wiederkamen, hatten sie eine Vielzahl von Wurzeln, Blättern und Blüten dabei. Sie gaben sie den Frauen. Wortlos wurden die Zutaten in einen großen Tontopf gesteckt. Eine junge Frau goß Wasser darauf, brachte den Topf zum Feuer und legte ihn in die Glut.

Peter erwachte als erster. Er öffnete die Lider und sah in die Augen von ein paar Eingeborenenfrauen, die ihm freundlich und ohne Scheu entgegenlächelten.

Er erschrak. Sofort waren die Schmerzen zwischen den Beinen wieder da. Er griff an die ursächliche Stelle und spürte, daß er nackt war. Er sprang auf, die Frauen huschten vorsichtig zur Seite. Peter sah die Männer. Auch sie grinsten ihn freundlich an. Der Deutsche hielt eine Hand schützend vor seine Männlichkeit. Die Männer lächelten noch immer. Peter sackte wieder in die Knie. Die Schmerzen waren zu groß.

Thomas grunzte neben ihm. Erst als er sich aufgerichtet hatte öffnete er die Augen. Er sah Peter unbekleidet auf dem Boden kauern. Auch er selbst war nackt. Er sah die Männer und Frauen. Er hörte Kinder kichern. Er hörte Peter stöhnen. Sie sahen sich fragend an.

„Aborigines sind friedlich“, flüsterte Thomas, so, als wenn er Angst hätte, daß man ihn hörte, „und das sind Aborigines.“

Die Frauen drehten sich verschämt zur Seite und gackerten über die merkwürdige Sprache der Weißen. Die Männer blickten sie stumm an.

Thomas fühlte seinen Kopf. Im hinteren Bereich ertastete er eine Erhebung, die bei der kleinsten Berührung höllische Stiche von sich gab.

„Warum...haben die uns...“ Peter verstand nicht.

„Ich weiß nicht...da waren die Hunde...die Kameras...sie haben uns gerettet und hierher geschleppt...was hätten sie uns sagen können...“ Thomas dachte laut. Langsam fügte sich das Bild zusammen. Sie waren geflohen vor den Häschern des Griechen. Wo waren die? Egal! Sie selbst waren jetzt hier. Warum? Was hatte man mit ihnen vor?

Heißer Schweiß bildete sich auf seiner Stirn. Es war nicht die Hitze der Nacht. Es war Fieber, das seinen Körper ergriffen hatte. Die Wunde an seinem Bein hatte sich entzündet. Sie benötigte Wundversorgung.

Die Gedanken überschlugen sich in seinem Kopf. Peter verstand noch nicht ganz. Er spürte bloß irgendwie, daß *das* noch nicht das Ende sein würde. Er konnte sich nicht wehren, er wollte es nicht. Unfähig, irgend etwas zu tun, ließ er sich nach hinten fallen.

Einer der Männer kam auf die beiden zu. Er hatte eine Schale in den Händen, in der eine undefinierbare Flüssigkeit gluckerte. Vorsichtig, ja ehrfürchtig, kam er die letzten Schritte zu den Männern. Thomas zitterte vom Fieber geschüttelt, Peter hockte entkräftet und den Schmerzen nichts mehr entgegensetzen könnend auf dem Boden.

Die Geste des Eingeborenen war eindeutig. Sie sollten trinken. Peter und Thomas sahen sich an.

›Wenn die uns töten wollten, hätten sie schon genug Gelegenheit dazu gehabt‹, bekam Peter in seinem Kopf zustande. Thomas konnte überhaupt nicht mehr denken. Das Fieber hatte bereits Besitz von seinem Geist ergriffen. Er lag auf dem Boden und wurde von ständigen Schüttelfrösten geplagt.

Peter ergriff die Schale. Ein angenehmer Geruch stieg in seine Nase. *›Gemüsesuppe‹*, schoß es ihm durch den Kopf. Dann trank er. Er spürte keinen Geschmack. Er trank, trank, er verspürte Durst, er trank.

Er spürte, wie die Flüssigkeit durch seinen Leib lief. Er verspürte auf einmal eine wohlige Wärme, die Oberhand gegen die Schmerzen zu gewinnen schien. Er schloß die Augen. Wohlige Wärme durchfloß ihn...keine Schmerzen mehr...was hatte er getrunken...keine Schmerzen...wohlig...warum...warum... angenehm...

Er war von dem Mittel eingeschlafen.

Zwei Frauen eilten zu Thomas, der sich zitternd wand, wie ein Reptil. Er bekam um sich herum nichts mehr mit. Eine der Frauen nahm seinen Kopf von hinten in beide Hände, kniete sich hinter ihn und drückte ihn in ihren Schoß. Die andere hatte die Schale des Eingeborenen genommen, hielt sie ein paar Zentimeter über Thomas' Mund und träufelte etwas von der Flüssigkeit auf die Lippen. Automatisch leckte Thomas darüber. Sein Körper brauchte Flüssigkeit. Er öffnete die Lippen leicht. Während die eine der beiden Frauen Thomas' Kopf hielt, träufelte die andere Tropfen für Tropfen der Entspannung verheißenden Substanz in seinen Mund. Er schloß die Augen. Sein Geist schlief, sein Körper vibrierte und zuckte unkontrolliert hin und her.

Die Frau hinter seinem Kopf rief etwas in die Runde der Männer. Einer rannte los und kam mit einem großen Bündel Blätter wieder. Eine weitere Frau brachte eine Schale mit frischem Wasser. Sie tauchten die Blätter hinein und bedeckten anschließend die Stirn des Weißen damit. Nur für einen Moment, dann nahmen sie neue Blätter. Thomas' Kopf glühte. Die Blätter kühlten seine Stirn. Sein Körper begann zu zittern wie Espenlaub. Ein paar Frauen und Kinder kamen angekrochen. Sie hatten fellähnliche, weiche Rindenstücke in der Hand, womit sie den nackten Körper bedeckten. Anschließend legten sie sich dazu, drückten ihre eigenen Leiber gegen den des Weißen.

Nach einer Ewigkeit ließ das Zittern langsam nach. Das Fieber hatte seinen Höhepunkt überschritten und klang langsam ab. Der Körper schlief nun ruhiger. Das eingeflößte Mittel zeigte Wirkung.

Vorsichtig wischten zwei Frauen die Wunde am Bein mit Wasser sauber. Sie sah scheußlich aus. Aus dem anfänglichen Riß war etwas Klaffendes geworfen. Das ganze Bein war um diese Stelle gerötet, entzündet.

Ein Mann war zum Feuer gegangen und hatte den Tonkrug geholt. Den kochenden Sud goß er in eine Schale. Vorsichtig tauchten zwei Frauen ihre Finger in die Brühe und berieben damit das Fleisch der Wunde und anschließend das ganze Bein. Immer wieder wiederholten sie die Prozedur.

Die Nacht verging, Stunde um Stunde.

Die gleiche Brühe diente dazu, ein paar faserähnliche Pflanzenstiele zu tränken. Wie Dochte drehte eine Frau sie gekonnt zusammen, immer größer wurde die Masse. In einem weiteren Gefäß kühlte sie die Masse ab. Geschickt zerstampfte ein Mann mit dem stumpfen Ende eines Holzstieles die getränkte Substanz zu einem Brei. Vorsichtig hob eine weitere Frau Peters Männlichkeit zur Seite und rieb mit der Paste seine Hoden ein. Eine Maßnahme, die für Peter nur schlafend zu ertragen war. Anschließend bedeckte sie die Stelle mit kühlenden Blättern, über die sie vorsichtig, aber ständig, kühles Wasser goß, das ihr Kinder brachten.

Langsam ging die Nacht ihrem Ende entgegen. Die Aborigines hatten kein Auge zugemacht. Die Frauen versorgten die Weißen, die Männer hockten stumm in der Runde und beobachteten das Geschehen.

Der Morgen brach herein. Die ersten vorsichtigen Sonnenstrahlen begrüßten die Erde. Vorwitzige Vögel trällerten ihr morgendliches Lied. Der Tag erwachte.

Thomas schlief tief und fest. Seine Stirn war nicht mehr heiß, sein Körper zitterte nicht mehr. Noch immer war er mit der Rinde bedeckt. Die Wunde an seinem Bein hatte unglaublicherweise bereits begonnen, sich zu schließen. Die Haut um sie herum nahm wieder normale Färbung an. Vorsichtig bewegten sich die Körper, die Thomas mit sich selbst zugedeckt hatten, von ihm fort. Er war über den Berg.

Auch Peter schlief noch. Stundenlang hatten die Frauen die schmerzenden Bälle zwischen seinen Beinen gekühlt. Unermüdlich. Die Schwellung war zurückgegangen. Die Hoden waren bunt marmoriert, hatten aber wieder normale Größe angenommen.

Etwa vier Stunden später wachten die beiden auf. Peter faßte sich vorsichtig zwischen die Beine. Es waren zwar noch Schmerzen da, aber sie waren zu ertragen. Verschämt blickte er sich um. Um ihn herum hatte das tägliche Treiben begonnen. Kinder spielten lachend, Frauen waren mit allerlei handwerklichen Arbeiten beschäftigt, Männer hockten in kleinen Gruppen zusammen und schwatzten.

Thomas reckte sich. Er sah Peter.

„Wie geht's?" war die erste Frage.

„Den Umständen entsprechend. Ich glaube, ich kann mich wieder bewegen", war die Antwort.

„Du, die haben uns wieder hingekriegt." Thomas deutete mit seinem Blick zu den Eingeborenen. „Ohne die wären wir beide krepiert."

„Kleine, nackige, braune Engel...", stellte Peter treffend fest.

In dem Moment kam einer der Männer auf sie zu und deutete ihnen an, mitzukommen. Zunächst etwas verschämt standen Peter und Thomas auf. Sie schauten sich um. Die Zivilisation hatte die Natürlichkeit der Nacktheit verdrängt und oftmals in Verbindung mit etwas Unnatürlichem gebracht. Die Menschen hier kannten keine schmutzigen Gedanken. Langsam gewöhnten sich die beiden Deutschen an diesen Gedanken und folgten dem Mann.

Er führte sie zu einem kleinen See, in dem man bis auf den Grund sehen konnte. Der braune Mann deutete in das Wasser und rieb die Hände über seinen Körper. Sie sollten sich waschen.

Das Schilf war überschaubar. Keine Krokodile. Das Wasser war klar. Keine Blutegel. Die beiden Männer hechteten hinein. Ein unbeschreibliches Gefühl der Frische überkam sie, als sie ihre Körper durch das Wasser tauchten. Eine Frische, die Chemie in ihrer Heimat nie zu geben vermochte. Ein Gefühl, das sie nie vergessen sollten.

Als sie aus dem kühlen, reinigenden Naß stiegen, kam ein anderer Mann an. Er brachte die Kleidung von Thomas und Peter. Ein dritter trug die Äxte und die beiden Revolver, und ein vierter hielt den Bumerang in beiden Händen. Vorsichtig legten sie die Gegenstände auf dem Boden vor den Weißen ab und warteten.

Peter und Thomas zogen sich sofort an und fühlten sich doch etwas wohler in ihren Sachen als ohne die Bekleidung. Thomas nahm den Bumerang und steckte ihn in den Gürtel. Die Männer murmelten. Thomas überlegte nicht weiter. Er nahm den Bumerang wieder aus dem Gürtel heraus und ging auf den Mann zu, der in der kleinen Gruppe offenbar das Sagen hatte. Mit ausgestreckten Armen hielt er ihm das geschnitzte Holz hin. Fragend sah ihn der kleine Mann an. Thomas ergriff die eine Hand des Mannes und führte sie zu dem Bumerang. Er schloß dessen Finger darum und drückte ihm das Schnitzwerk gegen die Brust.

„Das ist jetzt deins, nimm hin...den schenke ich dir.“ Nickend gab er seinen Worten Betonung.

Das Gesicht des Mannes erstrahlte. Er hatte offenbar schnell verstanden. Die vier wechselten merkwürdige Laute. Ein Häuptling hatte einem Jäger ihres Stammes einen heiligen Bumerang geschenkt. Ein Zeichen der Götter. Sie waren ihrem Volk zur Zeit gut gesonnen.

Peter hatte die Szene beobachtet und grinste bestätigend. Er war gerade dabei, seine Hose hochzuziehen, als ihm sein Portemonnaie, das er irrsinnigerweise in einer der Gesäßtaschen stecken hatte, aus derselben auf den Boden fiel.

Die Klappbörse öffnete sich, als sie auf dem Boden aufschlug. Ein paar Münzen rollten aus ihr heraus, und ein kleines Paßfoto, auf dem Nicole abgebildet war, rutschte ebenfalls hervor.

Peter bückte sich und wollte die Gegenstände wieder einsammeln. Der Arm eines Aborigine war schneller. Er hob das Bild mit Nicoles Konterfei auf und sah es an. Dann blickte er zu Peter und dann wieder auf das Bild. Er richtete ein paar kehlige Laute an die drei anderen Männer. Die blickten offenbar erstaunt auf.

Der Mann schaute erneut das Bild und abermals Peter an. Aufgeregt redete er dann auf den hilflos seinen Freund anblickenden Deutschen ein. Dabei wies er mit der freien Hand abwechselnd immer wieder auf das Foto und irgendwo in die Wildnis.

„Mann, was will der von mir?“ Peter dachte an den verschenkten Bumerang und wurde dann deutlich ärgerlich. „Das Bild kriegst du nicht!“ schnauzte er den braunen Mann an, der angesichts von Peters bösem Gesichtsausdruck erschrocken zurückwich.

„He, bleib ganz ruhig“, mischte sich Thomas ein, „der will uns etwas zeigen.“ Er blickte in die gezeigte Richtung, aber diese sah genauso aus wie jede andere auch. Überall undurchdringliches Buschwerk. Die kleinen Leute hatten ihren Lagerplatz sehr bewußt ausgewählt. Von außen war er sicher so gut wie unsichtbar. Er sah fragend den Aborigine an, dem er den Bumerang übergeben hatte. Er wies auf den Mann, der Nicoles Bild immer noch in der Hand hielt, und zuckte dann zum Zeichen des Nichtverstehens übertrieben mit den Schultern.

Doch dieser konnte auch nichts anderes tun, als auf das Bild und anschließend in die gleiche Richtung zu weisen wie sein Stammesgenosse. Man sah ihm deutlich an, daß es ihm leid tat, sich nicht besser verständlich machen zu können.

Als er dann sah, daß die beiden Weißen ihn nicht verstehen würden, nahm er Thomas, nachdem er ihn schüchtern angeschaut hatte, bei der Hand und marschierte in die gewiesene Richtung. Thomas mußte sich achselzuckend fügen, da in der kleinen, braunen Hand eine erstaunliche Kraft steckte und er sich nur unter Schwierigkeiten hätte losreißen können.

Aber er wollte das auch gar nicht. Er war sensibel genug, zu spüren, daß das, was der Aborigine ihm zeigen wollte, wichtig für ihn war. Er konnte das Gefühl nicht beschreiben, aber ihm war so, als ob sich ab diesem Moment alles zum Besseren wenden sollte. Und wenn ihm, dem Berufspessimisten, solch ein unbekanntes Gefühl der hoffnungsvollen Erwartung überkam, sollte man es auch ernst nehmen.

Meinte er. Er konnte nicht ahnen, was ihn noch alles erwartete...

Peter blickte den beiden ungleichen Gestalten nach.

In einer anderen Situation hätte er sicher schallend gelacht. Aber bei allem, was sie seit dem Verschwinden ihrer Frauen taten, hatte er diesen Druck in der Magengegend, der einfach nicht weichen wollte. Selbst wenn er so abgelenkt war, daß er sein ganzes Interesse auf bestimmte Sache richtete, war da noch sein Unterbewußtsein, das ihm immer wieder einhämmerte, daß längst nicht alles in Ordnung war.

So sah er schließlich den Mann mit dem Foto an, der ihm dieses nach einer fordernden Handbewegung wieder übergab, nicht ohne darauf zu achten, möglichst viel Luft zwischen sich und dem Weißen zu lassen.

Peter überlegte. Dann wedelte er mit der Hand in Richtung des Aborigines, der zunächst abermals erschrocken zurückwich.

Der Deutsche versuchte daraufhin ein Lächeln, was ihm wohl ganz gut gelang, da der kleine Mann ebenfalls ein beneidenswert breites Grinsen auf sein Gesicht zauberte.

Vorsichtig, aber immer noch strahlend wie der Sonnenschein, nahm er die Hand des Deutschen und marschierte los, immer wieder an Peter hochblickend und dermaßen vor Freude und Stolz, den großen, weißen Mann führen zu dürfen, sein faltiges Gesicht verziehend, daß dieser fast Angst bekam.

Händchenhaltend folgten sie den beiden Vorausgegangenen, die gerade zwischen den Büschen verschwanden.

Kapitel 16

Claude Maugis fluchte.

„Ihr verdammten Vollidioten. Wenn das der Boß mitkriegt, habt ihr das letzte Mal Scheiße gebaut. Und ich werde auch mein Fett wegkriegen."

Er war rot vor Wut. Jedesmal, wenn er sich auf andere verließ, ging etwas schief. Es gab dabei nur zwei Ausnahmen: Axél und Klein.

Letzterer befand sich noch zig Kilometer entfernt auf dem Weg zur Festung. Maugis hatte ihn sofort nach dem Fehlversuch der beiden Deutschen, ihre Frauen zu befreien, telefonisch benachrichtigen lassen, daß er seinen Warteposten im Truck-Stop aufgeben konnte. Claude sah auf die Uhr. Es würde noch einige Zeit dauern, bis Festus hier ankam.

Aber wo, zum Teufel, war Axél?

„Los, verschwindet, und kommt mir in nächster Zeit besser nicht mehr unter die Augen", schnauzte er die drei Hundeführer an.

Diese verließen sofort den Raum. Claude Maugis war eigentlich als recht umgänglicher Mensch bekannt. Wenn man jedoch Mist baute, konnte er mehr als unangenehm werden. Und daß er ein Liebling des Griechen war, machte die Sache nicht eben angenehmer.

Wie ein eingesperrter Tiger ging Claude im Zimmer auf und ab. Xanthopoulidis würde seine Wut an ihm auslassen, das stand fest. Er war einer der Hauptverantwortlichen in dieser Sache. Und es war der Gesundheit mehr als abträglich, in einer für den Griechen solch wichtigen Angelegenheit zu versagen. Ob direkt oder indirekt schuld, war in diesem Fall völlig unerheblich. Fest stand, daß er die Sache so schnell wie möglich ausbügeln mußte.

Und dazu brauchte er Axél. Verdammt, wo war das Weib!

Er hängte sich ans Telefon, bis er eine Angestellte erreichte, die Axél hatte zum Bootssteg laufen sehen.

„Wann war das?"

„Vor zwanzig Minuten, Sir."

Ohne sich zu bedanken knallte Claude den Hörer auf die Gabel.

Auch das noch.

Die Verrückte war garantiert unterwegs zu den beiden deutschen Frauen, um ihnen brühwarm vom Scheitern ihrer Männer zu berichten.

Manchmal lief Claude eine regelrechte Gänsehaut den Rücken hinunter, wenn er an Axél dachte.

Mein Gott, was für eine Frau.

Und was für eine Bestie.

Er war nur froh, daß sie sich so gut verstanden. Zum Feind hätte er sich dieses Vollblutweib garantiert nicht gewünscht. Ihre Vorliebe für makabre

Spielchen und ihre bis in Perversität übergehende Sexualität machten sie zu einem Monster in Menschengestalt. Aber einem wunderschönen Monster, das auch unheimlich zärtlich sein und schnurren konnte wie ein Kätzchen. Und eine Nacht mit ihr verlangte einem Mann zwar das Letzte ab, man wurde aber auch verwöhnt nach allen Regeln der Kunst, mit Ideenreichtum, der seinesgleichen suchte, mit einer Ausdauer, die schon beängstigend war, mit Stellungsspielen, an die man nicht im Traum gedacht hätte.

Diese Gedanken besänftigten ihn wieder ein wenig.

Er hinterließ eine Nachricht für Klein und machte sich ebenfalls auf den Weg zum Bootsanleger.

Axél wurde hier gebraucht und nicht auf der Insel! Die Frauen waren vermutlich sowieso schon tot. Die Batterie, die die Krokodile von ihren Opfern fernhielt, speicherte Strom für höchstens sechsunddreißig Stunden (auch diese sadistische Hinrichtungsart war natürlich eine Idee Axéls). Viel wichtiger waren jetzt die beiden Männer. Die mußten gefunden werden. Alles andere war derzeit unwichtig.

Claude sprang in eines der Propellerboote und folgte seiner Kollegin und Gelegenheitsgeliebten.

Nicole und Marleen hoben schwach die Köpfe, als sie das brummende Geräusch des Bootes vernahmen.

Die Nacht war dem Morgen, dieser wiederum dem Tage gewichen, wovon die beiden allerdings in der Art Dämmerzustand, in dem sie sich seit Stunden befanden, nicht viel mitbekamen.

Da sie sich durch die zwischen ihnen gespannte Kette nicht hinlegen, nicht einmal hinsetzen konnten, war der zunächst alle Gefühle überragende Durst einer bleiernen Müdigkeit gewichen, die selbst die Angst vor den Krokodilen in den Hintergrund drängte.

Diese waren merklich unruhiger geworden, die Zeit des Wartens dürfte bald vorbei sein, das wußten die Tiere aus Erfahrung. Instinktiv zogen sie sich näher um die Insel zusammen. Eines lag bereits seit einer Stunde bewegungslos am Ufer, halb im Wasser, halb im Sand. Der nächste Versuch stand unmittelbar bevor.

Das Boot näherte sich der Insel, der Motor wurde einige Meter vorher abgestellt, und rutschte durch den Fahrschwung ein Stück das Ufer hinauf. Das dort liegende Krokodil wurde fast umgefahren, konnte sich aber gerade noch rechtzeitig ins Wasser zurückgleiten lassen und untertauchen.

Axél sprang munter von der Plattform herunter und lief auf die beiden erschöpften Deutschen zu. Diese hoben mühsam die Köpfe und stierten ihre Peinigerin aus nur halb geöffneten, entzündeten Augen an.

Neben der Sonne waren riesige Mückenschwärme über sie hergefallen. Ihre Haut war von roten Pusteln und Quaddeln überzogen, die im Gegensatz zu den gewohnten deutschen Mückenstichen eher wehtaten als juckten. Daneben waren sie von großen grünen Fliegen besucht worden, die auf ihnen herumkrabbelten und die kleinen Wunden infizierten, so daß einige schon zu eitern begannen. Sie hatten es in den letzten Stunden aufgegeben, die Insekten zu verscheuchen, teils wegen der Schwäche, die ihre Glieder fast lähmte, teils aus Resignation vor ihrem Schicksal. Den Krokodilen war es sicher egal, ob sie hübsche Frauen oder zerstochene, halb bewußtlose Hüllen fraßen.

Axél betrachtete fast liebevoll ihr Werk.

„Na, ihr Hübschen, ich sehe, es geht euch gut." Sie strich Marleen zärtlich über die Wange, die es reglos über sich ergehen ließ.

„Ach, komm, nun sei doch nicht so stinkig."

Sie wandte sich Nicole zu.

„Und du, mein Schatz, wie sieht es mit dir aus? Auch so schlecht gelaunt?"

Axél sah die Frau gespielt vorwurfsvoll an. Sie genoß es, die beiden Wehrlosen zu quälen. Sie löste ihren Blick, als sie keine Reaktion wahrnahm, und sah in den strahlend blauen Himmel.

„Also, ich muß wirklich sagen, daß es hier verdammt heiß ist. Wie haltet ihr das nur aus in dieser Hitze? Was mich betrifft, ich muß erst mal einen Schluck trinken."

Leichtfüßig rannte sie zum Boot zurück und nahm eine Feldflasche mit Wasser aus einem Ablagenetz. Damit kehrte sie zu den beiden Deutschen zurück. Dort öffnete sie den Verschluß und ließ die klare, kühle Flüssigkeit, ohne die Flasche anzusetzen, gluckernd in ihren Mund fließen.

Nicole und Marleen beobachteten sie dabei wie hypnotisiert. Gierig blickten die Frauen auf das Wasser, das an Axéls Mund vorbei und an ihrem Hals hinunterlief.

Axél, der diese Blicke natürlich nicht verborgen blieben, goß sich das Wasser jetzt langsam und genußvoll zwischen ihre Brüste, die in dem weit aufgeknöpften Männerhemd, das sie trug, fast vollständig zu sehen waren. Als das Hemd vorne vollständig durchnäßt war, strich sie sich mit der freien Hand über die linke Brust, während sie weiter Wasser über sich goß. Zärtlich massierte sie sich, während sie ihre beiden Opfer genau beobachtete und die gierigen Blicke genoß.

Nicole riß sich vom Anblick der Flüssigkeit, denn etwas anderes interessierte sie überhaupt nicht, los. „Dafür bringe ich dich um“, flüsterte sie mit rostiger, tonloser Stimme und blickte ihr Gegenüber voll abgrundtiefem Haß an.

„Wenn ihr artig seid, dürft ihr mal lecken“, reizte Axél die Frauen weiter, ohne sich um Nicoles Worte zu kümmern. Sie hatte sich in einen Zustand sexueller Erregung gestreichelt, aus der sie sich nicht befreien konnte und wollte. Zärtlich umkreisten ihre Fingerspitzen ihre Brustwarze, während die letzten Wassertropfen aus der bauchigen Flasche herausrannen.

In diesem Moment hörte man ein erneutes, leises Brummen. Ein weiteres Boot, das sich der Insel näherte.

Axél schüttelte ärgerlich ihren Kopf, um sich aus dem Zustand der Ekstase, an deren Eingang sie sich befunden hatte, zu befreien.

„So, ihr häßlichen Trampel“, herrschte sie die beiden Frauen wütend an, „ich wollte euch nur noch sagen, daß eure dämlichen Männer auf der ganzen Linie versagt haben, als sie euch gestern befreien wollten. Wahrscheinlich liegen sie jetzt irgendwo halbtot herum und verrecken elendig.“ Sie stieß ein häßliches Lachen aus. „Und ihr werdet auch nicht mehr lange hier herumstehen und Däumchen drehen.“

Sie wendete sich ab und lief zu der Batterie, wo sie, immer noch wütend, die Kabel herausriß.

„So, jetzt noch eine kleine Fütterung und dann viel Spaß mit meinen kleinen Freunden.“

Sie ging zum Boot, ergriff einen mit blutigem Fleisch gefüllten Eimer und kippte dessen Inhalt mit Schwung ins Wasser. Dann startete sie den Motor, drehte das Boot, entfernte sich fünfzehn Meter, während das Wasser um sie herum zu brodeln begann, wendete erneut und schaltete in den Leerlauf. Von hier aus wollte sie den Tod der beiden Frauen mitverfolgen und genießen.

Als die Krokodile die Fleischbrocken unzerkaut geschluckt hatten, krochen zwei der größten, beide fast vier Meter lang, gleichzeitig an Land, um mehr Fleisch zu bekommen.

In dem Moment, als sie die unsichtbare Linie erreichten, die die Stromstöße verteilte, brachte Claude Maugis sein Boot neben dem Axéls zum Stillstand.

Und die Krokodile stellten fest, daß sie sich ihren Opfern gefahrlos nähern konnten.

Langsam schoben sie sich näher an die beiden zitternden Frauen heran...

Wie im Kindergarten liefen die beiden ungleichen Pärchen, immer noch händchenhaltend, hintereinander her.

„Was soll das denn", hatte Peter seinen Freund gefragt, als sie aufgeschlossen hatten, „wo wollen die mit uns hin?"

„Ich hab doch auch keine Ahnung. Laß uns einfach mitgehen, die haben uns einmal geholfen, vielleicht machen sie es noch einmal."

„Eigentlich haben wir Besseres zu tun, als hier durch das Gestrüpp zu latschen. Du hast wohl vergessen, warum wir hier sind."

Thomas blieb ruckartig stehen und sah seinen Freund böse an.

„Ich habe das genausowenig vergessen wie du. Ich habe auch nur eins im Kopf, und das weißt du ganz genau. Bloß ohne unsere Freunde hier wären wir noch lange nicht wieder auf den Beinen. Und du würdest immer noch mit Eiern wie Kokosnüsse rumlaufen. Du scheinst verdammt schnell zu vergessen, wie du rumgejammert hast."

„Ja, ja, bleib ruhig, Mister Moralapostel. Du hast ja sowieso immer recht. Leck mich doch."

Aber Thomas hörte ihn schon nicht mehr. Er war mit seinem Führer einfach weitergegangen. Es tat ihm schon wieder ein bißchen leid, seinen Freund angeblafft zu haben, aber, mein Gott, auch seine Nerven lagen blank. Es wunderte ihn sowieso, wie sie sich nach den Anstrengungen der letzten Tage, nach den Verletzungen und dem wenigen Schlaf überhaupt noch auf den Beinen halten konnten.

Auch Peter hatte ein schlechtes Gewissen, aber er würde es jetzt auf keinen Fall zugeben. Er war hilflos, wollte seine Frau wiederhaben, wußte aber nicht, wo sie war, wie es ihr ging, was er machen sollte. Bis zuletzt hatten sie wenigstens einen Plan gehabt. Jetzt erschien es, aufgrund der Sicherheitsmaßnahmen, die getroffen worden waren, unmöglich, in diese verfluchte Festung einzudringen. Besser gesagt, es *war* unmöglich, ungesehen dort hineinzukommen. Und was machte sein Freund? Ging mit Eingeborenen spazieren und freute sich des Lebens.

Er wußte natürlich, daß das nicht der Fall war, aber er war jetzt bockig und brauchte ein Ventil, um nicht durchzudrehen in seiner Hilflosigkeit. Da die Aborigines ihn nicht verstanden und Thomas somit der einzige war, mit dem er streiten konnte, nein mußte, hatte der eben das Pech, dieses Ventil zu sein.

Er wollte gerade wieder ansetzen zu schimpfen, als sie nach einem bestimmt einstündigen Marsch hinter einem großen, dornigen Busch, der durch sein dichtes Blattwerk ein Hindurchblicken unmöglich gemacht hatte, auf eine Lichtung am Rande eines Sees hinaustraten, die vorher noch nicht einmal zu erahnen gewesen war.

Und was sie sahen, erschien ihnen wie eine Szene in einem Alptraum.

Die Lichtung war klein und sehr schmal, und die Weite des Sees war nicht zu erahnen. Es war nur Wasser vor ihnen und Schilf. Schilf und Wasserpflanzen, soweit das Auge reichte. In dem Schilf war eine Schneise. Wie ein Tunnel richtete sie den Blick der Männer auf eine circa dreißig Meter entfernte Naturbühne, auf der sich ein grausiges Szenario abspielte.

Das *Land der Traurigen Menschen.*

Thomas und Peter sahen sie gleichzeitig. Die beiden fast schon leblosen Körper ihrer Frauen hingen, sich mit den allerletzten Kraftreserven aufrecht haltend, in ihren eisernen Fesseln. In Reichweite vor ihnen zwei Teufel in Tiergestalt. Dahinter auf dem Wasser zwei Propellerboote, besetzt mit je einem Menschen.

Die großen Tiere verharrten, irritiert darüber, daß kein Schmerz sie von ihrer (noch) lebenden Beute mehr fernhielt, ein paar Augenblicke vor den Frauen.

„MARLEEEEEEN", schrie Thomas und raste auf das Ufer zu. Er stolperte, rannte, sprang ins Wasser. Knietief versank er sofort. Er hatte seinen Revolver gezogen. Er hatte noch nie zuvor mit einem Revolver geschossen. Die Waffe lag eiskalt in seiner Hand. Thomas wußte, daß es bei den Gewehren auf dem Rummelplatz so etwas wie Kimme und Korn gab. Er wußte, daß er zielen mußte. Ihn störte es nicht, daß er nur ein Korn und keine Kimme fand. Er hatte die Waffe hochgerissen.

„Thomas, paß auf...!" schrie Peter.

Thomas hörte es nicht. Er zielte auf das eine Krokodil, das sich Zentimeter für Zentimeter voran schob, das Maul fauchend geöffnet, bereit, in der nächsten Sekunde mit einem heftigen Ruck ein Bein aus der vor ihm stehenden und dem offenbar Unausweichlichen entgegensehenden Marleen zu reißen.

Sie war wie in Trance. Wie die Maus vor der Schlange, unfähig, sich zu rühren, unfähig, etwas wahrzunehmen. Sie wäre dazu auch viel zu schwach gewesen. Wie ein Pfeil war ihr für den Bruchteil einer Sekunde eine Stimme durch den Kopf geschossen, eine vertraute Stimme, aber sie hatte sie lediglich aufgenommen, ohne sie wirklich zu hören.

Nicole hatte den Mund zu einem stummen Schrei geöffnet, als der Schuß mit einem häßlichen, aber befreienden Knall die Stille auf der Bühne zerriß.

Das erste Projektil schlug direkt neben der Riesenechse in den Sandboden. Die Leuchtmunition entzündete sich, die glühende Hitze verbrannte einen der Hinterläufe des Monstrums. Es fuhr vom Schmerz gepeinigt herum. Das Krokodil hetzte ins Wasser, wo es sich instinktiv Kühlung versprach. Das zweite Reptil reagierte. Im Hinblick auf die bevorstehenden Schmerzen wandte es sich ebenfalls ab und glitt ins Wasser zurück.

„Thomas, paß auf..." Peter war dicht hinter seinem Freund, wagte es aber nicht, ihn anzufassen. Er wußte, daß Thomas kein Meisterschütze war. Er wußte, daß das kleinste Zucken eines Armes, eines Fingers, ein unbedachtes

Augenzwinkern tödliche Folgen für die beiden Frauen haben würde. Er wagte es aber nicht, einzugreifen.

Thomas war wie im Rausch. Er war nicht wirklich er. Er war in diesem Moment ein Apparat, der sich vor zwei Sekunden einen Auftrag gegeben hatte. SCHIEß AUF ALLES, WAS UNSEREN FRAUEN ZU NAHE KOMMT. TÖTE ALLES, WAS UNSEREN FRAUEN WEH TUN WILL!!!!

Er dachte nicht mehr, er reagierte nur noch, wollte den Auftrag ausführen.

Der zweite Schuß traf ins Wasser. Zischend tauchte die Kugel in die todbringende Brühe und verglühte.

Die Trommel des Revolvers drehte sich unermüdlich weiter. Ein Phänomen, das schon häufig von Schocktherapeuten beschrieben worden war. Es wird nicht nur ein Schuß abgegeben. Gerade in dieser Richtung Ungeübte, aber auch Profis feuern solange, bis die ganze Trommel, das ganze Magazin leergeschossen ist, und betätigen auch dann noch den Abzugshahn, wenn kein Schuß mehr zu hören ist.

Axél hatte, vom ersten Schuß erschreckt, das Steuer ihres Bootes herumgerissen und ihr Gefährt unbeabsichtigt in Richtung Insel zurückgelenkt.

Die dritte Kugel traf sie direkt in den linken Fuß. Das Geschoß explodierte in dem Moment, als es durch den Spann in den Mittelfußknochen drang. Der Schrei klang nicht menschlich. Der Fuß brannte. Wahnsinnig vor Schmerzen sprang Axél ins Wasser. Sie war wie von Sinnen. Wild schlug sie mit den Armen um sich, in der Hoffnung, die höllischen Schmerzen würden aufhören.

Ein Trugschluß.

Das Leuchtgeschoß fraß sich immer mehr in das menschliche Fleisch. Es stank verbrannt. Dampf stieg aus dem Wasser empor. Aufgescheuchte, irritierte und durch das Spektakel aggressive Krokodile kamen angeschossen.

Claude hob das neben ihm liegende Gewehr auf und schoß. Weitere Schüsse peitschten ins Wasser. Jeder Treffer schlug in den Kopf einer der offenbar nun unzähligen Echsen ein. Mittlerweile hatten sie auch an dem noch immer schreienden Menschen im Wasser das Interesse verloren und hieben ihre Zähne in die getöteten Artgenossen.

Fressen und gefressen werden.

Das Wasser kochte. Die ehemals braune Brühe hatte tödlich rote Farbe angenommen. Axéls Fuß war zerschmettert, die Schmerzen höllisch. Die Schüsse hatten sie ins Reich der Realität zurückgeholt. Allerdings war sie fast ohnmächtig. Ihr gesamter Körper schien zu brennen. Sie brannte am lebendigen Leibe! Das Leuchtgeschoß glühte noch immer in ihrem Fuß, als sie versuchte, auf die Insel zu schwimmen. Rechts und links neben ihr schlugen gezielte Schüsse aus Claudes Gewehr ins Wasser und hielten die Götter des Sumpfes fern.

Ihr Propellerboot war führerlos ins Schilf gerast und hatte sich dort im wahrsten Sinne des Wortes festgefahren. Der Propeller hatte sich im riesigen Gras verfangen, und der Motor war abgestorben.

Axél erreichte die Insel. Da, wo noch vor wenigen Augenblicken ihr linker Fuß gewesen war, kohlte ein Haufen verbranntes Fleisch vor sich hin. Schreien konnte sie nicht mehr. Die Schmerzen hatten ihr die Kraft genommen. Sie wimmerte.

Thomas vierter Schuß traf das Boot von Claude. Er zielte nicht mehr, er schoß nur noch in eine Richtung. Das, was zufällig in seine Schußbahn kam, hatte Pech. Nicht mit Eisenstangen hätte man seine angespannten Arme bewegen können. Sie waren erhoben, den Revolver in der Hand, alles zum Zerreißen gespannt, bis auf den rechten Zeigefinger. Der bewegte sich und betätigte den Abzug...und betätigte den Abzug...und betätigte den Abzug...

Claudes Boot fing sofort Feuer. Er sah, daß sich Axél auf die Insel gerettet hatte. Er wußte, daß er Hilfe holen mußte. Er wußte, daß alle, auch er, sterben würden, wenn er keine Hilfe holte. Er gab Vollgas und raste zur Festung zurück...solange es noch möglich war. Das brennende Boot zog einen rauchenden Schweif hinter sich her.

Thomas' Finger bewegte sich weiter. Schuß fünf verglühte im Schilf. Schuß Nummer sechs traf einen etwa zwei Meter langen schwimmenden Baumstamm und verwandelte ihn in ein brennendes Scheit.

Thomas Finger bewegte sich weiter... Klick... Klick... Klick. Die Trommel drehte sich... Klick... Klick... Klick...immer weiter... Klick... Klick... Klick...

Peter riß seinen Freund an den Schultern herum.

„Es ist vorbei..." Er schüttelte ihn in der Hoffnung, er würde schnell wieder er selbst werden.

„Mann, komm zu dir, wir müssen die Frauen holen!"

Die ganze Aktion hatte genau fünfzehn Sekunden gedauert, vom AUFTRAG bis zu der Stimme, die Thomas jetzt wieder wahrnahm. Er schüttelte sich. Entgeistert blickte er auf das heiße Metall in seiner Hand. Der Revolver qualmte leise. Thomas blickte zu Peter. Angewidert warf er die Waffe fort. Von sich fort, als habe er einen riesigen Blutegel in der Hand gehalten.

›Was habe ich getan...?‹ Er versuchte Klarheit in das Bild der letzten Sekunden zu bekommen.

›Was waren das für Schüsse?...wir müssen die Frauen holen...‹

„Los", rief er und watete los, „wir müssen die Frauen holen."

„Bist du bescheuert?" Peter riß ihn zurück. Thomas stürzte und schlug mit dem Kopf gegen eine alte Sumpfwurzel. „Hier wimmelt es von Krokodilen."

Der leichte, durch den Sturz verursachte Schmerz holte Thomas vollends wieder in das Land der Tatsachen zurück. Schnell hastete er aus dem Wasser.

Die Aborigines verstanden die Welt nicht mehr. Das, was sich in den letzten Sekunden vor ihren Augen abgespielt hatte, würde noch in den Mündern der nächsten zehn Generationen staunend im Kreise des Lagerfeuers berichtet werden.

Sie trauten sich zuerst nicht, sich zu bewegen, begriffen aber dann mit einem Instinkt, der allen Naturvölkern der Erde gemein ist, daß ihre Hilfe gefordert war. Die beiden Weißen, die mit lautem Knall Feuerpfeile durch die Luft schleudern konnten, wollten die beiden traurigen Frauen von der Insel holen.

Peter schaute in die Richtung der braunen Männer. Einer teilte das Schilf mit den Händen, und zum Vorschein kam etwas, was selbst Kinder nur schwerlich als Floß bezeichnet hätten.

Ein paar Stämme waren zusammengebunden, darauf lagen lange Äste, mit denen man im Morast Halt suchen und sich abstoßen konnte.

„Oh Gott...“, gab Peter von sich.

›*Oh Gott...*‹, dachte Thomas.

„Komm schon...uns bleibt keine andere Wahl...viel Zeit haben wir nicht mehr.“ Peter hastete zu dem Provisorium. Thomas rannte hinterher.

„Der, der abgehauen ist, wird bestimmt gleich mit Verstärkung wiederkommen...außerdem sind die Viecher“, Peter zeigte in Richtung der ihre toten Artgenossen zerfleischenden Reptilien, „noch eine Weile mit sich selbst beschäftigt.“

Die Männer zerrten das Floß aus dem feuchten Versteck und sprangen auf. Es gab sofort nach und schwankte gefährlich. Peter nahm einen der beiden langen Äste und warf den anderen Thomas zu. Die Aborigines stießen sie vom Ufer ab. Die beiden Freunde legten ihre ganze Kraft in die Äste und stießen sich und das Floß immer und immer wieder vom morastigen Boden ab.

Es kam ihnen wie eine Ewigkeit vor, bis sie die Insel erreichten. Was die beiden Frauen noch aufrecht hielt, war unerklärlich. Sie lehnten sich gegen den Stamm, als Thomas und Peter an Land sprangen. Ihre Münder wollten etwas sagen, aber die Kraft fehlte dazu.

Aber die Augen von Nicole und Marleen sagten mehr, als ihre Stimmen je hätten ausdrücken können.

Peter deutete auf Axél.

„Durchsuch sie, wir müssen unsere Mädels hier losschließen...mach schon...“, herrschte er Thomas an. Nicht, weil ihm Thomas zu langsam erschien, viel mehr, weil er noch immer das Gefühl hatte, daß sein Freund unter einem Schock litt.

Thomas brauchte nicht lange zu suchen. Der Schlüssel für die Ketten steckte in Axéls Hosentasche und war mit einem Lederband an der Gürtelschlaufe ihrer Hose befestigt. Mit einem Ruck riß Thomas die Schlaufe entzwei. Er rümpfte die Nase. Axéls Fuß stank bestialisch nach verbranntem Fleisch. Sie bekam davon nichts mit. Die Schmerzen hatten sie ohnmächtig werden lassen.

Thomas sprang zurück zu Peter, der versuchte, die beiden Frauen zu stützen. Schnell waren die Eisen aufgeschlossen. Die Manschetten hatten tiefe Wunden in das Fleisch der Frauen gescheuert.

Die Männer zogen ihre Hemden aus und warfen sie ihren Frauen über, die mit bloßem Oberkörper in ihren Armen hingen. Vorsichtig trugen sie Marleen und Nicki aufs Floß.

„Jetzt aber Beeilung...die kommen bestimmt gleich zurück..." Schnell staken die Männer die Äste ins Wasser und schoben das Holzprovisorium ans feste Ufer zu den Aborigines zurück.

Die beiden Körper waren gefährlich leicht. Das merkten die beiden Männer, als sie ihre Frauen auf die Schultern luden und zwar wackeligen, aber schnellen Schrittes hinter ihren Führern herliefen.

Abgehetzt und völlig entkräftet erreichten sie das Lager. Es waren nur ein paar einfache Laute der braunen Männer nötig, um Hilfe zu ordern. Vorsichtig luden Peter und Thomas ihre Geliebten ab. Scharen von Frauen eilten herbei, um zu lindern, helfen, beizustehen.

„Wir müssen zum Auto!" Thomas hatte sich wiedergefunden. Er dachte wieder logisch. Die Last auf seinem Rücken hatte ihn zurückgeholt.

„Ja, du hast recht", gab Peter zustimmend zurück. Er blickte in die Runde der Aborigines.

„Brumm, brumm." Er kam sich affig vor, drehte aber trotzdem die Hände, als ob er ein Lenkrad darin hielte, und hob die Schultern. „Brumm brumm."

Die Männer wechselten wieder diese kehligen und einmaligen Laute, forderten mit den Armen auf, mitzukommen und liefen in den Busch. Thomas und Peter folgten ihnen.

Der Mann am Telefon hatte nur etwas von *schiefgelaufen* und *zwei deutschen Männern* erzählt und gesagt, daß Claude seine Hilfe brauche. Festus hatte sofort verstanden.

›Verdammte Scheiße, diese Amateure...‹, dachte er. *›Sie handeln nicht vorhersehbar, sie haben Angst, Angst macht sie unberechenbar, macht sie gefährlich...‹*

Ihm war klar, daß es Ärger mit den beiden deutschen Männern gegeben hatte und er hier nicht mehr auf sie zu warten brauchte. Seine Hilfe war in der Festung gefragt, und zwar schnell.

Ein Auto war jetzt unangebracht.

Festus rannte zum Sheriff. Es dauerte eine geschlagene Stunde, da fegte ein riesiger Sandsturm über den freien Platz neben dem Office, verursacht durch den Rotor eines Hubschraubers. Langsam und gekonnt setzte das stählerne Insekt zur Landung an. Die Kanzel vibrierte.

Festus zog den Kopf ein und hielt seine Kleidung fest. Er öffnete die Tür und stieg ein. Er gab dem Piloten knappe Anweisungen, schnallte sich an, und das Fluginstrument hob gemächlich ab. Es startete in den blauen Himmel und ließ unter sich staubige Wolken zurück.

Claude hatte mit dem Boot knapp das rettende Ufer der Festung erreicht. Er sprang auf den Steg und lief direkt ins Haus.

Der Bericht, den er dem Griechen ablieferte, war kurz, knapp und präzise. Die Miene Xanthopoulidis' verzog sich nicht. Claude wußte aber, wie es in ihm aussah.

Ein Vulkan, bereit, jeden Moment auszubrechen.

Es war keine Zeit für Schuldzuweisungen. Das wußte Xanthopoulidis. Jetzt galt es, zu handeln, schnell und präzise zu handeln. Er schnappte sich ein Gewehr aus dem verschnörkelten Schrank in der Eingangshalle des Hauses.

Draußen war Claude dabei, ein paar Suchtrupps einzuteilen, als der Hubschrauber landete. Auf Handzeichen von Festus stoppte der Pilot den Rotor. Langsam und fauchend drehten die Blätter im Leerlauf ihre Runden, bis sie zum Stillstand kamen und schlaff in der Aufhängung federten.

Claude hatte die Männer eingeteilt.

„Du fährst mit dem Chef", wies er einen der Leute an, „ich hole Axél und komme nach."

Festus hatte sich bereits im Hubschrauber per Funk den Sachstand geben lassen.

„Ich sehe mir die Sache aus der Luft an", rief er und lief, ohne Antwort abzuwarten, zurück zum Hubschrauber.

Der Pilot sah ihn kommen und startete den Rotor. Die Blätter hoben sich an und begannen langsam und behäbig ihre Kreise zu ziehen. Das dröhnende Geräusch wurde schriller und die Blätter schneller, bis lediglich der von ihnen verursachte Luftzug ihr Vorhandensein verriet.

Der Hubschrauber hob ab. Die Männer sprangen in die Fahrzeuge und starteten zu der Suche, zu einer Jagd nach zwei deutschen Männern, zwei deutschen Frauen und einem kleinen Chip.

Xanthopoulidis schwang sich auf den Beifahrersitz eines Geländefahrzeuges, das Gewehr in der rechten Hand, sich mit der linken festhaltend.

„Ich brauche sie lebend“, rief er den Männern und Wagen hinterher, „alle lebend...“

Die Aborigines waren vorausgeeilt, Thomas und Peter hinterhergerannt. Ein Zeitgefühl hatten beide nicht mehr. Die Stelle, an der sie sich nun befanden, kannten sie gut. Hier waren sie aufgebrochen. Die Aborigines hatten sie zu dem Jeep zurückgebracht.

Sie hatten sich kurz niedergelassen, um zu verschnaufen, als sie ein dröhnendes Geräusch hörten. Es kam aus den Bäumen. Sie schauten hoch und sahen ihn.

Der Hubschrauber stand dicht über ihnen bei den Baumwipfeln.

Festus hatte die beiden Deutschen sofort erkannt und seine Position per Funk an die anderen Fahrzeuge durchgegeben. Abseits des Platzes ging das Fluggerät tiefer. Die Tür öffnete sich, und eine Strickleiter wurde herausgeworfen. Sie schwebte dicht über dem Erdboden. Festus stieg aus und kletterte mit einer Leichtigkeit, die seiner Statur nicht zuzutrauen war, die Leiter hinunter zur Erde.

Er griff in seine Jacke und hielt eine riesige Fünfundvierziger in der Hand. Bis zum Lager der Männer waren es nur wenige Schritte.

So schnell, wie der Abstieg aus dem Hubschrauber erfolgt war, konnten Thomas und Peter die Situation nicht erfassen. Die Aborigines waren ohnehin überfordert, denn ihnen schienen heute sämtliche Götter auf einmal zu begegnen. Wie aufgescheuchte Hühner stoben sie auseinander und verschwanden in dem grünen Dickicht. Man hörte es noch kurz rascheln, dann waren die kleinen Männer wie vom Erdboden verschluckt.

„Nicht schlecht...aber man muß wissen, wann man verloren hat.“ Die Fünfundvierziger im Anschlag und abwechselnd auf Thomas’ und Peters Kopf gerichtet, trat Festus aus dem Gebüsch.

Die beiden Deutschen waren am Ende ihrer Kraft. *Was mußte noch alles geschehen, um einen Menschen zu zerbrechen?* Zeitgleich sanken sie in die Knie und ließen sich dann trotz der riesig erscheinenden Mündung, die ohne das geringste Zittern auf sie wies und von einem zum anderen wanderte, auf den Boden fallen. Sie schnappten nach Luft, teils von dem anstrengenden Lauf, denn die Aborigines hatten ein hohes Tempo vorgelegt, teils vor Enttäuschung.

Einerseits hatten sie die Gewißheit, daß Nicole und Marleen sich weitgehend in Sicherheit und in guten, fürsorgenden Händen befanden, andererseits wurde ihnen bewußt, daß vielleicht alle Bemühungen umsonst gewesen waren.

Als sie sich, fast nebeneinander liegend, gegenseitig in die Augen blickten, fand ein stummes Zwiegespräch statt. Beide wußten, daß sie in eben diesem Moment das gleiche dachten: Nie, komme was wolle, nie, um keinen Preis der Welt, nie würden sie Klein oder den vermutlich herannahenden Kumpanen des Riesen den Aufenthaltsort ihrer Frauen mitteilen, und wenn sie in Stücke geschnitten würden. Ganz umsonst sollte dies alles nicht gewesen sein, das stand für die beiden unumstößlich fest.

Festus trat an die beiden heran.

„Meine Hochachtung. Ihr habt viel mehr erreicht, als ihr hättet erreichen dürfen. Aber aus Fehlern lernt man, und ich mache einen Fehler nie zweimal." Klein lächelte. „Aber das war's jetzt. Und wenn ich nicht andere Weisungen hätte, würde ich es kurz und schmerzlos mit euch machen. Aber es kann sein, daß mein großer Boß im Hintergrund, den ihr bald kennenlernen werdet, noch anderes mit euch vorhat. Und ihr werdet es vielleicht noch bedauern, daß ihr, für den Moment zumindest, weiterleben dürft. Los, steht auf!"

Den letzten Satz hatte er lauter und keinen Widerspruch duldend ausgesprochen.

Thomas und Peter rappelten sich mühsam hoch, völlig ausgepumpt, und hatten jetzt, da sie das Ziel, ihre Frauen zu befreien, erreicht hatten, kaum noch einen anderen Willen als zu schweigen.

Klein hatte, während die Männer sich hochquälten, leise in sein Funkgerät gesprochen, woraufhin der Hubschrauber, der inzwischen in einiger Höhe über ihnen kreiste, abdrehte und davonflog.

Als der Motorenlärm verklang, widmete Klein seine Aufmerksamkeit wieder den beiden Deutschen.

„So, Leute, wir werden jetzt gemeinsam den Jeep wieder flottmachen, und dann fahren wir zusammen zu einem netten Herrn, der darauf brennt, euch kennenzulernen."

Peter schaffte es, sein Gesicht zu einem Grinsen zu verziehen, während Klein, die beiden Freunde immer im Auge behaltend, den Wagen untersuchte.

„Da bin ich ja gespannt, wie du den da rauskriegen willst. Was wir zu zweit nicht geschafft haben, wirst du alleine wohl kaum fertigkriegen."

„Du hast zwar einiges geschafft in den letzten Tagen, aber du bist trotzdem nicht halb so schlau, wie du annimmst. Und das werde ich dir beweisen, indem du den Wagen alleine rausholst."

Klein grinste jetzt ebenfalls, wurde jedoch sofort wieder ernst.

„Los, geh ins Wasser und hol den Haken von der Winde."

„Du mich auch." Peter hatte sich vorgenommen, sich von keinem dieser Verbrecher herumkommandieren zu lassen.

Klein antwortete nicht, sondern senkte den Pistolenlauf etwa einen Meter vom Erdboden in Richtung Thomas' Knie.

„Okay, okay, ich gehe ja schon." Thomas wollte sich in Bewegung setzen.

„Nein, du nicht. Dein Freund macht das. Dem muß erst mal ein Zahn gezogen werden."

Herausfordernd blickte er Peter an. Dieser sah Klein in die Augen, in denen er jedoch nur Gleichgültigkeit und eine Art Langeweile lesen konnte. Dieser Mann würde Thomas das Knie zerschießen, ohne mit der Wimper zu zucken, das stand fest. Deshalb gab er auf und trat neben dem Vorderteil des Jeeps ins Wasser, wo er versuchte, nicht an irgendwelche ekelhaften Blutegel und sonstiges Viehzeug zu denken.

Im Wasser tastete er nach dem Haken und zog ihn in dem langsamen Tempo, mit dem der Motor der Winde das Stahlseil freigab, ans Ufer zurück. Klein, der halb im Fahrzeug sitzend die Winde bediente, wies auf einen mittelstarken Baum, der einige Meter hinter dem Wagen stand.

„Jetzt legst du das Seil um den Baum und gehst dann mit dem Haken zurück zum Auto."

Peter tat jetzt widerspruchslos, wie ihm geheißen worden war.

„Und jetzt hakst du das Ding in die Abschleppöse."

Auch dies tat Peter, seine Dummheit innerlich verfluchend. Warum war er nicht selbst darauf gekommen?

„Los, geh zu deinem Kumpel zurück und bleib da ganz ruhig stehen."

Klein betätigte jetzt abermals den einwandfrei funktionierenden Windenmotor, der das Seil diesmal langsam wieder aufrollte. Es spannte sich zunächst zwischen Fahrzeug und Baum, dann zwischen Baum und Fahrzeug.

Als es sich gestrafft hatte und anfing, sich in die Rinde des Baumes zu fressen, setzte sich der Wagen mit Klein darauf rückwärts in Bewegung und zog sich selbst ohne jede Schwierigkeit aus dem Schlamm.

Fast beschämt sahen Thomas und Peter zu, wie Klein den Haken wieder löste, als der Jeep wieder an Land stand, und den Rest des Seiles aufrollen ließ. Dabei hatten sie es ähnlich gemacht, als sie am Anfang ihrer Suche vor dem Abhang gestanden hatten.

Klein versuchte den Motor zu starten, was jedoch nicht gelang. Er warf einen prüfenden Blick auf die Deutschen, ging dann zum Motorraum, öffnete ihn und fing an, darin herumzuhantieren.

Thomas und Peter, die ihn dabei beobachteten, hatten keine Chance für einen Fluchtversuch, da der Riese sie immer nur ganz kurze Zeit aus den Augen ließ. Sie fühlten sich auch körperlich außerstande, sollte ihnen die Flucht gelingen, weiterhin zu Fuß durch den Urwald zu rennen. So fügten sie sich in ihr Schicksal. Schließlich hatten sie noch einen Trumpf, während der Gegner seinen, die Frauen nämlich, falsch ausgespielt hatte. Und das, was sie als Trumpf betrachteten, war der Knopf, der immer noch in Thomas' Brustbeutel ruhte, den sie ebenfalls von den Aborigines zurückerhalten hatten. Klein wollte es offensichtlich seinem Chef überlassen, sich um den Knopf zu kümmern, zumindest hatte er noch keine Frage in dieser Richtung gestellt. Es war also noch nicht alles verloren, glaubten die Deutschen.

Claude Maugis hatte ein neues Propellerboot losgebunden und raste wie ein Verrückter auf die Insel zu.

Die Gefühle zwischen ihm und Axél konnte man zwar nicht als Liebe bezeichnen, jedoch hatten sie schon viel zusammen erlebt und vor allem auch einige herrliche Stunden miteinander verbracht. Und obwohl es vorkam, daß Claude eine Art Angst vor Axél verspürte, hatte er sie doch gerne und wollte sie auf keinen Fall den Krokodilen als Fraß überlassen.

Als die Insel in Sicht kam, sah er sie in der Mitte der Insel an den Pfahl gelehnt sitzen und in seine Richtung sehen. Auf der Insel lagen mehrere zerrissene Krokodile, an denen sich ihre Artgenossen gütlich taten.

Als Claude anlegte und sich die Reptilien ins Wasser flüchteten, kam der Franzose nicht umhin, Axél wieder einmal zu bewundern. Trotz ihrer Schmerzen hatte sie sich, als sie aus der Ohnmacht erwachte, bis zur Mitte der Insel geschleppt, mehrere angreifende Krokodile getötet und es dann noch geschafft, zuvor die Kabel der Batterie wieder einzustecken. Welche andere Frau, welcher Mann wäre dazu in der Lage gewesen?

Claude sprang vom Boot und lief auf Axél zu, die jetzt, als sie sah, daß keine Gefahr mehr drohte, erneut in Ohnmacht fiel.

Zunächst untersuchte der Franzose den Fuß seiner Freundin. Beziehungsweise untersuchte er das, was davon übriggeblieben war. Es handelte sich nur noch um eine schwarze, verbrannte Masse, in der die Form eines Fußes nicht einmal mehr zu erahnen war. Ein Klumpen verkohltes, verbrannt stinkendes Fleisch hing an ihrer vollendet geformten Wade, ein rotlackierter Zehennagel ragte als ekelhafter Kontrastpunkt an einer Stelle, wo er nie hätte sitzen dürfen, leuchtend zwischen zwei schwarzen Knochen hervor. Axél würde nie wieder richtig laufen können, das stand für Claude fest. Und sie mußte dringend zur ärztlichen Behandlung in die Festung gebracht werden.

Kurze Zeit später entfernte sich das Boot mit hoher Geschwindigkeit von der kleinen Insel, und die Krokodile nahmen sie wieder in Besitz. Diese Beute war ihnen entrissen worden. Aber es würde andere geben. So war es immer gewesen, so würde es immer sein...

Der Motor lief.

Klein stieg aus dem Fahrzeug und winkte den Deutschen mit der großen Waffe zu.

„Du fährst“, bestimmte er und wies auf Peter. „Der andere setzt sich auf den Beifahrersitz, und ich halte euch von hinten in Schach, damit ihr nicht auf dumme Gedanken kommt.“

In diesem Moment passierten zwei Dinge gleichzeitig.

Es knackte zunächst laut und vernehmlich hinter Kleins Rücken. Dieser wirbelte herum, ging in Hockstellung und schoß sofort auf die Aborigines, die zwischen den Büschen herumrannten.

Im gleichen Moment, als der Riese sich herumdrehte, flog etwas von der Seite her auf Thomas zu. Dieser duckte sich, streckte blitzschnell die Hand aus und fing den ihm zugeworfenen Bumerang auf.

Die nächsten Sekunden spielten sich für Peter als Zuschauer wie in einem Alptraum in Zeitlupe ab.

In der gleichen Sekunde, in der Festus Klein, als er kein Ziel mehr wahrnahm, sich wieder nach ihnen umsah, hatte Thomas schon seinen Arm hinter dem Kopf erhoben.

Klein hob unendlich langsam seinen Waffenarm, ebenso traummäßig bewegte Thomas seinen Arm am Kopf vorbei in Richtung des Riesen.

Der Bumerang war von Thomas hochkant geworfen worden und flirrte jetzt auf Klein zu, während in dessen Hand eine Feuerblume erschien und feiner Rauch aus der Pistolenmündung aufstieg.

Peter sah, wie sein Freund mit weit aufgerissenen Augen förmlich zurückkatapultiert wurde und mehrere Meter durch die Luft flog.

Als er wieder nach vorne blickte, sah er Festus Klein, der aufrecht dastand. Die scharfe Kante der aus extrem harten Holz geschnitzten Waffe hatte Festus Klein direkt über dem rechten Auge getroffen. Die durch den Wurf und die Eigendrehung erzeugte Wucht war dermaßen groß gewesen, daß die Kopfschwarte zerteilt und die dahinter befindliche Schädeldecke gespalten worden war. Mit einem schmatzenden Geräusch klafften Schwarte und Knochen auseinander. Blut und Hirnmasse traten aus der Wunde aus und liefen über Kleins Gesicht. Die Hand, in der die Pistole gehalten wurde, senkte sich langsam, hob sich dann wieder und zielte auf Peter. Dieser sah in die riesig erscheinende, schwarze Mündung und wollte sich fallenlassen, konnte sich aber nicht bewegen, war wie gelähmt, außerstande zur kleinsten Regung.

Der Arm kam wieder hoch, und die Mündung zielte abermals auf sein Gesicht. Immer noch war er außerstande, irgendeine Abwehrmaßnahme zu ergreifen. Er blickte in Kleins Gesicht und sah in diesem Moment, daß dessen Augen brachen.

Aber der Mann fiel nicht. Er stand endlose Sekunden da und fixierte mit toten Augen sein Gegenüber, das sich wie das berühmte Kaninchen beim Anblick der Schlange verhielt, nämlich nichtstuend, abwartend.

Endlose Zeit später kippte Klein schließlich doch um wie ein gefällter Baum. Der Länge nach schlug er hin, und Peter hatte das Gefühl, daß der Boden bebte.

Als er sicher war, daß von Klein keine Gefahr mehr drohte, wandte er sich seinem Freund zu. Dieser lag halb in einem Wasserloch, halb auf festem Boden.

„Alter, mach keinen Scheiß." Peter hastete zu Thomas. Verzweiflung lag in seiner Stimme.

Er kniete sich neben ihn. Kleins Kugel hatte den Körper seines Freundes unterhalb des linken Schlüsselbeines durchschlagen. Sie hatte aber offensichtlich keine Knochen oder inneren Organe verletzt, sondern war seitlich, unterhalb der Achselhöhle, aus dem Fleisch wieder herausgetreten. Ein stetes Blutrinnsal sickerte aus der Ausschußöffnung. Die Haut um die Öffnung war durch die Hitze, die die Kugel beim Austritt erzeugt hatte, angebrannt.

„Los, packt mal mit an, wir müssen ihn hinstellen", schnauzte Peter die Aborigines an, die langsam wieder zum Vorschein kamen. Gott sei Dank verstanden sie den Inhalt seiner Worte nicht, merkten aber, daß ihre Hilfe (mal wieder) gefragt war. Rasch kamen sie aus der Deckung hervorgeeilt.

›Ein Wunder der Natur‹, dachte Peter, *›eben waren sie noch nicht da, obwohl sie da waren, und auf einmal sind sie wieder da. Ein Volk mit dem Talent, sich unsichtbar machen zu können...‹*

Offenbar war niemand von ihnen verletzt. Klein hatte nur in Richtung des von ihm wahrgenommenen Geräusches geschossen, aber keinen von ihnen getroffen. Der eine Mann, dem der Bumerang geschenkt worden war und der ihn im rechten Moment Thomas zugeworfen hatte, ging mit verächtlicher Miene zum leblosen Körper von Klein. Peter sah, daß er sich bückte und vorsichtig den Bumerang vom Boden aufhob. Fast zärtlich wischte er das Blut von dem Instrument, das Klein den lautlosen Tod gebracht hatte. Er steckte ihn zurück in seinen Lendenschurz.

Hochmütig blickte er auf den toten Körper und ließ auf einmal eine Worttirade auf die Leiche hinprasseln, deren Inhalt Peter zwar nicht verstand, die er gedanklich aber mit *›Das haste nun davon, wenn du dich mit mir und meinem weißen Freund anlegst, du Arschloch‹* frei übersetzte und dabei sicherlich nicht allzu falsch lag. Mit einem verächtlichen, aber heftigen Tritt in den Allerwertesten des Toten drehte sich der Eingeborene vollends ab und gesellte sich zu den anderen.

„Du bist nicht Petrus...dich kenne ich...“, brachte Thomas leise hervor, als er in Peters Gesicht schaute. Dieser hatte ihn vorsichtig aufgerichtet und versuchte nun mit Hilfe der Aborigines, ihn auf den Beifahrersitz des Jeeps zu hieven.

„Wieso glaubst du eigentlich, daß du in den Himmel kommst?“ fragte Peter, erfreut darüber, daß Thomas schon wieder dummes Zeug von sich geben konnte.

„Weil selbst ein Aushilfsteufel nicht so dämlich aussehen kann wie du...oooohhhhhh...“ Die Stiche in seiner Schulter schienen die Antwort auf seine lästerhaften Äußerungen zu sein. Reflexartig tastete seine Hand nach der Wunde.

„Versuch dich mal zu bewegen, wenigstens ein bißchen...und hol mal Luft...“, forderte Peter seinen Freund auf.

„Deine sadistischen Züge kannte ich noch gar nicht...“, stellte Thomas mit verzerrtem Gesicht fest.

„Mann, ich will sehen, ob der Arsch dir etwas zerschossen hat, Knochen, Lungen, oder was der Mensch sonst noch so braucht“, erklärte Peter.

Vorsichtig bewegte Thomas die Schulter, soweit das die Schmerzen zuließen. Offenbar handelte es sich tatsächlich um einen glatten Durchschuß, eine reine Fleischwunde.

Peter kramte hinten im Jeep herum und kam mit einem Sweatshirt in der einen und der angebrochenen Flasche Whisky in der anderen Hand zurück. Ein Aborigine brach eine grüne Frucht auf, aus der ein weißlicher Saft quoll. Ein anderer hatte Thomas ein paar Blätter gegeben und deutete an, daß er sie kauen solle. Thomas verstand und tat, wie ihm geheißen wurde. Er zerbiß die Blätter, die ihn äußerlich stark an einen Gummibaum erinnerten, und sofort schoß ihm ein bitterer Saft durch den Mundraum in den Hals. Thomas würgte. Der Aborigine hielt ihn jedoch dazu an, weiterzukauen. Thomas gehorchte. Der den ganzen Körper erfassende bittere Geschmack der Blätter lenkte seine Gedanken von den Schmerzen in der Schulter ab. Das war auch notwendig, denn in diesem Augenblick preßte der zweite Aborigine die beiden aufgebrochenen Früchtehälften gegen die Einschuß- und Austrittsöffnung.

„AAAAAHHHHHHHOOOUUOOAAHHH...“ Thomas bäumte sich kurz auf und sackte zusammen. Die Blutung war gestoppt.

Peter nahm einen kräftigen Schluck aus der Flasche. Vorsichtig wickelte er das Sweatshirt um die Wunde seines Freundes. Dann setzte er sich hinters Lenkrad und startete den Motor.

„Du säufst beim Fahren?!“ zischte Thomas hervor. Er hatte zwar einiges an Blut verloren, und die Schmerzen behinderten ihn auch, aber sie lebten alle und nur das zählte.

Die Aborigines waren beim Anlassen des Motors zur Seite gesprungen. Das Tier hatte wieder Laute von sich gegeben!

„Los, kommt her, stellt euch nicht so an...das Ding tut euch nichts...“ Peter versuchte, die braunen Männer davon zu überzeugen, daß ihnen nichts passieren würde. Ganz trauten sie dem Frieden allerdings nicht...bis auf einen. Der kleine Mann mit dem Bumerang im Schurz schritt erhobenen Hauptes durch die Mitte der Umstehenden und schwang sich mit mutiger Miene hinten auf die Ablagefläche. Bewundernd schauten ihm die anderen hinterher. Er war *heute ein König.*

Die anderen Eingeborenen liefen voraus, immer ein Auge auf den Jeep werfend, mißtrauisch, ob das Ding nicht doch auf einmal über sie herfallen würde. Das tat es aber nicht.

Kapitel 17

Im Lager angekommen, wurden sie von den anderen wortgewaltig empfangen. Es war ein kein Plappern oder Reden im üblichen Sinne, das Gewirr aus den vielen unterschiedlichen Kehlen erinnerte eher an einen urzeitlichen Gesang. Es wurde mit Händen und Füßen berichtet. Immer wieder deuteten die Arme der Männer auf Peter und Thomas, auf den Jeep und auf den Jäger mit dem Bumerang, der das Tohuwabohu offensichtlich genoß.

Suchend schauten sich die beiden Männer im Lager um. Dann trafen sich vier Augenpaare fast gleichzeitig.

Marleen und Nicole saßen neben einem Baum, dort, wo noch eine Nacht zuvor ihre Männer liebevoll verarztet und vor Schlimmerem bewahrt worden waren. Sie wurden gestützt von zwei Aboriginefrauen. Eine Unmenge von Schalen, Töpfen und Blättern lagen um sie herum. Freudig und mitfühlend schauten die beiden Eingeborenenfrauen den weißen Männern entgegen, die angelaufen kamen.

Zwar noch deutlich gezeichnet, aber schon etwas gestärkt, stützten sich Marleen und Nicki auf ihre braunen Helferinnen und standen auf.

Es gab nichts zu sagen. Es brauchte keine Worte. Die beiden Paare sahen sich an und nahmen sich in die Arme. Die Aborigines verstanden die Szene auch ohne Erklärungen. Nicki und Thomas verzerrten zwar etwas das Gesicht, während sie die Umarmung ihrer Partner genußvoll aufsogen, wichen jedoch nicht einen Milimeter zurück.

„Wir haben nicht viel Zeit, wir müssen hier weg!“ Thomas fand als erster die Sprache wieder.

„Wird's gehen...?“ Fragend blickte Peter Nicki, Marleen und Thomas an. Die drei nickten. Erst jetzt stellen sie fest, daß sie sich noch immer im Arm hielten, eine vertraute Nähe spürten, die sie die letzten Tage alle unsagbar vermißt hatten. Doch dieses Gefühl hatte ihnen die Kraft zum Überleben gegeben.

Peter ging zum Jeep. Sämtliche Tüten lud er schnell ab. Seil, Karabinerhaken, Feuerzeuge, Taschenlampe, Spaten.

„Hier...alles für euch“, deutete er zunächst auf das Ausgeladene und danach auf die in der Runde stehenden Eingeborenen. „Das, was ihr gemacht habt, können wir nie wiedergutmachen, aber jeder einzelne von euch ist hier drin und wird für immer da bleiben.“ Er deutete mit der rechten Hand auf sein Herz.

„Irgendwann sehen wir uns alle wieder“, fügte Thomas sichtlich berührt hinzu und richtete seinen Blick zum Himmel „Danke...“

Diesmal waren es die Eingeborenen, die die Worte nicht verstanden, deren Inhalt aber richtig deuteten.

„Los jetzt...schnell weg hier." Peter startete den Jeep. Thomas half den beiden Frauen einzusteigen, als einer der Aborigines angerannt kam. Ein bunter Bumerang baumelte an seinem Lendenschurz.

„Der hat uns praktisch das Leben gerettet", erklärte Thomas den beiden Frauen. Dann drückte er dem kleinen braunen Mann fest und dankbar die Hand. Marleen streichelte ihm über das krause, grauschwarze Haar, und Nicki gab ihm einen kleinen Kuß auf die Stirn. Das war zuviel. Der Aborigine stand noch immer abseits der Gruppe, als sich der Jeep schon ein paar Meter entfernt hatte und eine staubige Wolke mit sich zog. Entgeistert und sichtlich beeindruckt stierte er den Flüchtenden nach.

„Mein Bedarf an Urlaub ist gedeckt, wie sieht's mit euch aus?" fragte Peter in die Runde, während sich das Gefährt holpernd durch die Landschaft fraß.

„Laß uns bloß zurück zur Mietfirma, unsere Sachen schnappen und dann nach Hause", bestätigte Thomas das von Peter Gedachte. Die beiden Frauen nickten stumm. Weg hier aus dem Land, das fast den Tod gebracht hätte.

„Weißt du überhaupt, wo wir lang müssen?" fragte Thomas auf einmal sichtlich überrascht.

„Nee, aber ich meine, hier ist so etwas wie ein Weg erkennbar. Man lernt ja im Dschungel. Wenn wir Glück haben, kommen wir wieder bei dem Saufbold an." Peter versuchte, sich auf die Strecke zu konzentrieren.

„Wir haben Glück, wenn wir aus dieser grünen Scheiße hier raus sind, bevor es richtig dunkel wird", stellte Thomas mit skeptischem Blick gen Himmel fest.

Mit einem leuchtenden Abendkleid angetan war der Tag im Begriff, sich zu verabschieden und das Feld der Nacht zu überlassen.

Peter versuchte, soweit das in dem unwegsamen Gelände möglich war, den Jeep zu beschleunigen. Nach stummen dreißig Minuten hatten sie die grüne Hölle hinter sich. Vor ihnen lag wieder offene, steppenähnliche Landschaft, deren Erde das Rot des Himmels zu spiegeln versuchte.

Viel später...

„Guck mal...da hinten, ist das nicht die Garage...?" Thomas blinzelte durch die Augenschlitze. In der Ferne war ein großer, einzeln stehender Baum erkennbar, neben dem sich offenbar die Garage des alkoholsüchtigen Aborigines befand.

„Kannst recht haben...“, bestätigte Peter und gab mehr Gas.

Rutschend kam das staubige Gefährt auf dem ebensolchen Boden vor der Garage des Eingeborenen zum Stehen. Es war heller als bei der ersten Begegnung. Die Männer stiegen aus. Der kleine, braune Mann saß aber nicht in seinem Schaukelstuhl. Die Atmosphäre hatte etwas Unheimliches. Vorsichtig schlichen die Männer durch das ganze Gerümpel in Richtung Behausung des Braunen. Sie sahen es beide zugleich.

Im Dunkel des Garageninneren saß der Aborigine gefesselt auf einem Stuhl und schaute die beiden Weißen mit ängstlichen, weit aufgerissenen Augen an. Hinter der Garage funkelte ein topgepflegter Landrover.

„...und da sagt man immer, die Deutschen seien einfallslos...guten Abend, meine Damen, ich hätte mir gewünscht, Sie auf andere Art und Weise wiederzusehen.“ Mit ruhiger Stimme trat der Grieche aus dem Dunkel der Garage ins leuchtende Abendlicht, gefolgt von seinem Fahrer, dessen Gewehrmündung wahllos auf die vier gerichtet war.

„Man sollte nicht glauben, wozu wahre Zuneigung...nein, ich muß mich verbessern, wahre Liebe doch imstande ist...Hochachtung, meine Herren...“, philosophierte er weiter. „Ich habe dieses Gefühl nur einmal kennengelernt...“

„Was soll das, was hat er?“ Peter deutete auf den gefesselten Aborigine.

„Eine reine Vorsichtsmaßnahme“, stellte Xanthopoulidis fest, ohne den Eingeborenen eines Blickes zu würdigen. „Durchsuch sie“, befahl er dem Gewehrträger.

Hastig griff Thomas in den Brustbeutel, fischte den Chip heraus und steckte ihn schnell, für jedermann deutlich sichtbar, zwischen seine Zähne. Ein fast unmerkliches, leichtes Zucken der Augenbrauen war die Reaktion des Griechen.

„...alles nur wegen diesem kleinen Scheißding!“ Peter explodierte. „Menschen mußten sterben, wurden gequält und werweißnichtwas...nur wegen diesem verfluchten Knopf“, schrie er den Griechen an. „Was ist das für ein Scheißspiel, das Sie mit uns spielen!“

„Machen Sie keinen Fehler“, herrschte Xanthopoulidis Thomas an und ließ dabei den Chip nicht aus den Augen. Sein Fahrer hatte das Gewehr hochgerissen und zielte auf Thomas.

„Runter mit dem Ding, sind Sie verrückt, Mann?“ fuhr ihn der Grieche an. Der Angesprochene verstand überhaupt nichts mehr. Mißmutig senkte er die Waffe.

„Aaaahhh...ich...“, wimmerte Marleen auf einmal, verlor das Gleichgewicht und kippte langsam vom Jeep.

„Schnell", schrie Nicole aufgeregt, „sie braucht Flüssigkeit...sie hat zuviel Blut verloren... Schnell!" Flink versuchte sie vom Jeep zu steigen.

„Holen Sie die Wasserflasche und sehen Sie nach", befahl Xanthopoulidis seinem Begleiter. Der eilte zum Landrover und kam mit der Flasche in der Hand angelaufen.

Nicole stand nun, offensichtlich besorgt, über Marleen gebeugt, die sich wimmernd auf der Erde wälzte.

„Hier...los, trinken Sie." Unbeholfen beugte sich der Gewehrträger über Marleen und hielt ihr die Flasche entgegen. In diesem Moment öffnete sie ihre Augen und grinste den verdutzten Mann an. Gleichzeitig griff Nicole mit der linken Hand in den Haarschopf des erschrockenen Mannes und krallte die Finger der rechten Hand tief in die Haut seines Gesichtes. Zeige- und Ringfinger steckten dermaßen tief in den Augenhöhlen, daß sie sie bei der kleinsten Bewegung hätte (allerdings unwissentlich) herausreißen können.

Der Mann schrie vor Schmerz auf und ließ das Gewehr fallen. Marleen sprang auf, riß das Gewehr hoch und richtete es auf den Griechen. Sie konnte mit einer solchen Waffe nicht umgehen. Sie wußte bloß, daß irgendwo unten ein kleiner Hahn war, den sie ziehen mußte, wenn es nötig war, und dann würde, so hoffte sie, der Schuß losgehen.

Nicole stieß den ehemaligen Gewehrträger von sich. Schreiend griff er sich ins Gesicht und hielt sich die Augen.

„Sagen Sie dem Idioten, er soll abziehen." Diesmal war es Peter, der befahl.

Mit einem Kopfnicken gab Xanthopoulidis dem Mann zu verstehen, daß er weggehen solle. Sich immer noch das Gesicht haltend, verschwand der Mann langsam aus dem Blickfeld. Kauernd ließ er sich neben einem Busch nieder. Seine Augen schmerzten. Er konnte sehen, wie sich sein Boß mit den Deutschen unterhielt, verstand aber aufgrund der Entfernung kein Wort.

Thomas spuckte den Chip aus und steckte ihn in den Beutel zurück.

„So, Kumpel", er nahm Marleen das Gewehr ab, ließ es aber auf den Griechen gerichtet, „jetzt mal raus mit der Sprache. Was soll die Scheiße mit diesem Knopf?"

Xanthopoulidis schätzte die Situation richtig ein. Wieder war ein Spiel an die Deutschen gegangen, ein entscheidendes Spiel. Sie waren Amateure, kannten das „Geschäft" nicht. Sie hatten Gefühle. Für sie gab es immer ein WARUM. Aber sie waren unberechenbar, und das war das Gefährliche an ihnen. Xanthopoulidis wollte den Chip.

„Also gut", fing er an. „Das Glück scheint Ihnen hold zu sein, aber ich gebe mich noch nicht geschlagen. Sie haben zwar ein Spiel gewonnen, aber noch nicht das Match. Sehen Sie...", er lehnte sich gegen die Garage und hatte den

Blick ins Endlose gerichtet, „...ich hatte mal eine Tochter. Sie bedeutete mir alles. Dieses Geschöpf habe ich an einen miesen Dealer mit seinen Drogen verloren. Man fand sie eines Tages, tot, irgendwo in einer U-Bahnstation in den Staaten... Das ist viele Jahre her..." Er schien seinen Gedanken nachzuhängen, schüttelte sich aber dann und fuhr fort. „Und auf einmal stellte man fest, daß man vorhandenes Leben duplizieren kann, sooft man will...klonen nennt man das wohl in ihrer Heimat..."

Thomas und Peter sahen sich an.

„Man braucht nur etwas Erbmasse...verzeihen Sie, wenn ich mich so laienhaft ausdrücke, aber ich weiß nicht, wie weit Sie sich schon mit dieser Materie beschäftigt haben", fügte er entschuldigend und erklärend hinzu, „die entsprechenden Apparate, Fachleute, und das Ganze ist ein Kinderspiel." Er blickte hoch; seine Augen hatten einen merkwürdigen Glanz bekommen. „Hat man es nicht erst vor kurzem mit Schafen und Kühen erfolgreich durchgeführt? Ein Segen für die Menschheit...keine hungernde Dritte Welt mehr...Tiere im Fleisch und in der Milch so ergiebig, daß sie ganze Familien ernähren können...Früchte so groß und unvorstellbar, daß niemand mehr Hunger leiden muß..." Xanthopoulidis kam ins Schwärmen. „Gibt es riesige biologische Unterschiede zwischen Schafen, Kühen und Menschen? Die Möglichkeiten, Menschen zu klonen, sind vorhanden. Alles scheitert nur an diesen verdammten Moralisten." Der Grieche wirkte ärgerlich. „Sehen Sie, ich habe das Geld, die Möglichkeiten, die Fachleute, und hier bei mir gibt es niemanden, der etwas dagegen hätte. Das einzige, was ich noch brauche, ist dieses Teil da...", er deutete auf Thomas' Brustbeutel, „um die entsprechende Apparatur in Betrieb nehmen zu können. Verstehen Sie jetzt, was mir an dem Knopf liegt?!"

„Sie sind ja verrückt...", murmelte Peter vor sich hin.

„Nein...nicht verrückt...verkannt... Sehen sie mich als jemanden, der den ersten Schritt macht, um die gesamte Menschheit zu ihrem Glück zu zwingen...", rechtfertigte sich der Grieche.

„Soll das heißen, das ganze Theater, die ganzen Opfer nur..." Thomas erschien das alles unvorstellbar.

„...damit ich das Liebste auf der Welt zurückbekomme. Eigentlich haben Sie doch bewiesen, daß Sie das verstehen müßten..." Xanthopoulidis schaute Thomas, Marleen, Peter und Nicole abwechselnd an. Mit diesem Satz war ein Spiel an ihn gegangen.

„Wir wollen raus aus diesem Land, und Sie werden uns dabei helfen." Peter brachte sie alle wieder in die Realität zurück.

„Warum sollte ich das tun?" fragte Xanthopoulidis.

„Weil wir diese beiden Dinge haben." Peter deutete auf das Gewehr und den Chip.

„Wer sagt mir, daß ich das bekomme, wenn ich Ihnen helfe?“ wollte der Grieche wissen.

„Niemand...das ist allein Ihr Risiko“, erwiderte Thomas. „Los, kommen Sie, wir nehmen Ihren Wagen, der ist schneller...wir wollen zurück nach Sydney.“

Xanthopoulidis gab Peter die Schlüssel und stieg gezwungenermaßen hinten in das Fahrzeug ein. Thomas richtete den Gewehrlauf auf die einflußreiche Geisel. Peter startete den Wagen, zog die Stirn in Falten, öffnete die Tür und rannte zu dem noch immer gefesselten Aborigine zurück.

Mit wenigen, schnellen Handgriffen befreite er ihn.

Dann klopfte er dem Mann noch einmal auf die Schulter und lief zum Wagen zurück.

Dort ließ er den starken Motor aufheulen und fuhr mit durchdrehenden Reifen an. Durch den Jeep ging ein Ruck, als das Profil im losen Sand griff und er die ganze Kraft auf die Erde brachte.

Schnell ließen sie die Wellblechhütte hinter sich. Peter sah noch einmal in den Rückspiegel, konnte jedoch in der roten Staubwolke, die sich hinter dem Fahrzeug auftürmte, nichts mehr erkennen.

Er konzentrierte sich deshalb auf die vor ihm liegende Fahrtstrecke, die auch bald seine vollste Konzentration beanspruchte.

Claude Maugis eilte durch die langen, hell getünchten Flure des Krankenhauses. Er verabscheute Krankenhäuser. Die Atmosphäre, die sie ausströmten, hatte für ihn etwas Unheimliches.

Sicherlich, es war eine Stätte der Hilfe, der Linderung, des neuen Lebens, aber vor allen diesen positiven Attributen standen Leid, Schmerzen, Einsamkeit. Am Ende stand manchmal sogar Hoffnungslosigkeit und Tod. Selbst die freundlichen Mienen der Krankenschwestern stimmten seine Meinung nicht um.

Gleich am Eingang hatte er nach Axél Chhong gefragt. Sie lag in einem separaten Flügel des Hospitals, abgetrennt von den *üblichen* Kranken. Da, wo man wußte, daß hinter der kranken Kreatur auch noch genügend finanzielle Mittel standen, die die Dienste am Menschen entlohnen konnten, sehr gut entlohnen konnten.

Den Vertrauten Xanthopoulidis’ wurde dieses Privileg zuteil.

Es war keines der üblichen Krankenzimmer. Es waren mehrere Räume, deren Einrichtung und Aufteilung eher an Suiten von Hotels erinnerten, ausgestattet mit allem, was die Genesungsphase positiv beeinflussen könnte.

Mit gemischten Gefühlen klopfte Claude an die Zimmertür. In dem Gang, von dem die Tür abzweigte, war kein so reger Verkehr wie noch vor ein paar Metern. Es roch selbst hier anders, besser, an den Wänden befanden sich Tapeten. Frische Blumen standen auf vereinzelten kleinen Besuchertischchen, und geschmackvoll ausgewählte Bilder hingen an den Wänden.

In Gedanken schüttelte Claude den Kopf.

›Das ist eben der kleine Unterschied‹, dachte er und erinnerte sich kurz an einen Krankenhausaufenthalt, bei dem er noch als kleiner Junge wegen einer Mandeloperation drei Tage stationär verbleiben mußte. Es war die Hölle für ihn gewesen.

Hier war alles anders.

„Herein...“, klang die durch die dicken Türen gedämpfte, aber doch vertraute Stimme Axéls. Claude trat ein.

Auf einem riesengroßen Bett, das mit einem Krankenbett nichts mehr gemein hatte, lag sie in einem Meer von blütenweißer Wäsche. Niemand außer Claude wußte, wozu der Geist, der sich hinter diesem faszinierenden Frauengesicht verbarg, in der Lage war. Niemandem außer Claude wäre aufgefallen, daß sich das Gesicht verändert hatte.

„Hast du noch Schmerzen?“ versuchte Claude ein Gespräch zu beginnen.

„Nein, die ärztliche Versorgung hier ist sehr gut“, versicherte die sanfte Stimme in dem Bett. Axél sah hilflos aus. Die Bettdecke hatte sie bis zum Hals hochgezogen. „Man läßt mich auch in Ruhe“, erklärte sie die Situation, „nur, wenn ich es wünsche und auf diesen Knopf drücke“, sie deutete auf einen kleinen Drücker in greifbarer Nähe des Bettes, „kommt das Personal.“

„Habt ihr auch Vasen hier?“ Claude wickelte umständlich ein wunderschönes Exemplar einer Paphiodelium aus.

„Gib sie mir...ich will sie hier haben...du gehst nachher wieder, aber sie bleibt...“ Axél streckte die Hand nach dem Venusschuh aus.

Claude setzte sich zu Axél aufs Bett. Zärtlich streichelte sie mit der Blüte ihre Wangen.

„Die Ärzte sagen, daß ich fast wieder richtig werde laufen können...“ Claude war froh, daß Axél dieses Thema begonnen hatte. „Die plastische Chirurgie in Verbindung mit ein paar guten Orthopäden wird mir eine Prothese anfertigen, die es mir ermöglichen wird, mich fast wie früher zu bewegen...naja, das mit dem Joggen wird vielleicht nicht mehr so klappen...“, lächelte sie.

„Was ist mit den Deutschen...?“ wechselte sie auf einmal das Thema und wurde ernst.

„Sie leben...und der Chef will sie abziehen lassen“, antwortete Claude wahrheitsgemäß. „Er wollte zum Schluß alles alleine machen... Festus ist übrigens auch tot...“

Axél schien sich in ihrer eigenen Gedankenwelt zu befinden.

„Du wirst dich daran gewöhnen müssen, zukünftig einen Krüppel zu fikken.“ Ihre Gedanken und Gefühle spielten offenbar Pingpong. Eindringlich blickte sie Claude an. Ihre Hände ergriffen sein Gesicht und zogen es zu ihrem hinunter. Sie schloß die Augen. Wut, Verzweiflung und Sehnsucht paarten sich in dem anschließenden langen Kuß.

„Würde es dir etwas ausmachen, mit einem Krüppel ins Bett zu gehen?“ Ihre Hände hielten sein Gesicht fest, so, als wenn sie mit allen Sinnen die Antwort daraus ablesen wollte.

„Wie sollte es...“, war Claudes ehrliche Antwort.

Axél wußte, daß er die Wahrheit sagte.

„Dann beweise es!“ forderte sie ihn auf, ohne sein Gesicht auch nur einen Zentimeter von sich zu lassen.

„Was...jetzt...hier?“ Claude war überrascht und verunsichert.

„Ja...ja, jetzt hier und sofort!“ Ihre Augen glühten. „Ich will dich...“

Mit einer Bewegung hatte sie die Bettdecke zur Seite geschlagen. Nackt lag sie vor ihm, den zerschossenen Fuß in einem dicken Verband.

Ihre Hände umschlangen seinen Körper und gaben ihn nicht mehr frei.

„Ich schwöre dir, daß der Deutsche büßen wird...“, stieß sie mit aller Überzeugung hervor, als sie wenige Augenblicke später Claude in sich aufnahm. Tränen liefen ihr dabei übers Gesicht...

Der Zwischenstop in dem Städtchen, wo der Caravan der Deutschen stand, verlief kurz und komplikationslos.

Zunächst fuhr man zum Mietwagenshop, wo sie ihre Koffer in Empfang nahmen.

Hier hatte es fast Ärger gegeben, als der Pächter seinen Jeep nicht zurückerhielt. Diese Situation wurde durch den Griechen bereinigt, der dem Mann drei größere Geldscheine in die Hand drückte und ihm den Standort des Fahrzeugs beschrieb. Danach war der Pächter die Freundlichkeit in Person und versorgte die Deutschen mit frischen Handtüchern und duftender Seife.

Im Privatbadezimmer des Mannes machten sich die Freunde frisch und zogen saubere Kleidung an.

Währenddessen blieb ständig einer der Männer bei Xanthopoulidis, der jedoch keinerlei Schwierigkeiten machte.

Nachdem der Jeep aufgetankt worden war, sollte die Fahrt weitergehen. Vorher sprach jedoch Xanthopoulidis Thomas und Peter an.

„Meine Herren, es gefällt mir nicht sehr, ständig mit einer Waffe bedroht zu werden. Könnten wir nicht einen Nichtangriffspakt schließen? Ich verspreche Ihnen, nichts zu unternehmen, was Ihnen schaden könnte, Sie nehmen dafür das Gewehr aus meinem Rücken."

„Und warum sollten wir Ihnen glauben, daß Sie weder Fluchtversuche noch irgendwelche Angriffe planen?" fragte Thomas.

„Ich werde es Ihnen beweisen, indem Sie mir erlauben, einen Telefonanruf durchzuführen." Xanthopoulidis sah Thomas fragend an.

Dieser blickte zu Peter, und als dieser mit den Schultern zuckte, nickte er dem Griechen zu.

„Okay, rufen Sie an. Aber erstens bin ich dabei und kriege jedes Wort mit, und zweitens entscheide ich erst nach diesem ominösen Anruf, wie wir Sie weiter behandeln."

„Einverstanden." Xanthopoulidis wies auf die Tankstelle. „Dort wird es ein Telefon geben."

Kurze Zeit später hatte er den Hörer in der Hand und wählte eine endlos wirkende Nummer.

„Egal, wen Sie anrufen", zischte ihm Thomas, der hinter ihm stand, zu, „kein Wort über unseren Aufenthaltsort!"

Der Grieche legte den Hörer wieder auf.

„Passen Sie auf. Sie wollen doch nach Sydney. Das sind mehrere Tage Fahrt, wie Sie sicher wissen. Schließlich sind Sie die Strecke schon einmal gefahren. Wenn Sie damit einverstanden sind, rufe ich jetzt bei mir zu Hause an und ordere mein Flugzeug hierher. In diesem Flugzeug wird sich ausschließlich der Pilot befinden. Wir würden in wenigen Stunden am Flughafen sein. Weiterhin würde ich Tickets buchen, mit denen Sie nach Europa zurückreisen können. Das würde Ihre Wartezeit, und damit auch meine, erheblich verkürzen. Oder glauben Sie, daß Sie selbst sofort Tickets erhalten würden? Sie werden, wenn Sie Pech haben, nochmals mehrere Tage warten müssen, bis Sie vier freie Plätze erwischen. Wenn Sie mich die Sache in die Hand nehmen lassen, fliegen Sie mit dem nächstmöglichen Flugzeug. Das heißt für Sie, daß Sie sich noch heute abend auf dem Heimflug befinden können."

Er unterbrach seine Ausführungen und fügte dann mit harter Stimme hinzu: „Das alles immer vorausgesetzt, daß Sie mir jetzt meinen Chip aushändigen."

Thomas überlegte nur kurz. Für die Frauen und auch für ihn selbst war die Fahrt in dem Jeep, auch wenn er noch so bequem war, eine Tortur. Jedes Schlagloch sandte stechende Schmerzen in seine Schulter. Außerdem waren sie alle vier müde und zerschlagen. Was würde passieren, wenn er oder Thomas am Steuer einschliefen? Was würde passieren, wenn derjenige, der auf den Griechen aufpassen sollte, einschlief und es diesem gelang, das Gewehr wieder an sich zu nehmen?

„Wir machen es genauso, wie Sie gesagt haben", antwortete er deshalb. „Nur mit einem Unterschied: Den Chip bekommen Sie am Flughafen und nicht eine Sekunde früher. Sie wissen selbst, daß wir Ihnen den nicht vorher geben dürfen."

Xanthopoulidis zögerte nur kurz und griff dann erneut zum Hörer, ohne Thomas geantwortet zu haben.

Kurze Zeit später sprach er in den Hörer, und zwar so langsam und deutlich, daß Thomas ohne jede Schwierigkeit mithören und mitverstehen konnte.

Als Thomas seinen Freunden von der neuen Abmachung erzählte, bekam er keinerlei Protest zu hören.

Der Jeep mit den fünf Insassen rollte wieder in Richtung Sydney. Als Treffpunkt mit dem Privatflugzeug von Xanthopoulidis war eine bestimmte Einmündung abgemacht worden, hinter der der Pilot aufgrund der dort sehr guten Fahrbahnbeschaffenheit landen konnte.

Als der Wagen dort ankam, war die Maschine bereits von weitem erkennbar.

Majestätisch bewegte sich das tonnenschwere Prachtstück im Licht der Sonne. Gleißend blendete die rotweiße Lackierung des Metalls jeden Beobachter.

Wie von einen unsichtbaren Magneten angezogen schlug das Flugzeug einen Kurs Richtung Erde ein. Die Landeklappen wurden sichtbar ausgefahren. Unsichtbare Öffnungen ließen die Räder frei.

Der Lärm wurde größer. Gebannt starrten die Menschen dem Wunderwerk der Technik entgegen.

Sanft, ja, eher zaghaft und zärtlich setzte der stählerne Vogel auf dem Boden der Straße auf. Eine präzise Arbeit, die sicherlich nur guten Piloten zuzumuten war. In einem Meer von Staub schoß das Flugzeug mit ohrenbetäubendem Lärm an den Wartenden vorbei und kam nach einigen hundert Metern zum Stehen.

Die Turbinen wurden heruntergefahren und ließen ihr Heulen erträglicher erscheinen.

Der im Gegensatz zum dem Fluggerät eher klein und zerbrechlich wirkende Landrover setzte sich in Bewegung und fuhr zum Standort der Maschine.

Xanthopoulidis ging mit den vier Deutschen zum Piloten und sprach kurz mit ihm. Der sagte kein Wort, sondern wies nur auf die bereits herausgeklappte Treppe, über die man den Passagierraum erreichte.

Als alle Platz genommen hatten, wurde die Treppe hochgeklappt. Während die neuen Passagiere nicht umhin kamen, den Luxus des gar nicht mal so kleinen Flugzeuges zu bewundern, verstaute der Pilot das Gepäck und ging dann nach vorne ins Cockpit.

Auch Xanthopoulidis sprach jetzt kein Wort mehr, sondern bedeutete den Deutschen, sich anzuschnallen.

Kaum war dies geschehen, setzte sich das Flugzeug in Bewegung und rollte langsam auf der Straße an. Die Maschine war dermaßen gut gedämpft, daß sie eher leiser war als ein größeres Passagierflugzeug. Schließlich beschleunigte es stark, und nach einer extrem kurzen Rollphase erhob es sich in die Luft.

Der Pilot lächelte, als er die Maschine in Flughöhe gebracht hatte. Es war immer wieder schön, über dieses kleine Wunderwerk zu herrschen. Es reagierte auf den kleinsten Fingerdruck am Steuerhebel, es war schnell und es konnte auf den kürzesten Rollfeldern starten und landen, notfalls auch auf normalen Straßen. Claude Maugis stellte den Autopiloten ein, lehnte sich entspannt zurück und genoß den Flug.

Nach zwei größeren Warteschleifen durfte das Flugzeug auf dem Flughafen in Sydney landen.

Während des Fluges hatte Xanthopoulidis mehrere Telefonate geführt. Schließlich nickte er den vier Deutschen zu.

„Wir werden gegen zwanzig Uhr in Sydney eintreffen. Um zwanzig Uhr dreißig werden Sie schon wieder in der Luft sein. In dieser halben Stunde muß unser Austausch erledigt sein, sonst kommen Sie von hier nie wieder weg, das verspreche ich Ihnen."

Er sagte dies mit völlig normaler Stimme.

Thomas nickte nur.

„Ich halte mein Wort, solange Sie sich an Ihres halten. Würden Sie mich besser kennen, würden Sie das auch wissen."

Xanthopoulidis nickte fast wohlwollend.

„Ich habe Sie schon richtig eingeschätzt. Sonst wären Sie vielleicht schon tot. Es hätte einige Gelegenheiten gegeben, Ihnen den Chip abzunehmen. Zum Beispiel hätte mein Pilot Scharfschützen aufstellen können, als wir in dieses kleine Goldstück hier umstiegen. Sie hätten nicht mal mehr gesehen, wo die

Schützen sitzen. Und dann hätte ich Ihnen ohne jeden Aufwand den Brustbeutel abnehmen können."

Thomas und Peter wurden blaß. Gott sei Dank waren Nicole und Marleen auf ihren bequemen Sitzen sofort nach dem Start eingeschlafen.

„Aber", fuhr der Grieche fort und lächelte über die entsetzten Gesichter der beiden Männer, „in gewisser Weise bewundere ich Sie. Sie haben es verdient, wieder nach Hause zu kommen."

Er erwähnte wohlweislich nicht, daß ihm die Gefahr für den Chip bei einem Schuß zu groß erschien, entweder zerstört oder durch Blut unbrauchbar gemacht zu werden. Nein, er wollte absolut jedes Risiko ausschalten und, das mußte er zugeben, die Deutschen waren ihm schon mehrmals als so gut wie tot gemeldet worden. Und jedesmal waren sie mit unglaublichem Glück und unvorhersehbaren Reaktionen davongekommen. Nein, kein Risiko mehr. Er verließ sich jetzt auf sein Verhandlungsgeschick. Und das würde ihm diesmal zum Erfolg verhelfen.

„So, das wäre Ihr Abflugschalter."

Xanthopoulidis ging zu einer Angestellten, ohne sich um die Deutschen zu kümmern.

„Bist du verrückt?" Peter sah Thomas entsetzt an. „Du kannst den doch nicht einfach weggehen lassen."

„Es ist bis hierhin gutgegangen, es wird auch weiterhin gutgehen. Ich bin ganz sicher, daß er sein Wort hält. Außerdem hast du doch gehört, was er im Flugzeug gesagt hatte. Und den Chip habe ich schließlich noch."

„So, meine Herren." Der Grieche kam zurück und drückte dem verdutzten Peter vier Flugtickets in die Hand. „Ich habe meinen Teil des Abkommens eingehalten. Jetzt erfüllen sie Ihren."

Fordernd hielt er Thomas die geöffnete Handfläche hin.

Der schüttelte den Kopf.

„Noch nicht."

Xanthopoulidis wollte aufbrausen, konnte sich aber gerade noch beherrschen.

›*Habe ich einen Fehler gemacht?*‹ schoß es ihm durch den Kopf.

In diesem Moment begann die Abfertigung.

Langsam schob sich eine Menschenschlange am Schalter vorbei durch den Zoll.

Die Deutschen warteten, bis sie alleine mit dem Griechen vor dem Schalter standen.

„So, jetzt ihr."

Thomas nickte Marleen und Nicole zu, die sich zögernd in Bewegung setzten und sich immer wieder umdrehten. Hinter dem Zoll wollten sie warten, Thomas winkte sie jedoch mit einer Armbewegung noch weiter. Als er sie aus den Augen verloren hatte, forderte er Peter auf, sich in Bewegung zu setzen. Auch er gehorchte ohne Widerworte.

Xanthopoulidis und Thomas sahen sich an.

Keiner der beiden sprach ein Wort.

Schließlich lief Thomas mit einigen schnellen Schritten am Schalter vorbei. Vor dem Zöllner, der mit dem Abtastgerät auf ihn wartete, drehte er sich noch einmal um und blickte Xanthopoulidis an, der plötzlich unheimlich alt und müde aussah.

Thomas nestelte unter seinem Hemd herum und zog den unscheinbaren Knopf aus dem Brustbeutel. Mit Schwung warf er ihn Xanthopoulidis zu, der es gerade eben schaffte, ihn mit beiden Händen aufzufangen.

Die Blicke der beiden trafen sich ein letztes Mal, dann drehte sich der Grieche um und verschwand langsam im Gewühl der Reisenden.

›Armer Irrer‹, dachte Thomas fast mitleidig und folgte dann seinen Freunden.

„Und Sie meinen, die Deutschen erzählen nichts von dem, was sie hier erlebt haben?"

Claude Maugis blickte sein Gegenüber fragend an.

„Nein, das werden sie nicht tun. Erst einmal würde ihnen kein Mensch diese verrückte Geschichte abnehmen. Und zweitens haben sie Festus auf dem Gewissen. Nein", wiederholte Xanthopoulidis, „sie werden alles für sich behalten. Und notfalls kenne ich einige einflußreiche Leute in Deutschland, die sie sehr schnell überreden werden, den Mund zu halten. Und jetzt zu einem anderen Thema. Wie geht es Axél? ..."

Marleen und Nicole drückten ihre Nasen an den Fenstern platt, als der rote Kontinent unter ihnen hinwegglitt.

Sie konnten nicht glauben, daß sie bald wieder in der Heimat waren, daß sie das alles tatsächlich heil überstanden hatten. Die Insel mit den Krokodilen war ganz weit weg. Es war schwer, sich vorzustellen, daß dies alles kein

Traum gewesen sein sollte, wenn man in die rot untergehende Abendsonne blickte, die alles in ein warmes Licht eintauchte.

Es ging nach Hause. Nach Hause! Was steckte alles in diesen zwei Worten! Geborgenheit, Wärme, Glück. Was gab e Schöneres?

Sie lehnten sich an ihre Männer an, die sofort den Arm um sie legten. Nicole und Marleen fielen abermals die Augen zu.

Und sie träumten von ihrem Traumurlaub, von herrlichen Sandstränden, von Sonne, von blauem, klarem Wasser.

Beide lächelten im Schlaf.

Ende

Epilog

Die beiden jungen Männer, Computerfachleute von der Universität Sydney, hatten den Chip in die Maschine eingebaut. Sie trugen weiße Overalls, Haar- und Mundschutz. Es waren nur wenige Handgriffe erforderlich gewesen. Sie verstanden ihr Handwerk, und es gab keine Probleme. Ein paar Tests bestätigten die exakte Funktionsfähigkeit des elektronischen Meisterwerkes. Einer der beiden schaute zur gepanzerten Scheibe, hinter der Xanthopoulidis stand und der Arbeit zugeschaut hatte. Der junge Mann deutete mit erhobenem Daumen der rechten Hand nach oben. Ein Lächeln war unter dem Mundschutz zu erkennen.

Xanthopoulidis nickte zufrieden.

Professor Samthsten kam aus einem der Räume, die von dem unterirdischen Gang abzweigten, heraus. Auch er war mit Kopf- und Mundschutz versehen. In seinen Augen stand die Anspannung des nun Folgenden.

„Sie haben lange auf diesen Augenblick gewartet!" stellte Samthsten fest und wandte sich an Xanthopoulidis. Ein merkwürdiger Glanz lag in den Augen des Griechen.

„Ja, eine Ewigkeit", war die Antwort.

Xanthopoulidis nahm seine Hand, legte sie in die dafür vorgesehene Öffnung.

„Sesam, öffne dich."

Die Tür zu dem unterirdischen Laboratorium glitt lautlos auf. Professor Samthsten trat ein. Die beiden jungen Männer in ihren Overalls kamen heraus und sahen Xanthopoulidis fragend an.

„Sie können sich dort umziehen." Der Grieche deutete mit seinem Finger auf eine Tür. „Ich danke Ihnen für Ihre gute Arbeit."

Die beiden Männer nickten und gingen zu der Tür, die ihnen gezeigt worden war. Sie öffneten sie und traten in den Raum. Xanthopoulidis drückte einen der vielen Knöpfe, die sich in dem langen Flur befanden und deren Funktion nur er kannte. Diesen Knopf kannte er genau. Er verriegelte die Tür, durch die die beiden Männer eingetreten waren, von außen hermetisch. Sie würden niemandem mehr über ihre Arbeit berichten können.

Der Grieche betrat das Laboratorium. Er schaute zum Professor, der sich hinter einer Unmenge von Gerätschaften niedergelassen hatte.

„Es ist alles vorbereitet", sagte er in freudiger Erwartung, „Sie müssen nur noch diesen Knopf drücken, der die Maschine aktiviert. Die Haare sind präpariert, es kann losgehen..."

Xanthopoulidis sah den Professor lange an. Sein ganzes bisheriges Leben schien sich für einen Moment in seinen Augen zu spiegeln.

„Geben Sie mir meine Tochter zurück", sagte er zum Professor. Dann drückte er den Knopf...

Besonders danken möchten wir an dieser Stelle unseren Frauen

Sie haben es ermöglicht, daß wir die Zeit und Ruhe fanden, eine Idee in die Tat umzusetzen. Ohne ihre skeptischen Fragen, ihre stets produktive Kritik und ihre einfühlsame mentale und aktive Unterstützung, das Begonnene fortzusetzen und zu beenden, wäre diese Geschichte nie geschrieben worden. Die gemeinsamen Leseabende werden uns fehlen.

Unser Dank gilt auch Tanja Rojewski, der Buchhandlung Sopper, Peter Jaschke und Marlene Hörmann, die uns mit Rat und Tat bei der Vollendung des Buches wesentlich unterstützt haben, ebenso unseren Lektorinnen Anne Litvin und Vera Penning, mit denen wir eine überaus angenehme Zusammenarbeit genießen durften.

Weiterhin danken wir allen Freunden, Bekannten und Kollegen, die uns wissentlich oder unwissentlich mit „Stoff", sei es durch Verbalakrobatik oder Handlungen, versorgt haben. Trotzdem sind die Handlung und alle darin agierenden Personen frei erfunden. Tatsächlich vorhandene Orte sind von uns teilweise willkürlich verändert worden.

Gehen Sie, verehrte Leserin und verehrter Leser, davon aus, daß alles Positive an den Örtlichkeiten tatsächlich vorhanden und alles Negative unseren beiden kranken Gehirnen entsprungen ist.

Die Autoren

Warum zwei Mann ein Pseudonym sind

Zuerst war da ein Bedürfnis: Wir brauchten Geld, schnell, viel Geld.

Dann kam die Idee mit dem Buch, aber wer kauft einen Hoffmann/Bauch, einen Bauch/Hoffmann, oder einen Hoffmann-Bauch, oder gar Bauch-Hoffmann? Eher einen Knürpel-Schiependanz (bitte um Verzeihung, wenn einer der Leser wirklich so heißt...ist ja auch nicht schlimm...), aber wir hießen nicht Knürpel und nicht Schiependanz, nur schlicht Hoffmann und Bauch.

Das war die Geburtsstunde von Tomba, Christhoff Tomba (übrigens: Nicht verwandt mit dem gleichnamigen Skifahrer!).

Wieso gerade Christhoff Tomba? Mehr dazu im zweiten Buch (kleine Anspielung)!

Aber wieso Pseudonym? Ist doch ganz klar: Jeder, der schreibt, schreibt unter einem Pseudonym. Das war immer so, das ist so und das wird immer so sein! Basta. Es kann doch keiner erzählen, daß es einen Konsalik, King, Simmel, Robbins, eine Collins, Danella, Jong, oder Holt gibt...oder etwa doch?! Ach was, bestimmt nicht...

Jetzt gibt's halt noch einen TOMBA.

Außerdem haben wir eine masochistische Ader in uns, denn: Ein Pseudonym ist Segen und Fluch zugleich!

Segen dann, wenn das Buch ein Flop wird (daß es keiner ist, haben Sie bewiesen, indem Sie sich dafür interessiert und es gekauft haben – *Sie werden nicht enttäuscht sein* –), dann kann man sich hinter so einem Pseudonym leicht verstecken. Würde ja schließlich niemand gerne zugeben: Wir haben einen Flop geschrieben, oder?!

Fluch dann, wenn es kein Flop wird (und das hoffen wir inständig). Dann allerdings ist es schwer, nicht aufzuspringen und zu rufen: Hey, wir sind's, wir sind Christhoff Tomba. Dann ist es schwer, still und ruhig zuzusehen, wie sich das Buch verkauft und die ganze Literaturwelt fragt: Wer ist bloß Christhoff Tomba? (Wir würden diese Bürde gerne auf uns nehmen! Kennen Sie nicht noch jemanden, dem Sie ein Buch schenken könnten...?)

Warum gleich zu zweit schreiben? Weil wir die Schwierigkeit lieben, uns blind verstehen, beide die gleiche Idee hatten, und weil King es auch einmal gemacht hat. Außerdem besteht dann nicht die Gefahr, daß wir größenwahnsinnig werden, denn wir müssen ja das eingenommene Geld teilen!

Wollen Sie mehr erfahren? *Können wir gut verstehen!* Bald, denn...wir arbeiten dran...

Thomas Hoffmann — Christian Bauch

Christhoff Tomba